Verräter

Australien-Saga 3

William Stuart Long

Die
Verräter

Australien-Saga 3

Deutsch von
Katrine von Hutten

Weltbild

Originaltitel: *The Traitors*
Originalverlag: Dell Publishing, New York

Besuchen Sie uns im Internet:
www.weltbild.de

Der Autor

Hinter dem Pseudonym William Stuart Long verbergen sich die beiden erfolgreichen US-amerikanischen Autoren Vivian Stuart Long und Victor Sondheim. Beide haben lange Jahre in Australien verbracht und sind intime Kenner des Landes und seiner Geschichte. Im Weltbild Buchverlag erschienen bisher die ersten fünf Teile der großen Australien-Saga: *Die Verbannten, Die Siedler, Die Verräter, Auf den Spuren der Väter* und *Die Abenteurer*.

Weltbild Taschenbuch

Prolog

Abigail Tempest beobachtete angespannt, wie ihr Vater das Pferd bestieg und davonritt. Sie blickte ihm nach, bis er nicht mehr zu sehen war, hielt ihre Stirn an die Fensterscheibe gepreßt und sagte: »Papa ist fort, Rick. Ich hatte so gehofft, daß er bleiben würde... er hatte es mir versprochen.«

Ihr Bruder Richard trat hinter sie. Er trug seine Marineuniform, und die weißen Streifen auf seinem Jackenärmel verrieten, daß er schon nach zwei Jahren zum Fähnrich befördert worden war. Er war siebzehn Jahre alt, nur ein Jahr älter als Abigail, aber er war mehr als einen Kopf größer als sie und glaubte von sich, sehr viel mehr von der Welt zu verstehen als sie.

Er war bemüht, sich sein Gefühl der Überlegenheit nicht anmerken zu lassen, und entgegnete: »Du verstehst das eben nicht, Abby. Papa konnte diese Einladung von Lord Ashton nicht abschlagen. Er ist Konteradmiral und hat Papa schon viele Dienste erwiesen. Und außerdem –«

»Er ist ein *ehemaliger* Konteradmiral, Rick«, erwiderte Abigail. »Und der arme Papa braucht jetzt auch niemanden mehr, der ihm bei seiner Karriere in der Marine unter die Arme greift, oder?«

»Das stimmt schon«, gab ihr Bruder zu, »aber ich kann seine Hilfe gut brauchen. Er hat dafür gesorgt, daß ich jetzt auf der *Seahorse* diene. Es ist eine Zweiundvierzig-Kanonen-Fregatte.«

»Jetzt im Krieg hättest du doch keine Schwierigkeiten gehabt, selber eine Koje zu finden«, meinte Abigail.

Sie wandte sich zu ihm um, und Richard war entsetzt, wie

traurig sie aussah. Sie war hübsch und talentiert, dachte er, hatte eine schöne Singstimme und spielte gut Klavier. In ihrem Alter sollte sie ein sorgloses Leben führen können und viele Verehrer haben, aber statt dessen … Er seufzte und ergriff ihre Hand, und sie fuhr fort: »Sie werden nach dem Essen wieder spielen, Rick – das machen sie immer, und die Einsätze sind so hoch, daß Papa sich das eigentlich gar nicht leisten kann.«

»Er könnte ja gewinnen«, meinte Rick kleinlaut.

Als Antwort deutete Abigail auf das spärlich möblierte Zimmer. »Siehst du nicht … bist du denn blind? Die Bilder sind weg, Großvaters Bücher und Mamas geliebtes Porzellan auch – du warst zwei Jahre lang von zu Hause weg, Rick, aber du merkst doch bestimmt den Unterschied.«

»Mir ist aufgefallen, daß nur noch drei Pferde im Stall stehen«, gab Richard zu, »und daß die Kutsche weg ist. Aber –«

»Alles ist verkauft worden«, sagte Abigail. »Erst vor drei Wochen waren drei Gerichtsdiener hier und haben Mamas Klavier abgeholt. Mister Madron war zu Gericht gegangen, damit er endlich das Geld kriegt, das Papa ihm schuldet.«

»Madron? Ist das der Lebensmittelkaufmann?«

»Sein Sohn Reuben. Der alte Tobias Madron hat sich zur Ruhe gesetzt. Reuben behauptet, daß Papa mit der Zahlung des Pferde- und Viehfutters ein Jahr im Rückstand ist.« Abigail schüttelte verzweifelt den Kopf und fuhr leise fort: »Anfang des Monats hat Papa die beiden letzten Farmen verkauft, und die drei Pferde, die im Stall stehen, bekommen nichts mehr zu fressen außer Heu.«

»Aber … Papa hat doch *jetzt* keine Schulden mehr, oder? Wenn er die Farmen verkauft hat, ist doch sicher alles zurückgezahlt?«

Abigails Unterlippe zitterte, und sie nahm sich zusammen, um weitersprechen zu können. »Er hat immer noch Spielschulden. Ich weiß aber nicht wie hoch, er sagt ja nichts

Genaues. Rick, aber du hast noch nicht das Schlimmste gehört.«

»Noch nicht? Dann sag es mir doch, um Gottes willen!«

Sie zögerte und schaute ihn unsicher an. »Hat Papa nichts erwähnt? Hat er dir nicht seine – seine Zukunftspläne angedeutet?«

»Nein«, sagte ihr Bruder. »Verdammt noch mal, Abby, ich bin doch erst gestern nachmittag hier angekommen. Wir haben kaum miteinander gesprochen – er hat sich nach meiner Zeit auf See erkundigt, und ich habe ihm natürlich etwas darüber erzählt. Viel mehr Zeit hatten wir nicht, und ich war todmüde. Aber … nun, er hat natürlich etwas von Mama gesagt. Wie tapfer sie am Ende war, und wie sehr er sie vermißt. Und das tut er wirklich, Abby … Er hatte Tränen in den Augen, als er von ihr sprach.« »Das weiß ich«, sagte Abigail unglücklich. Sie ging zum offenen Kamin, stocherte in der Glut und legte ein Scheit Holz nach. »Wir vermissen sie alle, Rick. Es wäre … ach, es wäre alles anders gekommen, wenn Mama noch leben würde! Papa hörte auf sie. Er machte das, was sie für richtig hielt. Auf mich hört er nicht. Er sagt, ich sei noch ein Kind.«

»Und das bist du nicht?« fragte Richard scherzhaft. Aber sein Versuch, sie aufzuheitern, mißlang. Abigail schüttelte den Kopf.

»Nein«, entgegnete sie. »Ich bin kein Kind mehr. Unter den gegebenen Umständen kann ich mir das gar nicht leisten. Papa ist nicht mehr der, der er mal war, Rick. Seit der schlimmen Kopfverletzung in der Schlacht von Kopenhagen hat er sich sehr verändert, und es wird immer noch schlimmer. Als Mama noch lebte, nahm er sich ihr zuliebe zusammen. Er hat auch damals schon zu viel getrunken und mit seinen Freunden um Geld gespielt, aber nicht so – nicht ganz so viel.

Als der Waffenstillstand mit Frankreich vorbei war, hoffte er, daß die Admiralität seine Dienste wieder brauchen würde. Aber obwohl er sich sehr darum bemühte, wurde ihm kein Kommando über ein Schiff mehr angeboten.«

»Weil er ein kranker Mann ist«, warf Richard ein. Er setzte sich zu ihr ans Feuer. »Erzähl weiter, Abby. Du hast seine Zukunftspläne erwähnt.«

Abigail antwortete nicht. Sie starrte ins Feuer und versuchte, ihre Tränen vor ihrem Bruder zu verbergen. Seine Kehle war wie zugeschnürt, er kniete sich neben sie und legte ihr die Hand auf die Schulter. »Erzähl mir bitte alles, Abby«, bat er sie leise. »Ich muß es doch wissen, selbst wenn Papa es nicht vermocht hat, sich mir anzuvertrauen. Welche Pläne hat er denn?«

Sie versuchte, ganz ruhig zu sprechen. »Er will sich als Freier Siedler in Botany Bay niederlassen und Lucy und mich mitnehmen. Um dort – ein neues Leben anzufangen, wie er sagt. Um dich braucht er sich ja nicht mehr zu sorgen. Er will dieses Haus verkaufen – alles, was wir noch haben –, um das Geld für unsere Überfahrt zusammenzubekommen.«

Richard starrte sie ungläubig an.

»*Botany Bay?* Aber das ist doch eine Strafkolonie! Und es ist am anderen Ende der Welt! Das ist... um Gottes willen, Abby, wer hat ihn bloß darauf gebracht? Hat er... hat er den Verstand verloren?«

»Manchmal glaube ich das wirklich«, gab Abigail zu. Sie wischte sich die Tränen ab und sagte: »Er hat sich so sehr verändert, Rick, aber... vielleicht hat ihn ein Offizier darauf gebracht, der drüben lebt und gerade auf Heimaturlaub hier ist. Es ist Major Joseph Foveaux vom Neusüdwales-Korps – er lebt als Gast bei den Fawcetts in Lynton Manor. Und«, fügte sie hinzu, »ich glaube, daß er auch heute abend bei Lord Ashton eingeladen ist – ich habe gehört, daß er ein sehr guter Kartenspieler ist. Papa hat ihn in den letzten Wochen oft getroffen und spricht mit ihm den Plan gründlich durch.«

»Aber es ist doch eine Strafkolonie«, wiederholte Richard verständnislos. »Was für ein neues Leben könnte man denn dort aufbauen?«

»Anscheinend ein sehr gutes, wenn man Major Foveaux Glauben schenken soll«, antwortete Abigail. »Er scheint dort drüben ein Vermögen gemacht zu haben. Zuerst in Australien selbst, wo er zweitausend Morgen Land besitzt, und dann auf einer Insel, die neunhundert Meilen weit entfernt von Australien liegt – sie heißt Norfolk. Er erzählte Papa, daß die aufsässigsten und schwierigsten Sträflinge dort hingeschickt werden – die einen Umsturz planen oder zu fliehen versuchen.«

»Und *dahin* will Papa gehen?«

»Nein, nicht nach Norfolk – nach Sydney. Offenbar bekommen dort Freie Siedler so viel Land, wie sie nur haben wollen, zugesprochen, zu einem lächerlichen Preis, und Sträflinge erledigen alle schweren Arbeiten, wenn man für Kost und Logis sorgt.«

Die Geschwister blickten schweigend ins Feuer. Schließlich fragte Richard: »Möchtest du dorthin, Abby?«

»Ach, Rick, natürlich will ich nicht dorthin!« antwortete Abigail unglücklich. »Hier ist meine Heimat – ich habe mein ganzes bisheriges Leben hier verbracht und unsere kleine Schwester Lucy auch. Ich habe geradezu Angst davor, England zu verlassen! Und außerdem soll Neusüdwales ein schrecklicher Ort sein. Es muß dort dunkelhäutige Wilde geben, von den schlimmsten Verbrechern Englands mal ganz abgesehen, und das muß ganz einfach wahr sein, da nicht einmal Major Foveaux das abstreitet.« Sie zitterte. »Und, Rick, dieser gräßliche Captain Bligh von der *Bounty* ist der Gouverneur … stell dir das einmal vor!«

»Papa bewundert Captain Bligh, Abby«, meinte Richard. »Er hat uns doch ein paarmal erzählt, daß sich Captain Bligh in der Schlacht von Kopenhagen als ein wahrer Held erwiesen hat. Selbst Lord Nelson war dieser Ansicht. Er –«

Abigail seufzte. »Ich habe ja nicht gesagt, daß ich nicht gehen werde, Richard… nur, daß ich es nicht möchte. Aber wenn ich dem armen Papa helfen kann, dann darf ich nicht an mich denken. Wenn er sich wirklich entschließt, dort ein neues Leben aufzubauen, dann müssen Lucy und ich ihn begleiten. Außerdem«, fügte sie niedergeschlagen hinzu, »haben wir auch gar keine andere Wahl, oder?«

Das ist wahr, dachte. Richard. Wenn ihr Vater tatsächlich den Entschluß gefaßt hatte, England zu verlassen, konnten die beiden Mädchen nicht alleine hier zurückbleiben. Und er konnte sie von seinem schmalen Fähnrichsold auch nicht unterstützen.

Als ob sie seine Gedanken erraten hätte, sagte Abigail leise: »Du brauchst dir keine Gedanken um uns zu machen, Rick. Du hast vollauf genug mit deiner Karriere zu tun.« Sie brachte ein schwaches Lächeln zustande. »Lieber Rick, ich bin so froh, daß du wieder da bist! Und es erleichtert mich sehr, daß ich mit jemandem sprechen kann – jemand, der meine Sorgen um Papa versteht. Lucy ist ja noch ein halbes Kind, mit der kann ich natürlich nicht so sprechen wie mit dir. Und sie ist so sensibel, und betet Papa an. Sie –«

»Das hast du auch getan, Abby«, erinnerte ihr Bruder.

»Ja«, gab sie mit kalter Stimme zu. »Das habe ich getan.«

Richard sagte hilflos: »Ich wünschte, ich könnte dir etwas helfen, ich… wann will Papa denn auswandern? Oder weiß er es selbst noch nicht genau?«

»Doch, es steht schon alles fest. Vor einer Woche hat er mir gesagt, daß er für uns drei und Jethro eine Überfahrt an Bord der *Mysore* gebucht hat. Es ist ein Vierhundert-Tonnen-Ostindienfahrer, und der Kapitän, ein Mann namens Duncan, hat ihm versichert, daß es eine schnelle Überfahrt sein wird. Aber« – Abigail zuckte mit den Schultern – »auch wenn es schnell geht, dauert die Fahrt nach Sydney ein halbes Jahr lang, oder?«

Richard nickte. »Ich glaube, ja. Nur wenige Schiffe schaffen es in kürzerer Zeit.« Die *Mysore* war wahrscheinlich ein Sträflingstransporter, der ein paar zahlende Passagiere mitnahm. Wenigstens war es sicher, daß auf einem Sträflingstransporter ein Arzt mitfuhr, der dafür sorgen mußte, daß die Sträflinge ausreichend ernährt und gut behandelt wurden, denn die Bedingungen hatten sich in den letzten Jahren sehr gebessert.

»Wann soll die *Mysore* denn auslaufen, Abby? Und weißt du, von welchem Hafen es losgeht?«

»In drei bis vier Wochen, glaube ich«, antwortete sie. »Das Schiff liegt schon in Plymouth – wenigstens ist die Fahrt bis dorthin nicht weit.« Nach einer Pause ergriff sie wieder das Wort: »Ich kann einfach nicht glauben, daß Papa England im tiefsten Herzen verlassen will oder daß er dieses Haus verkaufen möchte. Er ist genauso wie wir hier aufgewachsen, und ich weiß, daß er es genauso liebt wie wir. In Neusüdwales wird es für uns so anders sein. Ich –« Sie zögerte und schaute ihn unsicher an, weil sie nicht wußte, ob sie ihm noch mehr anvertrauen könnte.

Richard errötete. »Du kannst mir vertrauen, Abby«, versicherte er ihr. »Ich erzähle niemandem etwas von diesem Gespräch – am allerwenigsten Papa.«

Sie fuhr erleichtert fort: »Wie ich schon gesagt habe, hat Papa all seine Informationen von diesem Major Foveaux, der sehr begeistert von den Möglichkeiten erzählt, die Sydney bietet. Aber ich … ich habe mich bei einer Frau erkundigt, Rick – und ganz wie ich befürchtet habe, fiel ihr Bericht sehr viel weniger positiv aus als der des Offiziers. Dadurch erfuhr ich von den dunkelhäutigen Eingeborenen – es scheint, daß sie abgelegene Farmen überfallen und unvorstellbar grausam plündern, brandschatzen und morden.«

Richard schaute seine Schwester ungläubig an. »Eine Frau hat dir das erzählt? Aber wo, um alles in der Welt, bist du einer Frau begegnet, die etwas über Sydney weiß?«

Abigail lächelte. »Ach, ganz in der Nähe, und es war

wirklich ein Zufall... Es ist eine Mary Briant, eine Witwe und so etwas wie eine Berühmtheit. Ich hörte von ihr und fuhr einfach hin und –«

»War diese Misses Briant´ ein Sträfling?« unterbrach Richard sie mißtrauisch.

»Ja, aber sie ist trotzdem eine sehr respektable Frau, wirklich, und sie ist längst vom König begnadigt worden. Sie hat mir erzählt, daß sie mit einer kleinen Gruppe von Sträflingen in einem offenen Kutter nach Timor geflohen ist. Die arme Frau... sie hat auf der Fahrt von Timor nach England ihre beiden kleinen Kinder und ihren Mann verloren.«

Richard schlug sich überrascht auf den Schenkel. »Das ist eine Heldin! Ich erinnere mich an die Geschichte – es ist schon vierzehn oder fünfzehn Jahre her. Diese unglaubliche Flucht in dem offenen Kutter ereignete sich während der Regierungszeit von Gouverneur Phillip. Seitdem haben sich die Bedingungen geändert, und ich bin ganz sicher, daß jemand wie Captain Bligh alles dafür tut, daß sich die Lebensbedingungen dort verbessern, denn immer mehr Freie Siedler wandern nach Sydney aus.«

»Vielleicht stimmt das, Rick«, meinte seine Schwester, »aber ich möchte noch jemand anderes befragen – Misses Briant hat mir ihren Namen genannt. Eine Misses Pendeen, die die Frau des Vikars in Bodmin ist. Sie ist Bischof Marchants Tochter, und sie kam erst vor kurzer Zeit aus Sydney zurück. Sie –«

»Dann war sie wenigstens kein Sträfling«, meinte Richard erleichtert. Abigail erinnerte sich daran, daß Mary Briant nebenbei erzählt hatte, daß die Tochter des Bischofs ebenso wie sie selbst vom König begnadigt worden war..., aber sie hatte das schon damals nicht ganz glauben können und angenommen, daß die Frau sich nicht richtig erinnert hatte. Der alte Bischof Marchant war zwar schon lange tot, als sie noch ein kleines Kind gewesen war, aber es wurde noch mit großem Respekt und viel Liebe von ihm erzählt.

Man konnte sich kaum vorstellen, daß seine Tochter, die jetzt die Frau eines Vikars war, einmal als Sträfling nach Neusüdwales geschickt worden sein sollte.

Sie schüttelte den Kopf und antwortete mit überzeugter Stimme: »Nein – nein, natürlich nicht, deshalb will ich sie ja auch sehen. Kommst du mit, Rick? Kannst du dir nicht etwas ausdenken, dann stellt Papa keine Fragen, wenn wir zusammen das Haus verlassen.«

Er lächelte sie an. »Ich komme mit«, versprach er ihr, »wenn es dir so viel bedeutet, meine liebe Abby.« Während er sprach fiel ihm ein, daß er seine gesamte Familie vielleicht nie wiedersehen würde, wenn sie nach Neusüdwales auswanderte. Er spürte einen Stich in seinem Herzen, und als er seine Blicke über die kahlen Wände und die leeren Bücherregale im Zimmer schweifen ließ, ging er zum erstenmal kritisch mit seinem Vater zu Gericht. Wie Abby und die kleine Lucy hatte auch er seine Eltern geradezu angebetet, aber jetzt...

»Vielleicht«, meinte er, »vielleicht macht Papa heute abend einen großen Gewinn, und wir können all unsere Ängste vergessen.«

»Darum bete ich schon die ganze Zeit«, gestand Abigail. Sie vermied seinen Blick, und zwei rote Flecken brannten auf ihren Wangen. »Ich weiß, man sollte Gott nicht um solche – solche weltlichen Dinge bitten, aber ich bitte jeden Abend in meinem Nachtgebet darum, Rick. Ich flehe Gott an, daß Papa genug gewinnt, damit wir hierbleiben können und« – sie schaute ihn an – »ich habe auch lange darum gebetet, daß du gesund zu uns zurückkommst. Gott hat *diesen* Wunsch erfüllt, aber bei dem anderen bin ich mir nicht so sicher.«

Richard drückte seiner Schwester die Hand. »Ist es nicht Zeit zum Abendessen? Komm, wir suchen Lucy und machen uns eine schöne Zeit zusammen... wir tun einfach diesen einen Abend lang so, als ob noch alles beim alten ist!«

Nach einem späten und ausgedehnten Abendessen im Pen-gallon-House wurde mit dem Lu-Spiel begonnen, und schon nach ein paar Runden einigten sich alle Mitspieler auf Major Foveaux' Vorschlag, daß der Verlierer jeweils den Einsatz in der Kasse verdoppeln müsse.

Jetzt dämmerte der Morgen, die Kerzen waren heruntergebrannt und es war klar, daß Edmund Tempest wieder einmal eine große Geldsumme verloren hatte. Drei weitere rote Spielmarken landeten im Pool. Mit starrem Gesichtsausdruck schob Foveaux sie ordentlich übereinander. Tempest sagte leise: »Ihr Spiel!«

Ein Diener brachte die heiße Schokolade herein, die der Admiral bestellt hatte, aber er winkte ihn ungeduldig weg und schaute keinen Augenblick lang vom Spieltisch auf. Foveaux spielte die Pikdame, doch Tempest hatte ein As. Als er seinen Herzkönig spielte, merkte er, daß sein Gegner nichts auf der Hand hatte. Er nutzte die Lage und nahm die nächste Karte vom Stapel.

»Herz ist Trumpf, Joseph«, sagte er mit rauher Stimme und ließ seine Hand sinken. »Sie haben keinen Stich.«

»Augenblick mal!« rief Joseph Foveaux aus. »Die Karte, die Sie gerade aufgedeckt haben, die Herz Neun, habe ich eben abgelegt. Die haben Sie heimlich auf den Boden fallen lassen. Bei Gott –« er sprach alle am Tisch an – »hat niemand von Ihnen das gesehen? Das müssen Sie doch gesehen haben!«

Die anderen schüttelten schweigend den Kopf. Lord Ashton zögerte und war hin und her gerissen zwischen seinem Sinn für Gerechtigkeit und seiner Abneigung gegen den Emporkömmling Foveaux. Wenn er jetzt etwas sagen würde, wäre Edmund Tempests Ruin nicht mehr abzuwenden, dessen war er sich voll bewußt. Er war sich nicht ganz sicher, welche Karte tatsächlich zu Boden gefallen war. Nach Foveaux' Ausruf entschloß er sich, so wie die anderen zu schweigen. »Zum Teufel mit Ihnen, Tempest!« rief der Neusüdwales-Korpsoffizier mit verzerrtem Gesicht aus. »Sie haben versucht, mich zu betrügen!«

Bevor Tempest etwas erwidern konnte, mischte sich der Admiral ein. »Ich verbitte mir, daß Sie in meinem Haus eine für alle Beteiligten unangenehme Szene machen«, warnte er die beiden kalt. »Major Foveaux, ich bitte darum, daß Sie sofort gehen, Sir. Teilen Sie den Pool untereinander auf und ersparen Sie uns diese unangenehmen Anschuldigungen. Das Spiel ist beendet.«

»Wie Sie wünschen, Sir«, zischte Foveaux mit kalter Wut. Er nahm seine Spielmarken, tauschte sie in Geld ein und fügte mit leiser Stimme hinzu: »Sie werden noch von mir hören, Tempest, merken Sie sich das!«

»Meine Sekundanten werden Ihre Vorschläge anhören«, entgegnete Edmund Tempest. »Sie –« Aber der Admiral unterbrach auch ihn. Die Fawcetts verabschiedeten sich. Sir Christopher Tremayne schüttelte die Hand des Gastgebers mit ungewöhnlicher Wärme und folgte ihnen, und Tempest ging hinterher, als Lord Ashton ihn zurückrief. »Er hatte recht, oder, Edmund?« fragte der General mit eiskalter Stimme. Als der jüngere Mann den Versuch machte, ihm Sand in die Augen zu streuen, fügte er hinzu: »Ich sah die Karte, die auf den Boden gefallen ist.«

»Ich schwöre Ihnen… mein Glück kam gerade zurück, ich hatte die besten Karten… ich hätte gewonnen, glauben Sie mir –«

»Sie sind in diesem Haus nicht mehr willkommen, Edmund. Und auch nicht in irgendeinem Haus in der Nachbarschaft. Foveaux wird reden, und ganz bestimmt Arnold Fawcett auch.«

»Aber, Sir… so hören Sie mich doch bitte an.« Tempests hochrotes Gesicht war inzwischen blaß geworden. Er zitterte, und der Admiral konnte ihm ansehen, daß er sich unendlich schämte. »Ich bitte Sie, Sir… ich spreche die Wahrheit. Ich sah die Karte zwar fallen, und fühlte mich versucht, aber ich –«

»Ersparen Sie mir Ihre Entschuldigungen, Edmund«, bat ihn Lord Ashton. Er richtete sich zu seiner vollen, beeindruckenden Größe auf und versuchte nicht einmal, den Abscheu zu verbergen, den er empfand. »Sie planen, nach Neusüdwales auszuwandern, oder? Stimmt es, daß Sie bereits für sich und Ihre beiden Töchter die Überfahrt gebucht haben?«

Tempest nickte. »Ja, auf dem Ostindienfahrer *Mysore*, der von Plymouth absegelt, aber –«

»Dann ist der beste Rat, den ich Ihnen geben kann, daß Sie sofort an Bord gehen und so schnell wie möglich aus dieser Gegend hier verschwinden. Ich werde mich um Ihren Jungen kümmern. Und, um Gottes willen, Mann«, – der Admiral sprach jetzt leiser und flehender – »machen Sie doch etwas aus Ihrem Leben, wenn Sie in Botany Bay ankommen, damit Ihre zwei kleinen Töchter sich nicht ihres Vaters schämen müssen.«

»Ich … ich werde tun, was Sie sagen, Sir«, versprach Edmund Tempest. »Aber mein Haus – ich muß es verkaufen, und –«

»Ich werde meine Rechtsanwälte beauftragen, das für Sie abzuwickeln. Wenn Sie vor Kaufabschluß das Land verlassen, werde ich Ihnen die Verkaufsurkunde nachschicken lassen.« Der Admiral drehte sich um und fühlte, wie ihm Tränen in die Augen stiegen. Was war das für eine traurige Geschichte … Edmund war als junger Offizier der Stolz der Marine gewesen, und er war ihm damals wie ein Sohn gewesen. Aber jetzt … »Gehen Sie mir aus den Augen«, bat er ihn mit rauher Stimme.

Als er seine Gefühle wieder unter Kontrolle hatte und sich umwandte, war Edmund Tempest verschwunden.

1

Eine Stunde vor Sonnenaufgang saß Captain William Bligh, der Gouverneur der Strafkolonie Neusüdwales am frühen Morgen des 28. Juli 1808 bereits an seinem Schreibtisch. Post aus England, die am vorhergehenden Abend vom Kapitän des Sträflingstransporters *Duke of Portland* abgeliefert worden war, lag in einem sauberen Stapel auf seinem Schreibtisch, aber der Gouverneur blickte nur kurz auf die Siegel und auf die Handschriften, um zu wissen, von wem die Briefe stammten.

Ihm war klar, daß die Nachrichten veraltet waren, denn die *Duke of Portland* hatte lange für die Überfahrt gebraucht. Aber der Kapitän John Spence hatte alle einhundertneunundachtzig weiblichen Sträflinge nicht nur lebendig, sondern auch in sehr guter Verfassung abgeliefert, und das war, weiß Gott, sehr viel wert. Fast jedes Transportschiff verlor einige seiner unfreiwilligen Passagiere während der langen Überfahrt nach Botany Bay.

Die Regierung in der Heimat wählte die Menschen, die in die Verbannung geschickt wurden, noch immer nicht danach aus, ob sie als zukünftige Siedler oder Arbeiter der neuen Kolonie nützlich sein konnten. Das einzige Ziel der Regierung schien immer noch zu sein, Englands Gefängnisse von Dieben und Prostituierten und Irlands Gefängnisse von Rebellen zu räumen. Schon seine Amtsvorgänger hatten wie er zu erreichen versucht, daß nur geeignete Sträflinge in die Kolonie geschickt würden, waren aber genauso wie er mit ihren Bitten auf taube Ohren gestoßen.

Die Bitten waren einfach ignoriert worden, ebenso wie die noch dringenderen Bitten um die Zuteilung eines Regiments von Marineinfanteristen, das das völlig korrupte Neusüdwales-Korps ersetzen sollte. Als Grund dafür wurde mit schöner Regelmäßigkeit der Krieg mit Frankreich angegeben ... Das war ja schließlich auch ein Grund. Vielleicht wären an Bord der *Mysore* – deren Ankunft die Signalflaggen auf dem Südkap gestern abend angekündigt hatten – die Siedler, die Captain Bligh erwartete, und nicht nur der Abschaum aus den Gefängnissen von Großbritannien.

William Bligh seufzte auf, und es war ihm bewußt, daß er mit nichts rechnen konnte. Er schob Staatssekretär Windhams Briefe zur Seite und griff nach dem Papier, auf das sein eigener Sekretär das Ergebnis der letzten Volkszählung niedergeschrieben hatte.

Die Bevölkerung in Neusüdwales war inzwischen auf siebentausendfünfhundertzweiundsechzig Einwohner angewachsen. Über tausend Menschen davon waren Freie Siedler oder begnadigte ehemalige Sträflinge, die inzwischen ihr eigenes Land bestellten und weitgehend von ihren eigenen Erzeugnissen leben konnten, vorausgesetzt, daß keine Dürre oder keine plötzliche Überschwemmung sie in wenigen Tagen um die Frucht ihrer Arbeit brachte.

Diese Menschen waren das Herzblut der Kolonie. Er hatte das von Anfang an so gesehen und ihnen in jeder Hinsicht Unterstützung und Ermutigung gewährt, trotz des erbitterten Widerstandes der Korps-Offiziere, die alles daransetzten, sich auf Kosten der Siedler zu bereichern.

Das Neusüdwales-Korps stellte das größte Hindernis für eine positive Entwicklung der jungen Kolonie dar, die ihm anvertraut war. Schon vor fünfzehn Jahren, noch unter der Regierungszeit des ersten Gouverneurs Phillip hatte sich das Korps den nicht gerade schmeichelhaften Namen »Rum-Korps« eingehandelt.

Seine beiden Amtsvorgänger, John Hunter und Phillip King, hatten wegen der gefährlichen und undurchsichtigen Machenschaften der Korps-Offiziere ihren Posten verloren.

Besonders einer, John MacArthur, der inzwischen pensioniert und der reichste Farmer der Kolonie war, konnte noch nie bei seinen halblegalen Handelsgeschäften erwischt werden. Allen Offizieren waren große Ländereien zugesprochen worden, die von Sträflingen ohne Lohn bearbeitet wurden, und alle hatten sich intensiv in Handelsgeschäfte gestürzt – Handelsgeschäfte, die hauptsächlich aus dem Import und Tauschgeschäften mit Rum bestanden. Den einfachen Soldaten und den Sträflingen blieb ebenso wie den Freien Siedlern nichts anderes übrig, als den Rum als Währung der Kolonie anzusehen. Der Arbeitslohn wurde mit Rum bezahlt, Lebensmittel wurden gegen Rum eingetauscht, und MacArthur und seine Mitoffiziere hatten sich eine goldene Nase an ihrem Rum-Monopol verdient.

Bligh war mit dem ausdrücklichen Auftrag zum Gouverneur ernannt worden, dieses Monopol zu brechen und eine stabile Währung einzuführen, aber... Herrgott noch mal, das würde seine Zeit brauchen! In Sydney hatten bei seiner Ankunft praktisch anarchistische Zustände geherrscht, der arme Phillip King war ein gebrochener und verbitterter Mann gewesen, der sich pausenlos über die verbrecherischen Praktiken des Neusüdwales-Korps beschwert hatte, der ihm aber keinen Hinweis hatte geben können, wie die Situation gebessert oder die Macht des Rum-Korps gebrochen werden könnte. Und es gab einfach keinen legalen Weg, um diese Leute kurzfristig loszuwerden... Sie machten der Uniform, die sie trugen, ganz und gar keine Ehre!

Captain Bligh war sich seiner Hilflosigkeit bewußt. Er stand auf und ging zum offenen Fenster hinüber, atmete tief durch und beobachtete, wie die Sonne aufging.

Er hatte alle Rechte bekommen, Macht auszuüben, aber keine Mittel, sie auch durchzudrücken. Aber Gott wußte, daß er alles versucht hatte, die ihm gestellten Ziele zu erreichen. Er hatte mit Unterstützung und Zustimmung der Freien Siedler die englische Währung eingeführt, Festpreise für

Grundnahrungsmittel festgesetzt, jegliche private Alkoholeinfuhr verboten, fünfzig Alkoholausschanklizenzen eingezogen und Bürger mit gutem Leumund in den zivilen Magistrat eingesetzt. Ständig hatten die Schwarzbrenner versucht, ihm Steine in den Weg zu legen. John MacArthur war als Besitzer von fünftausend Morgen ausgezeichneten Weidelandes, mit seinen importierten Schafherden und den neunzig Arbeitern, die er auf seinen zwei großen Farmbetrieben beschäftigte, ein machtvoller Gegner.

MacArthur kannte darüber hinaus keine Skrupel und war klug und beweglich in der Verfolgung seiner Ziele. Er brach das Recht, ohne mit der Wimper zu zucken, und der Kommandant des Neusüdwales-Korps, Major Johnstone, stand vollkommen unter seinem Einfluß.

Aber... der Gouverneur ballte die Fäuste. MacArthur war nicht unfehlbar. Kein Mann war unfehlbar, und früher oder später würde auch er einen Fehler machen. Dann wäre endlich der Zeitpunkt gekommen, zu handeln, und Gott war sein Zeuge, daß er diesem Mann gegenüber keine Gnade walten lassen würde. Es klopfte an der Tür.

William Bligh setzte sich wieder hinter seinen Schreibtisch.

»Guten Morgen, Sir.« Sein Sekretär, Edmund Griffin, schaute ihn aufmerksam und hilfsbereit wie immer über den papierbedeckten Tisch hinweg an. Griffin war ein loyaler, hart arbeitender junger Mann, der seine kürzliche Beförderung zum Staatssekretär der Kolonie wirklich verdient hatte, und Gouverneur Bligh erwiderte lächelnd seinen Gruß.

»Nun?« fragte er. »Was gibt es, Edmund?«

»Ich möchte mich für die frühe Störung Ihrer Exzellenz entschuldigen«, sagte der Sekretär, »aber Mister Atkins ist hier und –«

»Zu dieser Stunde?« rief der Gouverneur aus.

»Er sagt, daß es dringend ist, Sir. Der Rechtsanwalt, Mister Crossley, ist auch dabei.«

»Was wollen die denn, verdammt noch mal!« Bligh war wirklich überrascht. Richter Atkins gehörte nicht zu den Frühaufstehern, aber er hatte Crossley bei sich, und dessen Gewohnheiten kannte Bligh nicht. George Crossley war ein ehemaliger Königlicher Rechtsanwalt, der wegen Meineides in die Verbannung geschickt und kurz nach seiner Ankunft in Sydney von Gouverneur King begnadigt worden war. Er machte sich dann nützlich, indem er ihn in rechtlichen Fragen beriet. Er war ein durchtriebener, intelligenter kleiner Kerl, der sich in allen Tricks der Jurisprudenz auskannte, und Atkins – der nicht halb soviel davon verstand – hatte sich kürzlich um seine Mithilfe bemüht, in der Hoffnung, MacArthur endlich sein kriminelles Handwerk legen zu können.

Schließlich meinte der Sekretär: »Mister Atkins ließ verlauten, daß die beiden sich die ganze Nacht über beraten haben, Sir.« Er räusperte sich und fuhr fort: »Beide sehen auch so aus, als ob das – als ob das stimmt. Wenn es Eurer Exzellenz recht ist, bringe ich den beiden gern eine Tasse Kaffee. Das heißt, wenn –«

»Ja, tun Sie das, Edmund. Aber ich trinke Tee, wie üblich. Kümmern Sie sich darum, sobald Sie die beiden hereingebeten haben.«

»Sehr gut, Sir.«

»Ist irgend jemand der *Mysore* entgegengefahren?« fragte Bligh.

»Jawohl, Captain Hawley, Sir«, versicherte ihm Griffin. Er warf einen leicht vorwurfsvollen Blick auf den Poststapel auf dem Schreibtisch des Gouverneurs, rückte zwei Stühle für die Besucher zurecht und kündigte sie dem Gouverneur verspätet mit der Formalität an, auf die er Wert legte.

Hinter dem dicklichen, unbeholfenen Richter kam der schlanke, ordentlich gekleidete begnadigte Rechtsanwalt herein, der den Gouverneur geradezu unterwürfig begrüßte. Bligh bedeutete ihnen kurzangebunden, sich hinzuset-

21

zen. Atkins' Augen waren rot umrändert, er hatte einen schwarzen Stoppelbart, und seine Kleidung war zerknautscht – er sah genauso aus wie jemand, der die Nacht durchgesoffen hat –, aber sein Gefährte war ganz im Gegensatz dazu gut angezogen und hatte frisch rasierte Wangen.

Als der Diener ein Tablett mit Kaffee und Tee hereinbrachte, dachte der Gouverneur, daß Richard Atkins nur selten ganz nüchtern war – eine traurige Tatsache, an der man ihm nicht allein die Schuld zuschieben konnte.

Als William Bligh jetzt zuschaute, wie er sich mit zitternder Hand eine Tasse Kaffee eingoß, fühlte er sowohl Mitleid wie auch Wut in sich aufsteigen. Es war ihm bewußt, daß Atkins' langjähriger, erfolgloser Kampf mit John MacArthur ihn schließlich gebrochen und ihn zum Trinker gemacht hatte. Ihre Auseinandersetzungen gingen auf die Zeit zurück, als beide in Parramatta stationiert gewesen waren. Seitdem hatte MacArthur noch hinterhältiger als bislang versucht, Atkins schlechtzumachen und ihn seines Amtes zu entheben. Das hatte er zwar nicht erreicht, aber der arme Teufel hatte während der letzten Jahre von Phillip Kings Regierungszeit als Gouverneur allen Mut verloren. Immer wieder hatten MacArthur und seine Leute seine Integrität in Frage gestellt, immer wieder waren alle seine Versuche, den Gegner zu besiegen, erfolglos gewesen, aber… Der Gouverneur schaute Atkins' Begleiter forschend an. Seit der Ankunft von Crossley hatte Richard Atkins offensichtlich neuen Mut gefaßt, den Kampf fortzusetzen. Crossley war zweifellos ein windiger Geselle, aber er war ein erstklassiger Rechtsanwalt, er war scharfsinnig und kannte keine Skrupel… Also tatsächlich genau der richtige Mann, um den Kampf gegen MacArthur mit einiger Hoffnung auf Erfolg anzugehen.

Als sein Tablett mit dem silbernen Teetopf hereingebracht wurde, schenkte sich Bligh eine Tasse ein, antwortete zerstreut auf Atkins' dahingemurmelte Platitüden und studierte weiter das Gesicht des Mannes, auf den er seine Hoffnung setzte.

Ursprünglich hatte der Gouverneur ihn für über vierzig gehalten, aber dann hatte er seinen Papieren entnommen, daß er erst dreiunddreißig Jahre alt gewesen war, als er wegen Meineides aus der Anwaltschaft ausgeschlossen worden war.

Er war also nicht gerade der ideale Mann, den man sich vorstellen konnte, um die Kolonie von Betrügereien und Korruption zu befreien, dachte Bligh zynisch. Aber genausowenig war Atkins ein idealer Mann... und er hatte keine Wahl, das hatte er inzwischen schon gelernt.

Als Crossley den forschenden Blick des Gouverneurs auf sich ruhen fühlte, lächelte er nervös und berührte Atkins am Arm, als ob er ihn an den Grund ihres frühen Hierseins erinnern wollte. Der Richter setzte seine Tasse ab und sah wie eine Eule aus, als er ernsthaft verkündete: »Wir sind der Meinung, Sir, daß Mister MacArthur und Captain Abbott gegen den Erlaß Gouverneur Kings verstoßen haben, Destillierapparate in der Kolonie einzuführen, Sir.«

»Das heißt Apparaturen, die dazu dienen, auf ungesetzliche Weise Alkohol herzustellen, Eure Exzellenz«, fügte Crossley hinzu.

»Zum Teufel noch mal!« rief der Gouverneur ungeduldig aus. »Ich *weiß*, daß die verdammten Destillierapparate hier angekommen sind! Der Kapitän des Schiffes hat mich, ganz wie es sich gehört, davon informiert, daß er sie an Bord hatte. Ich ordnete an, daß Doktor Harris sie konfiszieren sollte, und verlangte eine Erklärung von den Männern, an die die Apparate ausgeliefert werden sollten. Auf die Erklärung hätte ich allerdings verzichten können. Abbott behauptete, daß er von nichts eine Ahnung gehabt habe, daß er sie nicht bestellt habe und stimmte sofort mit meinem Vorschlag überein, sie den Herstellern zurückzuschicken.«

Er machte eine wegwerfende Geste mit seinen Händen. »Ich zweifle nicht daran, daß Abbott oder MacArthur oder beide zusammen diese Apparate in der Hoffnung bestellt haben, sie unbemerkt ins Land einzuschleusen … aber wie, zum Teufel, soll ich diesen Verdacht beweisen? Sagen Sie mir das!«

»Eure Exzellenz«, begann Crossley gewandt. »Es gibt eine – äh – neue Entwicklung, die ein vollkommen anderes Licht auf die Angelegenheit wirft, wie Mister Atkins Ihnen bestätigen wird.« Er wandte sich erwartungsvoll an den Richter, der sich räusperte und mit der Erklärung fortfuhr.

»Es ist nämlich so, Sir, daß Doktor Harris Mister Mac-Arthur erlaubt hat, die beiden Kupferkessel, die zu den Destillierapparaten gehören, aus der Lagerhalle zu seiner Farm in Parramatta zu bringen.«

Der Gouverneur pfiff leise vor sich hin.

»Ja, Sir, das stimmt. MacArthur hat nämlich behauptet, daß die Kessel mit den Arzneimitteln gefüllt seien, die er aus England bestellt hat.«

»Und Harris ist dieser Geschichte aufgesessen?«

»Scheinbar ja. Allerdings … das heißt, Sir –« Atkins wechselte einen bedeutungsvollen Blick mit seinem Begleiter. »Crossley ist vor kurzem über die – äh – Tatsache gestolpert, daß MacArthur ein Stück seines Besitzes schon Harris übergeben hat und –«

Er zögerte, als ob er davor zurückschrecken würde, seine Gedanken in Worte zu fassen, aber Crossley kannte solche Bedenken nicht und fuhr an seiner Stelle fort: »Ich bin der Meinung, Sir, daß Doktor Harris das Lager gewechselt hat. Ich glaube nicht, daß Eure Exzellenz in irgendeinem Bereich auf seine Unterstützung hoffen können, Sir, der sich mit einem Interessengebiet Mister MacArthurs überschneidet.«

Warum mußten sich Rechtsanwälte immer so geschraubt ausdrücken, dachte der Gouverneur … Früher war Harris Gouverneur Kings Mann gewesen, hatte ihm durch dick und dünn zur Seite gestanden, und war für seine Loyalität bekannt gewesen. Seine Ernennung zum Marineoffizier war auf Kings Empfehlung hin geschehen. Er selbst hatte den ehemaligen Assistenten des Schiffsarztes zwar nie besonders leiden können, aber… Crossley schaute ihn selbstbewußt über den Schreibtisch hinweg an und sagte: »Man darf auch nicht zuviel Gewicht auf diese Geschichte legen, Sir, Mister MacArthur hat, wie wir alle wissen, auch in der Vergangenheit nie Schwierigkeiten gehabt, Leute, die gegen ihn waren, zu bestechen.«

Der Gouverneur griff nach Papier und Federhalter, schrieb schnell etwas auf, las es durch und reichte es dann Crossley.

»Damit ist die Angelegenheit erledigt, finden Sie nicht? Es ist eine schriftliche Aufforderung, daß Harris die Kupferkessel zurückverlangen und sie mit dem Rest der verdammten Apparatur Captain Spence von der *Duke of Portland* übergeben soll.«

»Sehr gut formuliert, Sir«, stimmte der Rechtsanwalt zu. Er reichte das Papier dem Richter und fragte leise, während Atkins las: »Was soll geschehen, wenn Doktor Harris Ihren Befehl nicht ausführt, Sir?«

»Dann«, polterte Bligh, »wird dem gottverdammten Kerl die Leitung des Hafenzollamtes entzogen! Wenn wir jemals die Einfuhr von illegalem Alkohol stoppen wollen, ist es notwendig, daß wenigstens der Leiter des Zollamtes ein ehrlicher und zuverlässiger Mann ist. Und, bei Gott, vor allen Dingen einer, der sich nicht von den Schurken schmieren läßt, die ständig unsere Gesetze unterlaufen!« Er zog die Stirn in Falten und fuhr nach einer Pause fort: »Wenn Sie mit Ihren Anschuldigungen gegen Doktor Harris richtig liegen, Mister Crossley, dann – der Teufel soll ihn holen! Dann wird er fristlos entlassen.«

»Eure Exzellenz können sicher sein, daß diese Geschichte stimmt«, antwortete Crossley mit fester Stimme. »Wenn diese beiden Kessel sich nicht bereits auf Mister MacArthurs Farm in Parramatta befinden, dann sind sie gerade auf dem Weg dorthin. Und Mister MacArthur wird einfach behaupten, daß er Doktor Harris' Erlaubnis für den Transport eingeholt hat.«

»Aber nicht meine, verdammt noch mal!« schimpfte Bligh. Zweifellos hatte Harris seine Autorität mißbraucht, aber hatte er mehr als das getan? Hatte MacArthur ihn tatsächlich zu dieser krummen Geschichte überreden können? Und wenn das stimmte, wo sollte er einen ehrlichen Mann finden, um ihn zu ersetzen, einen Mann, der nicht bestochen werden konnte? Plötzlich fiel ihm Robert Campbell ein, und er fühlte sich gleich erleichtert. Campbell und sein Neffe – der ebenfalls Robert hieß – waren Freie Siedler, beide waren sehr begüterte Männer, und sie waren selbst an diesem korrupten Ort für faire und ehrliche Geschäftspraktiken bekannt.

William Bligh wandte sich an Crossley.

»Können Sie mir bitte noch einmal das Papier herüberreichen.«

»Aber selbstverständlich, Sir.« Der Rechtsanwalt nahm das Papier aus Atkins' unsicheren Händen entgegen, reichte es dem Gouverneur und fragte: »Soll ich es persönlich Doktor Harris überbringen, Sir? Es wäre für mich keine große Mühe.«

Bligh zögerte und schüttelte dann den Kopf. »Nein. Griffin soll es tun... oder vielleicht Gore, als Kommandant der Feldgendarmerie. Das gäbe der ganzen Angelegenheit einen offiziellen Anstrich, oder? Ich möchte verhindern, daß Harris behaupten kann, daß er meine Nachricht nicht erhalten hat.«

Er stand auf und wollte damit andeuten, daß er das Gespräch für beendet hielt, aber Richard Atkins, der in brütendem Schweigen versunken gewesen war, rappelte sich aus seiner Apathie auf und bemerkte geheimnisvoll: »William Gore muß sehr vorsichtig behandelt werden, Gouverneur. Wir müssen wirklich sehr vorsichtig mit ihm umgehen.«

»Gore? Großer Gott!« Der Gouverneur starrte ihn überrascht an. Abgesehen von Andrew Hawley, seinem Helfer aus der königlichen Marine, war William Gore der beste Offizier, den er hatte. Er war mutig, ein guter Arbeiter und so ehrlich, wie ein Mensch nur sein konnte. Er erledigte seine Pflichten auf vorbildliche Weise und mit einer Unparteilichkeit, die ihm großen Respekt verschaffte. Das Amt des Kommandanten der Feldgendarmerie war nicht gerade eine dankbare Aufgabe, es wurde schlecht bezahlt und war zeitweise richtiggehend lästig, da es auch die Oberaufsicht über das Gefängnis und sämtliche Gendarmen der Kolonie beinhaltete, zusätzlich zu der großen Belastung der Arbeit bei Gericht. Blighs Lippen wurden schmal. »Was meinen Sie ganz genau, Mister Atkins?« fragte er geradeheraus. »Sie wollen mir doch nicht etwa sagen, daß Gore das Lager gewechselt hat?«

»Nein, selbstverständlich nicht«, versicherte ihm der Richter. »Ganz im Gegenteil. Gore ist ein ausgezeichneter Offizier mit hohem Pflichtbewußtsein, der sich der auf ihm ruhenden Verantwortung voll bewußt ist. Die Offiziere vom Rum-Korps haben natürlich versucht, ihn auf ihre Seite zu ziehen – aber ohne jeden Erfolg.« Er machte eine bedeutungsvolle Pause.

»Bitte fahren Sie fort«, bat Bligh ihn ungeduldig.

»Sie erinnern sich doch zweifellos daran, Sir, daß Gore vor ein paar Wochen die Entlassung des Oberaufsehers im Gefängnis beantragt hat. Und zwar wegen schlechter Behandlung der Gefangenen und allgemeiner Verkommenheit?«

Der Gouverneur zog die Stirn kraus. »Ja, natürlich erinnere ich mich daran. Ich habe ihn entlassen.«

Atkins lächelte säuerlich. »Als Reaktion darauf wird der

arme Gore jetzt nach Strich und Faden diskreditiert. Machays Geliebte hat gegen ihn eine Anzeige wegen Diebstahls erhoben, sie behauptet, daß er ihr irgendein Schmuckstück gestohlen habe. Diese offensichtlich an den Haaren herbeigezogene Geschichte entbehrt zwar jeder Glaubwürdigkeit, es muß ihr aber dennoch nachgegangen werden. Ich erwähne das nur, weil – nun, um eine ernsthafte Warnung auszusprechen, denn inzwischen gibt es schon eine zweite Anzeige gegen ihn. Simeon Lords Partner, James Underwood, hat Gore beschuldigt, daß er eine Unterschrift gefälscht habe.«

Bligh fluchte. »Nun, diese Anschuldigung ist ja geradezu lächerlich! Sie werden dieser Sache doch nicht etwa nachgehen, oder?«

»Es ist ein Protokoll aufgenommen worden«, antwortete der Richter zögernd. »Und jetzt muß ich Aussagen aufnehmen, aber –«

Crossley schaltete sich in das Gespräch ein. »Beide Anklagen sind geradezu lächerlich, Sir, aber meiner Meinung nach sollten sie nicht – äh – einfach vom Tisch gewischt werden. Es scheint mir in Mister Gores Interesse zu liegen, wenn diese Fälle ordentlich vor Gericht kommen und widerlegt werden.« Er sprach weiter, bis der Gouverneur schließlich überzeugt war.

»Sind Sie sicher, daß Gore seine Unschuld beweisen kann?« fragte er, und beide Männer nickten überzeugt mit dem Kopf.

»Vorausgesetzt, Sir«, fügte Crossley vorsichtig hinzu, »daß nicht alle Schöffen von der – äh – Militärfraktion sind. Eure Exzellenz verfügen über die Macht, dafür zu sorgen, daß es nicht so ist... im Interesse der Gerechtigkeit.«

Der Gouverneur sah nachdenklich aus, antwortete aber nicht, und zu seiner Erleichterung verabschiedeten sich die beiden Besucher.

Sein Sekretär Edmund Griffin kam herein. Bligh gab ihm

den Brief, den er an Doktor Harris adressiert hatte, und bat ihn, ihm eine Empfangsbestätigung zurückzubringen. Griffin zögerte und schaute unsicher auf den Brief. »Wünschen Sie, daß ich ihn sofort hinbringe?«

»Jawohl«, antwortete Bligh. »Lesen Sie den Brief selbst, Edmund – und achten Sie gut auf Harris' Miene, wenn er ihn liest!«

Als er wieder allein war, öffnete er als erstes einen Brief seiner Frau.

Er vermißte Betsy sehr. In den fünfundzwanzig Jahren seiner Ehe hatte er sie viel zu oft allein lassen müssen. Selbst während der fünf Jahre, in denen die Marine ihn auf halben Sold gesetzt hatte, war er zur See gefahren, bis ihm das Kommando über die *Bounty* gegeben worden war. Und das Ende dieser unglückseligen Fahrt nach Otaheite war die Meuterei der Mannschaft gewesen. Die unglücklichen Erinnerungen an diese Zeit suchten ihn oft noch heim, und es nützte ihm gar nichts, daß das Kriegsgericht ihn offiziell von jeglicher Schuld freigesprochen hatte.

Seine Frau Betsy hatte ihm in dieser schweren Zeit unerschütterlich zur Seite gestanden... Sie hatte nie den Glauben an ihn verloren und ihn immer in jeglicher Hinsicht unterstützt. Er bedauerte immer wieder, daß sie ihn wegen ihrer zarten Gesundheit nicht nach Sydney hatte begleiten können. Seine Tochter Mary gab sich zwar alle Mühe, ihre Mutter zu ersetzen, aber die Krankheit ihres Mannes ging natürlich vor... Er faltete den Brief seiner Frau auf und las zuerst ungläubig und dann voller Entsetzen die Anschuldigungen, die sie gegen seine beiden Amtsvorgänger erhob. Sie behauptete allen Ernstes, daß seine beiden Vorgänger sich jetzt von England aus im illegalen Rumhandel mit Neusüdwales engagierten.

William Bligh sprang auf und ging erregt im Zimmer auf und ab. Als es leise an der Tür klopfte, empfand er es als große Erleichterung und ging seiner Tochter entgegen.

Mary Putland war eine zierlich gebaute, sehr hübsche junge Frau, die ihrer Mutter ähnlich sah. Aber sie hatte sein Temperament geerbt, und als er sich zu ihr hinunterbeugte, um ihr einen Kuß zu geben, hielt sie ihn von sich weg und bat, ohne sich bei dem üblichen belanglosen Austausch von Höflichkeiten aufzuhalten, um seine ungeteilte Aufmerksamkeit.

»Edmund Griffin wollte um jeden Preis verhindern, daß ich dich störe, Papa«, begann sie ärgerlich, »aber die Angelegenheit ist sehr wichtig. Du kannst mir doch sicher trotzdem fünf Minuten von deiner Zeit schenken, oder?«

»Aber selbstverständlich, mein liebes Kind«, versicherte ihr Vater. »Du weißt doch, daß ich immer Zeit für dich habe.« Er bot ihr einen Stuhl an, aber sie schüttelte voller Ungeduld ihren Kopf.

»Es ist wegen Charles, Papa... der Arme hat schon wieder einen Blutsturz gehabt. Einen wirklich schweren, und es kam so plötzlich, daß ich...« Tränen traten ihr in die blauen Augen. »Papa, ich habe nach Doktor Redfern gesandt.«

Sie wußte, daß ihr Vater die Wahl dieses Arztes nicht befürwortete. Aber Bligh nahm sich zusammen, als er sah, daß seine arme Tochter sehr verängstigt war. Die Blutstürze ihres Gatten traten jetzt sehr viel häufiger und schwerer auf als früher, und Bligh wollte ihr keine zusätzlichen Schwierigkeiten bereiten, obwohl er tatsächlich Dr. Redfern nicht leiden konnte, der früher in eine Meuterei verwickelt gewesen, vom Kriegsgericht schuldig gesprochen und als Sträfling nach Neusüdwales transportiert worden war.

Bevor er etwas sagen konnte, meinte Mary: »Es wird behauptet, daß der junge Doktor Redfern bei weitem der beste Arzt in der Kolonie ist. Doktor Jamieson hat dem armen Charles nicht helfen können, das weißt du genausogut wie ich. Er gibt ihm Opiate, weiter nichts, und Charles leidet so sehr. Ich kann nicht einfach daneben stehen und nichts tun, Papa.«

»Selbstverständlich nicht. Ich kann dich verstehen, meine Liebe.« Bligh legte ihr einen Arm um die schmalen Schultern und zog sie an sich. »Du kannst dir natürlich jeden Arzt holen, den du willst. Ich werde keinen Einspruch erheben.«

Sie stellte sich auf die Zehenspitzen und küßte ihn auf die Wange. »Oh, danke, Papa... Ich gehe jetzt schnell zu Charles zurück und warte bei ihm auf Doktor Redfern. Ich hatte nur das Gefühl, daß ich dich davon informieren sollte.« Ihr Blick fiel auf die Briefe, die auf dem Schreibtisch lagen. »Post... ist ein Brief von Mama dabei?«

Ihr Vater zögerte und nickte dann mit dem Kopf.

»Ja, aber außer vielen Grüßen an dich und Charles steht wohl nichts in dem Brief, was dich interessieren würde.«

Mary fragte nicht nach. Sie küßte ihn noch einmal und verließ dann eilig das Zimmer. Als der Gouverneur gerade anfing, den langen Brief von Sir Joseph Banks zu lesen, kam sein Sekretär mit wütendem Gesichtsausdruck herein.

»Nun?« fragte Bligh und ahnte schon, was er erfahren würde. »Wollen Sie mir sagen, daß sich Doktor Harris meinem Befehl widersetzt?«

Edmund Griffin nickte mit dem Kopf. »Er besteht darauf, daß er in seiner Funktion als Leiter des Hafenzollamtes vollkommen richtig gehandelt hat und läßt Ihnen ausrichten, daß es ihm nicht notwendig erscheint, die Kupferkessel von Mister MacArthur zurückzufordern, die er für dessen rechtmäßiges Eigentum hält. Und außerdem weigerte er sich, die Empfangsbestätigung für Ihren Brief zu unterschreiben, Sir.«

»Das hat er tatsächlich gewagt?« Gouverneur Bligh griff nach Papier und Federhalter. »Aber *diesen* Befehl wird er nicht so leicht vom Tisch wischen können! Liefern Sie ihm dieses Schreiben sofort ab... es ist seine Entlassung. Ich werde Mister Campbell an seiner Stelle mit dem Amt betrauen. Und seine erste offizielle Pflicht wird die Einziehung dieser verdammten Destillierapparate sein! Sie sollen auf der *Duke of Portland* nach England zurückgebracht werden, ich werde Mister Campbell persönlich über diese ganze Geschichte informieren. Bitten Sie ihn zu einem Gespräch ins Regierungsgebäude, noch bevor ich nach Parramatta aufbreche. Ach ja ... ich nehme an, Sie haben für meine Begleitung gesorgt?«

»Ja, Sir, die Männer stehen bereit. Es sind sechs berittene Kavalleristen.« Der Sekretär lächelte zufrieden. »Sie werden mit diesen Begleitern zufrieden sein. Alle Männer haben sich freiwillig gemeldet!«

»Gut«, stimmte der Gouverneur zu. »Sorgen Sie bitte dafür, daß sie etwas zu trinken bekommen. Ist Captain Hawley auch dabei?«

Edmund Griffin schüttelte den Kopf. »Nein, Sir, er ist dem Schiff entgegengefahren, das gerade angekommen ist. Aber ich glaube, daß ich seinen Kutter bei der Einfahrt in den Hafen gesehen habe – ich hatte kein Fernglas bei mir, deshalb bin ich nicht ganz sicher. Es kann aber sein, daß er schon bald zurücksein wird, Sir.«

»Gut, wenn er rechtzeitig zurückkommt, laden Sie ihn in meinem Namen zum Mittagessen ein. Meine Tochter wird auch dabei sein. Sie wartet auf Doktor Redfern.« Als er den überraschten Blick des Sekretärs bemerkte, fügte er hinzu: »Ich bin damit einverstanden, Edmund.«

»Sir«, sagte Griffin steif und zog sich zurück.

Als er wieder allein war, fühlte sich Gouverneur Bligh etwas besser und las den Brief von Sir Joseph Banks. Der Außenminister William Windham hatte offensichtlich seinen Maßnahmen, dem Tauschhandel mit dem Alkohol in der Kolonie ein Ende zu bereiten, zugestimmt.

Es klopfte. »Das Essen ist serviert, Sir«, kündigte ein Diener an. Der Gouverneur erhob sich und unterdrückte einen Seufzer. Der halbe Tag war erst um, aber er fühlte sich unbeschreiblich müde und wünschte nicht zum erstenmal seit seiner Ankunft in Neusüdwales, daß er wieder das Kommando über eines der Königlichen Schiffe hätte. Auf dem Achterdeck hatte er sich nicht einmal in schwierigen Situationen so verletzlich oder so machtlos gefühlt, wie hier.

Als ihm sein Sekretär die Ankunft von Captain Hawley mitteilte, fühlte er sich etwas besser. Der hochgewachsene Marineinfanterist wartete schon im Speiseraum auf ihn. Hawley war wirklich ein guter Mann, auf dessen Loyalität er sich verlassen konnte. Der Gouverneur begrüßte ihn freundlich und wies dem Neuankömmling einen Platz am Tisch zu.

Nachdem die Suppe serviert worden war und die üblichen belanglosen Freundlichkeiten ausgetauscht worden waren, fragte Bligh: »Nun, was gibt es von der *Mysore* zu berichten, Hawley? Hat sie die Freien Siedler an Bord, die wir erwarten?«

»Ja, Sir, und hundertundzwanzig Sträflinge – davon sind achtzehn Frauen«, antwortete der Marineinfanterist. Er betonte, daß alle in guter gesundheitlicher Verfassung seien und daß – statt der üblichen Diebe und Vagabunden aus den großen Städten – die Mehrzahl der Sträflinge Fischer, Landarbeiter oder Bergarbeiter seien. Ein Mann, der seine Familie mitgebracht hatte, war sogar ein Dachdeckermeister. »Es sind Leute vom Land, Sir … das ist selten, und der Kapitän hatte sich während der Überfahrt nicht über sie zu beklagen.«

»Das ist ja ausgezeichnet!« rief der Gouverneur aus. »Könnte es sein, daß das eine Änderung der Regierungspolitik anzeigt? Werden uns von jetzt an endlich erfahrene Handwerker und Bauern geschickt, die wir so dringend benötigen?«

»Ich fürchte, Sir«, gab Andrew Hawley zurück, »daß es sich da um einen reinen Zufall handelt.«

William Bligh fluchte leise. »Das kann natürlich auch sein, Captain Hawley.« Ohne jeden Appetit nahm er sich etwas Fleisch von der Platte, die ihm der Diener anbot.

»Aber … was ist mit den Freien Siedlern? Sind Sie genauso zufrieden mit ihnen wie mit den Sträflingen?«

Zu seiner Überraschung bemerkte er, wie Hawleys Gesicht rot wurde. »Es ist ein Missionar dabei, Pfarrer Caleb Boskenna mit seiner Frau, Sir, ein Schreiner und ein Schneider mit ihren Familien, und ein alleinstehender Schäfer. Diese Leute machen uns bestimmt keine Probleme, aber –« er zögerte und Bligh fragte: »Nun? Irgend etwas muß doch los sein?«

Andrew Hawley nickte.

»Es sind zwei junge Schwestern darunter, Sir, deren Vater während der Überfahrt gestorben ist – er hat sich wohl selbst das Leben genommen. Er war ein Marineoffizier, der in der Schlacht von Kopenhagen schwer verletzt worden ist und … nun, soweit ich das richtig verstanden habe, war Captain Duncan geradezu erleichtert, den schwierigen Passagier auf diese Weise loszuwerden. Aber … der unglückliche Mensch hat viele Tiere in Kapstadt gekauft, hauptsächlich Schafe, aber auch ein paar gute Pferde. Er wollte sich hier als Freier Siedler niederlassen.«

»Wir können die Tiere ja für die Regierungsfarmen kaufen«, meinte der Gouverneur. »Das stellt kein großes Problem dar. Aber was soll mit den beiden jungen Waisen geschehen? Haben Sie mit den Mädchen gesprochen?«

»Ja, selbstverständlich, Sir. Die ältere der beiden jungen Mädchen, die siebzehn Jahre alt ist, Sir, sagte mir, daß es ihr fester Entschluß ist, die Tiere ihres Vaters zu behalten und seine Wünsche auszuführen. Sie ist …« Andrew Hawley lächelte. »Miß Abigail Tempest ist eine sehr mutige und energische junge Dame, und soweit ich verstanden habe, will sie …«

»Tempest?« unterbrach ihn Bligh. »Großer Gott … und ihr Vater wurde in Kopenhagen verwundet, sagen Sie? Hieß er Edmund Tempest?«

»Ich glaube ja, Sir. Kannten Sie ihn?«

»Selbstverständlich. Er war der Erste Offizier auf der *Monarch* und übernahm das Kommando über das Schiff, nachdem Captain Mosse in der Schlacht getötet worden war. Nachdem er verletzt worden war, löste ich ihn ab, und das Schiff fuhr unter meinem Kommando nach England zurück. Ich fürchtete, Tempest nicht lebendig nach Hause zurückzubringen – er war sehr schwer verwundet. Aber jetzt, da der arme Mensch tot ist… und auch noch durch eigene Hand, großer Gott!«

Der Gouverneur war tief bewegt.

»Ich werde für seine Kinder alles tun, was in meiner Macht steht. Aber ich fürchte, daß sie nach Hause zurückgeschickt werden müssen. Haben Sie die beiden Mädchen mit an Land gebracht?«

Andrew Hawley schüttelte den Kopf.

»Ich dachte, es sei besser, zuerst für Unterkünfte für sie zu sorgen, Sir. Auf dem Schiff geht es ihnen gut. Pfarrer Boskenna und seine Frau haben sich seit dem Tod ihres Vaters sehr um die beiden gekümmert, und der Schiffsarzt hat mir versichert, daß –«

»Sie werden im Regierungsgebäude wohnen«, entschied Captain Bligh. »Aber ich muß jetzt gleich zur Parade nach Parramatta! Wann, glauben Sie, daß die *Mysore* im Hafen ankern wird?«

»Ich nehme an, heute abend noch, aber spät.«

Der Gouverneur stand auf und schob seinen unberührten Teller beiseite.

»Ich habe keine Zeit, zum Schiff hinzufahren – ich muß vor Einbruch der Dunkelheit in Parramatta sein. Sie werden sich um diese armen Kinder kümmern müssen, Hawley. Bringen Sie sie an Land, sobald das Schiff vor Anker gegangen ist, ich werde meiner Tochter den Besuch ankündigen.«

Sein Sekretär erschien in der Eßzimmertür. »Was gibt's, Edmund? Ich bin schon auf dem Weg.«

»Eure Exzellenz wollten Mister Campbell sehen –« sagte Griffin, und Bligh fluchte leise.

»In der Tat, das stimmt. Nun, die Zeit muß ich mir einfach nehmen. Ich nehme an, daß Sie meinen – äh – den Brief Doktor Harris überbracht haben?«

»Selbstverständlich, Sir.« Der jüngere Mann erlaubte sich ein leises Lächeln. »Und der Brief ist nicht gut aufgenommen worden, Sir.«

»Ausgezeichnet!« rief der Gouverneur aus. »Wir haben direkt ins Hornissennest gestochen, nehme ich an.« Er zuckte mit den Schultern. »Nun, zum Teufel mit ihnen!« Er legte Andrew Hawley kurz die Hand auf seine breiten Schultern und verließ das Zimmer.

2

Die Sonne versank in einem Meer von rotem Gold hinter den bewaldeten Hügel, als die *Mysore* endlich in Sydney Cove vor Anker ging. Die weiblichen Passagiere, sowohl die Sträflinge als auch die freien, hatten fast den ganzen Tag an Deck verbracht und sich an der herrlichen Aussicht erfreut.

Die mit Lehm bemalten Eingeborenen hatten in ihren Kanus am Anfang für viel Aufregung gesorgt, aber jetzt richtete sich die Aufmerksamkeit aller Frauen mehr auf die Stadt, die ihre Heimat sein würde – für die Sträflingsfrauen sehr wahrscheinlich für den Rest ihres Lebens.

»Nich grad 'ne große Stadt, oder«, bemerkte eine stämmige Hebamme namens Kate Lamerton, nachdem sie die Reihen der weißbemalten Holzhäuser und die wenigen größeren Steingebäude einer genauen Inspektion unterzogen hatte. »Aber sieht ziemlich sauber aus, find ich, und die Windmühlen sind ja richtig hübsch. Ach da … is' das nich' 'n Glockenturm – oder isses 'ne Kirche? Miß Abigail, Ihre Augen sind doch besser als meine. Können Sie's sehen?«

Abigail schüttelte den Kopf und kämpfte gegen ein Gefühl bitterer Enttäuschung an. Waren sie dafür um die halbe Welt gefahren? Mochte die Stadt auch sauber aussehen, wie Kate meinte, so war sie in erster Linie doch primitiv gebaut, und die reinen Zweckbauten sahen so aus, als würden sie beim ersten Unwetter zusammenstürzen.

Das Regierungsgebäude war das einzige zweistöckige Haus weit und breit …

»Und das da drüben muß das Gefängnis sein«, meinte Kate und deutete auf ein großes Gebäude, das halb verborgen hinter einer hohen Mauer lag, die einen quadratischen

Hof einschloß. »Da kommen wir rein, wenn wir uns was zuschulden kommen lassen. Das seh ich, ehrlich gesagt, gar nich' gern, meine Liebe. Das Gefängnis in Plymouth war schon schlimm genug!«

Abigail drückte der Frau die abgearbeitete Hand. Kate Lamerton war für sieben Jahre in die Verbannung geschickt worden. Sie sprach nie von ihrer Vergangenheit und erwähnte mit keinem Wort das Verbrechen, dessen sie schuldig gesprochen worden war. Sie beklagte sich nie über ihr Schicksal und hatte schon bald die Anerkennung des Kapitäns und des Schiffsarztes gewonnen, weil sie mit großer Aufopferung die Kranken pflegte.

Und viele hatten ihre Hilfe nötig gehabt, dachte Abigail... Unter anderem ihre zarte kleine Schwester Lucy. Lucy hatte zwischen Rio de Janeiro und Kapstadt hohes Fieber gehabt, und nur Kates selbstlose Pflege hatte sie gerettet. Und dann... sie hielt den Atem an und war immer noch unfähig, ruhig an das zu denken, was dann geschehen war. Nach dem unverständlichen Selbstmord ihres Vaters hatte sich die Hebamme liebevoll um die beiden Mädchen gekümmert, sie und der junge Assistent des Schiffsarztes, Titus Penhaligon. Die beiden hatten sich sehr viel liebevoller und verständnisvoller um die Schwester gekümmert als der Mann, den ihr Vater als Vormund bestimmt hatte.

Abigail zitterte in der warmen Dämmerung. Warum, fragte sie sich bitter, hatte ihr Vater ausgerechnet Pfarrer Caleb Boskenna und seine scharfzüngige Frau dazu bestimmt, sich um die Angelegenheit der Waisen zu kümmern? Und es gab keinen Zweifel daran, daß er es so gewollt hatte. Er hatte seinen Letzten Willen klar in einem Brief formuliert – einem Brief, den er geschrieben hatte, kurz bevor er sich mit einer Pistole erschossen hatte.

Kate Lamerton rief aus: »Schaun Sie mal da, Miss Abigail – ich glaub, es kommt noch 'n Boot zu uns! Es sitzen lauter Soldaten drin.«

Es war das zweite Boot, das auf die *Mysore* zusteuerte, seit sie Anker geworfen hatte. Mit dem ersten war der hochgewachsenen Marineinfanterist an Bord gekommen, der dem Schiff schon gestern abend einen Besuch abgestattet hatte, als es noch außerhalb des Hafenbeckens lag. Diesmal hatte er sich gleich mit den Boskennas in deren Kabine zurückgezogen. Abigail vermutete, daß sich das Gespräch um ihre und Lucys Zukunft drehte.

Sie hatte ihm vielleicht etwas zu offen ihre Pläne und Absichten kundgetan, als er sie beim ersten Besuch darüber befragt hatte. Sie hatte ihm ihren festen Entschluß mitgeteilt, das Stück Land zu bebauen, das ihr Vater hier in der Kolonie beantragt hatte. Aber Mr. Boskenna hatte sich sehr bald in das Gespräch eingeschaltet und den Marineinfanteristen auf die Seite gezogen, um ihn darüber zu informieren, daß er nach dem Letzten Willen des Vaters der Vormund der beiden Mädchen sei.

Als sie in Plymouth an Bord gegangen waren, hatten die Boskennas jedem, der es hören wollte, erzählt, daß sie auf dem Weg nach Neuseeland seien, um die Eingeborenen dort zum christlichen Glauben zu bekehren. Deshalb fand Abigail es merkwürdig, daß sich Pfarrer Boskenna ohne jedes Zögern dazu bereit erklärt hatte, die Vormundschaft über sie und ihre kleine Schwester zu übernehmen. Denn um diese Aufgabe tatsächlich erfüllen zu können, mußte er seine Reise nach Neuseeland auf unbestimmte Zeit verschieben – aber darüber schien er sich keinerlei Sorgen zu machen. Eher das Gegenteil schien der Fall zu sein. Sowohl er als auch seine Frau schienen mit dem neuen Ziel ihrer Reise ganz einverstanden zu sein und überhörten Abigails Versuche, sie davon zu überzeugen, daß sie sich durchaus in der Lage fühlte, allein für sich und ihre Schwester zu sorgen.

»Ihr zwei seid noch Kinder«, meinte der Missionar darauf, »und Sydney ist eine Strafkolonie. Es wäre der Gipfel an Unverantwortlichkeit, euch beide hier allein zu lassen, Abigail.«

»Ich würde lieber nach England zurückfahren, Abby«, hatte ihre kleine Schwester Lucy schluchzend gesagt. »Ganz bestimmt – selbst wenn wir dort betteln müßten! Und es bedeutet mir nichts, daß Mister Boskenna ein Pfarrer ist – er ist ein böser Mann, und ich hasse ihn! Bitte, Abby, schick sie weg – nach Neuseeland, oder wo immer auch sie hinwollten. Wir brauchen sie nicht... Kate kann für uns sorgen. Sie möchte es außerdem, und Jethro auch. Es ginge uns sehr gut mit den beiden.«

Aber Kate kam als Aufsichtsperson für den Pfarrer überhaupt nicht in Frage. Sie war ein Sträfling, und Jethro Crowan, der Schafhirte, war ein des Lesens und Schreibens unkundiger Tölpel, der auf keinen Fall eine so schwere Verantwortung tragen konnte.

»Es sind lauter Offiziere, Miss Abigail«, sagte Kate und deutete auf das herannahende Boot. »Was, glauben Sie, daß die hier wollen?«

Abigail wischte die Tränen fort. »Ich weiß es nicht«, gab sie zu und meinte dann: »Vielleicht ist es die Gesundheitspolizei.«

»Nun, wir sind doch gesund genug«, sagte Kate mit ruhigem Stolz. »Der Kapitän und der junge Doktor Penhaligon hätten dafür 'ne Auszeichnung verdient. Kein einziger Fall von Skorbut an Bord, und niemand hat Fieber – die Offiziere werden nich' viel zu meckern haben, selbst wenn sie möchten.« Abigail lächelte. Es stimmte, Captain Duncan war ein sehr freundlicher Mann. Er hatte die Sträflinge gut behandelt, jedem, der sich gut führte, sehr bald die Fesseln abnehmen lassen und ihnen so oft wie möglich den freien Zugang zum Deck erlaubt. Chrissie Trevemper, die Frau des Schreiners Robert Trevemper, stand in Abigails Nähe, hob ihren kleinen Sohn hoch und rief: »Den kleinen Holzhäusern nach zu urteilen, gibts ja mehr als genug Arbeit hier für meinen Rob, meinen Sie nich' auch, Miss Abigail? Das kann man wohl kaum 'ne Stadt nennen, oder?«

»Ja, das stimmt«, sagte Abigail, und in ihrer Stimme schwang die Enttäuschung mit. Sie überlegte sich, ob sie jetzt bald die Erlaubnis bekämen, an Land zu gehen... und mit einem plötzlichen Schreck fragte sie sich, ob Kate Lamerton mit den anderen Sträflingen im Gefängnis untergebracht würde. Sie hatte Mr. Boskenna darum gebeten, sich darum zu bemühen, daß sie Kate als Haushälterin zugeteilt bekämen, aber er war von dieser Idee nicht gerade begeistert gewesen und meinte, er müsse sich erst einmal um ihre eigene Unterbringung kümmern.

»Wir sind neu hier, Abigail«, hatte er ihr gesagt, »und ich kann dir nur wiederholen, daß dies eine Strafkolonie ist. Meiner Meinung nach wäre es unklug, auch nur zu erwähnen, daß du eine Frau wie Kate Lamerton auch nur kennst. Das beste wäre, wenn du sie vergißt, sobald wir an Land gegangen sind – zu deinem eigenen Besten!«

Sie würde Kate *nicht* vergessen, dachte Abigail, was immer ihr Vormund auch sagte... Sowohl sie als auch Lucy verdankten der guten Seele zuviel, um sie jemals vergessen zu können. Aber vielleicht könnte der Marineinfanterist – wie hieß er noch mal? Hawley, Captain Hawley... vielleicht könnte er die Angelegenheit für sie erledigen, wenn sie ihn darum bat. Er hatte den Eindruck gemacht, als wolle er ihr gerne behilflich sein, aber jetzt sprach er schon seit über einer Stunde mit den Boskennas, und sie hatte keine Gelegenheit gehabt, noch einmal mit ihm zu reden. Sie beugte sich über die Reling und schaute auf das Boot mit den Offizieren hinunter, das inzwischen längsseits angelegt hatte.

Fünf Offiziere saßen im Boot, vier davon waren noch recht jung. Der fünfte hatte das graue Haar sehr kurz geschnitten, und als sie ihm in das verschlossene Gesicht blickte, fühlte sie schlimme Vorahnungen in sich aufsteigen.

Kate faßte sie am Arm und sagte: »Vielleicht gehen wir

am besten unter Deck, Miss Abigail, denn so wie die aussehen, glaub ich kaum, daß es Gesundheitspolizisten sind.«

Als Abigail gerade diesen klugen Rat befolgen wollte, sah sie, wie Titus Penhaligon aus der Ladeluke auftauchte und zur Breitseitpforte hinüberging, wo der Steuermann das Boot gerade festband. Der Assistenzarzt trug einen weißen Mantel über seiner Uniform und keinen Hut auf seinem dunklen Haar, das vom Wind erfaßt wurde. Abigail sah, wie er die Offiziere begrüßte, die sich durch die Breitseitpforte ins Schiff hineinzwängten, und sie zögerte, weil sie immer noch nicht sicher war, ob es nun Abgesandte der Gesundheitspolizei waren, wie sie ursprünglich angenommen hatte. Dann beobachtete sie, wie der Rotgesichtige Captain Titus anrempelte, sich nicht einmal entschuldigte und dann mit zwei Begleitern in Richtung des hinteren Teils des Decks ging, wo sie und Kate mit den anderen Frauen standen. Er schwankte, und als er vor ihr stehenblieb, roch sie, daß er Alkohol getrunken haben mußte.

»Dreh dich um, du Bauerntrampel«, befahl er mit hartem Tonfall.

Abigail starrte ihn überrascht an, dachte überhaupt nicht daran, ihm zu gehorchen, und er sagte ungeduldig: »Verdammt noch mal, hast du nicht gehört, was ich gesagt habe? Dreh dich um – geh ein paar Schritte weg, damit ich dich anschauen kann.«

»Sie sind nicht gefesselt, keine einzige ist gefesselt«, meinte einer der jüngeren Offiziere. »Sieht ganz so aus, als ob sie zu gut vom Kapitän behandelt worden sind, oder? Aber die hier ist ja direkt eine kleine Schönheit. Wenn Sie sie nicht nehmen, Tony, dann interessiere ich mich für das Mädchen, weil meine Haushälterin inzwischen zu einer schlampigen Hexe geworden ist.«

»Ich möcht erst sehen, wie sich dieser Trampel hier bewegt«, sagte sein Vorgesetzter, »bevor ich eine Entscheidung treffe.« Er hatte Schluckauf und stocherte mit einem

Stöckchen an Abigail herum, und seine schmalen Augen fraßen sie geradezu auf. Als Kate sich schützend vor sie stellte, zog er ihr mit dem Stock eins über den Rücken. »Ich laß euch sofort Ketten anlegen, wenn ihr mir nicht den nötigen Respekt erweist«, warnte er. »Zeig mal deine Beine, mein Mädel... heb deinen Rock hoch und geh über das Deck!«

Abigail begriff jetzt erst, daß sie für ein Sträflingsmädchen gehalten wurde, und schaute ihn verletzt und voller Widerwillen an. Aber als sie mit hochrotem Kopf nach Worten suchte, um das Mißverständnis aufzuklären, drückte ihr jemand die Hand, und als sie sich umdrehte, sah sie mit Erleichterung, daß Titus Penhaligon neben sie getreten war.

»Der Kapitän ist an Land gegangen, aber ich habe Captain Hawley benachrichtigen lassen«, flüsterte er ihr zu, und dann wandte er sich mit lauter Stimme an den unverschämten Offizier. »Ist das die Art, mit der Sie Neuankömmlinge in Sydney begrüßen, Sir? Ich dachte, daß ein Offizier des Königs weiß, wie man sich in Gegenwart einer Dame zu verhalten hat, und daß er eine Dame vor allen Dingen sofort als solche erkennen würde, unter welchen Umständen auch immer er sie antrifft. Aber Sie, Sir, sind dazu, weiß Gott, nicht in der Lage, was mich zu der Annahme verleitet, daß Sie alles andere als ein Gentleman sind!«

Das waren mutige Worte, und Abigail war sehr überrascht, denn sie hatte während der sechsmonatigen Überfahrt kein einziges Mal gehört, daß der junge Schiffsarzt irgend jemanden in einem solchen Ton angesprochen hatte, nicht einmal aufsässige Sträflinge. Aber Titus Penhaligons Sarkasmus war an den wütenden Captain verschwendet. Ebensowenig hätte es ein kleiner Hund geschafft, einen gereizten Bullen aufzuhalten, dachte sie und wünschte sich, daß er ihr nicht zur Hilfe geeilt wäre.

»Das ist ganz genau die Art, mit der ich verurteilte Sträflinge empfange«, antwortete der Offizier kurz. »Und Huren, ob sie nun früher Damen gewesen sind oder nicht, und so« – das Stöckchen zischte durch die Luft und hinterließ einen roten Striemen auf der Wange des Arztes – »so behandeln wir aufsässige Knochensäger, wenn sie den Mund zu voll nehmen!« Er überhörte die leise Warnung eines der beiden jungen Offiziere, die ihn begleitet hatten, und fuhr ihn an: »Zum Teufel mit Ihnen, O'Shea! Kümmern Sie sich um Ihre eigenen Angelegenheiten.«

Titus bedeckte den schmerzenden Striemen auf seiner Wange mit der Hand, aber als ihm Abigail ihr Handtuch daraufleggen wollte, beschwor er sie, unter Deck zu gehen. »Nehmen Sie Misses Lamerton mit, Miss Abigail. Es wird nur alles schlimmer, wenn Sie hierbleiben.«

Sie setzte sich zögernd in Bewegung, aber der rotgesichtige Captain war noch nicht am Ende. Er ging zur Backbordseite hinüber und befahl seinem Sergeant, an Bord zu kommen. »Ich nehme Sie unter Arrest«, rief er Titus über die Schulter hinweg zu. »Sie werden sich wegen Beleidigung zu verantworten haben. Und was den kleinen Trampel angeht, so werde ich…« Er sah, wie Abigail mit Kate auf die Ladeluke zuging und brüllte ihr zu, sofort stehenzubleiben.

Der jüngere Offizier, den er mit O'Shea angesprochen hatte, trat neben sie. »Gehen Sie ihm aus den Augen, meine Liebe, aber schnell! Ich fürchte er ist – äh – im Augenblick nicht ganz er selbst. Ich werde versuchen, ihn zu beruhigen, aber es wird leichter sein, wenn Sie ihm aus den Augen sind. Sie –« Zu Abigails großer Erleichterung wurde er von Captain Hawley unterbrochen.

Der Marineinfanterist verstand die Situation sofort. Er stellte sich zwischen sie und den Angreifer und hob eine Hand, um ihm Einhalt zu gebieten.

»Aus dem Weg, Hawley, verdammt noch mal!« forderte der ältere Mann. »Ich möchte diesem Trampel eine kleine Lektion erteilen, bevor sie sich verzieht!«

»Ich fürchte, Sir, daß Sie sich schwerwiegend geirrt haben«, sagte Captain Hawley mit ernster Stimme. »Die junge Dame, mit der Sie sich angelegt haben, ist die Tochter eines Marineoffiziers, um deren Wohlergehen sich Seine Exzellenz, der Gouverneur, persönlich kümmert. Ich bin in seinem Auftrag hier, um Miss Abigail Tempest und ihre Schwester ins Regierungsgebäude zu bringen. Unglücklicherweise ist ihr Vater während der Überfahrt verstorben, und Seine Exzellenz wird die Verantwortung für das Wohlergehen der beiden Schwestern übernehmen. Er –«

»Zum Teufel mit Seiner Exzellenz!« rief der Neusüdwales-Korps-Captain aus. Aber er war doch sehr irritiert und fragte: »Warum hat mir das Mädchen nicht erzählt, wer sie ist? Woher sollte ich das denn wissen, verdammt noch mal? Zum Teufel mit Ihnen, Hawley, Sie hätten dafür sorgen sollen, daß das Mädchen in seiner Kabine bleibt, und nicht mitten unter den Sträflingshuren an Deck herumläuft!«

Er schimpfte weiter, und Kate flüsterte ängstlich: »Das beste is', wir verziehn uns, Miss Abigail!«

Abigail war schockiert, nickte und wollte den Ort dieser peinlichen Szene verlassen, aber an der Ladeluke stand Pfarrer Caleb Boskenna und versperrte ihr und Kate den Weg.

»Was« – fragte er Kate mit eisigem Tonfall – »was geht hier eigentlich vor? Der zweite Maat ist eben in meine Kabine gestürzt und erzählte wirres Zeug von einem Zusammenstoß zwischen meinem Mündel und ein paar Offizieren… das kann doch nicht wahr sein!«

Als Abigail versuchte, etwas zu sagen, herrschte er sie an: »Kein Wort, bitte. Ich spreche im Augenblick mit Kate Lamerton.«

Kate erstattete ihm Bericht, und Martha Boskenna preßte ihre schmalen Lippen ärgerlich aufeinander.

»Ich habe Abigail bis zum Überdruß immer wieder gesagt, daß sie nicht so freien Umgang mit Sträflingsfrauen pflegen solle«, meinte sie. »Wenn sie jetzt in Schwierigkeiten steckt, dann ist es ihre eigene Schuld.«

»Ganz meine Meinung, meine Liebe«, antwortete ihr Mann. Er richtete sich zu seiner vollen Größe auf, und sein dunkelbärtiges Gesicht strahlte den religiösen Fanatismus aus, den Abigail von seinen Predigten her kannte, als er mit lauter, weittragender Stimme fortfuhr: »Gott hat uns an diesen sündigen Ort geführt, weil hier geistige Führung wahrlich vonnöten ist... und Sie, Miss, gehen jetzt bitte in Ihre Kabine und bleiben mit Ihrer Schwester dort, bis ich nach Ihnen schicke. Nein nein, nicht Sie –« fügte er hinzu, als Kate ihren Arm schützend um Abigail legte. »Sie gehen in Ihre eigene Unterkunft. Sie werden irgendwann morgen vormittag an Land gerudert und im Gefängnis untergebracht, wo Sie hingehören.«

Er wandte sich ab und ging in Richtung der Offiziere. Abigail spürte, daß Kates Hände zitterten und daß sie vor Wut fast explodierte, und flüsterte beschwichtigend: »Tu lieber, was Mister Boskenna sagt, Kate. Aber wir sehen uns noch, bevor du an Land gebracht wirst, das versprech ich dir.«

»Wenn Sie meinen, Miss Abigail...« entgegnete Kate zögernd, und Mrs. Boskenna schob Abigail nicht gerade sanft durch den düsteren schmalen Gang, der zu den Kabinen führte.

»Du bleibst in der Kabine, wie der Pfarrer dir befohlen hat, Abigail«, sagte sie beim Abschied.

»Und morgen wirst du nur in meiner Begleitung an Deck gehen... ist das klar?«

Abigail lief vor Ärger rot an, fand es aber klüger, nichts darauf zu antworten. Sie war unfähig, einen klaren Gedanken zu fassen, und die dunkle enge Kabine, die sie sechs Monate lang mit ihrer kleinen Schwester bewohnt hatte, kam ihr jetzt eher wie ein Gefängnis als wie ein Zufluchtsort vor.

Warum nur hatte ihr Vater ausgerechnet diesen Missionar zu ihrem Vormund bestellt?

Während der Überfahrt hatten die beiden Männer nur sehr wenig miteinander zu tun gehabt. Ihr Vater hatte sich oft genug über den religiösen Eifer des Missionars lustig gemacht, und Mrs. Boskenna hatte oft genug angedeutet, daß sie ganz und gar nicht mit den nächtlichen Trinkgelagen von Edmund Tempest und Captain Duncan einverstanden gewesen war.

Und trotzdem war im Angesicht des Todes die Wahl ihres Vaters auf Pfarrer Boskenna gefallen.

Er hatte die Zukunft seiner Töchter einem Mann anvertraut, den er zwar absolut nicht leiden konnte, der aber dennoch – mit all seinen offensichtlichen Fehlern – ein Mann Gottes war.

Das war der einzige Grund, den Abigail verstehen konnte, und es wurde ihr klar, daß es kein Entkommen gebe, es sei denn… plötzlich erinnerte sie sich an den Brief, drehte die Petroleumlampe höher und stellte sie dorthin, wo das Licht ihre schlafende Schwester Lucy nicht störte.

Der Brief von Mrs. Pendeen schien ihr die letzte Rettung zu sein. Sie hatte ihn irgendwo in ihrem Koffer versteckt, den sie jetzt mit Mühe unter dem Tisch hervorzog und öffnete.

Zuerst war die Frau des Vikars mißtrauisch gewesen und hatte nicht mit ihnen sprechen wollen. Sie war sogar so weit gegangen, zu behaupten, daß sie nichts von der Strafkolonie in Neusüdwales wisse und daß sie niemals in ihrem Leben England verlassen hätte.

Aber bald hatten sie und ihr Bruder Rick ihr Vertrauen gewonnen, sie hatte die Wahrheit zugegeben und den beiden Geschwistern traurig über ihre bitteren Jahre in der Verbannung berichtet.

Die schlanke, noch immer schöne Amelia Pendeen hatte sowohl auf Rick als auch auf sie selbst sehr respektabel gewirkt und die beiden hatten erstaunt der Geschichte gelauscht, die sie ihnen anvertraute. Am Schluß sagte sie: »Nur mein Mann und meine Mutter kennen die Wahrheit«, und bat die Geschwister noch einmal um ihre Verschwiegenheit.

Abigails Hände zitterten, als sie zwischen den gefalteten Kleidern und Unterröcken ungeduldig nach dem Brief suchte, den sie dort versteckt hatte.

»Die Adressatin war das tapferste und anständigste junge Mädchen, das ich jemals kennengelernt habe«, hatte Mrs. Pendeen gesagt. »Sie war etwa in deinem Alter, als ich sie kennengelernt habe, Abigail. Jetzt wird sie natürlich eine Frau in den Dreißigern sein, verheiratet, und sicher mehrere Kinder haben. Als Mädchen hieß sie Taggart, Jenny Taggart.«

Als die Hälfte des Kofferinhaltes auf dem Boden lag, fand sie endlich den Brief, und Abigail atmete erleichtert auf. Sie würde sich sehr diskret nach Jenny Taggart erkundigen, ganz wie Amelia Pendeen ihr geraten hatte – am besten mit Hilfe von Kate, die ihr bestimmt dabei helfen würde. Es klopfte laut an die Tür.

Abigail steckte den wertvollen Brief in den Ausschnitt ihres Kleides, und rief: »Wer ist da?«

»Misses Boskenna. Laß mich sofort herein, Abigail.« Aber Abigail ließ sich Zeit, räumte den Koffer wieder ein und schloß den Deckel, bevor sie die Tür öffnete.

»Du warst ja nicht im Bett«, sagte die Frau des Missionars ärgerlich.

»Nein, nein, ich habe gelesen«, log Abigail, »aber Lucy schläft und –«

Martha Boskenna schaute zur Koje hinüber und sprach leiser.

»Ich bin gekommen, um dir zu sagen, daß ihr an Bord bleibt, bis die Sträflinge morgen vormittag an Land gebracht worden sind. Mister Boskenna hat mit Captain Hawley beschlossen, daß wir alle als erstes nach Parramatta fahren, wo sich der Gouverneur zur Zeit aufhält. Das Pfarrhaus steht leer, und wir können während unseres Aufenthaltes dort wohnen.«

»Parramatta?« Abigail vermochte es kaum, ihre Aufregung zu verbergen. Sie erinnerte sich genau daran, daß Mrs. Pendeen ihr geraten hatte, ihre Suche nach Jenny Taggart am besten in Parramatta zu beginnen. »Ist das … weit weg?«

»Nur etwa sechzehn Meilen. Wir fahren im Boot hin und nehmen nur unser Handgepäck mit …«

»Sehr gut«, meinte Abigail und sagte abschließend: »Dann gute Nacht, Misses Boskenna.«

Lucy bewegte sich im Schlaf und fuhr hoch, als Martha Boskenna laut die Tür hinter sich schloß.

»Abby, war diese gräßliche Frau wieder da«, flüsterte sie ängstlich. »Hier, in unserer Kabine?«

»Ja«, sagte Abigail. »Aber sie ist wieder weggegangen.«

»Was wollte sie denn?«

»Sie hat mir nur gesagt, daß wir morgen früh an Land gehen.«

»Mit *ihnen*, oder werden wir beim Gouverneur untergebracht?«

»Mit ihnen, fürchte ich«, gab Abigail zögernd zu.

»Aber wir treffen den Gouverneur, der sich zur Zeit sechzehn Meilen von hier in einem Ort namens Parramatta aufhält. Wir fahren im Boot dorthin. Das wird spannend, Lucy – es wird dir bestimmt gefallen, da bin ich mir ganz sicher, wirklich.«

»Das kann ja gar nicht sein, wenn wir mit den Boskennas hinfahren«, sagte Lucy unglücklich. »Das sind doch gräßliche Leute, alle beide.«

Abigail setzte sich auf den Rand der Koje ihrer Schwester und blieb für einen Augenblick sitzen.

»Leg dich wieder hin und schlaf weiter«, sagte sie zärtlich. »Wenigstens gehen wir an Land. Und ich... ich habe einen Plan – nun, ich kann jetzt noch nicht viel darüber sagen, aber ich hoffe, daß ich jemanden in Parramatta treffe. Jemanden, der uns vielleicht helfen kann.«

Lucy schaute sie unsicher an und legte sich dann folgsam in die Kissen zurück. Abigail wartete, bis sie aus dem regelmäßigen Atem des Kindes schließen konnte, daß es wieder schlief, und zog dann hastig den Brief Amelia Pendeens aus ihrem Ausschnitt.

Wenn Jenny Taggart noch in Parramatta wohnte, dachte sie triumphierend, würde es sicher nicht schwer sein, sie zu finden.

3

Eine kalte Brise ließ die glasklare Oberfläche des Hawkesbury erzittern und fuhr durch die gefiederten Gipfel der Eukalyptusbäume, die das Flußufer säumten.

Der Eingeborenenjunge Nanbaree sagte in einer seltsamen Mischung von einzelnen englischen Brocken und seiner eigenen Sprache: »Bald *moorundi*... vielleicht *kurana. Berrabri,* Jennee!«

Jenny Broome fühlte, wie der Wind immer stärker wurde und zitterte, als sie zum Himmel aufschaute.

»Ich gehe heim, *kyewong,* Nanbaree«, antwortete sie und lenkte ihr Pferd in Richtung der entfernten Farmgebäude, die halb hinter Bäumen verborgen auf einer Anhöhe standen. Rauch stieg aus Nancy Jardines Hütte auf – daran merkte Jenny, daß es schon später war, als sie gedacht hatte, weil die Frau des Vorarbeiters schon mit der Zubereitung des Abendessens angefangen hatte.

Sie war länger fortgeblieben, als sie vorgehabt hatte, hatte Nanbaree willkommen geheißen und ihm den Sack Mais gebracht, um den er sie gebeten hatte. Der junge Mann vom Stamm der Bediagal war nach zwei Monate langer Abwesenheit mit einer neuen Frau zurückgekommen und hatte sie gebeten, weiter bei ihr arbeiten zu dürfen, nachdem er im Juni sang- und klanglos verschwunden war. Aber Jenny hatte ihn gerne wieder aufgenommen. Trotz seiner gelegentlichen Abwesenheit war der junge Eingeborene ein guter und geschickter Arbeiter, und seine und seines Bruders, Kubali, Zugehörigkeit zu ihrer Farm verhinderte, daß die Mitglieder ihres Stammes Raubzüge hierher unternahmen oder den Busch in

Brand steckten, was in dieser Gegend gar nicht selten passierte.

Sie konnte keinerlei Verluste mehr verkraften, wenn sie die Farm weiter behalten wollte, die sie nach ihres Vaters kleinem Hof in Yorkshire Long Wrekin genannt hatte. Die entsetzliche Flutkatastrophe, die die Gegend hier vor achtzehn Monaten völlig überraschend heimgesucht hatte, hatte keinen der Siedler verschont, die sich an den fruchtbaren Ufern des Flusses niedergelassen hatten.

Viele von Jennys Nachbarn hatten alles verloren – ihre Häuser, ihre Scheunen, ihre Ernte, ihren gesamten Tierbestand – und manche, wie ihr Ehemann Johnny, hatten sogar während der Katastrophe das Leben lassen müssen. Und Johnny... sie brachte ihr Pferd in Trab und spürte wieder den Schmerz in der Brust, als die Erinnerung an jene entsetzliche Nacht sie heimsuchte – die Nacht, in der sie ihren geliebten Mann verloren hatte.

Irgendwie hatte sie die Kraft zum Weiterleben gefunden. Immer wieder war sie nah am Rande der Verzweiflung gewesen, aber die Sorge um ihre Kinder forderte sie – William und die kleine Rachel brauchten sie Tag für Tag. Justin war schon außer Haus, aber er brauchte sie auf andere Weise ebenso. Und es gab viel Arbeit wie immer, seit sie vor neunzehn Jahren als Mädchen von knapp sechzehn Jahren als Sträfling in dieses fremde, ungastliche Land gekommen war.

Sie seufzte tief. Der Gouverneur – der ehemalige Schiffskapitän, der immer noch *Bounty*-Bligh genannt wurde – hatte alles in seiner Macht Stehende getan, um das schwere Los der von der Flutkatastrophe betroffenen Menschen zu mildern. Er hatte den Farmern Zuchtvieh zur Verfügung gestellt, sie mit Ziegelsteinen und Bauholz versorgt und Sträflinge geschickt, die bei den Aufbauarbeiten der zerstörten Gebäude halfen. Darüber hinaus hatte er den Siedlern am Hawkesbury kostenlos eine ganze Schiffsladung voll Saatgut zukommen lassen.

Für alle landwirtschaftlichen Erzeugnisse waren in der Zwischenzeit Festpreise festgesetzt worden, um die Tauschhandelsgeschäfte endlich abzuschaffen und eine stabile Währung einführen zu können. Es gab jetzt Hartgeld, wofür die Siedler schon lange gekämpft hatten. Seit es Geld gab, war es nicht mehr nötig, von den Korps-Offizieren für den vier- oder fünffachen Preis, den sie selbst bezahlten, Rum zu kaufen, um damit die Arbeiter zu entlohnen, aber das Geld mußte immerhin verdient werden. Denn die Landarbeiter mußten nach wie vor Lohn erhalten. Eine Mißernte und der Verlust von Zuchtvieh konnten den Ruin bedeuten, das wußte sie genau.

Als Johnny noch gelebt und das Kommando über die Schaluppe *Phillip* geführt hatte, hatte dieses Problem nicht existiert. Die landwirtschaftlichen Erzeugnisse der Siedler am Hawkesbury waren kostenlos nach Sydney zum Regierungsladen geschifft worden, nicht nur von der *Phillip*, sondern auch von anderen regierungseigenen Schiffen. Unglücklicherweise hatte sich das in der Zwischenzeit geändert, weil der reiche Schiffsbauer Simeon Lord jetzt der Besitzer der meisten Flußschiffe war …

Plötzlich scheute ihr Pferd und warf sie fast ab.

»Nur ruhig«, sagte Jenny und klopfte dem jungen Tier auf den Hals. »Kein Grund zur Aufregung.« Zur Rechten sah sie eine Bewegung zwischen den Bäumen und hörte – oder bildete es sich zumindest ein – wie ein Mann mit ärgerlicher Stimme etwas sagte. Aber gleich war alles wieder still, und sie wußte nicht, ob sie sich nicht doch getäuscht hatte.

In dieser Gegend des Hawkesbury gab es immer Flüchtlinge – entlaufene Sträflinge, die davon träumten, am anderen Ufer des Flusses warte die Freiheit auf sie –, und sie stahlen alles, was sie nur brauchen konnten, wenn sich eine Gelegenheit ergab. Normalerweise schlugen sie einen Bogen um die größeren Farmen, da sie wußten, daß die meisten Siedler bewaffnet waren, und raubten lieber die kleinen

Bauernhäuser aus, wo sie nur mit dem Widerstand des Farmers und seiner Frau rechnen mußten.

Die Sträflinge konnten natürlich nicht wissen, daß Johnnys Flinte zwar hinter dem offenen Kamin im Wohnzimmer hing, sie aber nie gelernt hatte, damit umzugehen.

Sie schaute noch einmal aufmerksam zu der Baumgruppe hinüber, konnte aber nichts Auffälliges entdecken und entspannte sich. Bei seinem letzten Besuch hatte ihr Andrew Hawley angeboten, ihr beizubringen, wie man mit einer Flinte umgehen muß, aber sie hatte sich nicht dafür interessiert... Genauso hatte sie jeden Gedanken an eine Verheiratung von sich gewiesen, obwohl sie genau wußte, daß Andrew um sie warb. Eine Ehe mit Andrew würde zwar all ihre finanziellen Schwierigkeiten lösen, aber es war zu früh, dachte sie, und spürte, wie Traurigkeit sie übermannte, es war noch zu früh, der Verlust ihres Mannes Johnny schmerzte sie noch zu sehr.

Sie beruhigte ihr Pferd, ließ es weitertraben und zwang sich, nicht mehr den schmerzhaften Erinnerungen nachzuhängen. Als sie bei den eingezäunten Schafweiden ankam, sah sie, daß der neue Arbeiter, ein Sträfling namens Martin, der ihr erst kürzlich zugeteilt worden war, in Richtung der Farm ging. Tom Jardine hatte ihn ausgeschickt, um den Zaun zu reparieren, aber Jenny erkannte auf einen Blick, daß er es noch nicht einmal versucht hatte. Er sah sie kommen, kam ihr aber nicht entgegen, um ihr beim Öffnen des Gatters behilflich zu sein. Erst als sie eine Erklärung von ihm forderte, warum das Tor unverschlossen war, kam er widerwillig heran.

»War halt aufgebrochen, das Schloß«, murrte er.

Er schaute sie feindselig an, und sie deutete auf ein großes Loch im hölzernen Zaun. »Warum haben Sie das nicht ausgebessert?«

»Hatte nich' genug Zeit, Missus.«

»Sie hatten den ganzen Tag lang Zeit.«

»Nun, war trotzdem nich' lang genug. Die Werkzeuge hier taugen doch nix.« Martin hielt ihr eine stumpfe Axt entgegen und spuckte verachtungsvoll auf die schartige Schneide. »Und die Nägel taugen auch nich' viel mehr.«

Als Jenny sich vorbeugte, um die Nägel zu überprüfen, merkte sie, daß sein Atem stark nach Alkohol roch.

Sie dachte bitter, daß Samuel Martin zu den unangenehmsten Sträflingen gehörte: Er war arbeitsunwillig, aufsässig und unverschämt, erwartete aber Unterkunft und Verpflegung, hielt es für selbstverständlich, mit Kleidung und Tabak versorgt zu werden, und war nicht bereit, irgend etwas dafür zu geben...

Sie erwiderte kühl seinen Blick und drohte: »Ich werde Sie nach Parramatta zurückschicken, Martin. Sie können das nächste Boot nehmen.«

»Sie wollen mich zurückschicken?« Der Sträfling war überrascht und blickte sie haßerfüllt an, als er die Axt von einer Hand in die andere nahm. »Ich hab doch nich' gesagt, daß ich hier weg will, Missus. Es is' ja nur, daß ich –«

Jenny unterbrach ihn: »Sie arbeiten nicht gut genug. Ich kann es mir nicht leisten, Nichtstuer zu bezahlen – und davon abgesehen, haben Sie während der Arbeit getrunken.«

»Nur 'nen kleinen Schluck, nur um den Durst zu stillen«, verteidigte er sich. »Wenn Sie mich nach Parramatta zurückschicken, muß ich wieder beim Straßenbau arbeiten.«

»Das hätten Sie sich vorher überlegen müssen. Wo haben Sie den Alkohol her?«

Martin zögerte. Zuerst wollte er die Frage gar nicht beantworten, aber dann murmelte er mürrisch: »Ich hatt' noch 'n bißchen von 'nem Job auf Captain MacArthurs Farm in Parramatta übrig.«

Also, Captain MacArthur zahlte immer noch mit Rum, dachte Jenny, aber sie sagte nichts. Vielleicht würde Samuel Martin besser arbeiten, wenn er Alkohol als Lohn bekam – bei Leuten wie ihm war das oft so. Als sie gerade weiterreiten wollte, hielt der Sträfling die Zügel ihres Pferdes fest.

»Geben Sie mir noch 'ne Chance, Missus«, winselte er. »Ich reparier Ihnen den Zaun, bevor ich Feierabend mach, selbst wenns die halbe Nacht lang dauert. Schicken Sie mich nich' zurück, haben Sie Erbarmen mit mir. Der Aufseher von der Straßenbaugruppe is' 'n Schwein, und er hats auf mich abgesehen. Der bringt mich noch um, wenn Sie mich zurückschicken.«

»Gut«, meinte Jenny, obwohl sie ihre Bedenken hatte. »Aber wenn ich Sie behalten soll, müssen Sie wirklich besser arbeiten. Ich gebe Ihnen nur noch eine Chance.«

»Das is' alles, was ich brauch«, versicherte er ihr, hob seinen Werkzeugkasten auf und verzog sich in Richtung des Zauns, den zu reparieren er versprochen hatte. Sie hörte kräftige Hammerschläge, als sie in der einbrechenden Dämmerung davontrabte.

Als sie zu Hause ankam, begrüßten William und ihre sechsjährige Tochter Rachel sie aufgeregt. »Besucher waren da, Mama«, sprudelte William hervor und packte seine kleine Schwester am Arm, um sie zurückzuhalten. »Ein Mann, es war ein Pfarrer, und ein Mädchen, das etwa in Justins Alter war.«

Besucher waren in dieser abgelegenen Gegend eine Seltenheit, und Jenny konnte verstehen, daß ihre Kinder begierig darauf waren, ihr davon zu erzählen. »Sind sie denn schon wieder gegangen, William?«

Der Junge nickte mit seinem kleinen, rothaarigen Kopf. »Es wurde schon dunkel, sie konnten nicht länger warten, und ich wußte ja nicht, wo du warst. Aber sie kommen morgen früh zurück. Der Pfarrer sagte, daß sie bei Mister Dawson übernachten. Am Sonntag will er in der großen Scheune dort einen Gottesdienst abhalten und –«

»Ich konnte ihn nicht leiden, Mama«, sagte Rachel und schnitt eine Grimasse. »Nicht das kleinste bißchen. Ja, ich weiß, er ist ein Pfarrer und muß mit Respekt behandelt werden, aber er … er war zu der jungen Dame überhaupt nicht nett, die dabei war. Sie war hübsch und freundlich, aber ich glaube, daß sie Angst vor ihm hatte.«

»Das glaub' ich auch«, meinte William voller Überzeugung. »Er sagte immer wieder: »Überlaß das mir, Abigail«, jedesmal, wenn sie etwas sagen wollte, und Nancy bot ihnen Tee an, aber er fand kaum ein Wort des Dankes dafür.«

»Wie hieß er noch einmal?« fragte Jenny und schaute ihre beiden aufgeregten Kinder mit hochgezogenen Augenbrauen an. »Hat er seinen Namen genannt? Hat er gesagt, was er von euch will?«

Timothy Dawson – inzwischen einer der größten Landbesitzer hier in der Gegend am Hawkesbury – hatte ihr angeboten, ihre Farm zu kaufen, als sie ihm von ihren gegenwärtigen finanziellen Problemen erzählt hatte. Er hatte ihr ein großzügiges Angebot gemacht und sogar versprochen, Tom und Nancy Jardine weiter auf Long Wrekin zu beschäftigen, wenn die Farm in seinen Besitz übergegangen wäre, aber … Tim Dawson hätte diese Pläne doch sicher niemals einem Fremden anvertraut? Er war ein alter Freund, dem sie voll und ganz vertrauen konnte, obwohl seine Frau Henrietta sie nicht gerade leiden konnte, da sie sie – Jenny seufzte, als ihr die Absurdität voll bewußt wurde – vollkommen ohne jeden Grund als eine Rivalin um die Gunst ihres Mannes ansah. »Mama«, fing Rachel an, »ich –«

»Ach, sei still, Shelly!« rief William ungeduldig aus. »Ich denk grade nach. Er hieß Boss – irgendwas, Mama …«

Rachel gab ihm einen Schubs. »Boskenna, du Dummer!« unterbrach sie ihn triumphierend. »Meinetwegen bist du ein Jahr älter als ich, aber deshalb weißt du auch nicht alles! Und die junge Dame hieß Miß Abigail Tempest.«

»Jetzt streitet euch doch nicht, Kinder«, wies Jenny die beiden zurecht.

William grinste beschämt und sagte: »Mr. Boskenna sagte nicht, warum sie hergekommen sind – nur daß sie dich sehen wollten. Aber er war neugierig – er fragte mich alles mögliche über die Farm.«

»Ja, was denn?«

»Ach,« – er zuckte mit den Schultern – »wieviel Vieh wir haben, was für Getreide wir anbauen, wie schlimm die Flut war... aber ich hab ihm nicht viel gesagt. Ich sagte nur, daß er besser dich fragen soll.«

Rachel tanzte im dunklen Wohnzimmer herum und hatte Mühe, sich zusammenzunehmen. Jenny verstand überhaupt nichts mehr und fragte: »Was ist denn los mit dir, mein Kind?«

Das kleine Mädchen schaute sie beleidigt an. »Du läßt Willie die ganze Zeitlang reden, Mama. Aber *ich* weiß, warum Miß Abigail hergekommen ist. Sie hat mir einen Brief für dich gegeben.«

»Einen Brief für mich? Du träumst wohl! Ich kenne sie doch gar nicht... warum sollte sie mir einen Brief schreiben?«

»Er ist an dich adressiert«, antwortete Rachel. William starrte sie mit offenem Mund an, und sie kostete ihren Triumph voll aus: »Als Mr. Boskenna mit Willie sprach, steckte sie mir den Brief zu und bat mich, ihn zu verstecken und ihn dir später zu geben. Deshalb weiß ich, daß sie Angst vor dem Mann hat. Sie wollte nicht, daß er etwas über den Brief weiß.«

»Ich verstehe. Und wo ist der Brief?«

»Da, wo ich ihn versteckt habe«, antwortete das Kind. Die Kleine rannte zum Kamin, stellte sich auf die Zehenspitzen und holte vom darüber hängenden Regal den Brief, den sie hinter Kochtöpfen versteckt hatte. »Er *ist* doch für dich, oder, Mama?«

Jenny sah, daß ihr Mädchenname Taggart in einer ihr bekannten Handschrift geschrieben war. Er war ausgestrichen, und jemand hatte mit einer kindlichen, runden Handschrift ihren jetzigen Namen Broome darübergeschrieben.

Sie schaute den Brief ungläubig an und erbrach das Siegel. Dann trug sie die zwei dünnen Briefbogen zum Tisch hinüber, um sie in dem Schein der kleinen Lampe lesen zu können. Und wirklich... Melia hatte ihr geschrieben, nach all diesen Jahren. Sie schien jetzt ebenfalls verheiratet zu sein, denn sie hatte mit »Melia« unterschrieben und ihren jetzigen Namen darunter gesetzt: »Amelia Pendeen«. Das schöne, dunkelhaarige Mädchen fiel ihr ein, das ihre engste – und oft einzige – Freundin gewesen war, zu der Zeit, als sie mit Gouverneur Phillips erster Flotte im Exil angekommen waren.

Als sie fühlte, wie ihr Tränen in die Augen traten, faltete Jenny den Brief zusammen und steckte ihn in ihre Rocktasche.

»Liest du ihn denn nicht?« fragte William enttäuscht.

»Ich lese ihn, wenn ihr im Bett seid«, antwortete Jenny. Sie lächelte Rachel an, die ebenfalls enttäuscht zu sein schien. »Vielen Dank, liebe Rachel. Aber jetzt ist es Zeit, um Abendbrot zu essen, oder? Sei ein gutes Mädchen und deck den Tisch, während ich das Essen aufwärme!«

Es gab den Eintopf, den Nancy Jardine vorbereitet hatte, und die Kinder aßen hungrig und waren für eine Zeitlang still. Beide drückten sich davor, zu Bett zu gehen, weil sie doch neugierig auf den Brief waren, aber schließlich schloß Jenny die Tür zu dem kleinen Raum neben dem Wohnzimmer, setzte sich auf einen Stuhl beim offenen Kamin und las den Brief, den Melia ihr geschrieben hatte:

Vor sechzehn Jahren habe ich Sydney verlassen und erwartete, nie mehr an die unglückliche Zeit dort erinnert zu werden... obwohl ich oft an Dich gedacht habe, liebste Jenny, und immer mit Bewunderung und in alter Freundschaft. Aber jetzt haben mich ganz unerwartet zwei junge Leute um Hilfe gebeten, und das junge Mädchen, die kleine Abigail Tempest, wird mit ihrem Vater und ihrer jüngeren Schwester bald die Reise nach Sydney antreten. Abigail besuchte mich mit ihrem Bruder, einem Fähnrich der Königlichen Marine. Die beiden hatten meinen Namen von Mary Bryant erfahren – an die Du Dich bestimmt erinnern wirst, und die jetzt in der Nähe von Fowey lebt. Sie wurde genauso wie ich vom König persönlich begnadigt. Die beiden jungen Leute machten einen sehr guten Eindruck auf mich. Sie vertrauten mir an, daß ihr Vater schwer verschuldet ist und plant, in Neusüdwales ein neues Leben zu beginnen. Zufälligerweise hatte ich schon etwas über ihren Vater gehört, und deshalb muß ich befürchten, daß das Leben in der Kolonie durch seine Trunksucht nicht gerade leicht für seine Töchter sein wird. Deshalb schreibe ich Dir diesen Brief, um Dich zu bitten, Abigail mit Rat und Tat zur Seite zu stehen, falls sie Hilfe braucht. Ich habe ihr von Dir erzählt – und das ist die reine Wahrheit, liebe Jenny –, ich sagte, daß Du der beste Freund bist, den man überhaupt haben kann, und daß das junge Mädchen sich vollkommen auf Dich verlassen könne. Ich bin glücklich verheiratet, und Gott hat meinem lieben Mann und mir hier wohlgeratene Kinder geschenkt … drei Söhne und eine kleine Tochter. Nun schließe ich mit dem Wunsch, daß es Dir gutgeht und der Hoffnung, von Dir zu hören, Deine Dich liebende Freundin Melia.

Jenny seufzte, als die alten Erinnerungen wieder in ihr hochstiegen, und sie drehte den Brief um und las ihn zum zweiten Mal.

Die Besucher kamen am Vormittag des nächsten Tages wieder. Jenny empfing sie gastlich, aber als sie das Mahl zu sich nahmen, das Nancy Jardine und sie eilig zubereitet hatten, fühlte sie instinktiv, daß auch sie den Pfarrer Caleb Boskenna nicht leiden konnte.

Wie William ihr erzählt hatte, war er ein großer, kräftig gebauter Mann mit schwarzem Bart und kleinen dunklen Augen, die beim Sprechen fanatisch leuchteten. Und er sprach praktisch die ganze Zeit und ließ das schlanke, hübsche junge Mädchen, das mit ihm gekommen war, nie zu Wort kommen.

»Überlasse das bitte mir«, wies er sie zurecht, und Abigail Tempest unterbrach sich mitten im ersten Satz, den sie an Jenny richten wollte.

Als Gottesmann, der er nun einmal sei, sagte er, halte er die Kolonie von Neusüdwales für einen Ort der Verdammung. Sydney habe ihn schockiert. Und Parramatta und Toongabbie schienen nicht besser zu sein.

»Diese Orte scheinen wahrhaft ein Sündenpfuhl zu sein, bewohnt von Huren und Trinkern«, erklärte er mit salbungsvoller Stimme. »Es handelt sich um eine durch und durch korrupte Gesellschaft von Sträflingen, und die Obrigkeit unternimmt anscheinend nur geringe Anstrengungen, um Recht und Ordnung aufrechtzuerhalten… Oder auch nur ein Mindestmaß menschlichen Anstands!«

Jenny verspürte keine Lust, eine Predigt von einem Neuankömmling über die Zustände hier gehalten zu bekommen, die sie mehr als genug kannte, und sie versuchte den Pfarrer zu unterbrechen. Aber er schüttelte mit großem Ernst seinen Kopf und fuhr mit seiner sonoren Stimme fort: »Gottes Hand hat mich hierher geschickt, und obwohl es sein kann, daß meine Stimme in dieser Wildnis ungehört verklingt, kann ich nur hoffen und beten, daß meine Worte von den wenigen doch gehört werden, die noch einen Funken von Moral in sich verspüren!«

Er räusperte sich, strich sich durch den schwarzen Bart und erklärte: »Ich bin wegen Abigail zu Ihnen gekommen. Sie sind sich doch hoffentlich im klaren darüber, Mrs.

Broome, daß ihr verstorbener Vater mich als Vormund für sie und ihre Schwester bestimmt hat. Mr. Tempest hatte die Absicht, sich hier als Freier Siedler niederzulassen und kaufte daher ziemlich viele Tiere in Kapstadt ein. Ich habe mich nun beraten lassen und bin zu der Überzeugung gelangt, daß –«

Jenny gelang es, ihn endlich zu unterbrechen, nachdem sie ein schmerzhaftes Zucken in Abigails blassem, unglücklichem Gesicht bemerkt hatte.

»Entschuldigen Sie, Mr. Boskenna, aber wollen Sie damit sagen, daß Mr. Tempest auf der Überfahrt hierher gestorben ist?«

Sie streckte ihre Hand in Richtung des schweigsamen Mädchens aus, aber bevor sie ihr Bedauern über den Tod des Vaters äußern konnte, fuhr Caleb Boskenna grob dazwischen: »Er starb durch seine eigene Hand. Mr. Tempest hat sich erschossen, Mrs. Broome. Und er hat« – seine schwarzen Augen leuchteten bösartig auf – »meiner lieben Frau und mir die schwere Verantwortung für die beiden Waisen übertragen, die er auf so selbstsüchtige Weise allein gelassen hat.«

Abigails Hand schloß sich hilfesuchend um ihre, und Jenny empfand großes Mitleid mit ihr.

Melia hatte sie gebeten, sich um das Mädchen zu kümmern, wenn... was hatte sie noch einmal geschrieben? *Falls sie Hilfe braucht.* Und es sah ganz so aus, als ob das arme Kind nichts nötiger als einen Freund brauchte. Deshalb war sie hierhergekommen, deshalb hatte sie Rachel den Brief gegeben und sie gebeten, ihn zu verstecken.

Sie versuchte ganz offensichtlich, diesem bigotten und selbstgerechten Gottesmann zu entkommen, der in ihrer Gegenwart ein so grausames Urteil über ihren Vater fällte und sich im gleichen Atemzug über die Verantwortung beklagte, die ihm auferlegt worden war.

Jenny spürte, wie Wut in ihr hochstieg. Aber sie zögerte,

als sie sah, wie das Mädchen tonlos mit den Lippen die Worte »jetzt nicht« formte. Es wäre tatsächlich klüger zu warten, bis sie allein wären, aber vielleicht würde der Pfarrer sie nie allein lassen.

Sie erwog gründlich, was sie sagen wollte, und meinte dann: »Mr. Boskenna, wenn die Verantwortung für die beiden Mädchen für Sie und Ihre Frau zu schwer ist, kann ich Abigail und ihrer Schwester hier bei meinen eigenen Kindern ein Heim anbieten, wo sie so lange bleiben können, wie sie das wünschen. Ich würde das sehr gerne tun, ich... war das der Grund, warum Sie hierhergekommen sind? Um mich zu fragen, ob ich bereit dazu wäre? Hat Mr. Dawson das vorgeschlagen?«

»Aber selbstverständlich nicht!«

Pfarrer Caleb Boskenna sprang auf, und sein schwammiges Gesicht lief rot an.

»Sie haben mich vollständig mißverstanden – ich scheue doch keine Verantwortung! Ich kenne meine christliche Pflicht besser als die meisten anderen Menschen, Mrs. Broome. Ich weiß auch, daß Sie ein begnadigter Sträfling sind. Mrs. Dawson hat mich davon in Kenntnis gesetzt. Und als ein solcher sind Sie...«

Wenigstens besaß er das Feingefühl, diesen Satz unvollendet zu lassen, aber es war klar, was er damit hatte ausdrücken wollen.

Jenny errötete vor Zorn, als sie aber sah, daß Abigail sie flehentlich anschaute, schwieg sie.

Mr. Boskenna fuhr fort: »Ich bin hierhergekommen, weil ich erfahren habe, daß Sie verschuldet sind und deshalb vielleicht bereit sind, Ihr Land und Ihre Farmgebäude zu verkaufen.«

Auch das mußte er von Henrietta Dawson erfahren haben, dachte Jenny. Henrietta war nie dafür gewesen, als ihr Mann Timothy erwogen hatte, Long Wrekin zu kaufen – vielleicht hatte sie gefürchtet, daß er sie hierherbringen würde, um die Farm zu bewirtschaften. Sie schwieg, weil sie Angst hatte, beim Sprechen ihre Haltung zu verlieren und mehr zu sagen, als es klug sein würde, und Caleb Boskenna versicherte ihr in einem etwas freundlicheren Ton, daß er im Namen seiner beiden Mündel ein sehr großzügiges Angebot machen würde.

»Ich glaube nicht –« begann Jenny, aber er unterbrach sie, setzte sich wieder an den Tisch und schaute sie mit nachdenklichem Gesichtsausdruck an.

»Mrs. Broome, jedermann weiß, daß ein bedeutsames Kapital nötig ist, um effektive wirtschaftliche Investitionen tätigen zu können. Diejenigen, die wie Sie selbst als Sträflinge hierhergekommen sind, verfügen natürlich nicht über ein solches Kapital oder auch nur über das Wissen, um das Land bestmöglich bebauen zu können.«

Mr. Boskenna sprach in unerträglich belehrendem Tonfall, und Jenny fürchtete, allmählich die Fassung zu verlieren, wenn er noch weitersprach.

»Mein Land erzielt ebenso gute Erträge wie die anderen Farmen in dieser Gegend, Sir, aber –«

»Aber Sie haben trotzdem Schulden?« fragte er dreist. Er war wirklich unerträglich.

»Wir haben Tiere und Getreide durch die Flutkatastrophe verloren, und bei den jetzt eingeführten Festpreisen ist es schwer, über die Verluste hinwegzukommen.«

»Aber Mr. Dawson hat es doch geschafft, oder?«

»Er hat sehr viel mehr Land als ich«, sagte Jenny, »und er arbeitet partnerschaftlich mit seinem Schwiegervater, Mr. Jasper Spence, zusammen. Die beiden Männer besitzen zusammen fünfmal so viel Land wie ich, und sie verfügen über sehr viel mehr Arbeitskräfte.«

»Nun… und ist das nicht ein Beweis dessen, was ich sagen wollte, Mrs. Broome?« Der bärtige Mann lachte auf, als hätte er einen Sieg errungen. »Es ist verlorene Liebesmüh, Farmland an solche Leute zu vergeben, die nicht über die Mittel verfügen, es auch bestmöglich zu bestellen. Was diese Kolonie braucht, um selbständig existieren zu können, das sind Freie Siedler, die über die nötigen Geldmittel verfügen. Gouverneur Phillip hat einen schwerwiegenden Fehler gemacht, als er begnadigten Sträflingen anbot, sich hier als Farmer niederzulassen. Ehemalige Sträflinge sollten nach meiner festen Überzeugung zwar auf dem Land arbeiten, nicht aber es besitzen dürfen.«

Als sie an die vielen arbeitsreichen Jahre dachte, die hinter ihr lagen, brachte Jenny kein Wort heraus und konnte den Mann nur schweigend voller Abneigung anstarren.

Abigail sagte mit niedergeschlagenen Augen: »Mr. Boskenna, wenn Mrs. Broome ihr Land und dieses schöne Haus nicht verkaufen möchte, dann finde ich es nicht richtig, wenn Sie auf sie einzuwirken versuchen. Sie ist schon seit langer Zeit hier, viel länger als wir, und als Neuankömmlinge sollten wir nicht –«

»Ich habe dich nicht nach deiner Meinung gefragt«, unterbrach sie Pfarrer Boskenna mit scharfer Stimme. »Ich handle in deinem Interesse, ob du mir nun dankbar dafür bist oder nicht.«

Er erhob sich und winkte dem Mädchen zu, damit es ebenfalls aufstehen sollte. »Wir gehen, Mrs. Broome«, sagte er zu Jenny. »Und Sie können ja in aller Ruhe Ihre – äh – Ihre gegenwärtig etwas schwierige Lage überdenken. Wenn Sie dann mein Angebot annehmen, lassen Sie es mich wissen. Es bleibt bis Montag morgen bestehen, bis zu dem Zeitpunkt also, an dem ich nach dem Gottesdienst nach Parramatta zurückkehre. Können Sie die Pferde holen lassen?«

Als er etwas später sein Pferd bestieg, das der Eingeborene Kubali eilfertig hergebracht hatte, sagte er mit sehr verletzendem Ton: »Wenn Sie Wilde wie diesen hier bei sich beschäftigen, dann wundert es mich überhaupt nicht, daß Sie Schulden haben, Mrs. Broome.« Er tippte an die Krempe seines Hutes und fügte schroff hinzu: »Ich erwarte Ihre Nachricht. Los geht's, Abigail!«

»Sie werden nichts von mir hören, Mr. Boskenna«, rief Jenny ihm nach. »Ich verkaufe mein Land nicht!«

Caleb Boskenna gab nicht zu erkennen, ob er ihre Worte noch gehört hatte, aber Jenny glaubte an Abigails gebeugtem Kopf und ihren zitternden Schultern zu erkennen, daß das Mädchen beim Fortreiten heftig weinte.

Gleich darauf trat Tom Jardine auf Jenny zu und eröffnete ihr eine unangenehme Neuigkeit. Der stämmige, grauhaarige Vorarbeiter kam von der Pferdekoppel und sagte: »Martin ist durchgebrannt, Mrs. Broome – und die Stute Ladybird ist verschwunden. Ich nehme an, daß er damit geflohen ist.«

Jenny stiegen die Tränen in die Augen. Samuel Martin war weiß Gott kein Verlust, aber die Stute war trächtig. »Wann«, brachte sie mühsam heraus, »wann ist er wohl geflohen, Tom?«

»Vergangene Nacht, wahrscheinlich.«

Der Vorarbeiter zögerte.

»Es tut mir leid, Mrs. Broome. Ich hätte besser auf ihn aufpassen sollen.«

»Sie brauchen sich nichts vorzuwerfen, Tom«, sagte sie. »Ich bin für den Vorfall mindestens genauso verantwortlich wie Sie – ich habe ihm gestern Vorhaltungen gemacht und ihm angedroht, ihn zurück nach Parramatta zu schicken, wenn er nicht besser arbeitet. Um ihn ist es ja nicht schade. Aber ich wünschte, er hätte die trächtige Stute nicht mitgenommen.«

»Ganz genau«, meinte Tom niedergeschlagen.

Nach einer Weile fügte er hinzu: »Dieser gottverdammte Pfarrer sagte, daß er am Sonntag auf Dawsons Farm einen Gottesdienst abhalten wird – er meinte auch, daß der Gouverneur sich angesagt hat und daß die Bevölkerung aus der ganzen Gegend dabei sein wird. Er sagte, daß es meine christliche Pflicht sei, dem Gottesdienst beizuwohnen, und ich dachte ... gehen Sie hin, Mrs. Broome? Sie und Ihre Kinder?«

Jenny spürte, wie ihr Herz sich verkrampfte. Pfarrer Caleb Boskenna hatte ihr die Teilnahme am Gottesdienst nicht nahegelegt, aber es wäre vielleicht gar nicht schlecht, ihn zu besuchen, weil dann die Möglichkeit bestünde, mit Abigail allein sprechen zu können.

Sie lächelte und sagte: »Ja, Tom, wir gehen alle hin. Wir können zwei Arbeitspferde vor den Wagen spannen und zusammen hinfahren. Ist das nicht eine gute Idee?«

Tom lächelte fröhlich. »Aye«, sagte er. »Das finde ich auch.«

4

Die sechs Männer warteten am vereinbarten Treffpunkt, als Samuel Martin sein schweißnasses Pferd am Eingang des schmalen, baumbewachsenen Tales zügelte, in dem sich die Flüchtlinge versteckten. Die völlig erschöpfte Stute brach sofort zusammen, als er abgestiegen war.

»Du bist mir vielleicht 'n Damenreiter!« rief einer der Flüchtlinge höhnisch aus. »Die Lady is' trächtig, das sieht doch jedes Kind! Wunder, daß sie dich bis hierher getragen hat.«

»Zum Teufel, 's war dunkel, als ich mir das Pferd organisiert hab«, verteidigte sich Martin. »Und 's war ganz schön schwer, euch zu finden, weil –«

Er wurde unterbrochen. »Schon gut«, wies ihn die autoritäre Stimme des Anführers zurecht. »Hast du alles mitgebracht, was wir haben wollten?«

»Meinen Sie die Flinten? Ja doch – sogar zwei.« Er fügte stolz hinzu: »Das Weib hatte diese Flinte hier über dem Kamin hängen. Ich hab se schon vor zwei Tagen mitgehn lassen, aber niemand hat was bemerkt!«

»Die Flinte ist rostig«, meinte der Anführer, nachdem er sie einer kritischen Begutachtung unterzogen hatte.

»Sie wurde auch nie benutzt«, sagte Martin. »Aber die andere da is' besser ... die hat dem verdammten Vorarbeiter gehört, und er hat sie immer gut geölt. Und hier is' die Munition. Das wird ja wohl reichen, oder?«

Der entlaufene Sträfling entleerte seine Taschen. Dann sagte er: »Habt ihr irgendwas zu trinken? Ich komm um vor Durst!«

»Da ist Wasser«, meinte der Anführer. »Da drüben, zwischen den Felsen.« Er deutete hinter sich und schaute Martin so streng an, daß er es nicht wagte, um Alkohol zu bitten. »Was anderes gibt's nicht – du hast gestern unseren letzten Rum bekommen, und wir können nicht einmal ein Feuer anzünden, weil wir dann entdeckt würden. Denn ich zweifle nicht daran, daß wir verfolgt werden, wenn die Leute von Long Wrekin herausfinden, daß du mit der Stute abgehauen bist ... die Stute wird bestimmt vermißt, auch wenn der Diebstahl der Flinten nicht bemerkt wird.«

Er klopfte dem Pferd liebevoll den Hals und schaute es mitleidig an. »Bring ihr Wasser, Christie«, bat er den großen Iren, der sich über Martin lustig gemacht hatte. »Die arme Kreatur braucht es noch nötiger als der Reiter, da bin ich ganz sicher.«

Christie ging diensteifrig los, aber Martin bewegte sich nicht vom Fleck. »Sie haben mir versprochen«, sagte er aggressiv. »Sie haben mir versprochen, daß ich sofort ...«

»Ich weiß, was ich versprochen habe«, unterbrach ihn der Anführer. Er war ein dunkelhaariger, gutaussehender Mann, dem man trotz seiner abgerissenen Kleidung seine gute Kinderstube ansah. Als er ein paar Schritte zur Seite trat, damit Christie die Stute in den Schatten der Bäume führen konnte, verschob sich sein zerfetztes Hemd, und die tief eingeschnittenen, erst halb vernarbten Striemen von mindestens einem halben Dutzend Peitschenhieben waren zu sehen. Martin zitterte, als er das sah. Joseph Fitzgerald, so hatte ihm einer der anderen Männer erzählt, war einer der Anführer bei der Castle-Hill-Rebellion gewesen. Er und seine irischen Gesinnungsgenossen hatten sich in ihrer Verzweiflung mit Mistgabeln bewaffnet und mit den Soldaten des Neusüdwales-Korps einen kurzen, hoffnungslosen Kampf ausgefochten.

Samuel Martin zitterte noch immer, aber er fragte noch einmal: »Mr. Fitzgerald, haben Sie jetzt ein Boot?«

Fitzgerald schenkte ihm ein kurzes Lächeln. »Wir haben ein Boot im Sinn und haben schon genaue Pläne, wie wir es uns aneignen wollen.« Er klopfte auf das Gewehr, und sein Lächeln verstärkte sich. »Warum fragst du? Vertraust du uns nicht?«

»Doch, aber ich…« Aus irgendeinem Grund fürchtete Martin sich vor diesem hochgewachsenen Mann, der sich so gut ausdrücken konnte, vor seinen Narben und seinen kalten, grauen Augen. Er hatte ihm sein Wort gegeben, daß die Gruppe die Flucht gut vorbereitet habe, daß ein seetüchtiger Kutter zur Verfügung stehe und daß sie auch einen erfahrenen Navigator hätten, der sie sicher zu der Inselgruppe bringen würde, die im Besitz der holländischen Krone war. Als Lohn für die Beschaffung der Flinten und der Munition hatte er Martin erlaubt, mitzukommen… Martin fuhr sich mit der Zunge über seine aufgesprungenen Lippen und fragte unsicher: »Aber, was haben Sie hier vor, so weit weg vom Fluß entfernt, Mr. Fitzgerald? Ich hab Ihnen doch die verdammten Flinten beschafft, oder? Warum beschaffen wir uns jetzt nicht das Boot und hängen statt dessen hier rum… wie Sie ganz richtig sagen, könnts ja gut sein, daß ich verfolgt werd.«

»Hier kann uns im Augenblick nichts geschehen, mein Freund«, versicherte ihm der ehemalige Rechtsanwalt. »Und wir haben noch etwas zu erledigen, was unsere Abfahrt um etwa vierundzwanzig Stunden verzögern wird. Außerdem warten wir noch auf jemanden – den Seemann, von dem ich dir gestern erzählt habe.«

»Der das Boot steuern soll?«

»Ganz richtig. Er heißt Thomas McCann. Der Unglückliche war während des Krieges mit Frankreich in eine Meuterei verwickelt und wurde lebenslänglich in die Verbannung geschickt.«

Noch ein verdammter Aufrührer, dachte Martin nervös. Wenn es nicht verfluchte irische Rebellen waren, dann waren es englische Matrosen, die gemeutert hatten… großer Himmel, in welcher Gesellschaft war er da gelandet?

Als ob er seine Gedanken lesen könnte, sagte Fitzgerald: »Du mußt nicht bei uns bleiben, Samuel, wenn dir die Angelegenheit zu gefährlich erscheint. Sobald McCann zu uns stößt, gehen wir los, und du könntest zu der Farm zurück, auf der du angestellt bist.«

Alle Farbe wich aus Samuel Martins dünnem, unrasiertem Gesicht. »Ich kann doch nich zurück – um Gottes willen, ich hab doch Mrs. Broomes Stute mitgehn lassen! Das wird sie mir niemals verzeihen, von den Flinten mal ganz abgesehn.«

»Dann bleib hier bei uns und tu, was ich dir sage«, herrschte ihn der große Ire an. Christie hatte das Pferd in der Zwischenzeit getränkt. Er ließ es im Schatten der Bäume zurück, wo es sich erholen konnte, und kam strahlend zurück.

»Ich glaub wirklich, daß die Stute über den Berg ist, Joe. Können wir sie freilassen, wenn wir uns auf den Weg machen, und hoffen, daß sie allein zurück nach Hause findet?«

Fitzgerald nickte mit abwesendem Gesichtsausdruck, und Martin ging zu der kleinen Quelle, die zwischen den Felsen entsprang.

Drei der anderen Männer waren dort und füllten allerlei Gefäße mit frischem Wasser. Das dauerte bei dem kleinen Rinnsal längere Zeit, und Martin mußte sie daran erinnern, daß er die ganze Nacht durchgeritten war, bevor sie ihm knurrend Platz machten. Alle drei waren Iren. Einer von ihnen, ein bulliger Kerl namens O'Mara, war mit ihm zusammen im Straßenbautrupp gewesen und hatte ihm von dem Fluchtplan erzählt. Als er eine Handvoll Wasser getrunken hatte, warf Martin O'Mara einen finsteren Blick zu.

»Hast du Mr. Fitzgerald erzählt, daß ich auf der Broomes Farm arbeite?« fragte er.

»Ja, natürlich«, gab O'Mara zu. »Und warum fragste?

Biste nich' froh drüber? Du bist doch jetzt mit von der Partie, oder?«

Bevor Martin antworten konnte, stieß ein Mann, der als Wachposten auf einem kleinen Hügel aufgestellt war, einen Schrei aus. Die Männer sprachen aufgeregt durcheinander.

»Ah, jetzt is' er endlich gekommen!«

»Gott segne Irland! Nur Mut, wir kommen schon hin!«

Die drei Männer ließen ihre Trinkbehälter liegen und rannten zum Anführer hinüber. Martin trank noch ein paar Schluck und folgte ihnen dann neugierig.

Der Neuankömmling war ein kleiner, glatzköpfiger Mann, der wie eine Ratte aussah und stark humpelte. Sowie er den Mund öffnete war klar, daß auch er ein Ire war. Er rief triumphierend aus: »Der *Bounty*-Bastard ist auf dem Weg, Leute! Er fährt morgen bei Anbruch des Tages in der Kutsche zum Gottesdienst. Alles, was wir tun müssen, ist, auf ihn warten, und ich habe einen Platz gefunden, wo die Soldaten, die ihn begleiten, uns garantiert nicht sehn können! Seid ihr fertig? Wir brauchen fast die ganze Nacht, um dort hinzukommen!«

»Immer langsam, Tom«, meinte Fitzgerald. »Ich muß erst einiges von dir erfahren, bevor ich –«

Der ehemalige Seemann winkte mit seiner Pistole ab. »Hat dich der Mut verlassen? Es is' die einfachste Sache der Welt, ich geb dir mein Wort drauf. Heilige Mutter Gottes, Mr. Fitzgerald, bin ich nicht derjenige, der fast zehn Jahre lang auf diese Chance gewartet hat?« Seine blassen Augen leuchteten in einem irrsinnigen Glanz auf, und Martin trat entsetzt ein paar Schritte zurück, als ihm dämmerte, daß diese Männer nicht nur vorhatten, aus der Kolonie zu fliehen, sondern auch drauf und dran waren, den Gouverneur in einen Hinterhalt zu locken. Und... und ihn zu töten, wenn das möglich wäre, sagte er sich entsetzt. Er mußte schlucken und fühlte sich durstiger als während des ganzen Rittes. Was für ein Idiot war er, daß er nicht auf der Broomes

Farm geblieben war, … er hätte niemals auf diese haßerfüll-
ten irischen Rebellen hören sollen, hätte niemals die Flinten
für sie stehlen sollen. Aber vielleicht könnte er es schaffen, die Stute zurückzubringen – die Flinten würden sie bestimmt nicht mehr herausrücken –, und vielleicht würde
Mrs. Broome ihn wieder aufnehmen und keine große Geschichte daraus machen. Die Stute war keine zehn Schritt
weit an einem Baum festgebunden, und …

Die Männer bereiteten sich für den Abmarsch vor, und
Martin wartete, vor Angst schweißnaß am ganzen Körper,
auf einen günstigen Augenblick der Flucht. Der kam, als
Christie auf das Pferd zu sprechen kam.

»Sagtest du nicht auch, daß wir die arme Kreatur freilassen sollen, Joe? Die Stute stirbt, wenn wir sie hier angebunden stehen lassen, und das ungeborene Füllen auch.«

»Dann vergrößert sich aber unser Risiko«, meinte Fitzgerald.

»Nicht unseres, Joe … nur seins.« Er deutete auf Martin
und sagte: »Sag ihm, daß er sie losbinden soll!«

»In Ordnung«, meinte der Anführer. »Bind das Pferd los,
Martin.«

Martin überlegte fieberhaft. Das war seine einzige Chance, das wußte er genau … auf die Stute zu springen und so
schnell wie möglich davonzugaloppieren. Selbst wenn Mrs.
Broome ihre Drohung wahrmachte und ihn zurück zum
Straßenbau schickte, wäre das besser, als bei diesen Männern zu bleiben, die allen Ernstes vorhatten, den Gouverneur zu töten.

Dann ging alles sehr schnell. Er sprang auf die trächtige
Stute, feuerte sie fluchend an und ritt los.

Als er noch keine zehn Meter weit entfernt war, hob Christie die Flinte, die Martin gestohlen hatte. Er zielte sorgfältig und traf den flüchtenden Mann in den Rücken. Martin
stürzte mit einem Schrei zu Boden, die Stute wieherte auf
und galoppierte weiter.

»Ist er tot?« fragte Joseph Fitzgerald. »Mausetot.« Christie drehte den Leichnam mit seinem Stiefel um, so daß die große Wunde am Rücken zu sehen war. »Die Munition ist nicht schlecht, oder?«

»Wir müssen dieselbe für Gouverneur Bligh benutzen«, meinte Fitzgerald. Er lächelte grimmig und fuhr fort: »Egal, was Tom McCann sagt, wir können froh sein, wenn wir ein paar Schüsse auf ihn abfeuern können. Und du schießt zuerst, Christie.«

»Na klar, mit Vergnügen«, meinte Christie.

Von vier Pferden gezogen, rumpelte die Kutsche langsam den kurvenreichen, steinigen Weg entlang. Hinter ihr stieg eine dichte Staubwolke auf. Vor der Kutsche ritten vier Soldaten, und die vier, die hinter ihr reiten sollten, waren mehr als einen Kilometer weit zurückgeblieben, um nicht ständig den Staub schlucken zu müssen.

Gouverneur Bligh saß in seiner Paradeuniform unter einem Leinenverdeck und fluchte über die gnadenlose Sonne, die vom wolkenlosen Himmel brannte.

»Gott ist mein Zeuge«, bemerkte er mit säuerlichem Gesichtsausdruck zum Kommandeur der Feldgendarmerie Gore, der ihm gegenübersaß, »nur ein Mann, der seine Pflicht wirklich ernst nimmt, kann bereit sein, an einem Gottesdienst teilzunehmen, den dieser gräßliche Kerl Boskenna abhält! Noch dazu im Freien!«

»Ich nehme an, Sir«, sagte sein Sekretär tröstend, »daß Mr. Dawson dem geistlichen Herrn eine seiner großen Scheunen zur Verfügung stellt.«

»Aber er wird uns trotzdem mindestens eine Stunde lang mit dem Brustton seiner heiligen Überzeugung in den Ohren liegen, um uns die Höllenqualen vor Augen führen zu können, als ob wir hier auf Erden nicht schon genug zu erleiden hätten!«

Gore und Griffin tauschten Blicke aus, und William Bligh

fuhr fort: »Und der Bursche ist nicht bereit, seine christliche Verantwortung abzutreten, wie er es nennt, die er für diese beiden unglücklichen Mädchen übernommen hat. Ich habe ihm zwar angeboten, sie in meinem Haus aufzunehmen, und zwar gern. Ihr Vater war ein Freund von mir, also läge es doch nahe, daß ich in diesem Notfall einspringe. Meine arme Tochter würde sich über die Gesellschaft der beiden jungen Mädchen freuen, um so mehr, als ihr bedauernswerter Mann nicht mehr lange zu leben hat. Aber, verdammt noch mal, Boskenna scheint taub für all diese guten Gründe zu sein. Wenn ich nur wüßte, wie –«

In diesem Augenblick krachte ein Schuß, und eine Patrone schlug kurz vor der Kutsche in den Weg ein. Zwei Geschosse streiften sogar die Tür.

»Was, zum Teufel, ist da los?« rief Bligh wütend aus. Ein zweiter Schuß auf die Kutsche klärte ihn darüber auf, daß er offenbar in einen Hinterhalt geraten war. Im Angesicht der Gefahr hatte er noch niemals in seinem Leben Angst gezeigt. So sprang der Gouverneur auch jetzt auf, schwang sich aus der Kutsche heraus, schob seinen Sekretär zur Seite, der ihn schützen wollte, und schrie dem Kutscher zu: »Anhalten, Sie verdammter Idiot!« Als die Kutsche endlich stillstand, ergriff er die geladene Flinte, die er für alle Fälle mitgenommen hatte, ging hinter dem Vehikel in Deckung und zielte auf die Baumgruppe, aus der die Schüsse offenbar abgefeuert worden waren. Gore und Griffin taten es ihm nach und feuerten ihre Pistolen ab.

Die Wachposten, die ihn begleiteten, teilten sich in zwei Gruppen auf. Sie waren gut ausgebildet und wußten, was sie in einem solchen Fall zu tun hatten. Die eine Gruppe galoppierte vorwärts, um die Angreifer von hinten zu überwältigen, die anderen verschanzten sich hinter der Kutsche und eröffneten das Feuer.

Nachdem Bligh die Angreifer mit lauter Stimme aufgefordert hatte, sich zu ergeben, zielte er wieder sorgfältig und drückte ab. Er hatte zwischen den Bäumen einen Schatten ausgemacht. Ein Schrei ertönte – offenbar hatte er jemanden verwundet. In den nächsten Minuten schwirrten Patronen und Flintenkugeln wie ein Schwarm wütender Bienen durch die Luft. Ein Pferd wurde tödlich getroffen, der Kutscher wurde verletzt, als er dem sterbenden Tier beistehen wollte, und dann war der Spuk vorüber, so plötzlich, wie er begonnen hatte.

Der Anführer der Wachmannschaft kam angehumpelt und gab mit niedergeschlagenen Augen zu, daß er nicht bemerkt hatte, daß sie in eine Falle geraten waren.

»Und eben haben sie uns die Pferde abgenommen, Sir«, fügte der Sergeant verbittert hinzu. »Da oben in den Felsen, wir konnten nichts machen. Er hob seinen rechten Arm hoch, der stark blutete, und meinte: »Es hat keinen Sinn, die Bastarde zu verfolgen. Die sind schon über alle Berge. Es waren Flüchtlinge, Sir, und sie hatten zwei oder drei Flinten und ein paar Pistolen. Einer meiner Leute ist verletzt, und mindestens zwei von den Hurensöhnen haben was abgekriegt.«

»Haben Sie einen erkennen können?« fragte Gore.

»Aye, Sir – einen.« Der Sergeant fletschte die Zähne, als Griffin ihm seinen verletzten Arm abband. »Vorsicht, Sir – ich glaub, der Knochen ist beschädigt.«

»Wen haben Sie erkannt?« fragte Bligh.

»Einen Kerl namens McCann, Sir, einen ehemaligen Matrosen. Er ist ein Ire und als wilder Kerl bekannt. Ich ... es tut mir leid, Sir, ich –«

Die Beine versagten ihm ihren Dienst, und er brach vor dem Gouverneur zusammen.

»Wir müssen den armen Teufel so bald wie möglich zu einem Arzt bringen«, ordnete Bligh an. »Heben Sie ihn in die Kutsche, Edmund. Wir fahren nach Toongabbie. Von dort aus kann die Verfolgung der Schurken aufgenommen werden.«

5

Am Sonntagabend kam die Stute Ladybird kurz vor Sonnenaufgang mehr tot als lebendig in Long Wrekin an. Jenny entdeckte sie, als sie nach ihrer Rückkehr vom Gottesdienst in der Dawson'schen Scheune mit William den anderen trächtigen Stuten auf der Weide Wasser brachte. Das zu Tode erschöpfte, schweratmende Tier stand am Gatter, und Tom Jardine kam auf Williams Hilferuf hin sofort angelaufen.

»Lauf zu Nancy und bitte sie, einen dünnen Haferbrei zu kochen«, bat er den Jungen. »Sie ist in schlechtem Zustand, Mrs. Broome«, meinte er, nachdem er die Stute untersucht hatte. »Aber sie hat wenigstens keine Fehlgeburt erlitten. Das verdankt sie allerdings nicht diesem Spitzbuben Martin ... er hat sie grausam mißbraucht.«

»Dasselbe scheint ihm auch passiert zu sein«, sagte Jenny. Sie deutete auf die merkwürdigen dunklen Flecken auf dem Sack, den der entflohene Sträfling als Sattel benutzt hatte. »Schau dir das einmal an, Tom!«

Tom trat näher heran. »Jawohl«, stimmte er Jennys Vermutung zu. »Es sieht sehr nach Blutspuren aus. Ich nehme an, daß der Spitzbube mit einer Wachpatrouille zusammengestoßen ist und daß sie auf ihn geschossen haben. Es sei denn, daß er ...« Die Neuigkeit von dem Anschlag auf den Gouverneur hatte sich unter der wartenden Gemeinde herumgesprochen, noch bevor Pfarrer Boskenna seinen Gottesdienst begonnen hatte.

Jenny zitterte in der warmen Dämmerung. Es war von Patronenschüssen die Rede gewesen und von Flüchtlingen, die mit Flinten bewaffnet gewesen seien, aber das hieß doch noch lange nicht, daß Samuel Martin etwas damit zu tun gehabt hatte. Sie schaute Tom Jardine fragend an. »Martin hatte doch gar keinen Grund«, fing sie an.

»Er hat Ihre Flinte gestohlen, Mrs. Broome, und meine auch. Und sie scheinen zwei oder drei Flinten gehabt zu haben. Flüchtige Sträflinge kommen nicht leicht zu Waffen, außer sie klauen sie von Siedlern, so wie Martin.«

Toms Gedankengang war einleuchtend, und Jenny seufzte. Ihre Hände zitterten leicht, als sie Ladybird zärtlich über den schweißnassen Hals fuhr. »Wir bringen sie besser über Nacht in der Scheune unter, Tom«, schlug sie vor.

»Jawohl«, stimmte er zu. »Ich werd mich gut um sie kümmern, machen Sie sich keine Sorgen. Und sobald Ladybird den warmen Haferbrei gefressen hat, wird sie schnell wieder zu Kräften kommen. Wir brauchen ja nicht mit dem Schlimmsten zu rechnen, Mrs. Broome.«

Aber Jenny dachte angespannt, daß es nicht viel schlimmer hätte ausgehen können. Siedler, denen Sträflingsarbeiter entliefen, hatten regelmäßig Schwierigkeiten, neue zugeteilt zu bekommen. Wenn dazu auch noch ihre Waffen in falsche Hände gerieten, dann bekamen sie ernsthafte Schwierigkeiten. Als sie das Pferd mit Tom zur Scheune hinüberführte, sagte sie: »Unter den Männern, die den Gouverneur angegriffen haben, soll ein Seemann der Königlichen Marine gewesen sein – jemand hat ihn erkannt.«

Tom nickte. William brachte den fast flüssigen Haferbrei, und Ladybird trank ihn durstig. »Es war ein langer Tag für Sie, Mrs. Broome«, sagte der Vorarbeiter freundlich. »Gehen Sie doch etwas essen. Ich lasse Sie rufen, wenn ich Ihre Hilfe benötige. Willie kann derweil die anderen Pferde fertig tränken, oder?«

»Natürlich kann ich das«, antwortete William stolz.

»In Ordnung«, meinte Jenny. Es *war* tatsächlich ein langer Tag gewesen, dachte sie, als sie langsam auf das Farmhaus zuging... ein langer und aufregender Tag, und jetzt war sie müde. Der Anschlag auf das Leben des Gouverneurs war für alle Leute ein großer Schock gewesen, und auf Jennys Gewissen lasteten zusätzlich noch die gestohlenen Flinten. Selbst wenn Samuel Martin an dem Mordanschlag selbst nicht beteiligt gewesen war, so hatten doch die Waffen die ganze schlimme Geschichte erst möglich gemacht.

Aber sie hatte niemandem etwas davon erzählt, nicht einmal Tim Dawson, und hatte es damit entschuldigt, daß sie ja nicht sicher sein konnte. Jetzt aber, nachdem die Stute zurückgekommen war und sie die Blutspuren auf dem Sack mit eigenen Augen gesehen hatte, konnte sie nicht mehr an einem Zusammenhang zweifeln – denn hatte der Soldat nicht gesagt, daß wenigstens einer der Täter verletzt worden war? Der verletzte Mann mußte Martin sein, obwohl sie Tom Jardine gesagt hatte, daß er keinen Grund hatte, Gouverneur Bligh den Tod zu wünschen… Abgesehen von diesem Schock, war sie noch mitgenommen von Pfarrer Caleb Boskennas ellenlanger Predigt und verstand jetzt noch besser als vorher, warum Abigail Tempest den Mann so gar nicht leiden konnte. Das Mädchen hatte mit niedergeschlagenen Augen und einem blassen, unglücklichen Gesicht in der ersten Reihe gesessen, und Henrietta Dawson hatte sie sofort nach dem Gottesdienst mitgenommen, so daß Jenny keine Gelegenheit gefunden hatte, mit dem Mädchen unter vier Augen zu sprechen. Sie hatte sogar einen kleinen Brief vorbereitet und auf eine Chance gehofft, ihn Abigail unbemerkt zustecken zu können, aber der Brief befand sich noch immer in ihrer Rocktasche.

Sie öffnete die Haustür und war ganz gerührt, als sie sah, daß die kleine Rachel den Tisch gedeckt und Tee aufgebrüht hatte, und dann beim Warten auf ihre Mutter in Watt Sparrows altem Schaukelstuhl eingeschlafen war. Nun, es würde nicht lange dauern, bis das Essen auf dem Tisch stünde, und dann könnten beide Kinder – die vor Anbruch der Morgendämmerung aufgestanden waren – gleich zu Bett gehen und sich gut ausschlafen. Und sie hatte dasselbe vor, denn auch sie war todmüde. Sie konnte sich darauf verlassen, daß Tom Jardine alles tun würde, um die Stute zu retten. Wenn das arme Tier wegen der großen Anstrengung frühzeitig fohlen würde, würde bestimmt nach ihr gerufen werden.

Als William ins Haus kam, war das Essen gerade fertig. Rachel wachte durch das Türschlagen auf und stolperte schläfrig zum Tisch. Zu Jennys großer Erleichterung gingen beide Kinder nach dem Essen ohne Protest schlafen. Als sie gerade das Geschirr abwusch, kam Tom Jardine herein.

Ein Blick in sein ernstes Gesicht war genug, und Jenny wußte Bescheid. Sie fragte leise: »Ist die arme kleine Stute gestorben?«

Tom nickte. »Ja, vor zehn Minuten. Es tut mir leid, Mrs. Broome, ich habe alles getan, aber sie hat keine Lebenskraft mehr gehabt.«

Der Schlag kam zwar nicht unerwartet, schmerzte aber dennoch, und Jenny dankte ihm mit Tränen in den Augen. »Ich weiß, daß du alles getan hast, was man nur tun kann, Tom. Jetzt geh Abendessen. Nancy wartet sicher schon lange auf dich.«

»Wenn mir dieser verdammte Schurke jemals in die Hände fällt«, fluchte der Vorarbeiter beim Weggehen, »dann brech ich ihm den Hals, das schwör ich Ihnen.«

Er blieb stehen, sah sich noch einmal um und schaute Jenny unsicher an: »Werden Sie melden, daß er geflüchtet ist, Mrs. Broome?«

»Das werd ich wohl müssen, oder?«

»Ja, ich fürchte schon. Und die Flinten?«

Jenny seufzte. »Die auch, Tom. Alles andere wäre gesetzwidrig.«

»Dann könnten Sie aber Schwierigkeiten bekommen.«

Sie versuchte gar nicht, das geheimzuhalten. »Ich fürchte ja. Tom, ist Martin jemals zur See gefahren, weißt du das?«

Tom Jardine zog seine breiten Schultern hoch. »Er hat mir mal erzählt, daß er in einer Schiffswerft als Schiffszimmermann gearbeitet hat, aber er war nicht grade geschickt, oder? Die Zäune, die er bei uns ausgebessert hat, das war ja eine einzige Pfuscherei. Nun, Sie haben's ja selbst gesehn, oder? Und wie ich Ihnen schon erzählt hab, ich hab ihn dort einen Tag vor seiner Flucht mit ein paar Männern reden sehn. Sie müssen zusammen die Flucht geplant haben, und den Diebstahl von den Flinten und alles.«

Das war wahrscheinlich so, dachte Jenny, als Tom Jardine gute Nacht wünschte und durch die Dunkelheit zu seiner eigenen Hütte hinüberging, die auf der anderen Seite der Scheune lag. Es war eine schöne, klare Nacht, der Mond war noch nicht aufgegangen, und sie hielt sich noch ein paar Minuten in der offenen Tür auf und genoß, wie der kühle Nachtwind um ihren müden und schmerzenden Körper strich. Ein ungefedertes Fuhrwerk war nicht der bequemste Wagen, den man sich vorstellen konnte, und sie waren an einem Tag fast sechzehn Meilen damit gefahren...

Aber wenigstens hatten William und Rachel den Ausflug genossen, und sie selbst war froh gewesen über die Gelegenheit, einen Gottesdienst mitfeiern zu dürfen, selbst wenn er von Pfarrer Boskenna abgehalten wurde.

»Keinen Ton, dann geschieht Ihnen nichts, Miß«, flüsterte ihr eine rauhe Stimme ins Ohr. Sie erkannte sofort den unverwechselbaren irischen Akzent. Eine große Hand schloß sich über ihren Mund, und jemand packte sie an der Taille. Überrascht und erschrocken wehrte sich Jenny einen Augenblick lang und blieb dann still stehen, weil ihr klarwurde, daß der Mann sehr viel stärker war als sie. »Ganz ruhig, verstanden? Sind Sie allein? Wer ist sonst noch in dem Haus?«

»Nur meine Kinder«, brachte Jenny heraus, als die Hand ihren Mund freigegeben hatte. »Und sie... sie schlafen.«

»Wo? Wo schlafen sie?«

»In dem kleinen Raum hinter dem Schlafzimmer. Sie hören bestimmt nichts.«

»Dann isses ja gut.« Das klang erleichtert, und der Mann wandte seinen Kopf ab und stieß einen leisen Pfiff aus. Gleich darauf tauchten zwei weitere Männer aus dem Dunkel auf.

»Ist sie allein?« fragte der eine.

»Ja. Der Mann ist eben weggegangen, in seine eigene Hütte. Ich habs selbst gesehen. Jetzt sind nur noch sie und ihre Kinder da. Sie sagt, die schlafen.«

»Ich schau mal nach«, sagte der Mann. Er sprach keinen Dialekt, und als er die Haustür aufstieß und das Licht auf ihn fiel, sah Jenny, daß er ein hochgewachsener, dunkelhaariger Mann war, zerlumpt wie eine Vogelscheuche, und daß er eine Pistole in der rechten Hand hielt.

Er schaute sich im Haus um und erschien bald darauf wieder in der offenen Tür. Die Pistole steckte jetzt in seinem Gürtel, und er winkte jemandem zu, den Jenny nicht sehen konnte.

»An Ordnung«, sagte er und wandte sich an den Mann, der Jenny festhielt, »bring die Frau hinein, Christie… paß gut auf sie auf. Ich geh zu den anderen, und helf ihnen, Michael herzubringen.«

Er verschwand in der Dunkelheit, und sein Begleiter stellte sich wachsam neben der Tür auf, eine Flinte im Anschlag.

»Hol mir was zu trinken, Christie«, bat der Wachposten, »ich hab höllischen Durst!«

»Nur Geduld«, antwortete der Mann, der Christie genannt wurde. »Wir müssen uns erst um den armen Michael kümmern.«

Er hielt Jenny am Arm und schob sie vor sich ins Haus. Dann sagte er lächelnd: »Wir haben 'nen bös verwundeten Mann bei uns, Mistreß Broome. Haben Sie 'n Bett oder sowas, wo wir ihn drauflegen können?«

»Mein eigenes«, antwortete Jenny kurz. Seit Johnnys Tod schlief sie in einem Alkoven in der Küche, weil das eigentlich viel bequemer war. Sie deutete auf das Bett, und Christie nickte zufrieden mit dem Kopf.

»Ja, das is' ganz prima für den armen Kerl. Und ham Sie auch was zu essen für uns, vielleicht 'n Tee, und Brot und Käse. Wir wolln Sie ja nich' ausrauben, aber wir haben seit zwei Tagen nichts zwischen die Zähne gekriegt.«

Jenny schaute ihn kalt an und erwiderte sein freundliches Lächeln nicht. Sie war sich fast sicher, daß das die Männer waren, die dem Gouverneur den Hinterhalt gelegt hatten, um ihn und seine Begleiter zu erschießen. Das waren gefährliche Männer, deren Ziel es war, anarchistische Verhältnisse in der Kolonie einzuführen, und sie kannten auch ihren Namen. Christie hatte sie ganz deutlich als Mrs. Broome angesprochen ... Sie holte tief Luft. »Hat euch Samuel Martin hierher geführt?« fragte sie mißtrauisch.

Der große Irländer schaute sie mit einem merkwürdigen Blick an, so als hätte ihre Frage ihn verwirrt, aber nach kurzem Zögern schüttelte er den Kopf.

»Nein, das hat er nicht.«

»Aber er hat uns zwei Flinten geklaut – waren die nicht für Sie bestimmt?«

Er beantwortete ihre Frage nicht, sondern stellte ihr selbst eine. »Wir haben vier Pferde, können wir die irgendwo unterstellen, wo nicht gleich jeder sie sehen kann?«

»Wir haben eine Koppel«, sagte Jenny und erklärte Christie zögernd den Weg dorthin. Er bedankte sich höflich und schlug sich dann auf die Stirn. »Bin ich nich' 'n vergeßlicher Trottel! Die Sättel, die Militärsattel, müssen wir gut verstecken, falls die Rotröcke hier vorbeikommen. Haben Sie 'ne Scheune mit Heu oder Stroh drin, irgend sowas, in der Nähe vom Haus?«

Ja, dachte Jenny bitter, die Scheune, in der die kleine Ladybird gerade ihr Leben gelassen hatte. Sie antwortete mit einem Abscheu, den sie nicht einmal zu verbergen versuchte: »Ja, gleich links ist eine kleine Scheune, aber da liegt eine tote Stute auf dem Stroh... nämlich die, die Samuel Martin mir gestohlen und zu Tode geschunden hat.«

Die Wirkung ihrer bitteren Worte überraschte sie selbst. Christie sah plötzlich sehr traurig aus und murmelte: »Ach, das tut mir wirklich leid, Mrs. Broome, sie war 'n schönes Tier, ganz bestimmt...«

»Ja«, antwortete Jenny kurz. Von draußen waren unterdrückte Stimmen und leises Pferdegetrappel zu hören. Christie versuchte nicht, die Wahrheit zu verbergen und sagte: »Stimmt, Martin hat die arme Kreatur zu Tode geritten, und sich selbst auch. Er macht Ihnen jetzt keine Schwierigkeiten mehr, er liegt irgendwo weit weg im Wald mit einer Ladung Blei im Rücken. Aber –« In der offenen Tür bewegte sich etwas, und er unterbrach sich selbst. »Sie bringen Michael Finnegan. Sie werden ihm helfen, oder?«

Jenny stand stocksteif da und wußte noch nicht, was sie tun sollte. Aber als zwei Männer einen blonden, blutüberströmten jungen Mann hereintrugen, der höchstens achtzehn Jahre alt war, ging sie zu ihrem Bett und schlug die Überdecke zurück, damit er darauf gelegt werden konnte. Sie war ja schließlich selbst Mutter, und dieser Mann war noch so jung.

»Er hat eine Kugel in der Brust«, sagte der dunkelhaarige Mann, der offensichtlich der Anführer war, »und ich fürchte, daß wir nur herzlich wenig für ihn tun können. Aber wenn Sie etwas Brandy im Haus haben, dann wäre ich Ihnen im Namen dieses Jungen sehr dankbar. Es würde seine Schmerzen lindern helfen.«

»Es steht ein Krug Rum in der Speisekammer«, sagte Jenny. »Bedienen Sie sich.«

Er dankte ihr mit einer höflichen kleinen Verbeugung, die merkwürdig von seiner abgerissenen, vogelscheuchenähnlichen Erscheinung abstach, und sagte zu Christie: »Hilf Luke die Pferde versorgen, Chris, und achte darauf, daß die Sättel gut versteckt werden.«

»Sie können sich drauf verlassen, Joe«, versicherte ihm Christie. Er fügte ungefragt hinzu: »Die Stute hat zurückgefunden, hat Mrs. Broome gesagt... und das arme Tier ist tot.«

»Das tut mir leid«, sagte der dunkelhaarige Mann, aber seine Stimme klang hart und gefühllos, und sie wurde noch kälter, als er Jenny forschend anblickte und sagte: »In jedem Kampf gibt es Unwägbarkeiten, aber Ihnen und den Kindern wird nichts geschehen, solange Sie uns geben, was wir von Ihnen verlangen. Verstehen Sie, wir...«

Jenny unterbrach ihn. »Ich weiß, was sie tun wollten – aber wir haben noch vor dem Gottesdienst erfahren, daß Seine Exzellenz nicht verletzt worden ist.«

»Und darüber sind Sie froh? Es klingt ja ganz so, als ob Sie froh sind.«

Das klang anschuldigend, und Jenny schaute ihn wutentbrannt an. »Ja, ich danke Gott dafür, und alle anderen Siedler auch, Mister...? ich weiß nicht einmal, wie Sie heißen.«

»Fitzgerald«, sagte er. »Joseph Fitzgerald, ehemaliger Rechtsanwalt in York und, wie ich immer dachte, ein zivilisierter Bürger. Das können Sie jetzt kaum glauben, oder?«

»Ich kann mir allerdings nicht vorstellen, was ein zivilisierter Bürger in der Rolle eines Attentäters verloren hat?« fragte Jenny, die jetzt zu wütend war, um noch Angst empfinden zu können. »Was haben Sie sich von dem Mord an Gouverneur Bligh denn erhofft? Er ist der beste Gouverneur, den wir hatten, seit Captain Phillip aus Gesundheitsgründen die Kolonie verlassen mußte.«

»Er ist ein Tyrann und der Repräsentant eines tyrannischen Königs!« erklärte Joseph Fitzgerald mit bitterem Ton. »Gestern haben wir einen Fehlschlag erlitten, aber wir werden es wieder versuchen, geben Sie sich da keinerlei Illusionen hin.«

»Sie werden nur grausame Racheakte provozieren«, gab Jenny zurück.

»Ja, und wenn schon?« fragte Fitzgerald. »Wir werden ihnen zu begegnen wissen. Haben Sie selbst denn keine Ungerechtigkeit erlitten – haben Sie sich denn nicht nach Freiheit gesehnt und danach, in Ihre Heimat zurückkehren zu können?«

Nach kurzem Überlegen antwortete Jenny leise: »Ich habe mein Leben hier eingerichtet, und ich habe auch wieder meine Freiheit erlangt, Mr. Fitzgerald … nach fast zwanzig Jahren. Aber Sie gefährden durch Ihre Gegenwart meine Freiheit, das muß Ihnen klar sein, denn die Soldaten werden Sie so lange suchen, bis sie Sie finden. Ich hoffe wirklich, daß Sie nicht eine Minute länger hierbleiben, als es unbedingt notwendig ist.«

»Wir brechen in der Morgendämmerung auf«, versprach er. Nach einer kurzen Pause fügte er hinzu: »Sie halten uns für Rebellen, oder? Sogar für Verräter.«

»Ja«, gab Jenny zu. »Für genau das halte ich Sie, Mr. Fitzgerald. Sie versuchen, den Gouverneur zu töten, das hat Sie in meinen Augen zu Verrätern gemacht.«

Er zuckte mit den Schultern. »Wir halten uns für Patrioten, die für die Freiheit unseres Landes kämpfen, das jahrhundertelang von einer fremden Macht beherrscht und unterdrückt worden ist, Mrs. Broome. Daß ein einziger Ire hier in der Strafkolonie ist, das ist überhaupt die größte Ungerechtigkeit, die sich die Tyrannen jemals gegen unser Heimatland herausgenommen haben. Wir sind bereit, für unser Land zu sterben, wenn uns nichts anderes übrig bleibt. Da kann man uns doch schlecht Verräter nennen, oder?«

Fitzgerald trug den Krug mit Rum zum Tisch hinüber. »Sie haben gesagt, daß ich dem Jungen etwas davon geben kann?«

Sie nickte schweigend, er füllte einen Becher und ging zum

Bett, in dem der Verwundete lag. Jenny hielt ihn an seinem narbigen Handgelenk fest.

Sie sagte krank vor Mitleid: »Lassen Sie mich erst seine Wunde auswaschen und dafür sorgen, daß die Blutung zum Stillstand kommt.«

»Und das da?« Er hielt den Becher hoch.

»Trinken Sie es selbst«, sagte Jenny freundlich. »Und geben Sie den anderen auch etwas davon ab. Ich habe noch mehr Rum.«

Sie waren Flüchtlinge, dachte sie – und zwar gefährliche Flüchtlinge, soweit sie das beurteilen konnte … aber war ihr geliebter Johnny Broome nicht auch ein Flüchtling gewesen, als sie ihn zum erstenmal gesehen hatte? Sie goß kochendes Wasser aus dem Kessel in eine Schüssel, holte ein paar saubere Tuchstreifen aus ihrem Nähkasten und verarztete den verletzten Jungen, so gut sie nur konnte.

Er war halb bewußtlos, aber er schaffte es dennoch, sie dankbar anzulächeln, als sie die scheußliche Wunde wusch und verband. Aber es war, ganz wie Joseph Fitzgerald gesagt hatte, nur noch wenig für ihn zu tun – die Kugel steckte tief in seiner Brust, und jedesmal wenn er hustete, spuckte er Blut.

»Ich wünschte, wir hätten einen Priester für ihn«, sagte Joseph Fitzgerald. Seine Stimme klang gar nicht mehr hart, als er neben dem Bett stand und zuschaute, wie sie dem Jungen den Becher mit Rum an die blutlosen Lippen hielt.

»Ich danke Ihnen im Namen von Michael. Ich –« Er unterbrach sich selbst, als Christie mit drei anderen Männern zur Tür hereinkam. »Sind die Pferde versorgt und die Sättel gut versteckt, Christie?«

»Alles in Ordnung«, antwortete der große Mann, »aber dieser Schurke McCann ist mit einem Pferd durchgebrannt. Er sagte Luke, daß er sich stellen will und –«

»Um Gottes willen, habt Ihr denn nicht versucht, ihn aufzuhalten?«

»Und wie wir es versucht haben, Joe«, antwortete Christie verärgert, »aber das Schwein hat mit einer Pistole auf uns gezielt. Sie sagten doch, daß wir nicht schießen dürfen, damit die Arbeiter von Mrs. Broome nicht merken, was hier los ist... wir konnten McCann unmöglich aufhalten, wir hatten keine Wahl.«

Fitzgerald fluchte. »Nach Tagesanbruch sind wir hier nicht mehr sicher, Männer.« Er schaute hinüber zu Jenny. »Haben Sie ein Boot am Fluß, Mrs. Broome?«

»Ja.« Jenny legte den Kopf des Verwundeten vorsichtig auf das Kissen zurück und wandte sich ihm zu. »Ich habe ein kleines Ruderboot, Mr. Fitzgerald. Aber dieser Junge – der Junge, den Sie Michael nennen – kann unmöglich mitkommen. Es würde ihn töten.«

»Na klar, und der arme Kerl stirbt ja sowieso«, sagte einer der anderen mit leichter Panik in der Stimme. »Wir müssen ihn hier zurücklassen, Joe.«

»Ach, halt den Mund, Liam!« herrschte Fitzgerald ihn an, »und laß mich kurz überlegen, ja? Wir haben noch ein paar Stunden – die Soldaten werden sich in der Dunkelheit nicht auf den Weg machen, selbst wenn McCann zu ihnen findet.«

Er ging mit einem Becher Rum zum Bett des Schwerverletzten, legte einen Arm um seine Schultern und half ihm beim Trinken. Die Männer aßen hungrig, was Jenny aufgetischt hatte, und schenkten sich ohne zu fragen so fleißig von dem Rum ein, daß der Krug bald leer war. Jenny bot ihnen nicht mehr an, bis Joseph Fitzgerald mit totenblassem Gesicht zum Tisch zurückkam. Er sagte leise: »Michael Finnegan hat jetzt den Frieden gefunden. Gott sei seiner Seele gnädig. Wir begraben ihn noch, bevor wir gehen. Aber wenn Sie noch etwas von dem Rum haben – ich wäre für einen Schluck dankbar.«

Die Männer bekreuzigten sich. Christie stand auf, folgte Jenny in die Speisekammer und nahm von ihr den zweiten

Krug in Empfang. Er flüsterte: »Ich gebs ihnen, Madam. Und wenn sie das Zeug trinken, können Sie mir zeigen, wo der Junge begraben werden soll, dann fang ich schon mal an, die Grube auszuheben.«

Krank vor Mitleid, tat Jenny das, worum er sie gebeten hatte. Sie sah, daß es schon zu tagen begann, gab ihm eine Hacke und eine Schaufel und führte ihn dorthin, wo zwei hölzerne Kreuze über der letzten Ruhestätte des alten Watt Sparrow und ihres Mannes Johnny standen. Christie spuckte in die Hände und fing an, die Grube auszuheben.

Nach einer Weile sagte er: »Falls wir keine Zeit mehr dazu haben, würden Sie sich darum kümmern, daß der Junge ein Kreuz bekommt, Mrs. Broome?«

»Ja, selbstverständlich«, versprach Jenny.

Er dankte ihr, arbeitete weiter und wischte sich dann den Schweiß von der Stirn. »Können Sie Joe sagen, daß der Junge rausgetragen werden kann, das Grab ist soweit fertig.«

Jenny nickte und ging zurück ins Haus. Die Männer hatten sehr viel getrunken. Der zweite Krug Rum war leer. Sogar Joseph Fitzgerald schien dem Alkohol kräftig zugesprochen zu haben. Sein Gesicht war gerötet, und er lallte leicht, als er sagte: »Wir kommen gleich, Mrs. Broome. Seamus« – er wandte sich an den dunkelbärtigen Mann neben sich – »wir begraben jetzt den armen Michael und gehen dann auf dem schnellsten Weg zum Fluß hinunter. Hilf mir, ihn hinauszutragen! Und du Liam – nimm eine der Flinten und halt die Augen offen.«

Jenny stand schweigend und zitternd in der Tür, als Michael Finnegan aus ihrem Bett gehoben und in die Dämmerung des neu anbrechenden Tages hinausgetragen wurde. Aber die Männer hatten sich zu lange aufgehalten. Schon nachdem sie ein paar Schritte gegangen waren, zerriß eine Salve die morgendliche Stille. Liam kam mit rauchender Flinte angelaufen und schrie vor Angst mit hoher Stimme:

»Rotröcke! Sie haben Christie schon festgenommen! Rennt um euer Leben, Männer!«

Die Warnung kam zu spät. Fitzgerald und seine Männer wurden umzingelt und mußten sich in einer Reihe aufstellen. Christie, der aus einer Kopfwunde blutete und kaum noch stehen konnte, bekam einen Stoß von hinten und stolperte zu ihnen hin.

»Fünf«, meinte der Offizier, »und ein Toter. Wo ist Mc-Cann?«

Der kleine glatzköpfige Mann humpelte heran und fragte eilfertig: »Was wünschen Sie, Sir?«

»Bald werde ich Sie nicht mehr brauchen«, meinte der Lieutenant kurz, »aber sind das die Männer, die dem Gouverneur einen Hinterhalt gelegt haben? Sind das alle? Nennen Sie sie bei ihrem Namen!«

McCann vermied, den Gefangenen in die Augen zu sehen, und er murmelte leise ihre Namen.

»Und wer ist dieser Leichnam?« Er deutete auf den Körper, der leblos zu Joseph Fitzgeralds Füßen lag. »Wie heißt der?«

»Michael Finnegan, Sir.«

»In Ordnung – sorgen Sie dafür, daß er begraben wird, Sergeant. Wir bringen die anderen schon weg. Und die Frau.« Der Offizier wandte sich in seinem Sattel um, um Jenny anzuschauen. »Wie heißen Sie, Frau?«

Jenny sagte es ihm. Hinter sich hörte sie leise Schritte, und ihr Herz krampfte sich vor Angst zusammen, als sie den kleinen William schlaftrunken herankommen sah. Er ergriff ihre Hand und fragte: »Mama, was ist los? Was wollen die Soldaten hier? Ich habe Schüsse gehört und dachte…«

»Sei still«, sagte Jenny leise und versuchte, dem Offizier alles zu erklären, aber er ließ sie nicht ausreden. »Die Anklage lautet, daß Sie Flüchtlingen Unterschlupf gewährt haben«, sagte er kurz. »Und zwar Attentätern, Mrs. Broome! Legen Sie ihr Handschellen an, Sergeant.«

»Aber meine Kinder, Sir«, versuchte Jenny noch einmal. »Ich habe auch noch ein kleines Mädchen, und ich –«

Er ließ sie wieder nicht ausreden. »Sie da«, rief er und winkte Tom heran. »Versorgen Sie die Kinder. Sie arbeiten doch hier?«

»Ja, Sir, aber Mrs. Broome hatte wirklich nichts mit dem Anschlag auf den Gouverneur zu tun.« Tom stellte sich vor Jenny auf, und sein ehrliches Gesicht war vor Aufregung rot angelaufen. »Ich kann es beweisen, Sir.«

»Seien Sie still«, fuhr ihn der Lieutenant an. »Sie können ja vor Gericht aussagen, sobald die Anklage erhoben ist. Meine Befehle sind eindeutig – ich soll jeden, der den Attentätern Unterschlupf gewährt hat, festnehmen. Corporal, nehmen Sie sich ein paar Männer und treiben Sie die Pferde auf der Weide zusammen. Ich glaube, Sie wissen, welche die vom Gouverneur sind... und suchen Sie auch nach den Sätteln.«

Jenny hörte verzweifelt zu. Und William klammerte sich an ihre Hand. Wenn sie die Pferde fanden und vor allen Dingen die in der Scheune versteckten Sättel, käme zu der Anklage auch noch Diebstahl dazu... sie schaute Joseph Fitzgerald wieder hilfesuchend an, aber er sagte kein Wort zu ihren Gunsten. Und Christie war zusammengebrochen, hielt sich seinen blutigen Kopf und schien gar nicht zu bemerken, was um ihn herum vorging.

Sie befreite sich zart aus der Umklammerung von Williams Hand.

»Du mußt jetzt zu Rachel gehen«, sagte sie.

»Aber sie schläft noch, Mama«, protestierte William. »Ich möchte bei dir bleiben.«

»Ich muß mit den Soldaten weggehen, Willie«, sagte Jenny, »aber es wird nicht lange dauern, Willie... ich komme in ein paar Tagen zurück.« Sie brachte ein schwaches Lächeln zustande. »Tom«, sagte sie, »du und Nancy paßt auf die Kinder auf, kann ich mich darauf verlassen?«

»Aber selbstverständlich, Mrs. Broome«, versicherte ihr Tom. Er fügte verbittert hinzu: »Egal wie lang. Sie brauchen sich keine Sorgen wegen der Kinder zu machen. Wir –«

Der Sergeant schob sich zwischen die beiden. »Sie sind unter Arrest«, sagte er hölzern zu Jenny. »Kommen Sie bitte mit.«

Sie wurde zu der Scheune hinübergeführt, wo inzwischen die Pferde des Gouverneurs standen.

»Wir haben die Sättel gefunden, Sir«, meldete einer der Soldaten. »Sie waren unter Stroh in der Scheune versteckt. Und da drin lag auch ein totes Pferd.«

Der Offizier fragte kalt: »Und wie wollen Sie das erklären, Mrs. Broome? Und ganz zu schweigen von dem frisch ausgehobenen Grab neben dem Ihres verstorbenen Mannes? Und was ist mit den Essensresten und den zwei leeren Rumkrügen, die meine Männer auf Ihrem Küchentisch gefunden haben?«

Er zuckte mit den Schultern und bedeutete ihr, auf eines der Pferde zu steigen. Jenny versuchte erst gar nicht, seine bohrenden Fragen zu beantworten, aber ihr Herz stand fast still, als sie losritten. Die kleine Rachel kam aus dem Haus gelaufen und winkte ihr mit Tränen in den Augen nach.

6

Die Nachricht von der Verhaftung der Attentäter erreichte die Dawsons, als sie beim zweiten Frühstück saßen.

Abigail, die den dreijährigen Alexander fütterte, schaute mit vor Angst geweiteten Augen auf, als der Hausherr hereingestürzt kam und die Neuigkeit verkündigte.

»Davie Leake sagt, daß die verdammten Soldaten Jenny gefangengenommen haben – sie wird beschuldigt, den Iren Unterschlupf gewährt zu haben!« Timothy Dawsons Gesicht war blaß vor Wut.

»Nun, vielleicht hat sie das getan«, meinte seine Frau Henrietta spitz. »Du weißt doch, wie diese ehemaligen Sträflinge sind, Tim… ganz egal, wie lange sie frei sind, ihre Sympathien gelten doch auch nach Jahren noch immer in erster Linie Sträflingen, die sie ja auch einmal waren, und –«

Timothy unterbrach sie. »Wenn es deine Stiefmutter gewesen wäre – diese patriotische Irin Frances Spence – dann könnte ich die Anschuldigungen glauben, aber Jenny hat keinerlei Sympathien für irische Rebellen, und das weißt du ganz genau, Etta!«

Abigail schaute Timothy an und fragte unsicher: »Mr. Dawson, habe ich richtig verstanden, daß Jenny Broome – Mrs. Broome von Long Wrekin – von den Soldaten gefangengenommen worden ist?«

»Ganz richtig«, bestätigte er immer noch wütend. Er trank einen Becher hausgemachten Apfelweines in einem Zug aus und versuchte nicht einmal, den Rülpser zu unterdrücken, der ihm aufstieß. »Ich gehe sofort nach dem Essen nach Long Wrekin und nehme ein paar Männer mit, um Tom Jardine zu helfen.« Obwohl er die Worte zu Abigail gesagt hatte, war es doch offensichtlich, daß sie für seine Frau bestimmt waren und Henrietta, die ihrem Mann seine Liebesromanze mit Jenny Broome weder vergessen noch verziehen hatte, reagierte ganz so, wie er es erwartet hatte.

»Ich nehme an«, fragte sie mit eiskalter Stimme, »daß du die Broomekinder mit hierher zurückbringen willst?«

»Ich habe tatsächlich daran gedacht«, gab Timothy zu.

»Ich möchte deutlich feststellen, Timothy, daß ich sie nicht in meinem Haus haben möchte. Es sind schließlich eben doch Sträflingskinder, und –«

»Aber ich *mag* sie, Mama«, protestierte die sieben Jahre alte Julia.

»Aber Abigail ist doch hier. Was willst du denn mehr?«

Julia lief rot an. »Aber sie ist doch fast schon erwachsen, Mama. Rachel ist genauso alt wie ich.«

Abigail entschied, daß sie sich einschalten müsse. »Ich könnte doch Mr. Dawson begleiten«, bot sie an. »Ich kenne das Haus, und ich habe auch Mrs. Broomes Kinder getroffen. *Ich* könnte doch auf sie aufpassen, Mrs. Dawson.«

Das war ihre Chance, dachte sie. Mr. Boskenna hatte sich allein aufgemacht, um einen zwei Tagesritte weit entfernt gelegenen Besitz anzuschauen, und seine unangenehme Frau war in Parramatta und paßte dort auf die kleine Lucy auf. Mrs. Broome hatte gesagt, daß sie in Long Wrekin bleiben könne, und wenn sie freigelassen würde, dann könnte sie endlich...

»Das kommt überhaupt nicht in Frage, nein«, sagte Henrietta Dawson und zerstörte damit alle ihre Hoffnungen. »Dein Vormund hat mir für die zwei Tage seiner Abwesenheit die Verantwortung für dich übertragen. Die Broomekinder sind auf jeden Fall versorgt, die Frau des Vorarbeiters kümmert sich seit Jahren schon um sie, wenn Mrs. Broome auf den Feldern arbeitet oder die Pferde einreitet.«

»Das ist wirklich so, Abigail«, bestätigte ihr Timothy. »Aber Jenny Broome gehört zu den Leuten mit der größten landwirtschaftlichen Erfahrung in der Kolonie hier.« Er lächelte, aber seine blauen Augen wirkten kühl, als er über den Tisch zu seiner Frau hinüberschaute. »Mrs. Dawson ist leider außerstande einzusehen, daß unsere ehemaligen Sträflinge sehr viel für die Entwicklung in der Kolonie getan haben, obwohl ich ihr das immer wieder klarzumachen versuche. Ist es nicht so, meine Liebe?«

»Ich trau ihnen einfach nicht«, antwortete Henrietta schlecht gelaunt. »Julia – Dorothea, geht und wascht eure Hände! Und dann wird Abigail vielleicht so nett sein und euch weiter unterrichten. Es ist höchste Zeit, daß du lesen lernst, Julia.«

Abigail seufzte, aber sagte höflich: »Aber natürlich, Mrs. Dawson.«

Zu ihrer Erleichterung erhob sich Mrs. Dawson mit ihrem Sohn auf dem Arm und verließ das Zimmer. In der Tür drehte sie sich noch einmal um und erinnerte ihren Gast daran, sich zu beeilen. »Die Kinder werden sehr unruhig, wenn sie warten müssen, Abigail… das verstehst du doch sicher?«

»Sie neigt dazu, Kinder zu verwöhnen, Abigail«, sagte Timothy Dawson unerwarteterweise, als nur noch sie in dem Zimmer waren. Er schenkte sich Apfelwein nach und fragte: »Du interessierst dich für Mrs. Broome, oder?«

»Ja«, gestand Abigail. »Ich habe sie zwar nur einmal getroffen, aber ich… ich mag sie sehr, Mr. Dawson.« Sie zögerte und fügte dann hinzu: »Eine alte Freundin von ihr hat mir in England einen Einführungsbrief für sie mitgegeben. Ich habe Mr. Boskenna nichts von dem Brief erzählt, weil – nun, er und seine Frau haben Sträflingen gegenüber die gleiche Haltung wie Ihre Frau, und Mrs. Broomes Freundin hat mir sehr geraten, diskret zu sein.«

»Aber mir erzählst du von dem Brief?« Er lächelte sie ermutigend an. »Du brauchst wirklich keine Angst zu haben. Ich werde niemandem ein Wort davon sagen, nicht einmal meiner Frau. Weißt du … Jenny Broome hat mir nämlich das Leben gerettet«, fügte er nachdenklich hinzu. »Ob sie nun ein ehemaliger Sträfling ist oder nicht, sie ist eine der wunderbarsten, mutigsten Frauen, die ich jemals kennengelernt habe, und ich werde ihr immer so gut wie möglich zur Seite stehen, wenn sie meine Hilfe braucht.«

»Hat sie große Schwierigkeiten?« fragte Abigail. »Die gegen sie erhobene Anklage ist doch schwerwiegend, oder?«

»Da hast du ganz recht«, gab er zu. »Aber Jenny hat einen sehr guten Ruf – sie wird wahrscheinlich freigelassen, sobald der Richter sie verhört hat.«

»Gott sei Dank!« entfuhr es Abigail.

»Ich nehme es wenigstens stark an. Schließlich würden die Rotröcke doch meine Frau nicht verhaften, wenn sie mit ihren Kindern allein zu Hause gewesen wäre, und bewaffnete Männer sie gezwungen hätten, daß sie ihnen Unterschlupf gewährt und was zu Essen vorsetzt.« Timothy stellte seinen leeren Becher auf den Tisch und stand auf. »Nun, ich mache mich auf den Weg. Ich verspreche dir, daß ich dich persönlich zu Jenny Broome bringe, sobald sie zurück ist, Abigail.«

»Ach wirklich?« rief Abigail aus. »Vielen Dank, Mr. Dawson. Dann kann ich endlich mit ihr sprechen und ihr von der Freundin erzählen, die mir den Brief für sie mitgegeben hat.«

»Du scheinst Mr. Boskenna nicht gerade zu mögen, Abigail?« fragte Timothy vorsichtig.

Sie schüttelte den Kopf, erinnerte sich an Lucys Worte über den Pfarrer und sagte bitter: »Nein, meine Schwester und ich hassen ihn sogar.«

»Und er ist ein Gottesmann!« rief Timothy aus, und zwar mit zynischem Tonfall. »Sag mal – ist er wirklich euer rechtmäßiger Vormund?«

»Ja, das ist er, Mr. Dawson. Mein Vater hat ihn in seinem letzten Brief dazu bestimmt. Er kann tatsächlich alle Entscheidungen für meine Schwester und mich fällen, bis wir einundzwanzig Jahre oder verheiratet sind. Der Gouverneur mußte das wohl oder übel akzeptieren, und ...« Als sie sich an das Gespräch mit dem Gouverneur erinnerte, mußte sie fast weinen.

Captain Bligh hatte sie zum Mittagessen nach Rose Hill in Parramatta eingeladen und Lucy und ihr einen sehr warmen Empfang bereitet. Er hatte sie sogar für immer in sein Haus aufnehmen wollen und hatte sehr freundlich von ihrem Vater gesprochen.

»Edmund Tempest war ein mutiger Mann und ein sehr guter Marineoffizier«, hatte er gesagt. »Er ist ein alter Kamerad von mir. Aus diesem Grund möchte ich gern alles in meiner Macht Stehende tun, damit es seinen Töchtern gutgeht.«

Aber seine Worte waren bei Pfarrer Boskenna auf taube Ohren gestoßen. Der Pfarrer hatte auf sein *legales* Recht gepocht – ganz von seiner christlichen Verantwortung abgesehen –, die Verantwortung für »die beiden armen Waisen« nicht an den Gouverneur abzugeben.

»Nun?« fragte Timothy Dawson. »Was ist zu machen?«

»Ich fürchte gar nichts, Mr. Dawson«, antwortete sie. »Lucy und ich bekommen zweitausend Morgen Land zugesprochen, ganz wie es meinem Vater vor unserer Abfahrt in London versprochen wurde. Da er leider tot ist, wird sich Mr. Boskenna für einen Grundbesitz entscheiden und ihn für uns bewirtschaften.« Abigail konnte ihre Bitterkeit nicht länger verbergen, und sie fügte unglücklich hinzu: »Wenn nur unser Bruder Rick mit uns gekommen wäre! Aber er dient in der Königlichen Marine.«

Das einzig Positive an dem Mittagessen mit Gouverneur Bligh war seine Ankündigung gewesen, daß Titus Penhaligon einen Posten als bei der Regierung angestellter Arzt bekommen hatte, dachte sie ... aber sie hatte nichts für die arme Kate Lamerton tun können, die jetzt im Frauengefängnis in Parramatta untergebracht war. All ihre Versuche, die Hebamme dort zu besuchen, waren an der eisernen Ablehnung Pfarrer Boskennas gescheitert.

Und die arme Lucy hatte viel zu große Angst vor Mrs. Boskenna, um auch nur zu versuchen, mit Kate Lamerton in Kontakt zu kommen.

Timothy Dawson legte Abigail seine abgearbeiteten Hände auf die Schultern. »Boskenna hat mich in seine Pläne eingeweiht«, sagte er und lächelte ihr aufmunternd zu. »Aber ich bin sicher, daß er sich für ein Stück Land hier in der Hawkesbury Gegend entscheiden wird, und du weißt ja, wo wir wohnen. Wenn du jemals einen Freund brauchst, komm hierher oder geh zu Jenny Broome. Der Pfarrer Caleb Boskenna mag ja euer legaler Vormund sein, aber das gibt ihm noch lange nicht das Recht, sich wie ein Gefängniswärter aufzuführen. Und das Land gehört dir und deiner Schwester, vergiß das nie!«

Abigail dankte ihm und fühlte sich erleichtert, als sie sich auf die Suche nach ihren Schülern machte.

Major George Johnstone trank vor dem Abendessen in der Offiziersmesse mit ein paar Korps-Freunden ein Glas Wein, als Captain MacArthur angekündigt wurde. Da er nicht eingeladen war, schaute ihm der Kommandant überrascht entgegen, als er mit seinem Sohn Edward den Raum betrat.

»John, mein Lieber!« Er streckte die Hand aus. »Sie sind mir höchst willkommen – und Edward, du natürlich auch. Wir haben einen guten Weißwein hier, oder Brandy aus Kapstadt, wenn Sie den lieber möchten. Bedienen Sie sich!«

John MacArthur schüttelte ungeduldig den Kopf. Er hatte den Eindruck, daß Johnstone mehr als genug Weißwein getrunken hatte, und es war wichtig, daß er einen klaren Kopf hatte – ein Fehler oder eine Fehleinschätzung dessen, was er ihm sagen wollte, würde zumindest sehr ärgerlich sein.

»Ich speise mit Charley Grimes zu Abend, George«, antwortete er kühl, »und meine liebe Elisabeth erwartet mich dort, deshalb kann ich nicht lange bleiben, aber…« Er schaute sich um und sah, daß sich die anderen Offiziere außer Hörweite befanden. Er legte seinem Sohn eine Hand auf den Arm und sagte: »Sei so gut und geh zu den anderen hinüber, Ned – ich habe etwas mit Major Johnstone unter vier Augen zu besprechen.«

Der Junge nickte verständnisvoll und entfernte sich. Er war ein guter Junge, dachte John MacArthur stolz, und schaute lächelnd hinter seinem Sohn her. Dann warf er einen kritischen Blick auf Johnstone. Der Korps-Kommandant war ganz eindeutig nicht mehr nüchtern und die Sache, die er besprechen wollte, war sehr delikat. Aber die Zeit drängte. Der Prozeß, um den es ging, war für morgen früh angesetzt. Er konnte nicht warten, bis George Johnstone sich von seinem nächtlichen Trinkgelage erholt hätte. Und eine so gute Gelegenheit wie diese, um dem Gouverneur eins auszuwischen, käme vielleicht nie wieder, oder jedenfalls nicht so bald.

Er nahm Johnstone am Arm und führte ihn noch weiter von den anderen weg.

»Ich habe etwas Vertrauliches mit Ihnen zu besprechen«, sagte er und sprach leiser. »Es handelt sich um den Prozeß, der morgen stattfinden soll.«

»Ach ja?« Major Johnstone starrte ihn überrascht an. »Meinen Sie den Prozeß dieser irischen Rebellen, die versucht haben, den Gouverneur zu erschießen?«

John MacArthur nickte mit seinem dunkelhaarigen Kopf. Seine Augen leuchteten bösartig. »Genau das meine ich. Sie führen doch den Vorsitz, oder?«

»Jawohl. Ein Matrose – ein unangenehmer Bursche namens McCann – kennt die Leute und hat sie identifiziert. Seine Aussage reicht aus, um sie zu verurteilen. Und die Frau – Jenny Broome – wird wohl straflos ausgehen.« Johnstone griff nach seinem Glas, das ein Kellner nachgefüllt hatte und seufzte.

»Warum denn?« fragte MacArthur mit zusammengepreßten Lippen.

»Ach, sie hat einen sehr guten Ruf. Sie ist die Witwe eines Marineoffiziers, der im Krieg gedient hat und letztes Jahr während der Flutkatastrophe am Hawkesbury umgekommen ist, als er anderen das Leben retten wollte. Und unser gemeinsamer – äh – Freund Captain Hawley macht sich auch für sie stark. Timothy Dawson auch.«

»Wer sind die Schöffen, George?«

»More, Lamson und Minchin sind morgen dabei, John. Und Brabyn wird als Zeuge aussagen.«

»Das ist ja ausgezeichnet, George«, meinte MacArthur. »Dann schlage ich vor, daß das Urteil dem Vergehen entsprechend ausfallen soll.«

»Was meinst du denn, John? Ich gestehe, daß ich dir nicht folgen kann.«

»Mein Lieber, das ist doch ungeheuer einfach. Diese Iren haben ohne Erfolg versucht, uns von dem tyrannischen Gouverneur Bligh zu befreien, oder? Ein löbliches Unterfangen, das ihnen viel Beifall eingebracht hätte, wenn es nur gelungen wäre.«

Der Korps-Kommandant schaute ihn befremdet an, und John MacArthur lachte amüsiert auf. »Ist ihr mangelnder Erfolg denn ein so schwerwiegendes Vergehen, daß es nach den Buchstaben des Gesetzes bestraft werden muß, verdammt noch mal? Ach, natürlich müssen sie schuldig gesprochen werden, das gebe ich ja zu, aber ... müssen sie deswegen gleich hängen? Sechs Monate Verbannung nach Coal River oder Dervent würden doch vollkommen ausreichen?«

Langsam dämmerte Major Johnstone, was MacArthur meinte, und sein Gesichtsausdruck entspannte sich.

»Gott weiß, John, das ist ja ein brillanter Einfall, verdammt noch mal, ich wollte, ich wäre selbst darauf gekommen! Wir zeigen dem *Bounty*-Bligh unsere Verachtung, indem wir die Männer nur milde bestrafen, die einen Anschlag auf ihn unternommen haben... ach, das ist ja köstlich!«

»Und darüber hinaus ist es auch vollkommen legal«, fügte MacArthur hinzu. »Selbst Atkins und dieses Schwein Crossley werden nicht fähig sein, das Urteil in Frage zu stellen.« Er zog seine goldene Taschenuhr heraus und zog sie auf. Dann verabschiedete er sich zufrieden von Major Johnstone und verließ mit seinem Sohn den Raum.

Für Jenny war es ein entsetzliches Erlebnis, wie ein Verbrecher behandelt zu werden. Die Männer waren während der Reise von Parramatta nach Sydney in Ketten gelegt worden. Lieutenant Brabyn hatte ihr diese Erniedrigung erspart, aber als er sie dem Gefängniswärter Reilly übergeben hatte, war eine solche Ausnahmeregelung nicht mehr möglich gewesen. Glücklicherweise war der Frauentrakt des Gefängnisses gerade nicht überfüllt, und Jenny hatte eine Zelle für sich. Aber sie wurde in Eisen gelegt. Kein Tageslicht fiel in ihre Zelle, und die Ernährung – morgens und abends Brot und Wasser und mittags ein Haferbrei – war kaum genießbar, und ihr drehte sich fast der Magen um.

Abgesehen von einem offiziellen Besuch des Gerichtsdieners, der ihre Aussage entgegennahm, kam niemand von außerhalb des Gefängnisses, bis am Tag vor dem Prozeß Andrew Hawley erschien. Wärter Reilly begleitete ihn unterwürfig in die Zelle und brachte ungebeten einen Stuhl und Kerzen. Jenny fühlte, wie wütend und entrüstet Andrew war, obwohl er kein Wort sagte, bevor der Wärter sie allein ließ. Aber dann warf er sich neben ihr auf die Knie, nahm ihre Hände in die seinen und sagte mit verzweifelter Wut: »Um Gottes willen, Jenny, was denken sich diese idiotischen Korps-Offiziere eigentlich dabei, dich hier wie einen gemeinen Verbrecher zu behandeln?«

»Mir wird vorgeworfen, den Männern Unterschlupf gewährt zu haben, die dem Gouverneur einen Hinterhalt gelegt haben«, antwortete Jenny leise.

»Meine Liebste, das weiß ich doch – verdammt noch mal, ich weiß, wie die Anklage gegen dich lautet! Reilly hat es mir gesagt – und auch, daß der Richter sich auf Freilassung gegen Kaution nicht eingelassen habe.« Andrew nahm sich zusammen und fügte entschuldigend hinzu: »Aber davon habe ich erst heute gehört – ich war in Coal River und bin erst gegen Mittag zurückgekommen. Vorher habe ich erfolglos versucht, dich freizubekommen. Sicher will Justin –«

»Justin fährt zur See«, sagte Jenny bedauernd. Dann schaute sie Andrew an und beantwortete eine Frage, die er noch gar nicht gestellt hatte: »Es besteht keine Gefahr, daß ich verurteilt werde, solange der irische Anführer vor Gericht die Wahrheit sagt. Und ich glaube, daß er das tun wird. Er wollte zwar den Gouverneur wirklich töten, aber im Grunde seines Herzens ist er kein schlechter Mensch und auch kein Lügner.«

Andrew drückte ihre Hände. »Erzähl mir die ganze Geschichte haarklein, Jenny. Ich treffe Gouverneur Bligh in einer Stunde und hoffe, daß er deine Freilassung gegen Bürgschaft anordnen wird. Wenn ich die Geschichte in all ihren Einzelheiten kenne, dann kann ich mich besser für dich einsetzen.«

Jenny erzählte ihm alles und gab sogar zu, daß sie eine gewisse Sympathie für die Flüchtlinge empfunden habe.

Andrew meinte: »Das kann ich verstehen. Aber trotzdem haben die verdammten Idioten versucht, den Gouverneur umzubringen, und dafür werden sie selbstverständlich gehängt... und das mit Recht, Jenny, meine Liebe. Der Gouverneur ist schließlich der Stellvertreter des Königs.«

»Sie erkennen aber unseren König nicht an«, verteidigte Jenny die Attentäter. Aber ihr war bewußt, daß selbst dann die Aktion der Iren eine rein anarchistische gewesen war.

»Ich weiß, daß sie an die Rechtmäßigkeit ihrer Sache glauben und auch bereit sind, dafür zu sterben.«

»Schön und gut, aber sie haben dennoch ein Attentat versucht.« Andrew stand auf und ging in der kleinen Zelle auf und ab. »Und einer von ihnen ist geflohen und hat die Soldaten nach Long Wrekin geführt.«

»Ja. Es war ein Sträfling namens McCann, Thomas McCann. Er war früher, glaube ich, ein Matrose.«

Andrew blieb stehen und starrte sie überrascht an. »Aber den kenn ich doch, der wurde der *verrückte* McCann genannt! Wenn jemals ein Mann zu Recht ein Schurke genannt werden kann, dann ist es er...«

Er stellte sich neben sie, und seine blauen Augen blickten besorgt auf sie herunter. Dann kniete er sich wieder neben sie ins Stroh, das den Zellenboden bedeckte. »Ich werde mich beim Gouverneur für deine Freilassung einsetzen, Mädchen. Du sollst nicht vor Gericht erscheinen müssen, ich werde meine ganze Kraft dafür einsetzen!«

Jenny dankte ihm und fühlte, wie sie schwach wurde. »Das ist sehr nett von dir, Andrew, und ich bin dir dankbar, wirklich. Aber es ist wahrscheinlich zu spät. Der Prozeß findet schon morgen statt. Aber sie werden mich nicht verurteilen – das können sie ja nicht, wenn –«

»Sie könnten es nicht, wenn du meine Frau wärst, Jenny«, sagte Andrew. »Nein, wart einen Moment, bevor du Ja oder Nein sagst... mein liebes Mädchen, du weißt, daß ich das von Anfang an wollte, seit ich dich wiedergefunden habe. Ich wollte dich bitten, meine Frau zu werden, als Justin mich letzte Weihnachten zu euch nach Hause nach Long Wrekin mitnahm. Aber ich habe Johnny Broome selbst gekannt, ich schätzte den Mann, den du verloren hast, und konnte deshalb verstehen, wie sehr sein Verlust dich schmerzt. Ich...«

Sein Gesicht lief rot an, und er sagte: »Jenny, ich wollte deine Trauer nicht stören. Ich fand mich damit ab, daß ich warten müsse, bis du über Johnnys Tod hinweggekommen bist. Und ich warte auch noch länger, wenn du das möchtest. Aber laß mich bitte dem Gouverneur sagen, daß wir heiraten wollen. Ich bin ein Offizier der Königlichen Marineinfanterie und schon lange kein armer Corporal mehr, wie damals, als ich dich zum erstenmal fragte, ob du mich heiraten würdest. Ich kann dich jetzt schützen, und Gott ist mein Zeuge, daß ich das möchte, so wie ich auch möchte, daß du meine Frau wirst.«

Jenny weinte tief bewegt. Alte Gefühle stiegen in ihr hoch, und sie erinnerte sich an die Liebe, die sie einst für ihn empfunden hatte, und an den großen Schmerz, den ihr die Trennung von ihm bereitet hatte. Sie strich ihm über seinen gebeugten Kopf, und Andrew ergriff ihre Hand und bedeckte sie mit Küssen.

»Denk drüber nach, mein Mädchen«, bat er sie.

»Ich… ach Andrew, das mach ich ganz bestimmt«, versicherte sie ihm. »Aber ich möchte dich nicht nur heiraten, um geschützt zu sein, oder weil ich in Schwierigkeiten stecke. Und dann habe ich auch die Kinder.«

Sie wußte, daß Justin sehr mit dieser Verheiratung einverstanden sein würde. Er hielt viel von Andrew Hawley und war gut mit ihm befreundet. Aber William – der sehr eifersüchtig auf seinen älteren Bruder war und in jedem Fall das Gegenteil von dem vertrat, was Justin befürwortete – William konnte den Verehrer seiner Mutter nicht leiden und hatte auch Rachel gegen ihn eingenommen. Es gab aber noch andere Gründe… Jenny wischte sich die Tränen ab. William und Rachel wollten Long Wrekin nicht verlassen, und sie selbst wollte das auch nicht. Trotz aller finanziellen Probleme und der schweren Arbeit, die sie dort zu leisten hatte, liebte sie den Ort, der zu ihrer Heimat geworden war.

Als ob er ihre Gedanken gelesen hätte, stand Andrew auf, zog sie hoch und legte seine Hände leicht auf ihre Schultern.

»Ich komme wie du aus einer Bauernfamilie, Jenny«, erinnerte er sie. »Und wenn du mich heiratest, mein Mädchen, dann werde ich mein Offizierspatent niederlegen und mit dir die Farm bebauen. Und was die Kinder betrifft, so sehe ich keine großen Probleme. Ich werde mit all meiner Kraft versuchen, ein guter Vater für sie zu sein, da brauchst du dir keine Sorgen zu machen.«

Das brauche ich wirklich nicht, dachte Jenny. Andrew Hawley war ein Mann, dem sie vertrauen konnte, und den sie im Lauf der Zeit auch bestimmt lieben lernen würde... so wie sie ihn früher als junges Mädchen innig geliebt hatte. Johnny hätte bestimmt nichts gegen die neue Verbindung eingewendet. Es war bestimmt kein Betrug an Johnnys Angedenken, wenn sie Andrews Heiratsantrag annahm und ihm das Wohlergehen ihrer Familie anvertraute. Wenn ihm das am Herzen lag, dann würde ihre alte Liebe bestimmt wieder auferstehen, so lebendig und leidenschaftlich, wie sie an Bord der *Charlotte* gewesen war. Ihr Herz klopfte schneller, als er sie umarmte und sie eine Woge der Sehnsucht in sich aufsteigen spürte.

»Nun, liebste Jenny?« fragte er und küßte sie auf ihr rotfunkelndes Haar. »Wie wirst du dich entscheiden? Willst du mich heiraten oder nicht?«

»Ich will dich heiraten, Andrew«, versprach Jenny. »Wenn ich freigesprochen werde, dann... dann fühle ich mich sehr geehrt, dich zu heiraten.«

»Dann sage ich das dem Gouverneur«, meinte Andrew. Er küßte sie mit großer Zärtlichkeit. »Ich werde meinen Abschied als Offizier nehmen, und wir werden gemeinsam Long Wrekin zu einem Besitz machen, der es mit jedem anderen in dieser Kolonie aufnehmen kann.«

7

Mary Putland beugte sich hinunter und küßte ihren Mann auf die Wange. Sie erschrak, als sie bemerkte, wie heiß sie war. Dann lächelte sie tapfer und folgte dem jungen Arzt Titus Penhaligon, der das Zimmer des Kranken verließ.

»Ich komme bald wieder, mein lieber Charles«, versprach sie. »Versuch etwas zu schlafen. Aber ruf mich nur, wenn du etwas brauchst.«

Dr. Penhaligon schloß leise die Tür. Er war ein freundlicher, höflicher junger Mann, dachte Mary, den Dr. Redfern hergeschickt hatte, da er selbst bei diesem Patienten mit seiner ärztlichen Kunst am Ende war und gern ein zweites Urteil von einem Kollegen einholen wollte. Vielleicht würde Dr. Penhaligon etwas anderes einfallen, als ihm abwechselnd Abführmittel zu verabreichen und ihn zur Ader zu lassen.

In ihrem Wohnzimmer schenkte Mary dem jungen Arzt eine Tasse Tee ein und fragte übergangslos, ohne ihre Angst verbergen zu können: »Dr. Penhaligon, was halten Sie von Mr. Putlands Zustand, ganz ohne Schönrednerei?«

Titus Penhaligon fühlte, daß die Tochter des Gouverneurs eine ehrliche Antwort erwartete, und er schaute sie ernst an.

»Ihr Mann ist sehr schwer krank, Mrs. Putland.« Er sah, wie sie für einen Augenblick lang die Augen schloß. Dann fragte sie: »Kann noch irgend etwas für ihn getan werden, Doktor?«

Titus Penhaligon schüttelte langsam den Kopf. »Ich würde empfehlen, daß er nicht mehr zur Ader gelassen wird. Er ist zu schwach, um das noch länger durchhalten zu können. Und meiner Meinung nach würden ihm Opiate mehr helfen als Abführmittel.«

»Ja«, stimmte sie zu und war erleichtert, obwohl sie aus den Worten des Arztes erkannte, wie hoffnungslos krank ihr Mann sein mußte. »Er bekommt seit Wochen kaum mehr einen Bissen herunter. Können Sie mir einen Rat geben, was –«

»Geben Sie ihm Wein – Rotwein und hin und wieder auch ein Glas Brandy, wenn er das trinken will. Früchte natürlich… und manchmal ein Glas rohen Fleischsaft.« Er sah mit seinem geschulten Auge, daß Mary Putland selbst auch sehr erschöpft war und fragte sie vorsichtig: »Pflegen Sie Mr. Putland selbst?«

»Ja, natürlich. Das möchte er, und das ist das wenigste, was ich tun kann. Ich bin ja seine Frau.«

»Würden Sie denn in Erwägung ziehen, eine erfahrene, sehr zuverlässige Krankenschwester einzustellen?« fragte Titus. »Sie ist zwar eine Sträflingsfrau, aber sie hat einen ausgezeichneten Charakter, und ich kann sie Ihnen wärmstens empfehlen.« Er sah, wie sie die Stirn in Falten zog und fügte schnell hinzu: »Sie schulden es sich selbst und Seiner Exzellenz, Ihrem Vater, daß Sie sich manchmal von der anstrengenden Krankenpflege erholen. Es hilft niemandem, am wenigsten dem armen Mr. Putland, wenn Sie aus Überarbeitung krank werden.«

»Das stimmt, Dr. Penhaligon«, gab Mary zu. Sie litt schon lange darunter, daß sie nur sehr wenig Zeit mit ihrem Vater verbringen konnte. Und er brauchte sie jetzt nach dem Anschlag auf sein Leben mehr als jemals zuvor.

»Erzählen Sie mir mehr von dieser Krankenschwester«, bat sie.

»Sie heißt Kate Lamerton«, antwortete der junge Arzt bereitwillig. »Sie wurde wegen Diebstahls zu sieben Jahren Verbannung verurteilt, und sie ist sowohl Hebamme als auch Krankenschwester. Sie stammt aus Falmouth, wo auch ich herkomme. Sie ist meiner Schätzung nach zwischen fünfunddreißig und vierzig Jahre alt. Sie kam an Bord der *Mysore* hierher, und ich gebe zu, Mrs. Putland, daß der gute gesundheitliche Zustand sämtlicher Passagiere dieses Schiffes mindestens ebenso Kate Lamerton zu verdanken ist wie mir.«

Mary war sichtlich beeindruckt und sagte nach kurzem Nachdenken: »Ich glaube, daß Kate Lamerton mir eine große Hilfe sein könnte. Wo ist sie jetzt – in Sydney?«

»Nein, leider nicht, Mrs. Putland«, meinte er entschuldigend. »Sie wurde mit anderen Sträflingsfrauen in die sogenannte Fabrik in Parramatta geschickt.«

»In diesen entsetzlichen Ort!« rief Mary Putland aus, und der junge Arzt schaute sie überrascht an, da er sich über ihren plötzlichen Gefühlsausbruch wunderte. Aber sie nahm sich gleich wieder zusammen und fuhr mit leiser Stimme fort: »Ich werde mich darum kümmern, daß sie hierher geschickt wird, damit ich mit ihr sprechen kann. Wenn ich nicht glaube, daß sie mir behilflich sein kann, dann werde ich dafür sorgen, daß sie eine passendere Arbeit bekommt als in der Fabrik, wo die Frauen den ganzen Tag lang an veralteten Webstühlen arbeiten müssen.«

Sie sprang auf, als ein leiser Ruf aus dem Krankenzimmer zu hören war.

»Das ist mein Mann«, sagte sie und fügte entschuldigend hinzu: »Ich muß zu ihm gehen, ich... der arme Charles, ich wünschte, er könnte schlafen.« Sie streckte die Hand aus, und Titus beugte sich darüber und dankte für die freundliche Art, mit der er empfangen worden war.

»Das Opium lindert bestimmt seine Schmerzen, Mrs. Putland«, meinte er tröstend.

»Und vielleicht ist das mit der Krankenschwester eine gute Idee«, sagte sie. »Ich vergesse Ihre Mrs. Lamerton ganz bestimmt nicht, Doktor.« Als letztes fragte sie leise: »Wie lange, glauben Sie, daß mein Mann noch leben wird?«

Titus war auf diese Frage nicht gefaßt, aber er spürte wieder, daß diese Frau an nichts anderem als an der Wahrheit interessiert war.

»Es ist schwer zu sagen«, stammelte er, »aber… vielleicht hat er noch einen Monat zu leben, vielleicht sechs Wochen. Er ist ja nur noch ein Schatten seiner selbst und hat kaum mehr Widerstandskraft. Jede Zusatzbelastung kann das Ende bedeuten. Ich werde alles tun, was in meiner Macht steht, aber –«

»Aber Sie können auch nicht mehr tun als Dr. Redfern«, meinte Mary. »Ich verstehe. Ich danke Ihnen sehr, Dr. Penhaligon. Sie waren ehrlich zu mir, und glauben Sie mir, daß ich Ihre Ratschläge hinsichtlich der Diät befolgen werde.«

Mary fühlte, wie ihr Tränen in die Augen stiegen. Vor der Tür zum Krankenzimmer blieb sie stehen und wartete, bis sie sich etwas beruhigt hatte. Dann goß sie ein Glas Wein ein und trug es zum Bett ihres Mannes. Sie sagte mit einer möglichst fröhlichen Stimme: »Charles, Liebster, das wird dir guttun. Glaubst du, daß du es trinken kannst, wenn ich dich stütze?«

Charles Putland schaute sie ernst an, nickte aber gutmütig.

»Ich trinke die ganze Karaffe, wenn du das möchtest«, sagte er leise. Er nippte an dem Glas, und der liebliche Wein schien ihm zu schmecken. »Das ist unvergleichlich besser als die Abführmittel, die mir Willie Redfern immer verabreicht. Du kannst ihm sagen, daß ich in Zukunft von Dr. Penhaligon behandelt werden möchte.«

»Ich finde auch, er ist ein sehr freundlicher und fähiger junger Mann«, stimmte Mary zu. »Und er hat mir von einer ausgezeichneten Krankenschwester berichtet – einer Frau, die mit ihm auf der *Mysore* hergekommen ist und von der er sehr viel hält. Du hast doch nichts dagegen, wenn ich sie anstelle, damit sie mir bei deiner Pflege zur Hand gehen kann, oder?«

Aber er hörte sie nicht. Das Glas fiel ihm aus der Hand. Er flüsterte: »Ich werde jetzt schlafen, Mary, aber bitte bleib bei mir, ja?«

»Ja, Liebster, natürlich bleibe ich bei dir«, versprach sie und kämpfte gegen die Tränen an, als sie sah, wie seine Hand nach der ihren suchte.

Aber erst als es dunkel geworden war, fiel Charles in einen tiefen Schlaf. Seine Hand lockerte ihren Griff, und Mary erhob sich etwas steif. Sie wusch sich und zog sich in ihrem eigenen Zimmer um. Dann ging sie auf der Suche nach ihrem Vater in den unteren Stock und wurde von dem Sekretär Edmund Griffin davon informiert, daß der Gouverneur immer noch in seinem Büro sei und das Abendessen noch nicht bestellt habe.

»Er hat sich über eine Stunde lang mit Captain Hawley unterhalten, Mrs. Putland«, sagte Griffin. »Und ich fürchte«, – er sprach sehr angespannt – »daß es nicht gerade ein gutes Gespräch war. Seine Exzellenz ist sehr aufgeregt. Ich weiß nicht warum, aber –«

»Lassen Sie das Essen anrichten, Edmund«, meinte Mary. »Und zwar sobald wie möglich… und lassen Sie auch ein Gedeck für Captain Hawley auflegen. Ich bin sicher, daß sich die beiden Männer nach einem guten Essen wieder verstehen werden, und ich werde mein Bestes tun, um dazu beizutragen. Tatsächlich glaube ich, daß –«

»Captain Hawley ist vor zehn Minuten gegangen, Mrs. Putland«, meinte der Sekretär entschuldigend.

»Wirklich? Nun, da kann man nichts machen.«

Mary seufzte und fühlte sich plötzlich sehr müde.

Dr. Penhaligons Beurteilung des Kranken hatte zwar nichts grundlegend Neues bedeutet – sie hatte schon lange in ihrem Herzen gewußt, daß es mit dem armen Charles zu Ende gehen würde. Aber es hatte sie doch sehr mitgenommen, daß ihr Mann nur noch ein paar Wochen zu leben hätte. Sie sagte leise zu Edmund Griffin: »Seien Sie so gut und sagen meinem Vater, daß ich ihn im Speisezimmer erwarte. Und lassen Sie uns bitte allein. Wenn ihm etwas auf der Seele liegt, dann wird er es mir bestimmt sagen. Viel-

110

leicht macht ihm der Bericht Captain Hawleys von den Zuständen am Coal River Sorgen.«

Aber als ihr Vater zehn Minuten später im Speisezimmer erschien, sah sie auf einen Blick, daß die Angelegenheit viel ernsthafter sein mußte, als sie angenommen hatte. William Blighs Gesicht war vor Ärger ganz blaß, und er stieß hervor: »Diese Treulosigkeit, verdammt noch mal! Es ist doch immer wieder dasselbe! Beim Rum-Korps bin ich das zwar schon gewöhnt, aber wenn einer meiner besten Offiziere, jemand, dem ich seit Jahren voll und ganz vertraue, mir untreu wird, dann ist es doch kein Wunder, wenn ich verzweifle, oder?«

»Aber du meinst doch nicht, Papa, daß Captain Hawley sich so etwas wie Untreue dir gegenüber hat zuschulden kommen lassen?«

»Doch, zum Teufel mit ihm, genau das meine ich!« Ihr Vater schob seinen Teller zur Seite und schüttelte den Kopf, als sie ihm Wein anbot. »Nein, nein – bestell mir eine Kanne Tee.«

»Tee ist schon hier, Papa.« Sie goß ihm eine Tasse ein und meinte: »Versuch doch, etwas zu essen!« Sie füllte ihm etwas Fleisch und Gemüse auf den Teller. Er stocherte darin herum, aß ein paar Bissen und kam dann wieder auf Hawley zu sprechen.

»Er ist einer meiner besten Offiziere, und ausgerechnet er möchte sein Offizierspatent zurückgeben und nicht mehr für die Regierung arbeiten, Mary«, beklagte er sich. »Er war meine rechte Hand, und ich habe ihm blindlings vertraut, das weißt du ja. Und ich hatte kein einziges Mal in all diesen Jahren den geringsten Grund, an seiner Redlichkeit zu zweifeln.«

»Dann muß er ja wichtige Gründe haben«, meinte Mary vorsichtig.

»Verdammt noch mal, natürlich! Er sagt, daß er heiraten und ein Siedler werden möchte.«

»Ist das denn so unverständlich?« fragte Mary traurig und dachte an ihre eigene Ehe… die jetzt einem so tragischen Ende entgegenging.

»Ja, völlig unverständlich, Mary – da die Frau, die Hawley heiraten will, eines schweren Verbrechens bezichtigt wird und im Gefängnis auf ihren Prozeß wartet! Sie soll diesen irischen Rebellen Unterschlupf gewährt haben, die mich umbringen wollten, stell dir das einmal vor!«

Mary starrte ihn entsetzt an. »Außerdem ist sie ein ehemaliger Sträfling«, fügte er abschätzig hinzu. »Hawley versuchte mich zwar davon zu überzeugen, daß er sie seit ihrer Kindheit kennt und daß sie unfähig ist, etwas Böses zu tun.«

»Dann stimmt es vielleicht auch«, meinte Mary nachdenklich. Sie hatte den ruhigen und zuverlässigen Andrew Hawley immer gut leiden können, und obwohl sie diese Frau nicht kannte, konnte sie sich kaum vorstellen, daß er ihren Charakter falsch darstellte. »Die irischen Rebellen waren doch bewaffnet, oder?« fragte sie. »Ich stelle mir vor, daß sie in Mrs. Broomes Haus eingedrungen sind und Unterschlupf und Nahrung gefordert haben. Wie hätte sie sich wehren können? Ich hätte mich in dieser Situation auch nicht anders verhalten können, Papa.«

Er zuckte mit den Schultern. »Das ist genau das, was auch Hawley gesagt hat, meine Liebe.«

»Nun, fällt es dir so schwer, das zu glauben? Und warum kannst du ausgerechnet Captain Hawley keinen Glauben schenken, dem du doch sonst so sehr vertraust?«

»Weil seine Aussage im Gegensatz zu der des Offiziers steht, der sie verhaftet hat. Auf jeden Fall wird der Frau morgen der Prozeß gemacht, und dann hat sie ja Gelegenheit, ihre Unschuld zu beweisen.«

Die sechs in scharlachrote Uniformen gekleideten Offiziere, die als Beisitzer im Militärgericht fungierten, nahmen ihre Plätze ein. Bei den Eingangsworten des Vorsitzenden, Major Johnstone, erhoben sich die Angeklagten widerwillig. Joseph Fitzgerald stand erst auf, als ein Wärter ihn unsanft hochzog.

Jenny, die als einzige nur an den Händen gefesselt war, schaute angespannt zu ihren Richtern hinüber. Sie kannte sie alle, und ihr Blick blieb zuerst auf Major Johnstone hängen. Nach den kurzen Einführungsworten ließ sich der schwergewichtige Mann seufzend in seinen Stuhl fallen, nachdem er sich kühl gegen den Militärstaatsanwalt, Mr. Atkins, verbeugt hatte.

Captain Kemp saß direkt neben ihm. Er bat den Gerichtsschreiber um etwas und fluchte hörbar, als sein Wunsch ihm nicht sofort erfüllt wurde. Der Verpflegungsoffizier des Neusüdwales-Korps, Lieutenant Laycock, saß links neben Major Johnstone, und er hob zu Jennys Überraschung eine Hand und grüßte sie freundlich lächelnd.

Sie kannte ihn besser als die anderen Beisitzer, denn er hatte schon öfter Pferde bei ihr gekauft und in vielen Fragen ihren Rat eingeholt. Dankbar erwiderte sie sein ermutigendes Lächeln, bevor sie sich auf die harte Holzbank setzte. Es erleichterte sie, daß wenigstens einer der Beisitzer ihr wohlgesonnen war, denn Lieutenant Minchin und Lieutenant More – die sie beide nur vom Sehen kannte – standen in dem Ruf, strenge Richter zu sein.

Der sechste Beisitzer war offensichtlich erst vor kurzem in der Kolonie angekommen, denn sie hatte ihn noch nie gesehen – es war ein kräftig gebauter Mann von ungefähr dreißig Jahren. Der Gerichtsschreiber stellte ihn als Lieutenant Desmond Aloysius O'Shea vor ... ein unmißverständlich irischer Name, und sie sah, wie Joseph Fitzgerald überrascht aufblickte, als er den Namen hörte. Nachdem die Namen aller Beisitzer genannt worden waren, erhob sich der Militärstaatsanwalt und verlas die Anklage. Sie war an alle zusammen gerichtet, Jenny mit eingeschlossen. Ihr Mut sank, als sie hörte, daß die Angeklagten »die Regierung stürzen und den Gouverneur Seiner Majestät, Captain William Bligh, umbringen wollten«. Sie versuchte verzweifelt, dagegen zu protestieren, daß ihr dieses Vergehen unterstellt wurde, aber der Militärstaatsanwalt ließ sie nicht ausreden.

»Sie können sich später zu den einzelnen Punkten äußern. Bitte seien Sie jetzt ruhig, bis die Anklageschrift verlesen ist.«

Die Zeugen, die für sie aussagen wollten – Andrew, Tim Dawson und Tom MacCrae – waren nicht im Gerichtssaal anwesend, aber sie wußte, daß es in England üblich war, daß die Zeugen nur für die Zeit ihrer Aussage dem Prozeß beiwohnen durften. Jenny hielt den Atem an, als sie hörte, wie der Militärstaatsanwalt sagte: »Joseph Michael Fitzgerald, Sie haben die Anklage gehört, die gegen Sie vorgebracht worden ist – bekennen Sie sich schuldig?«

Der Anführer der Iren richtete sich zu seiner vollen Größe auf. Er antwortete mit höflicher, aber sehr kühler Stimme: »Ich muß Sie davon informieren, Sir, daß keiner von uns hier anwesenden irischen Landsleute den König von England oder die Autorität dieses Gerichtshofes anerkennt. Deshalb können wir uns auch nicht schuldig bekennen.«

Mr. Atkins wischte sich den Schweiß von der Stirn. Fitzgeralds Antwort schien ihn aber weniger zu verwirren, als Jenny erwartet hatte … bis ihr einfiel, daß er eine solche Argumentationsweise von Irländern schon öfters gehört haben mußte, daß er sie vielleicht schon vorhergesehen hatte, denn seine Antwort kam wie aus der Pistole geschossen: »Sie wären gut beraten, etwas zu Ihrer Verteidigung vorzubringen, Fitzgerald. Wenn Sie das nicht tun, wird der Gerichtshof Sie im Sinne der Anklage schuldig sprechen. Ich wiederhole noch einmal – Sie haben die Anklage gehört. Bekennen Sie sich schuldig oder nicht?«

»Und *ich* sage noch einmal, Sir«, wiederholte Joseph Fitzgerald herausfordernd, »daß dieses Gericht irische Landsleute nicht verurteilen kann.« Er wandte sich an Major

Johnstone und fuhr fort: »Ich bitte Sie um ein paar Minuten Gehör, damit ich genau erklären kann, was ich meine.«

Der Kommandant ließ sich mit der Antwort Zeit. Bevor er dem Angeklagten das Wort verbieten konnte, beschuldigte Fitzgerald die britische Regierung mit leidenschaftlichen Worten, daß sie die Freiheit in seinem Heimatland in unerhörter Weise unterdrücke.

Jenny fühlte, wie Christie O'Hagan, der neben ihr in der Anklagebank saß, stark zu zittern anfing. Als sie ihn anschaute und kalte Wut in seinen blauen Augen leuchten sah, wußte sie, daß er von der Rede hingerissen war und nicht etwa vor Angst zitterte. Er lächelte Joseph Fitzgerald triumphierend zu, und sie hörte, wie er leise sagte: »Das hast du wunderbar gesagt, Joe! Und es is' die reine Wahrheit, jedes einzelne Wort.«

Major Johnstone murmelte etwas vor sich hin, was sie auf die Entfernung nicht hören konnte, und Captain Kemp sagte nervös: »Wie lange sollen wir eigentlich noch hier sitzen, Sir, und uns von diesem Schurken belehren lassen! Verbieten Sie ihm doch endlich das Wort und sprechen Sie ihn schuldig, um Gottes willen!«

Der Militärstaatsanwalt schwitzte heftig und wollte sich zu Wort melden, aber Major Johnstone winkte ihm ab und ergriff selbst das Wort: »Fitzgerald, streiten Sie ab, daß Sie und Ihre Männer auf der Straße zwischen Toongabbie und der Upwey Farm Captain Bligh einen Hinterhalt gelegt haben?«

Der Kommandant sprach in versöhnlichem, sogar ermutigendem Tonfall, und Joseph Fitzgerald starrte ihn überrascht an und wirkte zum erstenmal unsicher.

»Nur zu, nur zu«, drängte Johnstone. »Nach all den mutigen Worten, die Sie gesagt haben, bitte ich Sie, die Wahrheit herauszulassen. Haben Sie nicht versucht, die Befreiung Irlands voranzutreiben, die Ihnen so sehr am Herzen liegt?«

Der Ire zog verunsichert die Stirn kraus. »Ich gebe zu, daß wir das vorhatten, Sir, aber wir –«

»Und was wollten Sie mit Ihrer Tat bewirken?« fragte Johnstone weiter.

»Bewirken, Sir? Ich fürchte, ich kann Ihnen nicht folgen.«

Major Johnstone seufzte hörbar auf. »Sie sprachen doch von Tyrannei und der Unterdrückung, die Sie hier zu erdulden haben. Wollten Sie mit Ihrem bewaffneten Überfall auf den Gouverneur diese Tyrannei beenden?«

Wieder bemerkte Jenny, wie sehr Joseph Fitzgerald zögerte. Er schaute Christie und dann die drei anderen Männer neben sich fragend an. Als alle ihm schweigend ihr Einverständnis signalisiert hatten, nickte er mit dem Kopf und sagte: »Unser Ziel war, diese Kolonie von ihrem größten Tyrannen zu befreien!«

»Und Sie glaubten, mit der Ermordung Gouverneur Blighs dieses Ziel zu erreichen?«

Johnstone ließ nicht locker. Als Joseph Fitzgerald nicht gleich antwortete, beschoß er ihn weiter mit Fragen. Es kam Jenny so vor, daß er den Iren ganz bewußt dazu bringen wollte, seine persönliche Abneigung gegen Gouverneur Bligh auszusprechen. Und der ehemalige Rechtsanwalt Joseph Fitzgerald schien auf die Falle hereinzufallen, die der Kommandant des Neusüdwales-Korps ihm stellte.

Zweimal versuchte der Militärstaatsanwalt, sich einzuschalten, bekam aber nicht das Wort erteilt. Der oberste Richter wandte sich an den irischen Lieutenant O'Shea und befragte ihn zu rebellischen Akten, die in Irland stattgefunden hatten. Fitzgerald mußte zugeben, in einem eine führende Rolle gespielt zu haben, und schließlich war er in eine Ecke gedrängt und bekannte sich und seine Leute im Sinne der Anklage schuldig.

Darauf hatte Major Johnstone ganz eindeutig gewartet. Der Gerichtsschreiber bedeutete ihm, daß er das Geständnis des Gefangenen im Wortlaut mitgeschrieben hatte, und der oberste Richter lehnte sich in seinem Stuhl zurück.

Er wandte sich an den Militärstaatsanwalt und fragte:

»Sie haben doch die eidesstattlichen Aussagen der Kronzeugen? Im besonderen die Aussage Lieutenants Brabyns und die Aussage des Schurken, der seine Leute verraten hat... wie hieß er doch gleich? Thomas McCann.«

»Ja, Sir, die Protokolle liegen hier vor mir«, sagte Militärstaatsanwalt Atkins. »Die Zeugen warten draußen darauf, verhört zu werden. Auch die Zeugen, die sich für den einwandfreien Charakter der Gefangenen Jenny Broome verbürgen wollen. Sie –«

Zu Jennys Verzweiflung wurde er von Major Johnstone unterbrochen. »Es ist nicht nötig, Zeugen zu verhören«, sagte er immer noch lächelnd. »Die Gefangenen haben ihre Schuld zugegeben, und jetzt müssen sie nur noch verurteilt werden. Beginnen wir also damit, uns über das Strafmaß klarzuwerden.«

»Diese Verfahrensart ist aber höchst ungewöhnlich, Major Johnstone«, warnte ihn Mr. Atkins. »Ich glaube nicht, daß –« Er wurde wieder unterbrochen. »Ich kann beim besten Willen nichts Ungewöhnliches daran erblicken, Sir. Sowie ein Schuldgeständnis vorliegt, ist es doch höchst üblich, auf das Verhör der Zeugen zu verzichten, oder?«

Als die Wärter die Gefangenen abführen wollten, bat Fitzgerald: »Kann ich noch einen Augenblick hierbleiben?« Der Wärter nickte gutmütig, und der Ire wandte sich an Jenny und fuhr mit leiser Stimme fort: »Mrs. Broome, auch wenn es das Letzte ist, das ich in meinem Leben tun kann, möchte ich doch versuchen, die Richter davon zu überzeugen, daß Sie nichts mit der ganzen Geschichte zu tun haben.«

Jenny dankte ihm mit gemischten Gefühlen. Wäre ihm diese Idee früher gekommen, dann wäre ihr die erniedrigende Woche im Gefängnis erspart geblieben... Er sagte: »Trotzdem glaube ich –«

Aber er konnte nicht aussprechen, denn der Wärter schaltete sich ein, murmelte: »Jetzt reicht's aber«, und führte den Irländer weg.

117

Zwanzig Minuten später ging die Verhandlung weiter, und Jenny fühlte gleich, daß sich die Atmosphäre geändert hatte. Die Beisitzer waren ausnahmslos sehr guter Laune. Major Johnstone besonders unterhielt sich leise, aber angeregt mit dem rotgesichtigen Captain Kemp.

Der Militärstaatsanwalt und der Kommandeur der Feldgendarmerie hingegen wirkten sehr unzufrieden, und Jenny sah zu ihrer Überraschung, daß auch Andrew Hawley mit wütendem Gesichtsausdruck den Saal betrat. Aber er lächelte sie dennoch an, als sie sich auf die Anklagebank setzte.

Und auch Lieutenant Laycock winkte ihr unmißverständlich aufmunternd zu.

Der Gerichtsdiener bat um Ruhe. Major Johnstone erhob sich, um das Urteil zu verlesen.

»Schuldig gesprochen im Sinne der Anklage werden Joseph Michael Fitzgerald – ein Jahr Verbannung nach Tasmanien. Christian O'Hagan – sechs Monate Verbannung nach Tasmanien. Liam Martin O'Rourke…«

Jenny war so verwirrt, daß sie nicht länger zuhören konnte. Sie wußte, daß irgend etwas nicht stimmte. Die Urteile waren viel zu milde ausgefallen und…

»Für den Diebstahl an vier regierungseigenen Pferden verurteilt der Gerichtshof jeden der Angeklagten zu hundert Peitschenhieben. Für den illegalen Besitz von Waffen noch einmal hundert Peitschenhiebe, die zu einem Zeitpunkt verabreicht werden, den der Militärarzt für richtig hält…«

Sie hatte ihren eigenen Namen noch nicht gehört, dachte Jenny plötzlich voller Angst.

Aber da nahm Major Johnstone schon ein neues Blatt hoch und sagte: »Jennifer Broome, Witwe von John Samuel Broome, in Anbetracht der dem Gericht vorliegenden Aussagen hinsichtlich Ihres guten Charakters stimmten die Richter einhellig überein, Ihnen gegenüber die größtmögliche Milde walten zu lassen. Sie sind ab sofort frei, allerdings mit der Auflage, ein halbes Jahr nach Tasmanien verbannt zu werden, falls Sie in Zukunft eines Vergehens überführt werden sollten.«

Jenny konnte es kaum fassen. Sie konnte zurück nach Long Wrekin gehen, zu ihren Kindern, auf ihr Land. Tim Dawson hatte ein Boot hier, mit dem er sie zurückfahren würde... Andrew Hawley wartete auf sie... Plötzlich fühlte sie sich schwindelig, und der Boden unter ihren Füßen wankte.

Ein Wärter trug sie aus dem Saal und setzte sie auf der Treppe vor dem Gerichtsgebäude ab. Aus großer Entfernung hörte sie Andrews Stimme. Er forderte ärgerlich, daß ihr die Fesseln abgenommen werden sollten. Und als sie wieder zu vollem Bewußtsein kam, hielt er sie in seinen Armen und streichelte ihr zärtlich übers Haar.

»Ich bestelle jetzt gleich das Aufgebot, liebste Jenny«, flüsterte er ihr zu. »Wir wollen so bald wie möglich heiraten. Denn ich will, bei Gott, verhüten, daß dir so etwas noch einmal passiert! Was immer Bligh von mir verlangt, du bist mir wichtiger.«

Er stützte sie beim Aufstehen, schaute sie glücklich an und sagte: »Ich bringe dich jetzt zu Mr. Spences Haus – Tim Dawson sagt, daß du dort so lange bleiben kannst, wie du möchtest. Lange genug jedenfalls, um Justin zu begrüßen... die *Flinders* läuft gerade im Hafen ein.«

»Justin ist zurück? Ach, was für ein Glück!«

»Ja, es ist, als ob es der Junge geahnt hat – er kommt gerade rechtzeitig zu unserer Hochzeit.« Er bot ihr seinen Arm an. »Laß uns woanders hingehen, meine liebe Jenny. Es stinkt zum Himmel, was diese sogenannten Offiziere und diese sogenannten Gentlemen Captain Bligh angetan haben. Und all das nur, weil er versucht, ihre unrechtmäßig großen Profite beim Rumhandel zu beschneiden!«

»Ach, Andrew, das ist der Grund, warum die irischen Rebellen solche... solche unglaublich milden Urteile bekommen haben? Und« – Jenny hielt den Atem an – »und auch ich?«

»Ja«, gab Andrew schlechtgelaunt zu. »Sie hatten zwar keinerlei Beweismaterial gegen dich, aber ich sage dir, es braucht viel Mut, um Seine Exzellenz von diesen Urteilen zu informieren. Atkins wird sich betrinken, bevor er es tut, das kann ich dir sagen. Aber genug davon, ja? Du bist frei, und wir werden bald heiraten, dafür wollen wir Gott danken, und für Justins Rückkehr auch.«

Er zog sie an sich. »Wenn ich dich zu den Spences gebracht habe, geh ich in den Hafen und hole Justin ab. Dann wollen wir feiern, Jenny, und ein Glas Wein auf unsere Verlobung trinken.«

Jenny ging neben ihm die staubige Straße entlang und hielt ihr Haupt erhoben. Andrew Hawley war ein guter Mann, sagte sie sich, ein guter und ehrenhafter Mann, und sie war glücklich, daß er sie zur Frau nehmen wollte, sie war wirklich glücklich, daß sie noch einmal die Chance hatte, jemanden zu lieben – zu lieben und geliebt zu werden.

8

Der nächste Tag war ein Sonntag, und es war William Bligh zur Gewohnheit geworden, an diesem Tag bis zum Frühstück zwei Stunden lang jedem Menschen eine Audienz zu gewähren, der ihn sprechen wollte. Wie erwartet, beschwerten sich auch heute die meisten Bittsteller über die Ungerechtigkeit, die durch die Ausstellung von Schuldscheinen nach der Flutkatastrophe am Hawkesbury entstanden war. Sie sollten in Weizen zurückgezahlt werden, aber der Weizenpreis hatte sich in der Zwischenzeit vervierfacht. Deshalb sahen sich viele Siedler außerstande, ihre Schuldscheine zurückzuzahlen.

Auch der nächste Bittsteller hatte dasselbe Problem. Es war ein graubärtiger ehemaliger Sträfling, der mit seiner Frau einen kleinen Hof am Hawkesbury bewirtschaftete. Er zog mit zitternden Händen einen Schuldschein aus seiner Tasche, reichte ihn dem Gouverneur und sagte: »Eure Exzellenz, das bedeutet unseren sicheren Ruin. Meine Frau und ich haben alles durch die Flut verloren, außer den Kleidern, die wir am Leib trugen. Mr. Broome hat uns vom Dach unseres Hauses geholt und uns das Leben gerettet. Das Haus wurde dann weggeschwemmt, Sir, unsere Ernte auch, und wir haben es jetzt gerade wieder aufgebaut. Ich kann den Schuldschein unmöglich zurückzahlen – es sei denn, ich verkauf mein Land und stehe dann völlig mittellos da.«

William Bligh griff zu seinem Federhalter und schrieb das auf, was er in vergleichbaren Fällen schon oft getan hatte. »So gern ich das täte, Ihren Schuldschein kann ich nicht zerreißen, guter Mann. Aber ich habe ihn auf die Summe abgeändert, die dem Weizenpreis vor der Flut entspricht.«

»Gott vergelt's Ihnen, Sir«, stammelte der alte Siedler. Tränen standen in seinen Augen, und er schob das Schreiben des Gouverneurs in die Tasche seiner zerlumpten Reithosen.

»Mögen Sie noch lang leben! Und ich schwör Ihnen, ich hätt diese üblen irischen Rebellen lieber am Strang baumeln sehen, Sir, für das, was sie Ihnen antun wollten! Aber sie sind ja mit dem Leben davongekommen. Sind nur nach Tasmanien verbannt worden, diese Verbrecher, und –«

Bligh unterbrach ihn mit einem kurzen Aufschrei, nahm sich dann zusammen und entließ ihn.

»Es reicht für heute, Edmund«, sagte er zu seinem Sekretär. »Für heute habe ich genügend Bittsteller gesehen. Aber bei Gott, ich will Atkins sprechen, und zwar sofort! Wußten *Sie*, daß Johnstone und die anderen Korps-Offiziere die irischen Verbrecher, die mich umbringen wollten, praktisch straflos haben ausgehen lassen?«

Edmund Griffin schüttelte ungläubig den Kopf. »Nein, Sir, das hab ich nicht gewußt. Es stimmt doch sicher nicht – es *kann* ja gar nicht stimmen!«

»Die alte Vogelscheuche eben schien sich ganz sicher zu sein. Wenn es jedermann weiß, warum, zum Teufel, bin ich nicht davon informiert worden? Richten Sie dem unfähigen Militärstaatsanwalt aus, daß ich ihn sofort hier zu sehen wünsche. Ich muß noch vor dem Kirchgang die Wahrheit herausfinden.« Der Gouverneur war kalkweiß vor Wut, und Griffin trat ein paar Schritte zurück.

»Bitten Sie Jubb, noch ein Gedeck aufzulegen. Und richten Sie Mrs. Putland aus, daß sie erst zum Frühstück kommen soll, nachdem ich mit Mr. Atkins geredet habe.«

Sein Tonfall und sein Gesichtsausdruck verhießen nichts Gutes für den Militärstaatsanwalt, dachte Griffin, aber ... er selbst hielt nicht viel von dem ewig betrunkenen, unfähigen Atkins, und er empfand kein Mitleid mit ihm, als er zehn Minuten später an seiner Tür läutete und erfuhr, daß er noch schlief. Ein paar Minuten später schwankte Atkins unrasiert in das unordentliche Wohnzimmer und lallte noch so stark, daß man ihn kaum verstehen konnte.

»Ich muß mich noch rasieren und anziehn«, beschwerte er sich. »Was will er denn, warum denn diese Eile, haben Sie eine Ahnung? Verdammt noch mal, es ist doch Sonntag, oder? Sollte doch eigentlich ein Tag der Ruhe sein.«

»Seine Exzellenz möchte Sie noch vor seinem Kirchgang sprechen«, gab Griffin kühl zurück. »Wenn ich Ihnen einen Rat geben darf, Sir, dann ziehen Sie sich so schnell wie möglich an!«

Als der junge Sekretär das Haus verließ, sah er, wie Atkins' Diener den ganz in der Nähe wohnenden Rechtsanwalt Crossley bat, seinem Herrn bei dem schweren Weg ins Regierungsgebäude beizustehen.

Schon knapp zwanzig Minuten später trafen die beiden Männer dort ein. Der ehemalige Sträfling Crossley war wie immer gut gekleidet und völlig nüchtern, und Richard Atkins trug – zu Griffins heimlichem Vergnügen – zu seinem frisch gebügelten Anzug weder Hut noch Krawatte. Er begleitete sie bis zur Tür des Eßzimmers, wo der Gouverneur schlechtgelaunt beim späten Frühstück saß. Er begrüßte sie auffallend kühl und wies Atkins einen Stuhl gegenüber an. Crossley setzte sich an das andere Ende des Tisches und vermied es, den Gouverneur anzusehen.

Griffin wollte sich zurückziehen und wurde von Bligh mit einem kurzen »Nein – bleiben Sie hier und schreiben Sie mit, Edmund«, zurückgehalten. Er versuchte, sich seinen Widerwillen nicht anmerken zu lassen, holte Federhalter und Tintenfaß und setzte sich neben Crossley.

»Und jetzt, Mr. Atkins«, sagte William Bligh, »wäre ich Ihnen für einen ausführlichen Bericht über den Prozeß sehr dankbar. Sie haben sicher die Protokolle mitgebracht und haben dem Prozeß in Ihrer Funktion als Militärstaatsanwalt beigewohnt, oder?«

Atkins' Hand zitterte sichtbar, als er die Kaffeetasse absetzte.

»Ja, Sir«, gab er mit unglücklichem Gesichtsausdruck zu.

»Haben Sie eine Kopie der Anklageschrift bei sich?« fragte Bligh.

Crossley schob sie dem Gouverneur über den Tisch hinweg zu. Während er las, entstand eine lange Pause, und Edmund Griffin, der seinen Dienstherrn gut kannte, wartete angespannt auf einen Ausbruch. Aber er erfolgte nicht. Der Gouverneur beherrschte sich eisern. Nachdem er alles gelesen hatte, schob er die Papiere wieder zusammen und reichte sie dem Militärstaatsanwalt zurück.

»Wie reagierten die Täter auf diese Anklage?« fragte er.

»Sie bekannten sich schuldig, Eure Exzellenz.«

»Und die Frau – die Frau, die ihnen Unterschlupf gewährte – was sagte sie dazu?«

Richard Atkins zog hilflos die Schultern hoch. »Ehrlich gesagt, Captain Bligh, ich kann es Ihnen nicht sagen, Sir«, bekannte er. »Major Johnstone ließ mich kaum zu Wort kommen. Er forderte die Gefangenen auf, sich schuldig zu bekennen. Ich... hatte den Eindruck, Sir, daß sich Mrs. Broome überhaupt nicht dazu geäußert hat, aber der Gerichtsschreiber vermerkte ein Schuldbekenntnis, und...« Er verstieg sich in eine unverständliche Erklärung, und schließlich schaltete sich Crossley ein und erklärte: »Sir Johnstone verhielt sich höchst merkwürdig, Eure Exzellenz. Mr. Atkins gab ihm wiederholt zu verstehen, daß der Prozeßablauf ganz und gar nicht den Regeln entsprach, aber er ignorierte seine Einwände. Er las die schriftlichen Zeugenaussagen, hörte sie aber nicht an, Sir. Nachdem sich die irischen Rebellen schuldig bekannt hatten, machte er von seinem Recht als höchster Richter Gebrauch und erklärte, daß nur noch das Strafmaß festgesetzt werden müsse. Und...« Der Rechtsanwalt zögerte und schaute Bligh unsicher an.

»Bitte fahren Sie fort, Mr. Crossley«, bat ihn Bligh mit immer noch sehr kontrollierter Stimme.

»Mr. Atkins legte ihm nahe, doch die Zeugen zu verhören, Sir, und er – das heißt Major Johnstone – sagte daraufhin einfach, daß die schriftlichen Zeugenaussagen genügen würden. Und später verkündete er, daß sich das Gericht im Falle der Angeklagten Broome einhellig zur größtmöglichen Gnade entschlossen hätte, da sich die Anklage in keiner Weise mit ihrem bekanntermaßen guten Charakter vertrüge.«

Wieder einmal diese Frau, dachte William Bligh, die Frau, die Hawley um jeden Preis heiraten wollte. Nun, vielleicht war in ihrem Fall wirklich Gnade angebracht, aber die anderen... die mühsam unterdrückte Wut stieg wieder in ihm auf, und er vermochte es nur mit größter Anstrengung, ruhig weiterzusprechen.

»Kann ich daraus schließen«, fragte er mit belegter Stimme, »daß Mrs. Broome begnadigt worden ist?«

Atkins nickte wortlos, und Crossley nannte kurz den Urteilsbeschluß.

»Und die Irländer?« fragte der Gouverneur. »Die verdammten, rebellischen Verbrecher, die es darauf anlegten, mich zu ermorden, Mr. Crossley? Ich wurde heute morgen doch bestimmt fälschlich von einem Bittsteller davon informiert, daß sie glimpflich davongekommen sind... ich möchte die Wahrheit wissen.«

Als Crossley schwieg, fuhr er ihn an: »Antworten Sie mir, Mann! Haben diese verbrecherischen Schurken milde Urteile bekommen, obwohl sie selbst ein Schuldbekenntnis abgegeben haben?«

Crossley schaute angespannt zu Atkins hinüber, und der Militärstaatsanwalt fuhr sich nervös mit der Zunge über die Lippen. Er fand aber den Mut, die Frage zu beantworten.

»Sir, sie wurden zur Verbannung nach Tasmanien verurteilt. Der Anführer, Joseph Fitzgerald, für ein Jahr, die anderen für sechs Monate. Und alle bekommen zusätzlich hundert Peitschenhiebe.«

»Die Prügelstrafe wurde für den Diebstahl von Regierungseigentum und den Besitz von Waffen verhängt«, warf Crossley ein, der inzwischen seinen Mut wiedergefunden hatte. Er wartete auf den Wutausbruch des Gouverneurs, und Edmund Griffins Hand zitterte so sehr, daß er kaum den Federhalter führen konnte.

Aber William Bligh hatte sich weiterhin eisern in der Gewalt. Er unterdrückte einen Fluch und sagte gefährlich leise: »Ich erkenne wieder einmal den bösen Einfluß eines Mannes... eines Mannes, der alles tun wird, um meinen Niedergang zu bewirken, der auch schon Hunter und Phillip King gestürzt hat. Johnstone ist nichts als sein Werkzeug, seine Marionette, verdammt noch mal! MacArthur hat die Fäden in seiner Hand, und sein Vorgesetzter tanzt nach seiner Pfeife. Aber, bei Gott, an mir soll er sich die Zähne ausbeißen! Diesen Kampf werde ich gewinnen.«

»Amen, Sir«, sagte Atkins leise und wischte sich den Schweiß von der Stirn.

Der Gouverneur fuhr im Befehlston fort: »Diese Parodie eines Prozesses können wir nicht hinnehmen, Atkins. Die Urteile müssen für ungültig erklärt, der Fall noch einmal behandelt werden. Alle Zeugen müssen wieder einberufen werden, um ihre Aussagen zu machen – und zwar vor anderen Beisitzern.«

»Aber, Eure Exzellenz –«, warf Crossley ein und unterbrach sich selbst, als er den eiskalten Blick des Gouverneurs auf sich ruhen fühlte.

»Sie sind ein Fachmann in juristischen Belangen«, sagte Bligh. »Und in diesem Prozeß ist das Recht zweifellos mit Füßen getreten worden. Ich erwarte von Ihnen, daß Sie sich damit befassen und dem Militärstaatsanwalt bei der Wiederaufrollung des Prozesses behilflich sind. Gerechter Gott!« Er verlor plötzlich seine Haltung. »Sträflinge, verdammte Schurken von irischen Rebellen, fliehen, organisieren sich Waffen und unternehmen einen Anschlag auf das Leben des Gouverneurs dieser Kolonie. Und sie kommen praktisch straflos davon, dank der Machenschaften einer Gruppe von Spitzbuben, die sich Offiziere nennen, und deren einziges Ziel es ist, *mich* zu stürzen!« Er schlug mit der Faust auf den Tisch, daß die Tassen in die Luft sprangen. »Es ist mir ganz egal, wie Sie es machen, aber sorgen Sie dafür, daß die Urteile für ungültig erklärt und der Prozeß neu aufgerollt wird. Haben Sie mich verstanden?«

Atkins antwortete ihm. Er stand auf und schaute Bligh direkt an.

»Ich werde dafür sorgen, Eure Exzellenz«, versprach er. »Seien Sie versichert, Sir, daß diese Attentäter ihre gerechte Strafe bekommen werden!«

Bligh verbeugte sich steif. »Ich danke Ihnen, Mr. Atkins. Und jetzt wünsche ich Ihnen einen guten Tag – ich gehe mit meiner Tochter in die Kirche.«

Er warf einen Blick auf seine Taschenuhr und ging in Richtung der Tür, die Griffin ihm öffnete. »Edmund, bitte seien Sie so gut und sagen Sie meiner Tochter, daß ich soweit bin.«

Mary Putland wartete schon in der Halle auf ihren Vater. Sie war offensichtlich guter Laune, und als ihr Vater sie sah, verschwand der letzte Rest seiner Wut. »Meine Liebe«, begrüßte er sie, »du siehst heute aber sehr hübsch aus! Ist das ein neues Kleid?«

Sie war erfreut, daß er es bemerkt hatte und strahlte vor Vergnügen.

»Ja, Mama hat es mir geschickt, es ist auf der *Mysore* hier angekommen, Papa.«

»Da werden bestimmt ein paar Frauen in der Kirche neidisch werden«, meinte der Gouverneur. Er bot seiner Tochter den Arm an. »Komm, meine Liebe – unsere Kutsche wartet, und ich fürchte, wir sind schon etwas spät dran.«

Abigail war nachdenklich gestimmt, als sie nach dem Gottesdienst in das Haus der Spences zurückkehrte.

Sydney kam ihr wie ein merkwürdig unglücklicher Ort vor.

Unausgesprochene Aggressionen hingen in der Luft, es wurde von Vorurteilen bestimmt, und das Verhalten des Neusüdwales-Korps wirkte offen feindselig auf sie. Sie hatte Tim Dawsons Vorschlag sofort zugestimmt, ihm dabei behilflich zu sein, seine beiden Töchter nach Sydney zu begleiten, wo sie zur Schule gehen sollten. Aber sie wußte selbst am besten, daß die Wurzel ihrer Bereitwilligkeit nur die war, daß die Reise eine Gelegenheit bot, dem Pfarrer Boskenna zu entkommen, und sei es auch nur für eine oder für zwei Wochen.

Eigentlich hätte sie natürlich nach Parramatta zu Mrs. Boskenna und ihrer Schwester Lucy zurückkehren müssen, wie es ursprünglich geplant gewesen war, aber Mr. Dawson hatte nicht nur ihre Reise nach Sydney organisiert, sondern auch dafür gesorgt, daß Lucy nachkommen sollte, sobald sich eine sichere Mitreisemöglichkeit für sie ergäbe.

Die kleine Julia Dawson bat sie um Hilfe bei dem Sticktuch, an dem sie arbeitete, das sie Francis Spence schenken wollte.

»Noch kleinere Stiche, Julia«, riet sie, »und laß dir etwas mehr Zeit damit. Deine Großmutter wartet bestimmt gerne darauf, da bin ich ganz sicher.«

»Sie ist nicht meine Großmutter«, widersprach Julia. »Sie ist nur die Frau meines Großvaters.«

Wieder ein unterschwelliges Ressentiment, dachte Abigail, und ein ganz besonders bitteres, weil es von Henrietta Dawson ausging und von Francis ganz offensichtlich ignoriert wurde. Sie stickte ein halbes Dutzend kleine Stiche, fädelte einen neuen Faden ein und reichte die Nadel der ungeduldigen Julia.

»Jetzt mach weiter – stick die beiden letzten Buchstaben

in Rot, und dann geb ich dir blauen Faden für die nächste Reihe.«

Julia ging zu ihrem Stuhl zurück und stickte weiter, und ihre Schwester Dorothea schaute ihr mit einer Mischung aus Bewunderung und Neid zu. Abigail ging zum Fenster und hing wieder ihren eigenen Gedanken nach. Ganz in der Nähe lag das Schiff vor Anker, auf dem Francis Spence mit ihrem Mann aus Kalkutta zurückgekommen war. Daneben lagen zwei amerikanische Handelsschiffe und der schöne Kutter, der Jenny Broomes Sohn Justin gehörte, der vor kurzem aus Tasmanien zurückgekommen war.

Der hochgewachsene und blonde, aber etwas schweigsame Justin war am Vorabend vorbeigekommen und hatte seine Mutter abgeholt, um sie woanders unterzubringen, da die Spences erwartet wurden. Sie war enttäuscht darüber gewesen, weil sie wieder einmal keine Gelegenheit gehabt hatte, um mit Mrs. Broome zu sprechen – sie hatte nicht einmal die Zeit gefunden, sie zu dem günstigen Prozeßausgang zu beglückwünschen. Die arme Frau hatte so mitgenommen und müde ausgesehen…, aber jetzt war ihr gutaussehender ältester Sohn bei ihr und konnte sie trösten. Und natürlich auch Captain Hawley, dessen Verlobung mit Jenny Broome heute morgen in der Kirche einen kleinen Aufruhr ausgelöst hatte.

Plötzlich stieß Dorothea einen spitzen Schrei aus. Bevor Abigail eingreifen konnte, hatte sie ihrer Schwester das Sticktuch aus der Hand gerissen und zerrte daran herum. Julia versuchte vergeblich, ihr die Handarbeit wieder abzunehmen.

»Aber Kinder«, schaltete Abigail sich verwundert ein. »Warum streitet ihr denn?«

Neuerdings ignorierten die beiden kleinen Mädchen sie völlig. »Du bist scheußlich, du bist ein *Biest*, Dodie!« schrie Julia. Sie schlug ihrer Schwester ins Gesicht, und Dorothea rächte sich mit einem gut gezielten Tritt.

Abigail fragte sich, ob sie und Lucy sich jemals so verhalten hatten, aber sie erinnerte sich an keinen einzigen handgreiflichen Streit. Lucy war viel jünger als sie, und sie war schon immer sehr zart gewesen, das war vielleicht der Grund dafür. Aber sie selbst und Rick hatten sich auch nie gestritten. Diese beiden verwöhnten kleinen Mädchen aber lagen sich ständig in den Haaren.

Mit ihrem Taschentuch trocknete sie Dorotheas Tränen und hörte Julias wütende Beschuldigungen an. Zu ihrer Erleichterung kam Francis Spence in das Zimmer.

»Was hör ich denn da?« fragte sie und warf Abigail einen belustigten Blick zu. »Streitet ihr euch mal wieder? Und noch dazu in Abigails Gegenwart? Schämt euch!«

Die Kinder waren vom einen Augenblick zum nächsten wie ausgewechselt. Was immer ihre Mutter über sie gesagt hatte, so hatte Mrs. Spence doch ein sehr gutes Verhältnis zu ihnen. Die Mädchen hörten sofort zu weinen auf, der Streit war vergessen. Dorothea kletterte auf den Schoß ihrer Stiefgroßmutter, und Julia zeigte ihr stolz das Sticktuch, ohne aber zu erklären, warum es so zerrupft aussah.

Francis Spence war mit ihrem glänzend schwarzen Haar und ihren blauen klugen Augen eine schöne Frau, und sie war noch viel zu jung, um wie eine Großmutter zu wirken.

Abigail räusperte sich und sagte: »Ich fürchte, daß ich nie ein gutes Kindermädchen sein werde, Mrs. Spence. Julia und Dodie hören überhaupt nicht auf mich, und Alexander...« Sie streckte verzweifelt die Hände aus. »Er läßt sich nicht einmal von mir füttern!«

»Sie sind alle drei entsetzlich verwöhnt, die kleinen Monster«, sagte Francis Spence und schaute die kleinen Mädchen ernst an. »Ja, ich bin nicht einmal sicher, daß sie die Geschenke verdienen, die ihr Großvater ihnen aus Indien mitgebracht hat. Obwohl«, sagte sie noch, als Julia enttäuscht einen kleinen Schrei ausstieß, »obwohl ich glaube, daß der Großvater Milde walten läßt, wenn die Kinder mit sauber gewaschenen Händen und Gesichtern im Wohnzimmer erscheinen. Was glaubst du, Abigail?«

»Ich glaube, das könnte so sein, Mrs. Spence«, fügte Abigail lächelnd hinzu.

Die Kinder ließen sich das nicht zweimal sagen. »Wir waschen uns schnell die Hände«, rief Julia. »Und du brauchst uns nicht zu helfen, Abigail. Wir können das schon allein.«

Die Tür schloß sich hinter ihnen, und Abigail meinte unglücklich: »Sehen Sie? Sie haben gar kein Vertrauen zu mir. Aber ich kenne eine Frau, die ich Ihnen sehr empfehlen kann, wenn Sie Hilfe brauchen, Mrs. Spence. Sie heißt Kate Lamerton, und sie kam mit uns zusammen auf der *Mysore* hierher, deshalb kenne ich sie gut. Aber die arme Frau wurde in die ehemalige Fabrik geschickt, die in Parramatta jetzt als Gefängnis dient, und ich bin sicher, daß es ihr dort sehr schlecht geht.«

»Es ist ein gräßliches Haus«, gab Francis Spence zu, »und zwar wegen der Frauen, die dort hingeschickt werden... es sind die allerschlimmsten, die aus England hierhergeschickt werden. Aber ich werde tun, was ich kann, Abigail. Kate Lamerton hast du gesagt. Ich behalte ihren Namen. Aber sicher willst du doch« – sie schaute Abigail nachdenklich an – »kein Kindermädchen werden, oder? Ich hatte es so verstanden, daß Mr. Dawson gesagt hat, daß dein Vater noch in England alles Notwendige erledigt hat, damit ihr euch hier als Freie Farmer niederlassen könnt. Euer Vormund kümmert sich um alles, nicht wahr?«

»Ja, Pfarrer Caleb Boskenna erledigt alles für uns«, antwortete Abigail zögernd. Kurz vor ihrer Abfahrt nach Sydney war er in der Upwey Farm aufgetaucht, um sie davon zu unterrichten, daß er eine passende Farm zwanzig Meilen stromaufwärts gefunden hatte, deren Besitzer zu verkaufen bereit war. Und er hatte voller Begeisterung davon erzählt – eine Begeisterung, die Timothy Dawson merkwürdigerweise nicht teilte.

Sie hatte die Farm selbst sehen wollen, aber Caleb Boskenna hatte ihren Vorschlag weit von sich gewiesen.

»Die Farm liegt geradezu ideal«, hatte er ihr vorgeschwärmt, »und die bereits existierenden Gebäude ermöglichen uns, die von deinem Vater gekauften Tiere schon bald dorthin zu bringen. Aber das Farmhaus selbst ist viel zu primitiv, als daß du und deine Schwester dort wohnen könntet. Mrs. Boskenna wird mir bei der Überwachung des Umbaus helfen, und wir benachrichtigen euch, wenn alles soweit ist.«

Und da sie gerne nach Sydney fahren wollte, hatte Abigail nicht darauf bestanden, die Farm sofort zu besichtigen – was sie vielleicht hätte tun sollen. Abigail lächelte unsicher und wiederholte: »Mr. Boskenna kümmert sich um alles…«

Sie beantwortete Francis' freundliche Fragen, und danach sagte ihre Gastgeberin leise: »Meine liebe Abigail, aus allem, was du mir erzählst, glaube ich etwas Unsicherheit herauszuhören. Bist du nicht zufrieden mit dem, was dein Vormund für dich tut?«

»Das stimmt, ich bin nicht ganz zufrieden«, gestand sie leise. »Ich hätte das Land, das Mr. Boskenna für uns ausgesucht hat, selbst begutachten wollen, da es schließlich unsere Heimat sein wird. Und ich hatte gehofft, daß er damit einverstanden sein würde, Kate Lamerton für uns einzustellen, da sie selbst das auch gewollt hat.«

»Und er war dagegen?«

Abigail schüttelte den Kopf. »Ja, deshalb habe ich Ihnen von ihr erzählt, Mrs. Spence. Sie ist so eine gute Frau, und meine Schwester Lucy hat sich während der Überfahrt eng mit ihr befreundet. Ich wollte so gern, daß sie bei uns bleibt, aber Mr. Boskenna wollte nichts davon hören.«

Francis wiederholte ihr Versprechen, sich nach Kate zu erkundigen, und dann kam sie auf etwas anderes zu sprechen.

»Mr. Dawson kümmert sich darum, daß deine Schwester nächste Woche hierher nach Sydney kommt«, sagte sie. »Und wenn sie Lust hat, kann sie mit Julia und Dorothea zusammen Privatunterricht bekommen. Ihr beiden bleibt wahrscheinlich fünf bis sechs Wochen bei uns – so lange dauert es nämlich, um am Hawkesbury ein Haus zu bauen. Alle nötigen Materialien müssen per Schiff dorthin transportiert werden.«

»Fünf oder sechs Wochen!« rief Abigail aus und war unfähig, ihre Freude darüber zu verbergen. »Ach, Mrs. Spence, wie *wunderbar*!«

Mrs. Spence fragte nicht nach, wo Abigails offensichtliche Erleichterung herrührte. Statt dessen meinte sie freundlich: »Wir möchten, daß du deinen Aufenthalt bei uns genießt, Abigail. Du sollst Leute kennenlernen und Freunde und Nachbarn besuchen. Mein Mann hat eine Farm in Portland Place, nicht weit von Parramatta entfernt. Sie wird von einem Gutsaufseher unter Mr. Dawsons Oberaufsicht bewirtschaftet, aber wir sind so oft wie möglich dort, und ich bin sicher, daß es dir Spaß machen würde, auch einmal dorthin zu fahren. Du könntest dir anschauen, wie das Land hier bebaut wird und wie die Viehzucht vor sich geht.«

Abigail nickte zufrieden mit dem Kopf, und Francis lächelte ihr zu. »Aber du bist jung, und wie ich schon sagte, möchte ich, daß du dich in erster Linie gut bei uns amüsierst. Vielleicht möchtest du jemanden hier treffen? Ich gebe anläßlich unserer Rückkehr eine Abendgesellschaft … möchtest du, daß ich irgend jemanden für dich einlade?«

»Vielleicht den Schiffsarzt von der *Mysore*, Mrs. Spence«, antwortete das junge Mädchen. »Er heißt Dr. Penhaligon. Ich weiß es nicht genau, wo er sich jetzt aufhält, aber ich –«

»Ach, mein liebes Kind!« lachte Francis Spence. »Dr. Penhaligon kommt heute zum Mittagessen zu uns. Er kam gestern mit der Gesundheitspolizei an Bord unseres Schiffes, und mein Mann konnte ihn gleich so gut leiden, daß er ihn eingeladen hat. Wenn mich nicht alles täuscht« – sagte sie und deutete zur Tür hin – »ist er gerade eben mit Dr. Redfern hier angekommen. Komm… wir wollen die beiden gebührend begrüßen.«

Aber es waren nicht nur Titus Penhaligon und Dr. Redfern, die in dem hübsch eingerichteten Wohnzimmer mit Mr. Spence und Timothy Dawson sprachen. Die Stimmen klangen ärgerlich und sogar alarmiert, und Abigail spürte, wie sie plötzlich ängstlich wurde.

Justin Broome stand mitten im Zimmer. Seine Augen blitzten vor Zorn, und sein Gesicht war unter der Sonnenbräune leichenblaß.

»Was ist los?« fragte Francis. »Justin, mein Lieber, was ist passiert, sag es doch! Hoffentlich ist deiner Mutter Jenny nichts passiert?«

»Sie ist wieder eingesperrt worden«, sagte Justin mit rauher Stimme. »Die Polizisten sind vor einer halben Stunde gekommen und haben sie wieder ins Gefängnis zurückgebracht! Der Gouverneur hat die Wiederaufnahme des Prozesses angeordnet – er hat die Urteile aufgehoben, und alles fängt noch einmal von vorne an!«

Er stieß einen tiefen Seufzer aus und fuhr fort: »Andrew Hawley ist sofort zum Gouverneur gegangen, um mit ihm zu sprechen. Er hat mich gebeten, hierherzukommen, Sir,« – er wandte sich an Jasper Spence – »um Sie zu bitten, meine Mutter in Ihrer Funktion als Friedensrichter gegen Bürgschaft freizulassen. Ich kann Ihnen die *Flinders* als Sicherheit zur Verfügung stellen, und –«

Jasper Spence unterbrach ihn. »Ich kümmere mich sofort darum, Justin«, versprach er. Er blickte lächelnd zu seiner Frau hinüber. »Wir bringen Jenny zum Mittagessen mit, Francis, wenn du es etwas verschieben kannst. Kommst du mit, Justin?«

Justin folgte ihm wortlos.

134

9

Kurz nach seiner Rückkehr nach Parramatta wurde Pfarrer Caleb Boskenna in die Fabrik gerufen, um eine Gruppe dort einsitzender Gefangener zu trauen und aus ihnen »ehrliche Frauen zu machen«, wie es der Gefängnisdirektor Oakes ausdrückte. Tatsächlich fand er dort nicht weniger als acht Pärchen vor, die sich teilweise noch darüber stritten, wer nun wen heiraten sollte, und je näher der Termin des Gottesdienstes rückte, um so höher schlugen die Wogen. Frauen zogen sich kreischend an den Haaren, und Oakes war nicht in der Lage, die Brautpaare zur Ordnung zu rufen.

Caleb Boskenna freute sich, daß er die Trauzeremonie nicht in der Kirche von Parramatta abhielt, deren Vertreter er war, während Pfarrer Samuel Marshden Heimaturlaub in England verbrachte. Als er die strenge Rede noch einmal überdachte, die er in Anbetracht der hiesigen Verhältnisse halten wollte, sah er Kate Lamerton an der Tür stehen und winkte sie heran.

Sie kam nur zögernd, da sie ihm mißtraute, aber zu ihrer Überraschung begrüßte er sie lächelnd und wußte sogar noch ihren Namen.

»Sie heiraten also nicht, Kate?« fragte er neugierig.

Kate schüttelte wortlos den Kopf. Sie hatte in der Fabrik solche Massenverheiratungen schon ein paarmal miterlebt, und sie gefielen ihr ganz und gar nicht. Zugegebenermaßen konnten die meisten Frauen, mit denen sie hier leben und arbeiten mußte, weder lesen noch schreiben, und sie hatten darüber hinaus auch noch einen sehr schlechten Charakter. Es waren zum größten Teil ehemalige Prostituierte und Diebinnen, die sich täglich betranken und so wenig wie nur irgend möglich arbeiteten. Die meiste Energie verwandten sie auf lauthalse Streitereien, die nie zu irgend etwas führten. Als Kate daran dachte, traten ihr die Tränen in die Augen. Die Arbeit in der Fabrik war zwar sehr eintönig, aber so unerträglich auch wieder nicht. Sie stellte sich geschickt am Webstuhl an, und ihre Mitgefangenen hatten sie bald respektieren gelernt. Und da Gefängnisdirektor Oakes ihr einen Posten als Wärterin versprochen hatte, versuchte sie nicht, um jeden Preis aus der Fabrik zu entkommen. Und es wäre ihr nicht im Traum eingefallen, deshalb eine Ehe einzugehen.

Sie wischte sich die Tränen ab und wollte sich entfernen. Aber Mr. Boskenna sagte mit unerwartet freundlichem Tonfall: »Warten Sie noch einen Augenblick, ich möchte Ihnen etwas sagen.«

Was konnte das bloß sein? Kate starrte ihn ungläubig an. Er war schließlich dafür verantwortlich gewesen, daß sie ins Gefängnis gesteckt worden war. Und er hatte verhindert, daß sie als Arbeitskraft Miss Abigail Tempest zugeteilt worden war, was sie und auch Abigail gewünscht hatten. Aber sie beherrschte ihre Gefühle und fragte: »Handelt es sich um Miss Abigail, Sir?«

Die Streitereien unter den Frauen hatten sich inzwischen gelegt. Die Paare hatten sich in einer langen Reihe aufgestellt. Pfarrer Boskenna lächelte und sagte: »Es ist wirklich ein Glück, daß ich diese – äh – diese Eheschließungen nicht in der Kirche abhalte. Diese Streitereien wären im Hause Gottes ja wirklich fehl am Platz.«

Kate antwortete nicht, obwohl sie ihm im stillen zustimmte, und er fuhr, als ob es nie irgendwelche Zwistigkeiten zwischen ihnen gegeben hätte, lächelnd fort: »Mr. Oakes hat mir gesagt, daß Seine Exzellenz, der Gouverneur Bligh, Sie als Krankenschwester in sein Haus holen möchte. Sie sollen dort behilflich sein, seinen kranken Schwiegersohn zu pflegen.«

Wieder starrte Kate ihn ungläubig an. Der Gefängnisdirektor Oakes hatte zwar vor ein paar Stunden tatsächlich angedeutet, daß sie eine Veränderung zu ihren Gunsten zu erwarten habe, aber sie hatte das in bezug auf ihre Beförderung als Aufseherin verstanden. Ihr Herz klopfte rasend vor Freude und sie stammelte: »Ach, Mr. Boskenna, ich wußte nicht –«

»Es ist Ihnen noch nicht gesagt worden?« fragte Boskenna.

»Nein, Sir, ich hatte keine Ahnung davon.«

»Nun, es ist die Wahrheit. Sie werden morgen mit der Fähre nach Sydney fahren. Und Sie können mir einen Gefallen tun – Miss Abigail Tempest ist in Sydney bei Friedensrichter Spence und seiner Frau zu Besuch. Miss Lucy hält sich, wie Sie vielleicht wissen, mit Mrs. Boskenna in Parramatta auf.«

»Ja, das ist mir bekannt, Sir«, meinte Kate, und ihre Hoffnungen stiegen mit jedem Wort, das der ehemalige Missionar sagte. »Möchten Sie, daß ich Miss Lucy nach Sydney begleite und sie dort zu Miss Abigail bringe?«

»Ja, genau darum möchte ich Sie bitten. Ihr Auftrag endet, sobald Sie Miss Lucy der freundlichen Gastgeberin übergeben haben. Und im Regierungsgebäude werden Sie mehr als genug zu tun haben. Lieutenant Putland ist sehr schwer erkrankt, wenn ich richtig informiert bin.«

Ein Wärter kam heran und sagte höflich: »Jetzt ist alles in Ordnung, Herr Pfarrer. Die Frauen benehmen sich wieder, so wie sich's gehört.« Er atmete schwer, aber er grinste, und eine Peitsche hing ihm über den Arm. Die Trauzeremonie selbst ging schnell vonstatten, aber die daran anschließende Predigt dauerte fast eine Stunde lang, und die Neuverheirateten mußten sie in der heißen Sonne über sich ergehen lassen. Kate kannte Pfarrer Boskennas Vorliebe für lange Predigten schon und war in den schattigen Hauseingang zurückgekehrt. Sie dachte an die glückliche Zeit, die vor ihr lag, und schnappte nur hin und wieder eines der strengen Worte aus der Predigt auf. Der Pfarrer rief mit donnernder Stimme: »Gebt euch nicht dem Alkohol und der Promiskuität hin! Sucht euer Glück in harter Arbeit und in der christlichen Ehe, die ihr heute geschlossen habt...«

So polterte er weiter, aber die Frauen wollten nichts mehr hören. Zwei oder drei fingen zu singen an, andere fielen ein. Das Lied war zwar eine kirchliche Hymne, aber der Text, den sie dazu sangen, war alles andere als religiös.

Obwohl Caleb Boskenna eine kräftige Stimme hatte, ging sie doch in dem brüllenden Gesang und Gelächter unter. Kate stand ruhig da und sang nicht mit, und sie hörte schließlich, wie Gefängnisdirektor Oakes die Frauen lautstark zur Ordnung rief. Francis Oakes war im großen und ganzen sehr beliebt, und die Frauen gehorchten ihm. In der plötzlichen Stille brachte Pfarrer Boskenna den Gottesdienst zum Abschluß, indem er ärgerlich sagte: »Sie sind entlassen!« Den üblichen Segen erteilte er nicht.

Der Gefängnishof leerte sich schnell. Oakes entdeckte Kate und kam mit erhitztem Gesicht zu ihr herüber. »Der Pfarrer hätte sich bei dieser Hochzeitsmesse seine Moralpredigt sparen können! Sie waren mit ihm auf einem Schiff, stimmt das?«

»Ja«, antwortete Kate. Sie lächelte. »Auf der *Mysore,* und es ist uns allen an Bord sehr gut gegangen, Mr. Oakes. Wir wurden wie menschliche Wesen behandelt... der Kapitän und der Schiffsarzt waren beide sehr freundliche Männer. Und Pfarrer Boskenna hatte uns alle schon moralisch aufgerichtet, bevor Englands Küste außer Sicht war.«

Oakes klopfte ihre Schulter. »Nun, jetzt kriegen Sie ja Ihre Belohnung für Ihr gutes Betragen – hat der Pfarrer es Ihnen erzählt?«

»Daß ich im Regierungsgebäude den Schwiegersohn vom Gouverneur pflegen soll... meinen Sie das?«

Der Gefängnisdirektor nickte. »Ja. Das mein ich, Kate.

Sie fahren morgen mit der Fähre nach Sydney und können auf dem Hinweg gleich das Mädchen abholen, das Sie mitnehmen sollen... und Sie brauchen doch sicher keinen Wachtmeister, der dafür sorgt, daß Sie auch tatsächlich im Regierungsgebäude ankommen, oder?«

»Nein, den brauch ich wirklich nich'«, versicherte ihm Kate.

»Ich habe Sie wirklich schätzen gelernt«, sagte Oakes ernst. »Wir werden Sie vermissen.«

Kate dankte ihm, und er sagte im Gehen, daß sie morgen früh auf seine Kosten in der Bäckerei ein Brot und ein paar Gebäckstücke holen solle, damit sie auf der langen Fahrt von Parramatta nach Sydney etwas zu essen hätten.

Lucy wartete schon auf sie, als sie am nächsten Tag frühmorgens an das Pfarrhaus klopfte. Zwei Ochsengespanne standen vor der Tür, die gerade beladen wurden. Mrs. Boskenna überwachte die Sträflinge, die Möbel und Säcke voll Grundnahrungsmitteln hinausschleppten und nahm sich kaum Zeit, ihrem Mündel auf Wiedersehen zu sagen.

Kate bemerkte schnell, daß Lucy Tempest sich in der Zwischenzeit unter Mrs. Boskennas Einfluß verändert hatte. Als das arme Kind an Bord der *Mysore* so krank gewesen war, war Lucy zärtlich und dankbar gewesen, und sie hatten sich trotz ihrer unterschiedlichen Herkunft sehr gemocht. Jetzt aber wurde bald deutlich, daß Lucy sich der Standesunterschiede voll bewußt war. Sie sprach Kate bei ihrem Nachnamen an und gab ihr ungefragt ihr Handgepäck zu tragen. Dann ging sie wie selbstverständlich ein paar Schritte voraus und tat so, als ob sie nichts mit ihr zu tun hätte.

Der Sträfling, der den Handwagen mit den Koffern zog, meinte zynisch: »Sie is' nix als 'n eingebildetes kleines Biest, Missus. Ärgern Sie sich bloß nich' drüber.«

Er hatte es nicht für nötig befunden, leiser zu sprechen,

und Lucy drehte sich zu ihm um. »Ich könnte Sie für diese Worte auspeitschen lassen«, warnte sie ihn, »und Lamerton dafür, daß sie Sie nicht gescholten hat.«

Erst beim Besteigen der Fähre richtete sie wieder das Wort an Kate, und das auch nur, damit sich die Frau um die Verstauung des Gepäcks kümmere.

»Sie brauchen nicht bei mir zu sitzen«, fügte das Kind hinzu. »Ich ziehe es vor, allein zu sein.«

»Wie Sie wünschen, Miss Lucy«, antwortete Kate freundlich und überlegte, ob sich Miss Abigail unter dem Einfluß der Dawsons auch so verändert hätte. Das war aber unwahrscheinlich – Abigail war nicht so leicht zu beeindrucken wie ihre jüngere Schwester. Aber wenn sie im Regierungsgebäude so wie von der dreizehnjährigen Lucy behandelt werden sollte, dann wäre sie lieber in der Fabrik geblieben.

Die regierungseigene Fähre, die regelmäßig zwischen Sydney und Parramatta verkehrte, transportierte hauptsächlich Ladung. Die Passagiere konnten sich nur auf dem offenen Deck aufhalten. Als eine abgerissene Gruppe von in Ketten gelegten Straßenarbeitern an Bord kam und der Aufseher sie zum Achterdeck brachte, wo sich Lucy niedergelassen hatte, bekam es das Kind mit der Angst zu tun und suchte trotz seiner Ablehnung gegenüber Kate Schutz bei ihr.

»Diese zerlumpten, gräßlichen Kreaturen!« rief sie voller Abscheu aus. »Es war grausam, Kate – sie haben geflucht und sie – sie haben mich ausgelacht, als ich sie bat, den Mund zu halten!«

»Sie wissen es einfach nicht besser«, antwortete Kate und versuchte, sich nicht anmerken zu lassen, daß sie sich insgeheim darüber freute. »Setzen Sie sich nur zu mir, Miss Lucy, ich werde Sie schon zu beschützen wissen.«

»Mrs. Boskenna hätte für mich ein Boot chartern sollen, Kate«, schimpfte Lucy leise, »statt mich mit der Fähre nach Sydney zu schicken. Sie sagt doch immer, daß ich Sträflingen aus dem Weg gehen soll.«

140

»Is’ gar nich’ leicht, ihnen aus dem Weg zu gehn«, meinte Kate, »das hier is’ ja schließlich ’ne Strafkolonie.« Sie faltete ihr Umschlagtuch zusammen und legte es auf die rauhen Deckplanken, damit sich Lucy daraufsetzen konnte. »Ich möchte wetten, daß sich Miss Abigail inzwischen genau mit den Vor- und Nachteilen hier auskennt.«

Daraufhin sagte Lucy eine Zeitlang nichts. Dann fragte sie: »Gibt es hier irgendwas zu essen?«

Kate packte das Brot und die Hörnchen aus, und als sie gegessen hatte, legte sich Lucy hin und schlief, bis die Fähre am Landungssteg in Sydney angelegt hatte. Durch den Ruck wachte sie auf und schaute sich verwundert um.

»Wir sind schon in Sydney«, sagte Kate. »Und ich glaube, ich seh Dr. Penhaligon schon am Kai stehn.«

»Und Abigail nicht?« fragte Lucy enttäuscht.

»Ich kann sie nicht sehn. Vielleicht kommt sie noch.«

Kate sammelte das Handgepäck zusammen, und sie gingen so bald wie möglich an Land. Neben Titus Penhaligon stand eine schlanke, dunkelhaarige Dame, die elegant, aber unauffällig gekleidet war, und Kate nahm ganz richtig an, daß es Mrs. Spence sei, die Gastgeberin von Abigail und Lucy. Nach einer herzlichen Begrüßung sagte Mrs. Spence: »Abigail läßt sich vielmals entschuldigen. Sie blieb netterweise zu Hause, um auf die Kinder aufzupassen, aber sie bat mich, Kate ganz herzlich zu grüßen… das sind Sie doch, Mrs. Lamerton? Sie bat mich auch, Ihnen auszurichten, daß sie Sie sehr bald sehen möchte. Ich würde Sie am liebsten gleich mit uns nach Hause nehmen, aber Dr. Penhaligon hat gesagt, daß Sie dringend im Regierungsgebäude erwartet werden. Er bringt Sie gleich dorthin.«

Lucy starrte Mrs. Spence sehr erstaunt an. Sie sprach ja ganz anders mit einer Sträflingsfrau, als Mrs. Boskenna es ihr beigebracht hatte! Und Lucy war noch erstaunter, als sie sah, daß Dr. Penhaligon Kate die Gepäckstücke abnahm und sie auf den Handwagen stellte. Mrs. Spence sagte: »Du freust dich sicher darauf, deine Schwester nach so langer Zeit wiederzusehen.«

»Ja, ich – ich habe sie sehr vermißt«, antwortete Lucy.

»Und sie dich auch, meine Liebe«, sagte Mrs. Spence, »aber ich wäre ohne sie nur schlecht ausgekommen. Sie war mir in den letzten Wochen wirklich eine große Hilfe.«

Allmählich verlor Lucy ihre ursprüngliche Schüchternheit, erkundigte sich nach den Kindern, ihrem Alter und ihren Namen, und Mrs. Spence beantwortete alle Fragen mit großer Freundlichkeit.

Endlich kamen Lucys Koffer und wurden auf den Handwagen verladen. Dr. Penhaligon nahm Kates Reisesack auf die Schulter und verbeugte sich vor Mrs. Spence.

»Wir machen uns jetzt auf den Weg – Mrs. Putland erwartet uns.«

»Und Abigail erwartet uns«, gab Mrs. Spence zurück und schenkte ihm ein herzliches Lächeln. »Sie freut sich bestimmt über unsere Unterstützung. Die Kinder können nämlich manchmal ganz schön anstrengend sein, diese kleinen Monster!«

Sie schüttelte Kates Hand und klopfte dem jungen Arzt mit offensichtlicher Zuneigung auf die Schulter. »Sie melden sich doch hoffentlich bald wieder bei uns, Titus – Sie sind uns immer willkommen. Und Mrs. Lamerton, Sie besuchen uns doch auch, sobald Sie etwas freie Zeit haben. Komm, Lucy, unser Haus ist in der Highstreet, ganz in der Nähe von hier. Ich schlage vor, daß wir zu Fuß gehen.«

»Wir nehmen ein Boot, Mrs. Lamerton«, sagte Titus Penhaligon. Als sie über die Bucht gerudert wurden, erzählte er ihr voller Bedauern von dem Zustand des Patienten. »Ich fürchte, er hat nicht mehr lange zu leben, und man kann nicht mehr viel für ihn tun. Aber seine Frau – Mrs. Putland, die Tochter Seiner Exzellenz – ist sehr erschöpft, und ich fürchte, daß sie bald zusammenbricht. Sie hat sich bisher geweigert, die Pflege ihres Mannes einem anderen Menschen zu überlassen. Sie werden ihr und dem Gouverneur einen großen Dienst erweisen, wenn Sie sie dazu bringen könnten, daß sie sich etwas mehr Ruhe gönnt.«

»Ich werde es versuchen, Doktor«, versprach sie.

»Ja, das glaub ich Ihnen.« Der Arzt lächelte. »Sie sind eine sehr gute Krankenschwester, Kate, und ich habe Mrs. Putland Ihr Loblied gesungen. Jetzt müssen Sie nur noch ihr Vertrauen gewinnen.« Als sie zustimmend nickte, fügte er in ernstem Tonfall hinzu: »Der Gouverneur steckt in großen Schwierigkeiten. Er braucht die Unterstützung und die Gesellschaft seiner Tochter dringend. Seine Frau mußte aus gesundheitlichen Gründen nämlich in England bleiben.«

»Ja, Sir«, sagte Kate und stellte ganz bewußt keine weiteren Fragen. Der junge Arzt hatte ihr bestimmt alles gesagt, was sie wissen mußte. Statt dessen erkundigte sie sich nach Abigail Tempest und sah zu ihrem Erstaunen, daß er errötete. Aber er antwortete: »Ach, sie fühlt sich sehr wohl bei Mr. und Mrs. Spence und den Dawson-Kindern. Die Spences haben viele Gäste, und Miss Abigail ist sehr beliebt. Was könnte man auch anderes erwarten – sie ist so hübsch und so fröhlich, und alle jungen Offiziere machen ihr den Hof. Aber –« Er unterbrach sich und wurde noch verlegener. »Ich sehe sie so oft wie möglich, und Mrs. Spence ist besonders freundlich zu mir. Aber ich kann ihr ja nichts bieten, oder? Ich habe noch nicht mal eine feste Anstellung bei der Regierung.«

Das Boot legte am Landungssteg an. Titus Penhaligon sprang an Land und streckte seine Hand aus, um Kate beim Aussteigen behilflich zu sein.

Dann deutete er auf das weiß gestrichene zweistöckige Gebäude, das Kate auch schon von der *Mysore* aus gesehen hatte. »Das ist das Regierungsgebäude – Ihr Patient wohnt im oberen Stockwerk, und ich führe Sie gleich hin. Einer der Männer bringt Ihnen dann Ihr Gepäck.«

Kate schaute sich interessiert um. Gleich hinter der Mole

stand ein Flaggenmast, und die Fahne flatterte stolz im Wind. Dahinter war eine kleine, aus Ziegelsteinen gebaute Wache errichtet, und Wachposten gingen auf und ab. Ein gepflegter Rasen mit Fruchtbäumen umgab das Haus, zu dem ein mit Kieselsteinen bedeckter Weg führte.

An der Eingangstür wurden sie von einem Diener empfangen. Er nahm Titus den Hut ab und fragte Kate freundlich, wohin er ihr Handgepäck bringen solle. Er lächelte ihr zu, und Kate konnte ihn vom ersten Augenblick an gut leiden. Seine kräftige Gestalt und sein wettergegerbtes Gesicht, dem man ansah, daß er lange zur See gefahren war, flößten ihr Vertrauen ein.

»Ich bin George Jubb, der Diener Seiner Majestät, der auch schon in seinen Diensten stand, als Captain Bligh noch bei der Königlichen Marine war. Für Sie ist ein Zimmer direkt neben Mr. Putland hergerichtet worden, aber wenn Sie noch irgend etwas brauchen, wenden Sie sich nur an mich.«

Er führte sie durch die Eingangshalle zu einer schmalen Treppe und deutete auf eine geschlossene Tür. »Das ist das Büro Seiner Exzellenz. Er führt gerade ein Gespräch, deshalb ist es am besten, wenn Sie gleich nach oben gehen. Sie kennen ja den Weg, Mr. Penhaligon. Mrs. Putland ist im Krankenzimmer und –« er wurde von einem wütenden Schimpfen im Büro des Gouverneurs unterbrochen.

Kate zuckte zusammen, als sie auch noch gesalzene Flüche hörte – Flüche, die besser in das Gefängnis paßten, aus dem sie kam, als in die vornehme Umgebung des Regierungsgebäudes.

Jubb aber schien gar nicht beeindruckt zu sein. Er lächelte Dr. Penhaligon verständnisvoll an und meinte: »Der Prozeß dieser irischen Rebellen hat Seiner Exzellenz viel Ärger gemacht, und ich fürchte, daß Captain Hawley keine guten Nachrichten überbracht hat. Entschuldigen Sie mich jetzt bitte, Sir, ich glaube, es ist das beste, wenn ich ihn hinausbegleite.«

144

»Lassen Sie sich von uns nicht von Ihren Pflichten abhalten, Jubb, ich kenne ja den Weg.«

Oben klopfte er leise an eine der beiden Türen.

»Treten Sie ein«, sagte eine Frau und kam ihnen entgegen.

»Das ist Kate Lamerton, Mrs. Putland«, sagte Penhaligon und verbeugte sich, »die Krankenschwester, die ich Ihnen empfohlen habe und –«

»Gott sei Dank, daß Sie da sind!« sagte Mary Putland mit leiser Stimme, und Kate war berührt von der Schönheit und der Traurigkeit ihres Gesichtes. Sie knickste ehrerbietig, und Mrs. Putland sagte mit großem Ernst: »Ich habe selten in meinem Leben so sehnsüchtig auf jemanden gewartet wie auf Sie, Mrs. Lamerton.«

William Bligh rief ein Stockwerk tiefer in seinem Büro wütend aus: »Verdammt noch mal, Hawley, der Gerechtigkeit ist Genüge getan worden, sonst nichts! Ein legal einberufenes Strafgericht hat die Männer, die mir nach dem Leben getrachtet haben, zum Tode verurteilt. Was können Sie bloß dagegen haben?«

»Dagegen habe ich nichts, Sir«, antwortete Andrew Hawley und nahm sich eisern zusammen. »Nur im Fall von Mrs. Broome glaube ich, daß ein Fehlurteil ergangen ist. Mrs. Broome hatte nichts mit dem Anschlag auf Ihr Leben zu tun, Sir, und sie –«

»Sie hat den Verbrechern aber Unterschlupf gewährt – hat ihnen Essen vorgesetzt und sie versteckt, verdammt noch mal! Hat ihnen Waffen und ein Bett zur Verfügung gestellt, oder etwa nicht? Atkins behauptet das jedenfalls.«

»Das Pferd und die Waffen sind ihr gestohlen worden, Sir«, protestierte Andrew. »Und die Iren haben sich mit Waffengewalt Eintritt in ihr Haus erzwungen. Sie wurde einzig und allein aufgrund der Aussage von Lieutenant Brabyn verurteilt.«

»Und Sie halten Brabyn nicht für einen vertrauenswürdigen Zeugen?« antwortete der Gouverneur. »Nun« – er zuckte mit den Schultern – »ich halte auch nicht gerade viel von ihm. Er ist eher ein Schurke als ein Gentleman. Aber er hat seine Aussage unter Eid gemacht, oder?«

»Jawohl, Sir. Aber die Leute, die sich für Mrs. Broome eingesetzt haben, haben auch einen Eid geleistet. Die Mitschriften liegen Eurer Exzellenz vor –«

»Ja, ja, ich habe sie gelesen«, meinte Bligh ungeduldig. »Aber zu was ist sie denn verurteilt worden, verdammt noch mal? Doch nur zu einem halben Jahr Verbannung nach Tasmanien. Wenn ich ihr Urteil aufhebe, muß ich auch das der Irländer aufheben, und damit würde ich mich dem allgemeinen Gelächter preisgeben. Und das nur, weil Sie die Frau heiraten wollen!«

»Ich bin bereit, dafür mein Offizierspatent niederzulegen«, meinte Andrew steif.

»Nein!« donnerte der Gouverneur. »Zum Teufel noch mal, ich brauche Sie! Können Sie denn nicht sechs Monate warten? Denn genau das nächste halbe Jahr wird für die Kolonie und auch für mich eine kritische Zeit, wie Sie genau wissen, Hawley. Ich brauche Männer, auf die ich mich verlassen kann, und die ich schon seit langem kenne … um Gottes willen, ich bin ja umgeben von Verrätern. Das Rum-Korps setzt Himmel und Erde in Bewegung, um mich loszuwerden, weil sie genau wissen, daß ich ihnen ihre illegale Einnahmequelle nehmen will! Und der endgültige Bruch mit MacArthur steht vor der Tür.«

»Wirklich, Sir?« fragte Andrew mit steinernem Gesichtsausdruck. Aber William Bligh schaute ihn nicht an. Er wühlte in den Papieren auf seinem Schreibtisch und zog einen Brief heraus.

»Die englischen Missionare in Otaheite haben sich bei mir über die Anwesenheit eines üblen Burschen namens John Hoare beschwert – das ist ein Sträfling, der von hier geflohen und mit der *Parramatta* dort gelandet ist. Und der Kapitän der *Parramatta* wußte genau, daß der Kerl ein entflohener Sträfling ist. Und wissen Sie, wem die *Parramatta* gehört?«

Andrew schüttelte den Kopf.

»Das Schiff gehört MacArthur und seinem Partner Garnham Blaxcell«, sagte der Gouverneur. »Den üblichen Regeln entsprechend, haben sie sich durch Hinterlegung einer hohen Kaution dazu verpflichtet, keine flüchtigen Sträflinge anzuheuern und mit nach Otaheite zu nehmen. Wenn das Schiff in ein paar Wochen zurückkommt, werde ich den Fall vor Gericht bringen und dafür sorgen, daß MacArthur die Kaution bezahlt. Und er wird sich wehren – er wird mich mit all seiner Kraft bekämpfen, da können Sie sicher sein. Ich weiß nicht, wie die Sache ausgehen wird, und der verdammte Bursche weiß das. Er versucht mit allen Mitteln, den Militärstaatsanwalt Atkins zu stürzen. Und George Johnstone hält ihm ja immer den Rücken frei, und das auch noch mit offizieller Hilfe der Schurken, die er seine Offiziere nennt!«

Andrew war über diese Mitteilung des Gouverneurs entsetzt.

Auf der anderen Seite war Jenny in Ketten an Bord der *Edinburgh* gebracht worden, die bald nach Tasmanien segeln sollte, und er selbst fühlte sich hin und her gerissen zwischen seiner Liebe zu ihr und seinem Pflichtgefühl Gouverneur Bligh gegenüber.

»Ich kann beim besten Willen Mrs. Broomes Urteil nicht für ungültig erklären«, sagte der ältere Mann nun in milderem Tonfall, »und mit ansehen, daß Sie sie heiraten. Sie sind doch ein vernünftiger Mann, Sie müssen das verstehen, Hawley. Sie würden sowohl Ihre eigene Glaubwürdigkeit als auch meine damit zerstören...« Das stimmte leider, sagte sich Andrew. Wenn er eine frisch verurteilte Gefangene heiraten würde, dann wäre er nur eine Belastung für den

Gouverneur. Und eine Begnadigung, damit die Eheschließung ehrbar wäre, würde schwerlich die Glaubwürdigkeit des Gouverneurs erhöhen, die zur Zeit ohnehin auf wackligen Beinen stand. Aber Jenny war unschuldig – selbst Joseph Fitzgerald hatte das während des zweiten Prozesses immer wieder mit allem Nachdruck erklärt, aber das Gericht hatte ihm keine Beachtung geschenkt.

Schließlich sagte er zögernd: »Ich bitte Sie vielmals um Verzeihung, Sir. Solange ich die Uniform des Königs trage, bin ich Ihnen verpflichtet, aber ich –«

»Aber Sie wollen mich verlassen?« fuhr Bligh ihn außer sich vor Wut an. »Nun, verdammt noch mal, Hawley, ich werde Ihnen nicht erlauben, Ihr Offizierspatent niederzulegen! Sie können ja an Bord der *Edinburgh* gehen und diese Frau in Hobart heiraten, wenn Sie das wirklich möchten!«

Andrew stand auf und sagte: »Aye, aye, Sir.«

Er wollte gehen, aber der Gouverneur hielt ihn zurück.

»Wenn ich's mir recht überlege, dann wäre es unpassend, wenn Sie auf demselben Schiff wie Mrs. Broome reisen«, meinte er. »Sie können ja hinterherfahren – ich werde dafür sorgen, daß Sie auf dem Postschiff mitfahren können. Jedenfalls«, sagte er, zog die Stirn in Falten und nahm ein Papier vom Schreibtisch auf – »das ist das Todesurteil für die irischen Rebellen, und ich habe es unterschrieben. Es wird keine Begnadigung geben – sie werden morgen früh gehängt. Sie können gehen.«

Andrew schlug die Hacken zusammen, salutierte und ging dann zur Tür.

Bligh murmelte bedauernd: »Verdammt noch mal, Hawley – Sie waren der beste Mann, den ich hatte!«

10

Frances Spence mischte sich unter die Menge von Sträflingen und ehemaligen Sträflingen, die sich versammelt hatte, um der Hinrichtung der fünf irischen Rebellen beizuwohnen.

Die Soldaten des Neusüdwales-Korps hatten die Bajonette auf ihre Flinten gesteckt, standen Schulter an Schulter und bildeten eine Mauer um den Galgen herum. William Gore, der Kommandeur der Feldgendarmerie, trat vor, um die Urteile zu verlesen. Die fünf Iren hatten die Arme auf dem Rücken gefesselt und standen unter schwerer Bewachung am Fuß der Galgen.

Frances war allein hergekommen, obwohl ihr vor der furchtbaren Szene graute. Aber sie hatte das Gefühl, daß sie es Joseph Fitzgerald schuldete, bei seinem Tode anwesend zu sein. Ihr Schwiegersohn Tim Dawson, der sie hätte begleiten können, hatte auf seine Farm zurückkehren müssen, und – sie seufzte leise – ihren eigenen Mann hatte sie weiß Gott nicht darum bitten können, sie zu begleiten. Jasper war ein Friedensrichter, und er hätte ihr bestimmt verboten herzukommen, wenn sie ihm davon erzählt hätte. Sie zog ihr schwarzes Umhängetuch enger und verbarg den unteren Teil ihres Gesichtes darunter, als der Gouverneur ankam und sich mit ein paar Offizieren in einiger Entfernung aufstellte und die Menge noch lauter johlte.

Frances wußte, daß ein Gnadengesuch überreicht werden sollte, das sowohl von protestantischen als auch von katholischen irischen Siedlern unterzeichnet worden war.

Aber wenn William Bligh Jenny keinen Straferlaß gewährt hatte, dann war es absolut unwahrscheinlich, daß er die Männer begnadigen würde, die versucht hatten, ihn zu töten. Sie würden sterben, alle fünf, und Jenny würde auf der *Edinburgh* nach Tasmanien segeln … sie hatte genügend Kleidung, Geld und Nahrungsmittel bei sich – Frances und Jasper hatten sich darum gekümmert –, und Justin hatte die Erlaubnis erhalten, sich von ihr zu verabschieden. Frances zwang sich, wieder zu den Männern hinzuschauen, die immer noch am Fuß der Galgen standen. Sie wirkten ruhig, wenn nicht gar stolz, und trotz der Entfernung konnte sie erkennen, daß Joseph lächelte, nachdem er sein Gebet beendet hatte. Der große blauäugige Christie O'Hagan sah auch so aus, als ob er in Frieden mit sich in den Tod ginge, obwohl die beiden Männer entsetzlich abgemagert waren und Christie sogar humpelte. Sie waren ausgepeitscht worden, und keiner hatte sich ganz davon erholt.

Plötzlich mußte Frances weinen. Sie wischte sich die Tränen weg und fühlte sich verzweifelt und wütend. Als sie wieder aufblickte, hatte Joseph das Gerüst bestiegen. Eine schwarze Binde bedeckte seine Augen, und der Priester stand neben ihm und murmelte ein Gebet.

Unruhe entstand in der Menschenmenge, und ein paar Leute fingen zu singen an, andere fielen ein. Aber als der Henker das Seil um Joseph Fitzgeralds Nacken legte, erklang wie durch ein Wunder auf einmal die irische Nationalhymne.

Einen Augenblick später baumelte der abgezehrte Körper Josephs am Strick, und Frances schloß die Augen, als sie den Anblick nicht länger ertragen konnte. Aber sie sang weiter, und immer mehr Menschen fielen in den Refrain ein.

Ein paar Minuten später war auch das Leben von Christie, Liam, Seamus und Luke ausgelöscht. Als Frances sich umschaute, sah sie, daß der Gouverneur schon fortgeritten war, sicher einzig und allein aus dem Grund, um einen Zusammenstoß mit der aufgebrachten Menge zu vermeiden. Sie bekreuzigte sich und ging durch die sich schnell zerstreuende Menschenansammlung in die Highstreet zurück. Langsam tauchte sie wie aus einem bösen Traum auf. Es war schon bald Zeit für die Kinder, in die Schule zu gehen ... und heute morgen würde Lucy zum erstenmal mit ihnen die Schule besuchen. Abigail würde sie natürlich hinbringen, wenn sie selbst nicht früh genug zurück wäre. Aber sie hatte versprochen, Lucy dem Direktor vorzustellen.

Die Schule lag ganz in der Nähe, und sie würde den Kindern sicher gleich begegnen. Abigail war ein taktvolles Mädchen. Sie würde bestimmt nicht fragen, wo ihre Gastgeberin so früh am Morgen hingegangen war. Frances überquerte die Straße und ging auf die enge Holzbrücke zu, die über den Fluß führte. Hinter ihr kam ein Reiter angaloppiert und überholte sie, eingehüllt in eine dicke Staubwolke, ohne zu grüßen. Aber sie erkannte doch deutlich, daß es Captain John MacArthur war.

Als sie die Brücke überquert hatte, kamen die Kinder in Sicht.

Frances schob das Umhängetuch zurück. Als die Kinder näher kamen, sah sie zu ihrer freudigen Überraschung, daß Titus Penhaligon bei ihnen war. Abigail hatte ihren Arm bei ihm eingehängt.

Ihre traurige Stimmung verging, und obwohl sie noch an das irische Freiheitslied dachte, das am Galgen gesungen worden war, lächelte sie und streckte schon von weitem die Hand zur Begrüßung aus.

Simeon Lord sah John MacArthur durch sein kleines Arbeitsfenster schon von weitem herangaloppieren. Die frühe Stunde und seine Eile verhießen nichts Gutes, aber Lord erhob sich nicht von seinem Stuhl. Es würde dem arroganten Besucher nicht schaden, ein paar Minuten zu warten.

Simeon trank genüßlich die heiße Schokolade, die ihm jeden Morgen von seinem Diener serviert wurde. Er war vor vielen Jahren wegen Diebstahls für sieben Jahre in die Verbannung geschickt worden. Aber er hatte Glück gehabt und war Lieutenant Thomas Rowley als Diener zugeteilt worden, der genauso erfolgreich wie John MacArthur am illegalen Rumhandel verdiente.

Im Lauf der Jahre hatte Lord durch Handelsgeschäfte mit importierten Waren für seinen Herrn und für sich große Profite erwirtschaftet. Als die sieben Jahre seines unfreiwilligen Aufenthaltes in der Kolonie vorüber waren, war er freiwillig geblieben, besaß schon damals zwei Häuser und hatte ein paar weitläufige Ländereien zugesprochen bekommen. Er hatte mit dem Schiffsbauer James Underwood eine Partnerschaft gegründet, und die beiden Männer führten nun einen schwungvollen Handel von und nach Otaheite und Indien.

Mit siebenunddreißig Jahren war Simeon Lord jetzt einer der größten Kaufleute Sydneys und hatte es nicht nötig, sich vor irgend jemandem zu verbeugen, nicht einmal vor dem mächtigen John MacArthur.

Aber er hatte ihn inzwischen wohl lange genug warten lassen.

Simeon Lord öffnete die Tür und streckte beide Hände zur Begrüßung aus. Er sagte lächelnd: »Treten Sie ein, treten Sie ein! Was bringt Sie zu so früher Stunde in meine armselige Hütte?«

Aber John MacArthur ging nicht auf seinen scherzenden Tonfall ein. Er setzte sich schweigend auf den Stuhl, den ihm Simeon Lord angeboten hatte, und nahm eine Tasse heiße Schokolade vom Tablett, das ihm der Diener nervös hinhielt.

Nachdem der Mann den Raum verlassen hatte, räusperte er sich und sagte: »Es ziehen Schwierigkeiten auf – und nicht nur aus einer Richtung! Wissen Sie, daß die Iren heute morgen gehängt worden sind?«

»Ich habe davon gehört«, meinte Lord ruhig. Er bot seinem Besucher Tabak an und sagte tröstend: »Wenigstens ist etwas Gutes dabei herausgekommen. Jenny Broome wird an Bord der *Edinburgh* in die Verbannung geschickt, und ich habe gehört, daß Hawley auch nach Tasmanien fahren wird.«

»Tatsächlich?« meinte MacArthur und stieß eine Rauchwolke aus. »Nun, dann haben wir wenigstens einen Feind weniger... aber wir werden demnächst dringend Beisitzer benötigen, die auf unserer Seite stehen, das möchte ich Ihnen sagen, Simeon. Wir werden sie sehr dringend brauchen!«

MacArthur kam wie immer ohne Umschweife auf den Grund seines Besuches zu sprechen, dachte Simeon Lord und fragte: »Warum denn, John?«

»Weil«, gab MacArthur zurück, »dieser Schurke von einem Kapitän, John Glenn, einem entflohenen Sträfling erlaubt hat, ganz offen an Land zu gehen, sobald die *Parramatta* in Matavai Bay Anker geworfen hatte. Er hielt es nicht einmal für nötig, die Dunkelheit abzuwarten! Und der Flüchtling ließ sich als erstes vollaufen und beleidigte einen der dortigen Missionare. Der hat Bligh davon informiert... ich weiß aus sicherer Quelle, daß der Gouverneur den Brief schon erhalten hat!«

»Aber ich sehe keinen Grund, warum Sie deshalb Schwierigkeiten bekommen sollten«, wandte Lord verwirrt ein. »Schließlich –«

»Der Sträfling, ein Mann namens Hoare, war zu lebenslänglicher Verbannung verurteilt«, gab MacArthur wütend zurück. »Er war seit Juni flüchtig und Glenn hat ihn, statt ihn nach dieser unangenehmen Geschichte mit dem Missionar wieder hierher zurückzubringen, an Bord eines Schiffes gebracht, das nach Amerika fährt – also werden wir diesen Mr. Hoare wohl schwerlich jemals wiedersehen. Mein Partner und ich haben die übliche Kaution von achthundert Pfund bezahlt, aber dieser üble Schurke Gore bestand darauf, daß wir jeder noch einmal fünfzig Pfund drauflegten.

Er behauptete einfach, daß ein Kapitänsmaat ihn daran gehindert hätte, das Schiff nach blinden Passagieren zu durchsuchen, bevor es hier losgesegelt ist. Verdammt noch mal, Simeon, die *Parramatta* wird im Dezember zurück sein, und ich bin absolut nicht bereit, auch nur einen Penny dieser hohen Kaution zu verlieren!«

»Aber, sind Sie denn sicher, daß Sie das überhaupt müssen?« fragte Lord. »Es ist doch schon fast sechs Monate her, daß die *Parramatta* losgesegelt ist. Wenn das Schiff zurückkommt, wird Hoares Flucht längst vergessen sein. Was bedeutet schon ein geflohener Gefangener, da hier doch täglich welche ausreißen?«

»Glauben Sie etwa, daß Gore das vergessen wird? Oder, verdammt noch mal, daß der *Bounty*-Bastard eine Gelegenheit vergehen läßt, um mir Schwierigkeiten zu bereiten? Das wird er ganz bestimmt nicht! Sie kennen mich gut genug, um zu wissen, daß ich wie ein Löwe kämpfen werde. Aber ... es gibt eine einfachere Lösung, wenn Sie bereit wären, etwas für mich zu tun.«

»Wenn Sie und Blaxcell mich fragen wollen, ob ich Ihnen die *Parramatta* abkaufen will – das würde nichts nützen, John«, erwiderte Simeon Lord und kam damit MacArthurs Frage zuvor. »Wenn sich Gore überhaupt an etwas erinnert, dann weiß er noch, daß Sie der Besitzer des Schiffes waren, als sich Hoare davongemacht hat, und außerdem läuft die Kaution auf Ihren Namen, oder etwa nicht?«

»Doch, natürlich.«

»Dann würde ich auch nicht zur Rechenschaft gezogen, selbst wenn ich der gegenwärtige Besitzer wäre.«

»Aber es könnte sein, daß Bligh die Sache vergißt – er hat ja nur etwas gegen mich, nicht gegen Sie. Er –«

»Haben Sie eine Ahnung! Er krümmt keinen Finger für mich!« behauptete Lord und seufzte. »Nein ...«, er zog seine dunklen Augenbrauen zusammen und dachte nach. »Wenn er Ihnen Schwierigkeiten machen will, John, dann ist es das beste, wenn Sie sich von Captain Glenn distanzieren. Er ist bekanntermaßen ein Spitzbube. Wußten Sie denn überhaupt, daß er einen Flüchtling an Bord der *Parramatta* angeheuert hat?«

»Großer Gott, nein! Ich hätte es selbstverständlich verboten!« John MacArthur war jetzt so aufgebracht, daß Lord ihm Glauben schenkte.

»Dann können Sie das ja auch ruhig beschwören«, riet er ihm.

»Streichen Sie ihm doch nur ein einziges Mal um den Bart, damit der Gouverneur überhaupt die Chance hat, Ihnen die Kaution zu erlassen. Wenn Sie die Schuld auf Captain Glenn abwälzen können, tun Sie das doch, um Gottes willen.«

MacArthur seufzte und entgegnete: »Sie haben recht, Simeon. Glenn ist, wie Sie ganz richtig sagen, ein unehrlicher Schurke. Zuallererst werde ich mit Robert Campbell, dem Leiter des Hafenzollamtes sprechen müssen, und es kann gut sein, daß ich ihn schmieren kann. Wenn er stillhält und nichts unternimmt, dann kann es sein, daß ich um die Zahlung der Kaution herumkomme.« Das klang jetzt schon sehr viel optimistischer, aber Simeon Lord zog seine Augenbrauen skeptisch in die Höhe und fragte: »Wie möchten Sie denn Robert Campbell schmieren? Er ist doch, wie jeder weiß, Blighs engster Vertrauter.«

»Jedermann hat seinen Preis, Simeon«, antwortete MacArthur zynisch, »sogar der selbstgerechte und gottesfürchtige Campbell! Und er hat es sich ein kleines Vermögen kosten lassen, einen privaten Anlegesteg und Lagerhallen zu bauen, im Glauben daran, daß das ihm auf unbestimmte Zeit zugesprochene Land eines Tages in seinen festen Besitz übergehen wird. Er –«

»Hoffen wir nicht alle darauf?« unterbrach ihn Lord. »Ich bin in derselben Lage!«

»Ganz recht, mein Freund«, stimmte John MacArthur zu und lächelte. »Aber eines der mir auf unbestimmte Zeit zugesprochenen Landstücke grenzt zufälligerweise an das von Campbell an. Und Sie können sicher sein, daß er es sehr gerne haben würde.« Er stand auf und lächelte noch immer. »Ich muß jetzt gehen. Vielen Dank für Ihre Gastfreundschaft, Simeon. Haben Sie übrigens gehört, daß John Hunter in England alles in seiner Macht Stehende tut, um unseren Willie Kent zum Gouverneur dieser Kolonie zu machen?«

»*Kent?*« Simeon starrte ihn mit offenem Mund an. »Als Nachfolger von Bligh, meinen Sie?«

John MacArthur ging auf die Tür zu. »Statt Bligh, wenn Gott will«, erklärte er. »Aber behalten Sie das für sich.« Er wartete Lords Antwort nicht ab, sondern verließ das Haus und rief ungeduldig nach seinem Pferd.

Abgesehen von Simeon Lords *Perseverance* und zwei Handelsschiffen, war das Hafenbecken leer, als Justin Broome seinen Kutter *Flinders* zu seinem Ankerplatz manövrierte.

Die *Edinburgh* war mit seiner Mutter an Bord bereits abgesegelt. Er schaute Andrew Hawley fragend an, und der hochgewachsene Marinecaptain sagte: »Wir können immer noch vor Ankunft der *Edinburgh* in Hobart sein. Es ist kein gutes Segelschiff – es hat vierundsechzig Tage von Kapstadt hierher gebraucht.«

»Aber die Post ist noch nicht da, die ich transportieren soll«, glaubte Justin sagen zu müssen. »Zum Teufel mit der Post!« antwortete Andrew verärgert. »Du bist doch ein Freier Handelsagent, oder?«

»Ja, das bin ich. Aber ich hatte angenommen, daß Gouverneur Bligh darauf besteht, dich hierzubehalten, bis er dir die offizielle Post überreichen kann.«

»Ich habe nicht vor, ihn nach seiner Meinung zu fragen, Justin«, entgegnete Andrew. Justin schaute ihn einen Augenblick zweifelnd an und lächelte dann.

»Ja, wenn das so ist, dann segeln wir gleich morgen früh

los, falls der Wind sich nicht dreht und ich bis dann die Verpflegung organisieren kann, die ich bei Mr. Campbell kaufen muß. Aber zuerst muß ich Rachel zu Mrs. Spence bringen und dann –«

»Überlaß das mit der Verpflegung mir«, meinte Andrew. »Stelle eine Liste zusammen, was du alles brauchst, und ich kümmere mich darum. Du kannst in der Zwischenzeit deine Schwester bei Mrs. Spence abliefern.«

»In Ordnung, Sir«, meinte Justin lächelnd und schlug die Hacken zusammen, als wäre er ein Untergebener. Aber er hörte zu lächeln auf, als er hinzufügte: »Bist du auch ganz sicher, daß der Gouverneur dich nicht verhaften läßt, wenn du verschwindest, ohne beurlaubt zu sein?«

Andrew zuckte gleichgültig mit seinen breiten Schultern. »Ich *bin* beurlaubt, verdammt noch mal! Das schlimmste, was er tun kann ist, mein Offizierspatent zurückzufordern, und das habe ich ihm bereits vorgeschlagen.«

»Weil du meine Mutter heiraten möchtest?«

Andrew nickte mit dem Kopf. »Ja – er würde mir nicht erlauben, in seinen Diensten zu stehen, selbst wenn ich das wollte.«

»Wegen Mama?« fragte Justin leise.

»Nur zum Teil, mein Junge. Und ich bin nicht traurig darüber. Denn ich verdanke deiner Mutter sehr viel.« Andrew klopfte dem jungen Mann auf die Schulter. »Ich habe ihr einen Heiratsantrag gemacht, als sie ein paar Jahre jünger war, als du es jetzt bist, und das ist lange her. Aber wenn wir von Zeit sprechen – es wird bald dunkel. Mach doch bitte die Liste für mich fertig, und dann kannst du gleich deine kleine Schwester aufwecken.«

Justin stand auf, um den Auftrag auszuführen. Als er auf der Suche nach einem Federhalter und Papier in die kleine Kabine hinunterstieg, dachte er, wie wenig sie von Andrews bevorstehender Hochzeit mit seiner Mutter gesprochen hatten. Aber sie würde stattfinden, und das war die Hauptsache!

Justin lächelte zufrieden und konzentrierte sich darauf, die Liste zusammenzustellen. Normalerweise handhabte er die *Flinders* mit zwei Matrosen, aber er und Andrew würden das auch schon schaffen – Andrew war ein guter Seemann, und wenn sie nur zu zweit führen, würden sie viel weniger Lebensmittel und Wasser brauchen. Tom Jardine hatte ihm ungefragt einen Käfig voll Hühner und einen jungen Schafbock mitgegeben. Sie hatten also frisches Fleisch und Eier, wenn das Wetter nicht so stürmisch würde, daß die Hühner zu legen aufhörten.

Nachdem er die Liste fertiggestellt hatte, zog er den Vorhang auf, der die Kojen verdeckte, und sah, daß Rachel schon aufgewacht war und gerade in ihr Kleid schlüpfte.

»Sind wir schon da, Justin?« fragte sie neugierig.

»Jawohl«, sagte er und fügte hinzu: »Komm an Deck, wenn du fertig bist. Wir rudern dann mit dem Boot an Land.«

Es war schon dunkel, als sie an dem Landungssteg anlegten. Justin nahm Rachel an der Hand und brachte sie zum Haus von Jasper Spence.

Abigail Tempest öffnete ihnen die Tür. Offensichtlich hatten die Spences eine Abendgesellschaft, denn zwei Kutschen standen vor dem Haus, und Justin hörte Gelächter und das helle Klingen von aneinander stoßenden Gläsern.

»Ach, Sie sind es!« rief Abigail aus, als sich ihre Augen an die Dunkelheit gewöhnt hatten. »Und das ist Ihre Schwester Rachel, stimmt's?«

»Ja, das ist Rachel. Sie… das heißt, Mrs. Spence erwartet sie, wenn ich recht unterrichtet bin.« Justin wußte nicht warum, aber er errötete unter dem forschenden Blick des jungen Mädchens. Er hatte Abigail zwar schon vorher gesehen. Aber da war er mit der Verhaftung und dem Prozeß seiner Mutter beschäftigt gewesen und hatte kaum bemerkt, wie schön sie war.

Aber er bemerkte es jetzt, und der Atem stockte ihm, als

er sie mit ihrem golden glänzenden Haar im erhellten Türrahmen stehen sah. Als sie ihm freundlich lächelnd die Hand reichte, mußte er sich zusammennehmen, um nicht die Haltung zu verlieren.

»Wir alle erwarten Rachel«, sagte sie und lächelte die Geschwister an. »Kommen Sie doch herein, Mrs. Spence ist gerade im Eßzimmer.«

»Aber sie hat Gäste«, stammelte Justin und war sich seiner abgetragenen Arbeitskleidung bewußt. »Ich komme gerade vom Hawkesbury zurück, und ich – das heißt, ich –«

»Aber sie sind trotzdem sehr willkommen«, meinte Abigail ernsthaft. Sie nahm Rachel bei der Hand, aber Justin schüttelte den Kopf.

»Nein... nein, vielen Dank, ich kann nicht bleiben.« Er trat ein paar Schritte in den Flur, um Rachels Kleiderbündel abzulegen, und ging dann gleich zurück. »Bitte richten Sie Mrs. Spence herzliche Grüße von mir aus und sagen Sie ihr, wie dankbar ich dafür bin, daß sie Rachel für eine Zeitlang in ihr Haus aufnimmt. Meine Mutter wird –«, er wurde grob unterbrochen.

»Was ist denn hier los, Miss Abigail?« Ein hochgewachsener, in eine scharlachrote Uniform gekleideter Mann stellte sich schützend neben Abigail auf. »Wer ist denn das – ein Matrose, mein Gott! Belästigt er Sie? Soll ich ihn rausschmeißen?« Dann sah er Rachel und starrte sie erstaunt an. »Ein Matrose und ein kleines Mädchen, das auch so aussieht, als ob es gerade aus dem Wasser gefischt worden ist! Oder verstehe ich am Ende irgend etwas falsch? Kennen Sie diese Leute?«

»Das kommt der Wahrheit schon näher, Mr. O'Shea«, meinte Abigail. Sie klang amüsiert, dachte Justin ärgerlich, als ob sie den verletzenden Ton in den Worten des jungen Korps-Offiziers gar nicht gehört hätte. »Das sind Justin Broome und seine Schwester Rachel, die bei uns wohnen wird... und das ist Lieutenant Desmond O'Shea.«

»Ach ja, diesen Namen habe ich schon einmal gehört«, sagte O'Shea. Er sprach immer noch in scherzendem Tonfall, und er lächelte. Aber jetzt fühlte sich Justin von ihm auf den Arm genommen. Er richtete sich auf und mußte sich zusammennehmen, um O'Shea nicht in sein überlegen lächelndes Gesicht zu schlagen. Er erinnerte sich genau daran, daß der Offizier beim Prozeß seiner Mutter einer der Beisitzer gewesen war, der sie verurteilt hatte, aber er konnte in Abigail Tempests Gegenwart beim besten Willen nichts gegen den Mann unternehmen.

Er verbeugte sich steif vor Abigail, verabschiedete sich kurz von Rachel und verließ das Haus. Er rannte wütend durch die Nacht, als ob der Teufel hinter ihm her wäre, aber das Bild von Abigail Tempest stand ihm immer wieder wie eine Vision vor Augen. Großer Gott, wie schön hatte sie in ihrem himmelblauen Abendkleid ausgesehen!

Andrew Hawley wartete mit dem jungen Robert Campbell auf ihn am Landungssteg. Der Sack mit den Nahrungsmitteln stand zwischen ihnen.

»Ich habe alles eingekauft, was du aufgeschrieben hast, Justin, und das Wasser wird kurz nach Sonnenaufgang geliefert.«

Robert Campbell hob den Sack zu Justin ins Boot und sagte: »Ihr kommt bestimmt mindestens einen Tag vor der alten *Edinburgh* in Hobart an – das Schiff ist ja erst gestern in See gestochen. Aber – du bleibst doch nicht dort, oder, Justin?«

»Nur bis zur Hochzeit meiner Mutter, Mr. Campbell«, antwortete Justin ganz entschieden. »Meine Arbeit ist doch hier.«

»Und wir haben weiterhin viel Arbeit für dich«, versicherte ihm Campbell. »Wir müssen viele Waren den Hawkesbury und den Coal River hinaufschaffen, und wir haben nicht genug kleine Schiffe wie deins, um sie dorthin zu transportieren. Komm in mein Büro, sobald du zurück bist.« Er wandte sich an Andrew und streckte seine Hand aus. »Alles Gute, Captain Hawley, und darf ich Ihnen viel Glück für die Zukunft wünschen?«

Andrew dankte ihm und kletterte in das wartende Boot.

Am nächsten Morgen segelte die kleine *Flinders* bei frischem Südwestwind los. Wie erwartet, kam das Schiff einen ganzen Tag vor der *Edinburgh* in Hobart an.

Als Jenny an Deck trat, erkannte sie schon von weitem, daß Andrew und Justin in einem kleinen Boot zur *Edinburgh* herüberruderten. Was für eine Überraschung! Sie dachte, wie glücklich sie sein konnte, die beiden Männer, die jetzt alles für sie bedeuteten – ihren Sohn und ihren zukünftigen Ehemann –, schon in ein paar Minuten in die Arme schließen zu können.

11

Pfarrer Caleb Boskenna hämmerte den letzten Nagel in das Schindeldach. Er stand oben auf der Leiter und wischte sich den Schweiß von der Stirn.

Großer Gott, der Wiederaufbau und die Erweiterung der Farm war ein hartes Stück Arbeit gewesen. Statt der einfachen Hütte der Vorbesitzer stand jetzt ein großzügiges Haus da. Aus dem neuerbauten Ziegelsteinkamin stieg schon eine dünne Rauchwolke auf. Sie hatten einen Sträfling als Koch angestellt, und er bereitete unter Mrs. Boskennas Aufsicht einen Lammbraten zu.

Hinter dem Haus waren um einen Hof herum Scheunen und Hütten für die Arbeiter neu erbaut worden, und eine eingezäunte Weide grenzte daran.

Die Arbeitsgruppe von Sträflingen hatte gute Arbeit geleistet, das mußte Caleb Boskenna zugeben. Zugegebenermaßen hatte er dem Aufseher zwar eine Belohnung versprochen, wenn alles in einem bestimmten Zeitraum fertiggestellt wäre, und jeder Arbeiter hatte sich zusätzlich einen Gutschein über vier Liter Rum verdient. Aufseher Oakes hatte ihm versichert, daß das der einzige Weg sei, um das arbeitsscheue Gesindel anzutreiben, und Pfarrer Boskennas Gewissen war trotzdem rein. *Er* hatte ihnen den Alkohol nicht gegeben, auch war mit seiner Zustimmung während der Aufbauarbeiten kein Tropfen Alkohol getrunken worden. Wenn sie ihre Seelen dem Teufel verkaufen wollten, konnten sie das in Sydney tun – das war ihre Sache, nicht seine.

Er war wirklich nicht traurig gewesen, als sie weggegangen waren. Sie waren mürrisch und unverschämt gewesen, und seine Frau hatte ganz besonders stark unter ihnen gelitten... so sehr, daß sie keinen einzigen der Männer als Arbeiter auf der Farm behalten wollte, mit Ausnahme des Kochs Larkin, einem schmächtigen kleinen Kerl, der früher einmal Fischer gewesen war.

Aus irgendeinem Grund mochte Martha ihn, und er war ein ausgezeichneter Koch. Caleb Boskenna seufzte. Wenn er nach Sydney fuhr, um seine zwei Mündel abzuholen, würde er zwei oder drei zuverlässige Männer suchen müssen, die Erfahrungen in der Landwirtschaft hatten. Es müßten leider Sträflinge sein, da begnadigte Sträflinge nicht nur Anrecht auf Unterkunft und Verpflegung, sondern auch auf Lohn hatten.

Er wischte sich wieder den Schweiß vom Gesicht, hielt sich an der obersten Sprosse der Leiter fest und schaute sich um.

Der breite, langsam strömende Fluß war eine halbe Meile entfernt. Die Arbeiter hatten als erstes einen kleinen Anlegesteg gebaut. An den Ufern des Flusses wuchs ja genug Hartholz. Der Pfarrer lächelte, als sein Blick über das Land streifte, das er bebauen und einzäunen durfte – im Namen der Tempestmädchen, das stimmte zwar, aber als ihr Vormund hatte er doch die volle Entscheidungsgewalt darüber, was geschehen sollte. Das Land erstreckte sich so weit wie das Auge reichte, bis zu den ersten Hügeln der Blue Mountains hin.

Ein Teil des Landes war in mühseliger Arbeit von den ursprünglichen Besitzern gerodet worden, und nachdem die Bäume gefällt und das dichte Buschwerk geholzt worden war, hatten sie Weizen und Mais angebaut. Aber die Flut hatte alles weggeschwemmt, und jetzt wuchs auf den ehemaligen Feldern nur noch Gras... das war immerhin eine gute Weide für die Schafe, bis Hacken und Pflüge dreißig bis vierzig Morgen Land für die nächste Aussaat vorbereitet hätten.

Viel Arbeit käme auf ihn zu, und ohne Sträflinge als Arbeitskräfte würde er nichts erreichen können, das war ihm bewußt. In diesem merkwürdigen Land hatte der Sommer schon angefangen. Aber er würde seine Leute den Tag über auf den Feldern schwitzen lassen, es gab ja schließlich einen Grund, warum sie in die Verbannung geschickt worden waren ...

Das wichtigste wäre, daß er sich keine Trinker aussuchte und daß es gottesfürchtige Männer wären ... seine Frau rief laut nach ihm und unterbrach seine Gedanken.

»Das Essen ist fertig, Caleb! Wo bist du denn?«

Sie trat in die offene Tür und schaute sich kurzsichtig um. Als sie ihn hoch oben auf dem Dach erblickte, rief sie ängstlich aus: »Ach, das hättest du doch die Männer machen lassen können! Ich hatte gedacht, daß da oben schon alles fertig sei!«

»Es haben nur noch ein paar Nägel gefehlt. Deshalb wollte ich doch diese Kerle nicht noch einen Tag länger hierbehalten.« Er stieg die Leiter herunter und wischte sich mit einem Handtuch wieder sein bärtiges Gesicht ab.

»Es ist sehr heiß«, meinte seine Frau mitfühlend. »Aber es ist schön hier – wirklich wahr, vor allem, nachdem diese Rüpel weg sind. Und der Gemüsegarten macht mir besonders viel Freude.«

»Da kannst du schon bald etwas ernten«, meinte Boskenna und schaute sich zufrieden um. Der Garten ihres neuen Zuhauses war angelegt, und die Flut hatte dort zum Glück keinen großen Schaden angerichtet. Obstbäume standen in voller Blüte, und obwohl kaum Blumen blühten, wuchsen viele verschiedene Gemüse. Große Tabakpflanzen standen am Zaun, und ein paar Weinstöcke rankten sich daran empor.

»Wir können hier glücklich sein«, sagte Martha Boskenna, »aber« – und sie fügte etwas neidisch und bedauernd hinzu – »es ist nur schade, daß wir es teilen müssen.«

»Mit meinen Mündeln, meinst du?« Ihr Mann zuckte mit den Schultern. »Das geht nun einmal nicht anders. Und ich muß sie auch sehr bald holen. Wir wollen doch nicht, daß uns neugierige Fragen hinsichtlich des Besitzstandes gestellt werden.«

»Natürlich nicht«, stimmte sie zu.

Ihr Mann lächelte. »Aber wir können hier reich und glücklich werden, wenn wir unsere Karten nur richtig ausspielen, Frau. Glaubst du etwa, daß ich mich nur für die beiden Mädchen hier so abgerackert habe? Wir hatten nichts als unseren christlichen Glauben, als wir an Bord der *Mysore* gingen. Wir haben auf Gott vertraut, daß er für unseren Lebensunterhalt sorgen wird. Nun« – er deutete mit seiner Hand auf die stattliche Farm – »hat er es nicht getan?«

Martha Boskenna hatte das Gefühl, nicht ganz zu begreifen. »Aber Caleb, was ist denn mit den Mündeln, Abigail und Lucy? Sie wurden dir doch anvertraut, oder? Wie können wir dann –«

»Hab nur Vertrauen, Frau«, wehrte ihr Mann ab.

»Ich habe Vertrauen«, versicherte sie. »Das weißt du ganz genau.«

Er legte seinen Arm um ihre Taille und sagte beruhigend: »Abigail wird heiraten – sie ist so hübsch, daß viele Männer um ihre Hand anhalten werden. Aber ich werde den Mann für sie aussuchen, und zwar einen, der auf keiner Mitgift bestehen wird.«

»Und Lucy?« fragte Martha Boskenna.

»Die wird uns schon gar keine Probleme machen, meine Liebe«, versicherte ihr Mann. »Ich bin hungrig. Laß uns essen.«

Während der ersten Tage nach ihrer Ankunft in Tasmanien hatte Jenny das Gefühl, daß die Zeit hier zwanzig Jahre lang stehengeblieben wäre, denn die Siedlung in Hobart war noch genauso primitiv wie die in Sydney in den ersten Jahren nach der Gründung.

Colonel Collins, der stellvertretende Gouverneur, war im Januar 1804 hier angekommen, nach einem erfolglosen Versuch, am Südzipfel von Australien eine Niederlassung namens Port Phillip zu gründen. Die neue Kolonie hatte er in einer wasserreichen, sehr schönen Landschaft am Derwent errichtet. Die Siedlung lag ein paar Kilometer flußaufwärts von der Mündung.

Der Hafen war riesengroß und so tief, daß auch die größten Schiffe dort ankern konnten. Aber jetzt lagen außer der *Edinburgh*, ein paar kleinen Segelbooten und Justins Kutter keine Schiffe vor Anker. Und der Landungssteg war wie ausgestorben.

Jenny seufzte und versuchte vergeblich, ihre Niedergeschlagenheit zu unterdrücken, die sie seit ihrer Ankunft in Hobart empfand. Sie erinnerte sich noch gut an Colonel Collins, der damals als junger, unbestechlicher Militärstaatsanwalt Gouverneur Phillip so selbstlos in den Aufbaujahren Sydneys geholfen hatte. Aber im Laufe der Jahre hatte sich David Collins verändert. Er lebte jetzt mit einer schlampigen Sträflingsfrau zusammen, ließ bei den Sträflingen Faulheit und Ungehorsam durchgehen und drückte ein Auge zu, wenn die Marineinfanteristen ihren militärischen Pflichten nur ungenügend nachkamen. Andrew war genauso überrascht und enttäuscht wie sie, und obwohl er es nicht aussprach, spürte Jenny doch deutlich, daß der hier allgemein herrschende Mangel an Unternehmungsgeist ihn regelrecht schockiert hatte.

Man brauchte sich ja nur umzuschauen. Außer ein paar kleinen Gemüsegärten lag das Land nahezu brach. Obwohl die Erde schwer und fruchtbar war, waren nach all den Jahren erst etwa sechzig Morgen Land gerodet worden. Ziegen und Schafe liefen halb verhungert frei herum.

Es gab gutes Bauholz in Hülle und Fülle, aber abgesehen

166

von dem Regierungsladen am Landungssteg, dem Gefängnis und der Kaserne gab es keinerlei öffentliche Gebäude. Die Gottesdienste wurden noch unter freiem Himmel abgehalten, und das Krankenhaus war immer noch in Zelten untergebracht.

Es gab über vierhundert männliche Sträflinge in Hobart, zwei Aufseher und fünfzig Offiziere und Soldaten der königlichen Marineinfanteristen, aber Gleichgültigkeit und Apathie schien alle ergriffen zu haben. Jenny erfuhr von der unglücklichen Frau eines Arztes, daß diese negative Einstellung seit dem Scheitern von Port Phillip herrschte.

»Port Phillip war ein wunderschöner Ort, und wir waren alle sehr gern dort«, sagte Mrs. Hopley. »Die vier Monate dort haben mir so gut gefallen, daß mir der Abschied schwerer fiel als der von England, und meinem lieben Mann ist es ähnlich ergangen.«

»Aber warum«, fragte Jenny verwirrt, »wurde die Siedlung verlassen?«

»Weil der stellvertretende Gouverneur immer wieder behauptete, daß nicht genug Süßwasser vorhanden wäre. Und daß das Hafenbecken nicht ausreichend groß und tief sei.« Sie fügte bitter hinzu: »Wir hatten so schwer gearbeitet, und zwar alle zusammen – die Offiziere genauso wie die Soldaten und die Sträflinge. Wir hatten in der kurzen Zeit so viel erreicht und fühlten uns so wohl dort! Seit wir gegen unseren Willen hierher gebracht worden sind, haben wir alle den Mut und die Lust verloren,«

Sie seufzte und fuhr fort: »Woher sollen wir wissen, daß es dem Colonel nicht eines Tages einfällt, auch diese Siedlung zu verlassen? Er ist ein launischer Mann und vermißt, glaube ich, seine Frau, die sich geweigert hat, ihn zu begleiten, und ich bin davon überzeugt, daß er jede Gelegenheit ergreifen würde, um wieder nach England zurückgehen zu können.«

Jenny sagte nichts dazu. Mrs. Hopley hatte ihr sehr

freundlich angeboten, bis zur Hochzeit mit Andrew bei ihr zu wohnen, und es wäre sehr unhöflich gewesen, die junge Frau in irgendeiner Form zu kritisieren. Das Haus war zwar verhältnismäßig geräumig, aber es war unbequem, und die Kinder der Hopleys waren unerzogene kleine Wilde – Sarah Hopley war ganz offensichtlich nicht stolz auf ihr Zuhause und bemerkte weder den Schmutz noch die Unordnung.

Sarah Hopley seufzte: »Aber das schlimmste ist, daß die Eingeborenen hier viel unversöhnlicher sind als in Neusüdwales. Es herrscht seit Jahren Krieg, noch nicht einmal ein Waffenstillstand. Wir sind nur innerhalb der Siedlung sicher und können nur direkt am Fluß das Land bebauen, zwischen Sullivans Cove und Point Pierson.« Sie zeigte zum Fluß hinunter, und Jenny war berührt von der Schönheit der Landschaft, die ruhig und friedlich im Sonnenschein lag.

Sie atmete tief ein und genoß den Ausblick. Mrs. Hopley fuhr fort: »Hoffentlich versucht keiner der neuangekommenen Sträflinge zu fliehen. Flüchtlinge können hier nicht überleben, es sei denn, sie stehlen Waffen von den Soldaten. Ein paar haben sich auf diese Weise erfolgreich im Wald verschanzt und schießen auf jeden, der sich ihnen nähert. Deshalb gibt es bislang auch noch keine Straße ins Innere der Insel hinein, die unsere Siedlung mit Colonel Patersons in Port Dalrymple verbindet... aber vielleicht verbessert sich die Lage hier, wenn die Bevölkerung wächst. Selbst die hartgesottensten Sträflinge können zur Straßenarbeit gezwungen werden, oder?«

»Und zum Häuserbau«, fügte Jenny hinzu und dachte an die kleine Lehmhütte, in der Andrew hauste und die sie nach ihrer Hochzeit mit ihm teilen würde. »Und auch eine Kirche.«

Plötzlich lächelte Jennys Gastgeberin und legte ihr den Arm um die Schultern. »Hoffentlich steht das Datum für Ihre Hochzeit bald fest! Pfarrer Knopwood wird nichts dagegen haben, wenn ich ihm vorschlage, die Hochzeit hier in meinem

Haus auszurichten. Ich möchte ein schönes Fest daraus machen, und ich bitte meinen Mann, einen Toast auf Abel Tasman und auf Mr. Flinders auszusprechen, obwohl ich die beiden Männer oft verflucht habe, weil sie das Land hier entdeckt haben und deshalb schuld daran sind, daß ich hier bin!«

Jenny schaute die junge Frau unsicher an und dankte ihr dann leise.

Sarah Hopley war eine merkwürdige, verbitterte Frau, aber im Grunde ihres Herzens war sie freundlich und großmütig.

Colonel Collins – dem einzigen Menschen, dem Andrew von ihrem Prozeß und ihrer Verurteilung etwas gesagt hatte – hatte ihrer Eheschließung zugestimmt. Aber er hatte dringend zur Diskretion geraten.

»Die sogenannte Gesellschaft hier«, hatte er gewarnt, »würde Ihre Frau nicht anerkennen, wenn es bekannt wäre, daß sie ein Sträfling gewesen ist. Aber ich erinnere mich noch gut daran, mit welchem Mut und welcher Kraft sie vor vielen Jahren ihren ersten Garten in Sydney bebaut hat und allen als gutes Beispiel vorangegangen ist, als sie den Kinderschuhen noch kaum entwachsen war...« Er hätte noch mehr Gutes über sie gesagt, und Jenny fühlte sich stolz und geehrt, als Andrew es ihr erzählte, aber... sie versteifte sich, als sie Sarah Hopleys dunkle Augen auf sich ruhen fühlte. Es ging ihr gegen den Strich, Freundlichkeiten anzunehmen, die ihr nicht zuteil geworden wären, wenn die Wahrheit bekannt gewesen wäre, und sie war drauf und dran, alles zu erzählen, ganz gleich, welche Konsequenzen sich daraus ergeben würden.

Durch die Abwesenheit von Pfarrer Robert Knopwood hatte sich ihre Eheschließung verschoben. Sie wäre jetzt eigentlich schon Andrews Frau und... Jenny zögerte und suchte nach den richtigen Worten, um ihr Geständnis zu machen.

Aber Sarah kam ihr zuvor. »Ich kenne Ihre Geschichte«,

sagte sie freundlich. »Die *Edinburgh* hat Post aus Sydney mitgebracht, und ich habe einen Vetter dort, der mir regelmäßig schreibt. Er hat mir über Ihren Prozeß berichtet, Mrs. Broome, und ich war über das Unrecht entsetzt, das Ihnen zugefügt worden ist.«

Sie legte den Arm um Jennys Schulter.

»Deshalb habe ich Sie eingeladen, gerade *weil* ich Ihre traurige Geschichte kenne. Glauben Sie mir, meine liebe Mrs. Broome, ich habe es nicht bedauert, ich bin sehr gerne mit Ihnen zusammen, unterhalte mich gerne mit Ihnen und hoffe, daß es nach Ihrer Eheschließung mit Captain Hawley so bleiben wird.«

Jenny fühlte, wie sie blaß wurde und suchte wieder nach Worten.

»Mrs. Hopley, ich bin... ich bin Ihnen sehr dankbar. Ich... das heißt –«

Mrs. Hopley winkte lächelnd ab.

»Ich war hier so unglücklich und einsam, bis Sie kamen, und bin jetzt froh, daß wir von Frau zu Frau miteinander sprechen können. Also bin auch ich dankbar, nicht nur Sie.« Sie fügte leise hinzu: »Und seien Sie versichert, daß ich Ihr Geheimnis nicht ausplaudern werde... und jetzt lassen Sie uns alles Nötige für die Hochzeit besprechen. Mr. Knopwood ist sonst zurück, bevor wir überhaupt mit den Vorbereitungen angefangen haben. Wir müssen eine Gästeliste zusammenstellen – natürlich Colonel Collins, und die anderen Offiziere der Marineinfanteristen auch. Und dann ist Ihr Sohn auch noch hier, oder? Der große, hübsche Junge, den ich schon einmal von weitem gesehen habe. Wie alt ist er denn, Mrs. Broome?«

»Justin? Ach« – Jenny fühlte deutlich, wie stolz sie auf ihn war – »er ist fast sechzehn, Mrs. Hopley. Er ist ein geborener Seemann – ganz so wie sein Vater –, und er bleibt nur noch bis zur Hochzeit hier. Danach segelt er gleich nach Sydney zurück, wo viel Arbeit auf ihn wartet.«

Pfarrer Robert Knopwood kam am Abend mit dem letzten Schiff der Robbenfängerflotte zurück. Drei Tage später traute er Jenny und Andrew im Haus der Hopleys.

Mit ihrem hochgewachsenen Bräutigam an ihrer Seite und ihrem Sohn hinter sich fühlte sich Jenny stolz und glücklich. Während der ganzen Zeremonie hielt Andrew ihre Hand, und er gab mit lauter, fester Stimme sein Jawort. Dann steckte er ihr den einfachen goldenen Ring an, der seiner Mutter gehört hatte, und Jenny konnte seine Freude an seinem schönen, von einer Narbe durchzogenen Gesicht ablesen.

Pfarrer Robert Knopwood beendete die Zeremonie mit den Worten: »Das, was Gott verbunden hat, soll der Mensch nicht trennen.«

Colonel Collins war in seiner Paradeuniform erschienen und beglückwünschte das junge Paar als erster. Dann kam Justin an die Reihe, und er lächelte glücklich, als er seine Mutter umarmte und Andrew sehr warmherzig die Hand schüttelte.

Sarah Hopley hatte mit Hilfe ihrer Dienstboten und ihrer kleinen, primitiven Küche wahre Wunder geleistet. Das Festmahl dauerte bis tief in die Nacht hinein, und immer wieder ließen die zahlreichen Gäste das frisch verheiratete Paar hochleben.

Es war schon spät, als Jenny und Andrew sich verabschiedeten und durch die stockdunkle Nacht zu der kleinen Hütte gingen, in der Andrew lebte. Eine Öllampe brannte, und als sie den kleinen Wohnraum betraten, sah Jenny, daß jetzt ein Bett die spärliche Möblierung vervollständigte. Es war ein roh gezimmertes Ehebett, und sie erkannte die Bettlaken, die sie Justin für die Koje auf seinem Schiff geschenkt hatte.

Andrew sagte lächelnd: »Das Bett ist ein Hochzeitsgeschenk deines Sohnes, Mrs. Hawley! Der Junge hat wie ein Besessener daran gearbeitet und jegliche Hilfe abgelehnt. Er wollte unbedingt, daß du ein Ehebett hast, selbst an diesem armseligen Ort hier ... « Er zog seine scharlachrote Uniform-jacke aus, umarmte Jenny mit plötzlicher Begierde und zog sie an sich. »Auf diesen Augenblick habe ich viele Jahre ge-wartet, mein liebes Mädchen, also laß uns keine Zeit mehr verlieren! Ich begehre dich, Jenny, so wie ich nie eine Frau in meinem Leben begehrt habe ... und ich liebe dich, das schwöre ich, bis zu dem Tag, an dem ich sterben werde. «

Tief bewegt von seinem Schwur, küßte ihn Jenny auf den Mund. Seine kräftigen Hände liebkosten ihre Brüste, und er küßte sie immer leidenschaftlicher und hob sie schließlich auf das Bett.

»Zieh das Kleid aus, Frau«, bat er und öffnete seinen Gür-tel. Als sie die Lampe löschen wollte, sagte Andrew: »Nein, laß sie brennen. Ich möchte dich nicht im Dunkeln lieben, denn ich habe mich viele Jahre lang nach deinem Gesicht gesehnt. Und ich wollte deinen Körper lieben statt den von namenlosen Huren, wenn mein Schiff in irgendeinem Ha-fen geankert hatte. So traurig ist mein Leben bis jetzt gewe-sen, liebste Jenny. «

Er legte sich neben sie und zog sie an sich. Er keuchte leise vor Erregung und bedeckte ihren Hals und ihr Gesicht mit Küssen.

»Liebste Jenny, hab keine Angst! Ich liebe dich sehr. Komm in meine Arme!«

Er nahm sie mit großer Leidenschaft, und es währte ge-raume Zeit, bis er wieder ruhiger wurde. Jenny gab sich ihm rückhaltlos hin, und ihre letzten Zweifel schwanden, die sie hinsichtlich dieser Eheschließung gehegt hatte. Sie fühlte sich glücklich und sicher, als sie schließlich erschöpft ne-beneinander im Bett lagen, das ihr Sohn für sie geschreinert hatte.

Ihr Kopf lag auf Andrews breiten Schultern, und er hielt sie sanft in seinen Armen.

»Es wäre nicht das schlechteste, hier zu bleiben, mein Mädchen«, sagte Andrew leise. »Ich habe in den letzten Tagen ziemlich viel darüber nachgedacht.«

»Hierbleiben, in Hobart?« fragte Jenny ungläubig, setzte sich im Bett auf und starrte ihren Mann an.

»Ja, genau das meine ich. Colonel Collins ist ein guter, ehrlicher Mann. Er hat nur völlig den Mut verloren, wie viele andere Leute auch. Aber wenn die Farmer von Norfolk hier angesiedelt werden und weitere Sträflinge als Arbeitskräfte ankommen, dann wird Hobart wachsen. Das Land ist fruchtbar und das Klima – das ist besser als in Neusüdwales. Und es gibt hier keine Überschwemmungen, Jenny.«

Andrew zog seine Frau wieder an sich und fuhr fort: »Und William und Rachel würden natürlich zu uns kommen, um mit uns zu leben.«

Er dachte liebevoll an die zwei kleinen Kinder von Jenny, die jetzt von den Jardines auf Long Wrekin versorgt wurden.

»David Collins sagte, daß er mir eine gute Stellung bei der Regierung geben würde, das hätte den Vorteil, daß ich mein Offizierspatent nicht zurückgeben müßte. Und ich wäre Captain Bligh nichts mehr schuldig... denn letzten Endes hat er uns beide hierher geschickt, oder?«

Er küßte sie zart auf die Wange und sagte leise: »Wir wollen drüber schlafen, ja? Wir haben ja Zeit, bevor wir uns entscheiden müssen.«

Aber die Entscheidung wurde Andrew nur eine Woche später aus der Hand genommen, als eines von Simeon Lords Handelsschiffen – die Brigg *Caroline* in Sullivans Cove vor Anker ging. Der Kapitän brachte Post aus Sydney mit, unter anderem einen Brief von Gouverneur Bligh an Andrew, der ihm die Rückkehr auf dem nächsten Schiff befahl.

»In Sydney ist die Hölle los«, sagte der Kapitän der *Caroline*.

»Der Gouverneur und Mr. MacArthur liegen im offenen Kampf miteinander – und zwar vor Gericht, aber dennoch kämpft jeder der beiden wie um sein Leben. Ich war verdammt froh, als ich absegeln konnte!«

Jenny war in dem Brief nicht einmal erwähnt, geschweige denn begnadigt worden. Andrew fuhr mit dem nächsten Schiff nach Sydney. Jenny stand am Kai und winkte ihrem Mann mit Tränen in den Augen nach.

»Sie müssen nicht traurig sein«, meinte Sarah Hopley tröstend. »Captain Hawley kennt seine Pflicht. Er wäre nicht der Mann, der er ist, wenn er sich davor drücken würde, oder? Und ich bin sicher, daß das Gnadengesuch unseres Gouverneurs an Gouverneur Bligh Erfolg haben wird.«

»Glauben Sie wirklich?« antwortete Jenny bitter. »Aber wann, Sarah... das wüßte ich gern. *Wann?*«

12

Abigail, die die Gastfreundlichkeit von Frances Spence sehr genoß, merkte nichts von der angespannten Situation zwischen Gouverneur Bligh und den Korps-Offizieren. In ihrer Gegenwart sprach niemand darüber, und aus den wenigen Andeutungen, die sie aufschnappte, wußte sie sich keinen Reim zu machen.

Ihre einzige Sorge war die Tatsache, daß die Aufbauarbeiten auf der Farm nun fast vollendet waren und sie und ihre Schwester bald dort hinziehen sollten. Der Aufseher, der ihr einen Brief von Mrs. Boskenna gebracht hatte, hatte ihr nur sehr wenig Konkretes zu erzählen gewußt, außer daß die Farm ziemlich abseits lag und noch viel harte Rodungsarbeiten nötig wären, bis das Land bebaut werden konnte.

»Aber wir haben Ihnen ein schönes Haus gebaut, Miss«, hatte er ihr stolz versichert. »Und es war so gut wie einzugsbereit, als wir abgereist sind.«

Diese Bemerkung hatte Abigail beunruhigt, denn jetzt wußte sie, daß Pfarrer Caleb Boskenna jederzeit in Sydney auftauchen und sie und Lucy mitnehmen konnte. Es war ihr zwar schon vorher klar gewesen, daß sie die Gastfreundschaft der Spences nicht für ewig in Anspruch nehmen könnten, aber sie war hier sehr glücklich – glücklicher, als sie es seit vielen Jahren gewesen war – und es würde ihr schwerfallen, von hier wegzugehen.

Sie half Mrs. Spence bei der Beaufsichtigung der Dawson-Kinder und ihrer eigenen Schwester, aber die verbrachten den größten Teil des Tages sowieso in der Schule. Jasper Spence war ein reicher und großzügiger Mann, und in seinem Haushalt wurde nicht gespart. Seine Frau nähte sich zwar ihre Kleider selbst, aber sie machte das freiwillig, weil sie eine sehr geschickte Näherin war. Abigail lernte viel von ihr. Das Kleid, das sie trug, hatte sie unter Frances' Aufsicht selbst genäht und sie strich stolz über den faltigen Rock. Es war ein wunderschönes Kleid, und Titus Penhaligon hatte ihr ein reizendes Kompliment dazu gemacht.

Sie lächelte in Erinnerung an Titus. In letzter Zeit war er mutiger geworden, und sie war froh darüber, obwohl er nicht der einzige Mann war, der ihr den Hof machte. Obwohl sie versucht hatte, ihn unausgesprochen wissen zu lassen, daß sie ihn von allen am liebsten sah, war er sehr zurückhaltend gewesen. Seine unsichere finanzielle Situation hatte ihm – wie er selbst zugab – sehr zu schaffen gemacht, aber jetzt hatte er eine feste Anstellung im Krankenhaus erhalten, und immerhin hatte die Tochter des Gouverneurs ihm die Betreuung ihres armen Mannes anvertraut, und nicht etwa einem der älteren Ärzte. Mit Unterstützung von Kate Lamerton hatte er den unglücklichen Mr. Putland länger am Leben erhalten, als irgend jemand zu hoffen gewagt hätte, und Kate lobte immer wieder sein großes Wissen und seinen unermüdlichen Einsatz.

Abigail wurde aus ihren Gedanken gerissen, als es laut an der Eingangstür klopfte und ein Mann sie bei ihrem Namen rief. Sie erkannte, daß es Lieutenant O'Shea war. Es blieb ihr nichts anderes übrig, als aufzustehen und ihm entgegenzugehen. Der hochgewachsene irische Offizier sagte ihr von allen jungen Männern die meisten Schmeicheleien, und Abigail mußte sich selbst eingestehen, daß sie ihn eine Zeitlang geradezu dazu ermuntert hatte, in der Hoffnung, Titus dadurch eifersüchtig zu machen, damit er seine Zurückhaltung aufgeben würde. Aber es war leider dazu nicht gekommen.

O'Shea kam siegesgewiß lächelnd herein und küßte Abigail mit übertriebener Wohlerzogenheit die Hand.

176

»Ach, Miss Abigail, ich hatte so darauf gehofft, Sie anzutreffen... und wie schön Sie wieder einmal sind – geradezu atemberaubend schön!«

Er selbst machte in seiner gutgeschnittenen Uniform und seinen polierten Stiefeln keine schlechte Figur, das mußte Abigail zugeben. Aber sie traute ihm nicht ganz, obwohl sie nicht hätte sagen können, warum, denn er hatte sich ihr gegenüber immer einwandfrei verhalten.

»Mrs. Spence ist ausgegangen«, sagte sie und zog ihre Hände zurück, die er immer noch festhielt. »Sie holt die Kinder von der Schule ab, und ich –«

»Ja, das weiß ich«, gab Desmond O'Shea unverblümt und sogar leicht amüsiert zurück. »Ich habe sie auf dem Weg hierher getroffen, und sie hat mir versichert, daß Sie zu Hause sind und daß Sie mich zu einer Tasse Tee einladen würden. Oder ist das zuviel verlangt?«

»Natürlich ist das nicht zuviel verlangt, Mr. O'Shea. Ich lasse Ihnen gern eine Tasse Tee machen.«

Sie öffnete die Tür, um das Mädchen zu rufen, aber Mary Ryan, die jüngere der beiden Hausangestellten, kam ihr schon mit einem Tablett entgegen, auf dem eine dampfende Teekanne stand.

Abigail schenkte ihrem Gast eine Tasse ein und setzte sich dann so weit von ihm entfernt wie möglich hin. Aber O'Shea rückte seinen Stuhl näher an ihren heran und fragte mißgestimmt: »Sie meiden mich, Miss Abigail?«

»Nein«, meinte Abigail. Sie schaute zu Boden, spürte, wie sie rot wurde, und murmelte: »Wie kommen Sie nur darauf?«

»Sie waren schon sehr viel freundlicher zu mir als in den letzten Tagen. Habe ich Sie vielleicht in irgendeiner Weise verletzt?«

Sie schüttelte wortlos den Kopf.

»Aber, ich habe einen Rivalen, oder?« sagte O'Shea anschuldigend.

»Einen… Rivalen?« Abigails Hand zitterte, als sie ihre Tasse hochheben wollte, und sie stellte sie schnell wieder auf die Untertasse.

Er ergriff sie bei den Handgelenken, zog sie an sich und zwang sie, ihn anzuschauen. »Ich bin doch nicht blind, meine verehrte junge Dame. Sie haben viel zu oft diesen anmaßenden jungen Quacksalber gesehen, der mit Ihnen auf der *Mysore* hier angekommen ist. Wie heißt der Kerl noch mal – Penhaligon, *Dr. Penhaligon*. Das stimmt doch, oder?«

Abigail spürte, wie sie wütend wurde und sagte: »Ich kann jeden Menschen so oft oder so selten sehen, wie mir das paßt, Mr. O'Shea, das geht Sie überhaupt nichts an!«

»Ich möchte aber, daß es mich etwas angeht«, antwortete O'Shea. »Sie müssen sich doch über meine Gefühle für Sie im klaren sein, und ich ertrage es einfach nicht, einen miesen kleinen Quacksalber als Rivalen zu haben, Abigail!«

Er lachte auf und fuhr fort: »Penhaligons Vorzeigepatient liegt im Sterben, wie Sie sicher wissen, und wenn er tot ist, kann unser sehr geschätzter Gouverneur diesen Burschen nicht mehr gebrauchen, der seinen Schwiegersohn mit Opium vollpumpt. Dr. Jamiesson hat keine sehr hohe Meinung von ihm… er wird ihn keinen Augenblick länger als nötig in Sydney behalten.«

»Was heißt das?« fragte Abigail, plötzlich alarmiert. »Titus – Dr. Penhaligon ist doch im hiesigen Krankenhaus angestellt, oder?«

»Vorübergehend ja, aber auch das nur, weil der Gouverneur darauf bestanden hat. Aber er gehört ja zum Neusüdwales-Korps und muß überall dort hingehen, wo der Kommandant ihn hinbeordert.« O'Shea erlaubte sich ein mißgünstiges Lächeln. »Ich habe gehört, daß in Coal River ein Arzt dringend gebraucht wird, Miss Abigail.«

Abigail spürte, wie sie blaß wurde.

O'Shea räusperte sich und sagte: »Liebe Abigail, ich werbe in aller Form um Sie, und meine Absichten sind sehr redlich. Nicht mehr und nicht weniger möchte ich Ihnen klarmachen.«

War seine Erwähnung von Coal River, dieser ärmlichen Siedlung, nur eine pure Drohung gewesen, oder… Abigail überlegte fieberhaft, ob eine Versetzung des armen Titus nach Coal River der Preis für seine Freundschaft mit ihr war? Der Freundschaft, die sie sich gewünscht hatte, und zu der sie ihn ermutigt hatte?

»Ich weiß«, fing sie an, »und ich verstehe das, aber ich – das heißt, Lucy und ich werden nicht mehr lange hier sein. Wir –«

Desmond O'Shea schaute sie nachdenklich an.

»Auch davon habe ich gehört.«

»Von Mrs. Spence? Hat sie es Ihnen erzählt?«

Er zuckte mit den Schultern. »Sie hat es erwähnt. Aber ich habe gestern in Parramatta den Pfarrer Boskenna getroffen. Er –«

»Mr. Boskenna! Er war gestern in Parramatta?«

Abigail vermochte nicht, ihre Bestürzung zu verbergen. Wenn Mr. Boskenna in Parramatta war, dann hieß das, daß er in ein oder zwei Tagen in Sydney auftauchen würde. Er würde in dieses Haus kommen, um sie und Lucy auf die neue Farm am Hawkesbury mitzunehmen…

O'Shea nickte. »Ja, der Pfarrer verhandelte mit Captain MacArthur, weil er von ihm einen Schafbock kaufen wollte. Er sprach auch davon, daß er ein Segelboot chartern wolle, um Sie und Ihre Schwester damit den Fluß hinauf zur Farm zu bringen. Das scheint der einfachste und am wenigsten ermüdende Weg zu sein…«

Abigail war über diese Neuigkeit alles andere als erfreut, aber sie nahm sich zusammen und sagte leise: »Dann werden Lucy und ich tatsächlich nicht mehr lange hierbleiben! Hat Mr. Boskenna Ihnen gesagt, wann er in Sydney sein wird?«

»Er sprach davon, daß er am nächsten Sonntag in Parramatta zwei Gottesdienste abhalten will«, antwortete

O'Shea und fügte hinzu: »Kann ich noch etwas Tee haben, Miss Abigail?«

Abigail griff nach der Teekanne. Frances Spence blieb heute aber lange aus! Normalerweise waren sie und die Kinder um diese Zeit schon zurück. Aber vielleicht hatte sie noch mit dem Lehrer über die schulischen Fortschritte der Kinder gesprochen...

O'Shea unterbrach ihre Gedanken und bemerkte ganz nebenbei: »Ich habe Ihrem Vormund gesagt, wie sehr ich Sie ins Herz geschlossen habe, Miss Abigail, und habe in aller Form seine Erlaubnis eingeholt, Ihnen den Hof machen zu dürfen. Er war voll und ganz damit einverstanden und lud mich auch zu einem Besuch auf Ihrer Farm ein. Ich gehe doch recht in der Annahme, daß Sie mich dort freundlich empfangen werden?«

Was konnte sie antworten, fragte sich Abigail hilflos... konnte sie ihm eine Absage erteilen, ohne seine Wut zu erregen und Gefahr zu laufen, daß er dem armen Titus weitere Schwierigkeiten machen würde? Sie erwiderte leise: »Aber natürlich, Mr. O'Shea, wenn Sie eine so lange Reise auf sich nehmen wollen. Und –« von der Straße her ertönte Frances' wohlklingende Stimme herein.

Desmond O'Shea stand auf. Er begrüßtes Frances nur kurz und verabschiedete sich dann.

Nachdem sich die Tür hinter ihm geschlossen hatte, erwähnte Frances zu Abigails Überraschung den Besucher mit keinem Wort, sondern sagte angespannt: »Hast du die letzten Neuigkeiten gehört, Abigail?«

»Sie meinen, daß Mr. Boskenna in Parramatta ist? Daß er –«

»Nein, nein.« Frances schüttelte den Kopf. »Der Gouverneur besteht darauf, daß Captain MacArthur achthundert Pfund Kaution bezahlt. Ich verstehe zwar nicht ganz warum, außer daß es mit einem Sträfling zu tun hat, der mit Wissen des Kapitäns an Bord der Parramatta bis Otaheite mitfuhr. Mr. Spence ist sehr beunruhigt – er sagte, daß große Schwierigkeiten auf die Kolonie zukommen würden, wenn Captain MacArthur sich weigert, die Kaution zu bezahlen, und jedermann glaubt, daß er das tun wird.«

Abigail schaute ihre Gastgeberin verwirrt an, und Frances fuhr fort: »Man fürchtet, daß es zu einem Machtkampf zwischen Gouverneur Bligh und den Korps-Offizieren kommen wird, die ja alle voll hinter Captain MacArthur stehen… das könnte politische Konsequenzen haben. Ich… was hast du über Mr. Boskenna gesagt?«

»Nur, daß er in Parramatta ist, Mrs. Spence«, stammelte Abigail. »Mr. O'Shea hat ihn gestern dort getroffen, und er wird Lucy und mich in ein paar Tagen abholen und zu unserer neuen Farm am Hawkesbury bringen.«

Frances Spence schaute sie mitleidig an. »Du freust dich gar nicht darauf?«

»Nein, nein, überhaupt nicht, Mrs. Spence. Ach, ich weiß, daß wir nicht hierbleiben können, aber –«

»Ich würde euch sehr gern hierbehalten, mein liebes Kind, glaub mir das. Aber Mr. Boskenna ist euer legaler Vormund.«

»Ja, ich weiß. Nur –« Abigail biß sich auf die zitternde Unterlippe. »Die Farm liegt Meilen und Meilen von jeder menschlichen Behausung entfernt, und ich habe Angst davor, Sie zu verlassen. Ich –«

»Und all die jungen Männer, die dir den Hof machen«, meinte Frances freundlich. »Liebe kleine Abigail, nichts dauert für ewig, das weißt du doch, und es kann sein, daß dir das Leben auf der Farm besser gefällt, als du es jetzt erwartest.« Sie zog Abigail an sich und streichelte ihr mütterlich über ihr blondes Haar. »Aber wenn die Befürchtungen meines Mannes sich als gerechtfertigt herausstellen, dann ist es sogar gut, wenn ihr beiden Schwestern nicht in Sydney seid. Es könnte nämlich eine sehr unangenehme bürgerkriegsähnliche Situation hier entstehen. Ich werde dich bestimmt vermissen, und du weißt hoffentlich, daß du jederzeit hier willkommen bist. Jetzt hör aber zu weinen auf, meine Liebe – ich höre die Kinder kommen, und du möchtest doch nicht, daß deine Schwester sieht, daß du in Gedanken an eure neue Heimat in Tränen ausbrichst, oder?«

In der Gegenwart der drei kleinen Mädchen wurde weder über Captain MacArthurs Auseinandersetzung mit dem Gouverneur noch über die bevorstehende Ankunft von Pfarrer Boskenna ein Wort verloren. Frances Spence und ihr Mann waren zum Abendessen bei den Campbells eingeladen, und sie fuhren um sieben Uhr mit der neuen Kutsche weg, die Frances' ganzer Stolz war.

Die Kinder winkten ihnen zum Abschied und ließen sich dann bereitwillig zu Bett bringen, nachdem Abigail mit ihnen gebetet und ihnen ein Märchen erzählt hatte. Sie hatte sich noch nicht beruhigt, als Titus ihr eine Stunde später unangemeldet seine Aufwartung machte. Mary Ryan führte ihn herein, war unfähig, ihre Neugier zu verbergen und wartete darauf, daß Abigail etwas zu trinken bestellen würde. Aber Titus schüttelte nur den Kopf. Er sah verzweifelt und sehr blaß aus und ging nervös im Zimmer auf und ab, bis Mary endlich die Tür hinter sich geschlossen hatte.

»Was ist denn bloß los, Dr. Penhaligon?« fragte Abigail und schaute ihn forschend an. »Ist irgend etwas Schlimmes passiert?«

Der junge Arzt nickte wortlos. »Mr. Putland ist heute nachmittag gestorben, Miss Abigail. Ich wußte natürlich, daß es für ihn keine Hoffnung gab, und er ist auch friedlich im Schlaf gestorben. Für ihn war es das Beste so.«

»Die arme Mrs. Putland«, flüsterte Abigail unsicher. »Sie ist sicher sehr verzweifelt.«

»Ja, aber sie trägt den Verlust tapfer, und Seine Exzellenz kümmert sich rührend um seine Tochter. Alle Beteiligten haben sich ja schon seit Monaten auf dieses traurige Ereignis vorbereiten können.« Titus Penhaligon zögerte.

»Aber sicher«, fing sie an, »sicher haben Sie –« Sie brach mitten im Satz ab.

»Es sind unschöne Dinge passiert«, sagte Titus leise. »Dr. Jamiesson wurde als Oberarzt des Krankenhauses gerufen, um den Totenschein auszustellen, und es kam zwischen ihm und dem Gouverneur zu harten Worten. Ich weiß nicht, worum es ging. Ich konnte nur hören, daß sie einander anschrien, aber dann kam Dr. Jamiesson wie ein – wie ein Racheengel aus dem Büro des Gouverneurs herausgeschossen und – ich … ich bin nach Coal River versetzt worden.«

Also hatte Lieutenant O'Shea keine leere Drohung ausgestoßen, dachte Abigail – er hatte das alles schon gewußt, es war bereits vor dem Tod des armen Mr. Putland eine beschlossene Sache gewesen. Der Lieutenant konnte die Versetzung selbst betrieben haben, denn er war gut mit dem Oberarzt befreundet, auf den Gouverneur Bligh in letzter Zeit nicht mehr gut zu sprechen gewesen war. Sie fragte leise: »Wann müssen Sie fahren, Dr. Penhaligon?«

»Morgen«, antwortete Titus. »Das Frachtschiff segelt morgen früh los, und ich soll noch heute nacht an Bord gehen. Deshalb bin ich hier … ich habe nur noch so wenig Zeit, und ich … oh, Miss Abigail, ich mußte einfach kommen. Ich mußte Sie fragen, ich –« er unterbrach sich, wußte nicht mehr weiter und schaute sie unsicher und zugleich hilfesuchend an.

Ganz unglücklich bei dem Gedanken an seine baldige Abfahrt, antwortete sie: »Was möchten Sie mich fragen, Titus? Sagen Sie es mir ruhig! Ich höre zu.«

Er nahm allen Mut zusammen, da sie ihn bei seinem Vornamen genannt hatte. Er ergriff ihre Hand. »Sollen wir in den Garten gehen, wo bestimmt niemand lauschen kann?«

»Ja, ich … ganz wie Sie wollen, Titus.«

Sie führte ihn in den Garten, und sie gingen Hand in Hand zu der kleinen Grotte, in der eine hölzerne Bank stand. Abigail setzte sich und schaute ihn an.

»Ach, Abigail!« brachte Titus heraus. »Ich hatte wirklich

nicht vorgehabt, mich dir – so zu erklären. Ich hatte mir aus-
gemalt, dich zu einer Bootspartie einzuladen, oder… aber
jetzt drängt die Zeit, und ich kann Sydney nicht verlassen,
ohne dich meine – meine Gefühle wissen zu lassen… ach,
Abigail!« Er fiel vor ihr auf die Knie, hielt ihre Hände um-
schlungen und zitterte am ganzen Körper. »Ich liebe dich.
Meine liebste Abigail, ich habe dich von dem Augenblick an
geliebt, als ich dich zum erstenmal gesehen habe. Aber ich
durfte mich nicht offenbaren, ich durfte dich nicht bitten –
mir die Ehre zu erweisen, meine Frau zu werden, bis ich eine
sichere Stellung hatte, oder?«

Er bedeckte ihre Hände mit Küssen und fuhr leise fort:
»Aber jetzt bin ich fest bei der Regierung angestellt. Das
heißt zwar, daß ich nach Coal River geschickt werde, aber
ich kann jetzt wenigstens eine Familie ernähren und… ich
komme sobald wie möglich nach Sydney oder nach Parramatta zurück, wenn ich nur weiß, daß du mich… daß du
mich heiraten würdest, Abigail. Bitte, mein Liebling, darf
ich darauf hoffen?«

»Ach, Titus, ich will dich gerne heiraten.« Abigail fühlte
große Zärtlichkeit für den jungen Mann. Das war zwar
nicht der romantische Heiratsantrag, von dem sie schon lange geträumt hatte, und er hatte ihn außerdem stammelnd
hervorgebracht, aber sie liebte ihn deshalb um so mehr und
zog ihn an sich. »Ich liebe dich auch, Titus«, flüsterte sie.
»Wirklich. Und ich habe mir noch nie in meinem Leben
etwas so sehr gewünscht, wie dich zu heiraten.«

»Du hast mich zum glücklichsten Mann von ganz
Neusüdwales gemacht!« rief Titus überschwenglich aus.
»Wenn ich dich nur nicht verlassen müßte, mein Liebling.«

Er küßte sie, erst zart und dann so leidenschaftlich, daß
Abigails Herz wie wild zu schlagen begann. Er preßte sie an
sich, und sie flüsterte: »Ach, Titus, ich kann nicht… ich war
noch nie mit einem Mann zusammen. Niemand hat jemals…«

»Es ist doch nichts Böses daran, wenn wir einander lieben und bald auch vor Gott Mann und Frau sein werden«, sagte Titus leise. »Ich möchte, daß du mir gehörst, jetzt und für immer, damit niemand dich mir wegnehmen kann.« Er knöpfte ihr langsam das Kleid auf, und vor Verlangen vergaß sie alle Scham und Furcht.

Die Sinne überwältigten sie fast, und sie konnte ihn kaum verstehen, als er flüsterte: »Vertrau mir, Abigail... Komm ganz nah zu mir, damit ich mich in der Ferne an deinen süßen Körper erinnern kann. Ich werde dir immer treu sein – ich werde dich lieben bis zu meinem Ende. Glaub es mir!«

»Ach, Titus, Liebster, wenn du das wirklich willst –«

Nur die Sterne waren Zeugen, und Titus nahm sie zärtlich. Obwohl es ihr zuerst nichts als weh tat, war sie glücklich, denn jetzt gehörte sie ihm.

Als er sich schließlich wieder aufrichtete, sagte er leise: »Das dürfen wir nicht wieder tun, bis wir verheiratet sind, Liebste. Aber das dauert ja nicht lang... höchstens ein paar Monate, bis ich wieder hierher versetzt werde. In der Zwischenzeit denke daran, daß du mir gehörst und daß wir verlobt sind. Bitte, Liebling« – er umfaßte ihr kleines, verklärtes Gesicht mit beiden Händen – »denke daran, daß ich auf jedes Lächeln eifersüchtig bin, das du einem anderen Mann schenkst. Erlaube Mr. O'Shea nicht mehr, dich so oft zu besuchen. Er wird natürlich hier in Sydney sein, und du –«

»Ich bin nicht mehr lange hier«, sagte Abigail und war plötzlich froh darüber. »Mr. Boskenna bringt Lucy und mich morgen auf unsere neue Farm am Hawkesbury.«

Einen Augenblick lang schien Titus erleichtert zu sein. Dann zog er die Stirn in Falten und erinnerte sich daran, wie wenig er die Boskennas leiden konnte.

»Ich besuche dich dort, Liebste«, versprach er. »Und da Mr. Boskenna dein legaler Vormund ist, werde ich bei ihm um deine Hand anhalten.« Er half ihr aufzustehen, knöpfte ihr das Kleid wieder zu und sagte: »Und Mr. Boskenna ist ja schließlich ein Pfarrer! Er kann uns doch trauen, oder, Abigail?«

Er verließ sie mit dem Versprechen, sie bald auf der neuen Farm zu besuchen, und Abigail ging ins Haus zurück. Es war ihr sehr recht, daß die Hausmädchen sich schon zurückgezogen hatten und daß niemand da war, dem sie ihre Abwesenheit erklären mußte ...

Zwei Tage später kam Pfarrer Caleb Boskenna an, erzählte begeistert von der neuen Farm und verkündete, daß seine Frau und er jetzt gerüstet seien, Mrs. Spence von der Verantwortung für seine beiden Mündel zu befreien.

»Ich habe ein Segelschiff von Robert Campbell gechartert«, berichtete er. »Die *Phoebe* wird uns zehn Tage zur Verfügung stehen. Wenn es Ihnen recht ist, Mrs. Spence, können Abigail und Lucy an Bord gehen, sobald der Kapitän der *Phoebe* damit einverstanden ist.«

Es tröstete Abigail nur wenig, als sie von ihrer Gastgeberin erfuhr, daß Lieutenant O'Shea auch nach Coal River geschickt worden war, um das Kommando über die dort stationierten Truppen zu übernehmen ...

13

Zum Teufel, George, ich will meine Kaution *nicht* einbü-
ßen!« John MacArthur schlug mit der geballten Faust so
heftig auf den Tisch, daß die Gläser in die Luft hüpften.
Seine Frau Elizabeth schaute ihn vorwurfsvoll an, sagte aber
nichts, und Major Johnstone ergriff sein halb ausgeschütte-
tes Weinglas und trank es auf einen Zug leer, bevor er seine
Meinung äußerte.

»Sie wären wohlberaten, sich ganz genau über die Konsequenzen im klaren zu sein, John«, sagte er vorsichtig.
»Ihre Gegner sind im Recht, das wissen Sie ja – und zwar
alle, Bligh eingeschlossen. Sie und Blaxcell kämen mit ihrer
Weigerung, die Kaution zu zahlen, vor Gericht nicht durch,
das ist Ihnen doch klar, oder?«

»Das steht noch lange nicht fest«, antwortete MacArthur
grimmig. »Tatsächlich habe ich… Elizabeth, meine Liebe,
holst du mir bitte den Brief, der auf meinem Schreibtisch
liegt?«

Elizabeth MacArthur verließ den Raum, und ihr Mann
fuhr verärgert fort: »Sobald die *Parramatta* Anker geworfen hatte, kam Robert Campbell – natürlich auf Befehl Gouverneur Blighs – an Bord, beschlagnahmte das Schiff und
nahm die Mannschaft unter Arrest! Dann brachte er den
Fall vor Gericht und das Urteil erging, daß wir unserer Kaution verlustig gehen.«

»Aber es besteht doch kein Zweifel an Glenns Schuld,
oder?« fragte Johnstone und schaute trübsinnig in sein leeres Glas. »Hat er nicht gestanden, daß er den Flüchtling an
Bord genommen und ihm in Otaheite sogar eine Weiterfahrt
nach Amerika vermittelt hat?«

»Das hat er gestanden«, gab MacArthur zu. »Aber verdammt noch mal, George, wie kann ich denn für Glenns Straftaten verantwortlich gemacht werden! Ich wußte absolut nichts davon. Ich habe ihn nur als Kapitän der *Parramatta* angestellt, weiter nichts.« Elizabeth kam mit dem Brief zurück, und sobald er sie sah, änderte sich sein angespannter Gesichtsausdruck. »Vielen Dank, meine Liebe«, sagte er und lächelte sie an. Gott hatte ihm eine wunderbare Frau geschenkt, sie war nicht nur schön, sondern hatte auch noch viele gute Eigenschaften und unterstützte ihn tatkräftig, ohne seine Handlungen jemals in Frage zu stellen.

Er hielt den zusammengefalteten Brief in seiner Hand und goß Johnstone automatisch das Glas nach. Elizabeth entschuldigte sich, und als sie den Raum verlassen hatte, faltete er den Brief auseinander. »Das ist ein Brief an Captain Glenn, George. Ich les' ihn Ihnen vor: *Da der für den Hafen zuständige Marineoffizier, Mr. Robert Campbell, die* Parramatta *beschlagnahmt hat, fühle ich mich nicht mehr als rechtmäßiger Besitzer des Schiffes. Ich teile Ihnen als Kapitän des* Schiffes *deshalb offiziell mit, daß ich ab sofort weder für Sold noch für Verpflegung der Mannschaft zuständig bin.*«

MacArthur blickte seinen Gast erwartungsvoll an, und Major Johnstone, der ganz offensichtlich etwas Schlimmeres erwartet hatte, atmete erleichtert auf.

»Da läßt sich nichts dagegen sagen, John. Der Brief besteht mehr oder weniger aus einer Feststellung der Tatsachen, oder?«

»Ganz genau, mein Lieber.« John MacArthur füllte ihre beiden Gläser wieder nach, aber er nippte nur an seinem eigenen, während Major Johnstone sein Glas wieder in einem Zug leerte. Er wartete und sagte, als sein Gast das Glas abgestellt hatte, »aber ich *bin nicht länger der Besitzer des Schiffes*! Deshalb wäre es schreiendes Unrecht, wenn ich meiner Kaution verlustig ginge, leuchtet Ihnen das ein? Die

Parramatta wurde mir ganz offiziell weggenommen, und daß der Gouverneur dahintersteht, muß ich ja nicht erwähnen. Robert Campbell geht für ihn durch dick und dünn, George... da ist nichts daran zu machen.«

»Wirklich nicht?« fragte Johnstone überrascht.

»Nein!« entgegnete MacArthur überzeugt. »Ich habe es vor ein paar Wochen versucht, aber überhaupt nichts erreicht. Er ist auf Blighs Seite, egal was immer geschehen mag. Aber« – er lächelte hinterhältig – »Mr. Campbell hat mir, ohne es zu wissen, einen Trumpf in die Hände gespielt. Er hat zwei Wachleute an Bord des Schiffes beordert, die dafür sorgen sollen, daß weder Glenn noch die Mannschaft an Land gehen. Das käme einem Verstoß gegen die Hafenbestimmungen gleich, wie Campbell mir gesagt hat.«

»Ja, aber ich weiß nicht, was es mit unserem Fall zu tun hat, John.«

»Nun ja... das ist ganz einfach. Indem er diese beiden Wachmänner an Bord der *Parramatta* aufgestellt hat, hat er das Schiff und die Mannschaft damit automatisch meiner Kontrolle entzogen.«

Johnstone nickte. »Ja, ich nehme an, das stimmt, aber –«

»Verdammt noch mal, George!« rief MacArthur plötzlich ungehalten. »Ich kann doch keine Verantwortung tragen für ein Schiff, auf dem ich nichts zu sagen habe!« Er fluchte und fügte hinzu: »Verstehen Sie doch endlich, George – ich versuche, mich gegen Gouverneur Blighs unerträgliche Tyrannei zu wehren! Denken Sie nur daran, was er sich in den vergangenen achtzehn Monaten alles geleistet hat... er hat es für illegal erklärt, wenn wir für unser eigenes Geld Alkohol importieren, und hat das Gesetz erlassen, daß Alkohol in dieser Kolonie nur durch die Regierung eingekauft und verkauft werden darf. Das bedeutet so viel wie unseren Ruin!«

»Aber er ist der Gouverneur«, meinte George Johnstone kleinlaut. »Er hat die Autorität und –«

John MacArthur schüttelte wortlos den Kopf und füllte erneut die Gläser nach.

»Lassen Sie uns auf etwas trinken, George«, meinte er und hob sein Glas. »Nieder mit dem Tyrannen! Kommen Sie, Mann – Sie sind doch der stellvertretende Gouverneur, oder etwa nicht? Wollen Sie nicht, daß der Tyrannei des *Bounty*-Bastards endlich ein Ende gesetzt wird?«

»Sie gehen zu weit, John. Sie sprechen von einem Umsturz, und da kann ich nicht mitmachen. Ich –« Johnstone verschluckte sich vor Aufregung. »Und all das nur wegen einer Kaution von achthundert Pfund! Das bedeutet doch nicht Ihren finanziellen Ruin, und die Hälfte müßte doch sowieso Blaxcell bezahlen, oder? Sie –«

John MacArthur unterbrach ihn. Er sagte mit großem Nachdruck: »Sie wissen, daß es nicht nur um die Kaution geht. Ich habe Ihnen gesagt – ich muß endlich die Machtverhältnisse klären, und zwar nicht nur für mich selbst, sondern für uns alle. Aber ich kann es nicht ganz allein tun. Ich muß sicher sein, daß ich auf Ihre Unterstützung rechnen kann, George. Das Korps steht zwar geschlossen hinter mir…«

Johnstone wurde plötzlich blaß. »Das ganze Korps?« wiederholte er. »*Meine Offiziere* stehen hinter Ihnen?«

»Jawohl, George«, antwortete MacArthur kalt.

»Aber Gouverneur Bligh wird nicht freiwillig auf seinen Posten verzichten«, wandte Johnstone unglücklich ein.

»Nein, das wird er natürlich nicht.« John MacArthurs dunkle Augen leuchteten auf. »Es wird für uns beide ein Kampf auf Gedeih und Verderben… und ich habe nicht vor, diesen Kampf zu verlieren! Bligh kann die Männer, die auf seiner Seite stehen, an einer Hand abzählen –«

»Aber die Siedler am Hawkesbury stehen doch geschlossen hinter ihm«, erinnerte ihn Johnstone.

»Die leben zu weit weg von Sydney, um ihn wirklich unterstützen zu können, mein Lieber«, sagte MacArthur lächelnd. Er erhob sein Glas wieder und fügte lächelnd hinzu: »Wollen Sie jetzt mit mir anstoßen, George?«

»Wenn Sie es wünschen«, meinte George Johnstone. Er stand schwankend auf und fragte: »Was, zum Teufel, war noch mal Ihr Trinkspruch? Ich hab' ihn vergessen.«

»Er heißt Tod dem Tyrannen!« rief MacArthur aus. Er leerte sein Glas auf einen Zug und warf es dann über seine Schulter. Es zersprang am offenen Kamin in tausend Scherben.

»Ich hatte gedacht, der Trinkspruch hieße: Nieder mit den Tyrannen«, widersprach der Kommandant des Neusüdwales-Korps. »Und darauf trink' ich auch, John. Ich bin an Gewalttätigkeiten ganz und gar nicht interessiert.«

»Dann beten Sie darum, daß der Tyrann keine Gewalt provoziert«, antwortete MacArthur bissig.

John Glenn, der Kapitän der *Parramatta*, schaute zu, wie sein Maat mit zwei Matrosen das Beiboot zu Wasser ließ. Neben ihm wiederholte einer der beiden Wachleute, die die Mannschaft unter Arrest halten sollten, seine Warnung, aber Glenn tat so, als ob er ihn nicht hörte.

Der Wachmann zuckte mit den Schultern und ging zu seinem jüngeren Kollegen hinüber.

»Sie sind wild entschlossen, an Land zu gehn«, sagte er unnötigerweise und deutete auf das Boot. »Und ich kann sie ehrlich gesagt, auch verstehn, Joe. Nix zu essen, kein Wasser, und seit 'ner Woche kein Sold, und obendrein sollen sie das Schiff nich' verlassen, um sich die Füße an Land zu vertreten! Was sollen sie anderes tun, als sich an den Gouverneur wenden, da der Schiffseigentümer offenbar nix mehr mit dem Schiff zu tun haben will!«

»Und wir können sie auch nich' davon abhalten«, meinte der jüngere Wachmann. Er gähnte laut. »Wenigstens kriegen wir 'n bißchen Schlaf, wenn die Mannschaft weg is'.«

Der Ältere der beiden schüttelte den Kopf. »Da haste leider nich' recht, Joe, mein Junge. Sobald die weg sind, ruderst du mit unserem Boot so schnell wie möglich an Land und berichtest Mr. Campbell über den Vorfall. Wir müssen sehn, daß wir keine Schwierigkeiten kriegen. Aber du kannst die Wachablösung mitbringen, wenn du zurückkommst – wir sind schon zwei Stunden zu lang hier.«

»Sehr gut«, stimmte Joe zu. »Ich ruder los, sobald die anderen weg sind.«

Captain John Glenn hatte viel Ärger mit dem flüchtigen John Hoare gehabt. Der Kommandeur der Feldgendarmerie war persönlich vor Abfahrt der *Parramatta* an Bord erschienen und hatte mit seinen Männern das Schiff gründlich nach blinden Passagieren durchsucht … obwohl sie alles von unten nach oben kehrten, hatten Gore und seine Leute niemanden gefunden und schließlich der *Parramatta* die Erlaubnis zum Auslaufen erteilen müssen – wenn die Suche nur etwas länger gedauert hätte, wäre der flüchtige Sträfling im Laderaum womöglich erstickt, wo er sich unter einem Berg stinkender, ungewaschener Wolle verkrochen hatte. Und dann war er in Otaheite sofort an Land gegangen und hatte sich dort vollaufen lassen, und das war dann der Anfang von dem ganzen Ärger gewesen … John Glenn grunzte, als er ins Beiboot stieg, und die Männer legten sich in die Riemen.

»Wir fahren zum Landungssteg am Regierungsgebäude«, ordnete Glenn an. »Wir versuchen, eine Audienz beim Gouverneur zu bekommen, um ihm das Unrecht zu schildern, das uns angetan worden ist. Denn Captain MacArthur ist für die ganze Geschichte verantwortlich, und ich laß mich nicht als Sündenbock hinstellen. Ich möchte MacArthur zwingen, zuzugeben, daß er die verdammte *Parramatta* besitzt. Sobald er das tut, sind wir aus dem Schneider, und er kann vor Gericht so lang er Lust hat prozessieren, ob er nun die Kaution bezahlen muß oder nicht. Aber er wird uns Sold und Verpflegung zukommen lassen müssen, und mehr interessiert mich nicht.«

Captain Glenn kam schon nach ein paar Minuten aus dem Regierungsgebäude zurück. Er trat mit vor Ärger hochrotem Gesicht auf den Landungssteg und sagte bitter: »Der verdammte Gouverneur hat sich geweigert, mich zu empfangen. Er ließ durch seine Giftschlange von einem Sekretär ausrichten, daß ich mich mit der Angelegenheit an den Militärstaatsanwalt, Mr. Richard Atkins, wenden soll.« Er spuckte voller Abscheu ins Wasser und brummte: »Also gehen wir jetzt sofort dorthin – zu Mr. Atkins' Wohnung, und zwar alle. Er wohnt ganz in der Nähe… am Wachhäuschen vorbei und dann die erste Straße rechts. Der wachhabende Sergeant hat mir versprochen, einen Soldaten herzuschicken, der auf unser Boot aufpaßt.«

Die Männer schwiegen betroffen. Dann fluchte der hochgewachsene Maat Eli Bates: »Und wenn wir alles machen, was Sie wollen, Captain Glenn, kriegen wir dann unsere Verpflegung, oder werden wir ins Gefängnis gesteckt?«

»Das werden wir bald genug herausfinden«, antwortete Glenn verärgert.

»Mister Atkins, Eure Exzellenz«, kündigte Edmund Griffin an. Gouverneur Bligh schaute müde von dem Papierstapel auf, den er gerade bearbeitete, und nickte.

»In Ordnung, bringen Sie ihn herein, Edmund.«

Atkins kam atemlos ins Zimmer gestürzt, und William Bligh wies ihm einen Stuhl zu.

»Nun, Mr. Atkins?« sagte er fragend. »Ich nehme an, daß Sie mit Captain Glenn und seiner Mannschaft gesprochen haben?«

»Das hab' ich, Sir.« Er informierte den Gouverneur kurz über das Gespräch und reichte ihm dann einen schon gefalteten und adressierten Brief. »Ich möchte, daß dieser Brief sofort an MacArthur abgeht, Sir. Ein berittener Bote wartet draußen, und falls Sie damit einverstanden sind, kann er sofort losreiten, so daß MacArthur den Brief noch heute abend erhält.«

»Eilt es denn so sehr?« fragte der Gouverneur.

»Ja, Sir. Er ist diesmal zu weit gegangen, und darauf habe ich schon lange gewartet. Sir, mit Ihrer Erlaubnis würde ich schreiben, ›im Auftrag Seiner Exzellenz des Gouverneurs‹.«

»Lassen Sie mich den Brief lesen«, sagte Bligh und streckte die Hand aus. Er überflog die ersten Zeilen und fragte: »Hat Rechtsanwalt Crossley den Brief gelesen?«

»Ja, natürlich«, versicherte ihm Atkins. »Wenn es nach Crossley gegangen wäre, dann wäre der Brief noch strenger ausgefallen.«

Bligh legte das Blatt vor sich hin und las es aufmerksam. John MacArthur wurde aufgefordert, am nächsten Morgen um zehn Uhr in Sydney zu erscheinen, um Rechenschaft darüber abzulegen, warum der Kapitän und die Mannschaft der *Parramatta* die Hafenbestimmungen verletzt hatten und ohne Erlaubnis an Land gegangen waren. Und er sollte erklären, warum er seiner Mannschaft Sold und Verpflegung verweigerte…

Bligh strich sich über die Stirn, lief schweigend ein paarmal im Zimmer auf und ab und sagte dann mit schlauem Gesichtsausdruck: »Wenn MacArthur behauptet, nicht mehr Besitzer der *Parramatta* zu sein, dann kann das Schiff doch ganz legal in einer Auktion versteigert werden, oder?«

Atkins brach der Schweiß aus. »Sie haben vollkommen recht, Sir«, sagte er leise, »MacArthur wäre das vielleicht sogar sehr recht. Dann könnte er nämlich Campbell vor Gericht bringen.«

William Bligh hörte schweigend zu. Dann las er Atkins' Brief an John MacArthur noch einmal gründlich durch. Er wußte natürlich, daß die beiden Männer seit Jahren verfeindet waren und daß dieser Brief – der offensichtlich mit seinem Einverständnis geschrieben worden war – einem offiziellen Befehl gleichkam, daß MacArthur sein Verhalten vor Gericht erklären mußte.

Es war ein Befehl, dem der reiche, arrogante Mann auf eigenes Risiko hin nicht nachkommen würde. Der Gouverneur schaute über den Schreibtisch hinweg Atkins an und wünschte sich, daß er mit der ganzen komplizierten Angelegenheit nichts zu tun hätte.

Aber wenn er jetzt, nachdem MacArthur endlich zu weit gegangen war, klein beigeben würde, dann würde es vielleicht nie mehr eine Möglichkeit geben, den Mann außer Gefecht zu setzen, der einen so schlechten Einfluß auf die Korps-Offiziere hatte und der den illegalen Handel mit Rum aufgezogen hatte.

William Bligh zuckte mit den Schultern und sagte scheinbar gefühllos: »Sehr gut, Mr. Atkins, lassen Sie den Brief sofort überbringen.«

Richard Atkins konnte seine Erleichterung nicht verbergen. Er erhob sich umständlich und nahm mit zitternden Fingern den Brief in Empfang. Er sagte beim Gehen: »Solange der Kapitän der *Parramatta* und die Mannschaft an Bord ihres Schiffes bleiben, werden sie auf Kosten der Regierung ernährt.«

Der Gouverneur nickte zustimmend. Atkins verbeugte sich und verließ den Raum.

MacArthurs Antwort wurde am nächsten Tag von dem berittenen Boten ausgeliefert. Richard Atkins wurde beim Lesen des Briefes immer wütender. Der Besitzer der *Parramatta* war weit davon entfernt, persönlich zu erscheinen, um sein Verhalten zu erklären. Er brachte in dem Brief dieselben fadenscheinigen Entschuldigungen vor, die er auch schon vorher angegeben hatte.

Atkins beriet sich mit Rechtsanwalt Crossley und eilte dann ins Regierungsgebäude. Der Gouverneur empfing ihn sehr kühl, aber der Militärstaatsanwalt war zu erregt, um das überhaupt zu bemerken. Mit kaum verhohlener Ungeduld wartete er ab, bis Bligh den Brief gelesen hatte, und polterte dann los: »Ich bin bereit, die notwendigen Schritte zu unternehmen, Sir!«

»Und die wären?« fragte der Gouverneur sehr beherrscht.

»Die Ausstellung eines Haftbefehls für diesen arroganten Schurken«, sagte Atkins. Seine Hände zitterten, als er dem Gouverneur den Haftbefehl hinüberreichte. »Crossley hat ihn aufgesetzt, Sir, es hat alles seine Ordnung. Und MacArthur hat sich geweigert, meiner Vorladung Folge zu leisten.«

William Bligh nahm sich Zeit, den Haftbefehl aufmerksam durchzulesen, war aber trotz seines ruhigen Äußeren innerlich sehr aufgewühlt.

Wenn er diesen Kampf gegen MacArthur verlieren würde, käme das einem Eingeständnis seiner Unfähigkeit als Gouverneur gleich. Bligh preßte die Lippen aufeinander, reichte Atkins den Haftbefehl zurück und sagte: »Sehr gut, lassen sie ihn Mr. MacArthur sofort zukommen, Sir. Ich nehme an, daß Mr. Gore ihm den Haftbefehl überbringen wird?«

»Nein, Sir.« Atkins steckte das wichtige Papier in seine Brusttasche zurück, und sein schweißüberströmtes Gesicht strahlte eine bösartige Zufriedenheit aus. »MacArthur wohnt in Parramatta, Sir, also wird Oakes, der Chef der dortigen Feldgendarmerie, ihm den Haftbefehl überbringen und ihn – äh – falls das notwendig sein sollte, auch verhaften.«

14

Justin segelte sein Schiff mit Andrews Hilfe nach Sydney Cove zurück und ankerte in Rufweite von Robert Campbells Landungssteg.

Alles sah ruhig und friedlich aus. Justin sagte: »Wenn du wissen willst, was es alles Neues gibt, können wir Mr. Campbell fragen. Da drüben liegt zum Beispiel die *Parramatta*.«

»Die *Parramatta*?«

»Ja – Mr. MacArthurs Schiff«, grinste Justin. »Und ich sehe zwei uniformierte Wachleute an Deck.«

Der Junge hat wirklich Augen wie ein Luchs, dachte Andrew, und er fragte verwirrt: »Und was glaubst du, was das zu bedeuten hat?«

»Daß es Ärger gibt«, antwortete Justin, immer noch lächelnd. »Das Schiff ist beschlagnahmt worden. Ich habe gehört, daß der Kapitän wissentlich einen Flüchtling an Bord genommen und ihn mit nach Otaheite genommen hat. Der Kommandeur der Feldgendarmerie hat das Schiff zweimal durchsucht, bevor es lossegeln durfte. Bei der Suche wurde zwar niemand gefunden, aber ich glaube, daß diese Angelegenheit dem Kapitän jetzt zur Last gelegt wird.« Er zuckte mit den Schultern. »Ich lasse das Beiboot ins Wasser.«

Robert Campbell bestätigte Justins Vermutungen, als sie zwanzig Minuten später bei ihm im Büro saßen.

Campbell stand rückhaltlos auf der Seite des Gouverneurs, sah aber ganz deutlich die Schwierigkeiten, MacArthur und dem Rum-Korps das Handwerk zu legen.

Andrew hatte den loyalen, fleißigen Mann schon immer

gut leiden können und erklärte: »Sie können voll auf meine Unterstützung rechnen, Mr. Campbell.«

»Das ist gut – das hatte ich gehofft. Es ist nur schade, daß Sie kein Friedensrichter sind. Sie waren auch noch nie als Beisitzer vor Gericht tätig, oder?«

»Nein, das stimmt. Der Gouverneur –«

»Die Gründe dafür spielen doch kaum eine Rolle, oder?« unterbrach ihn Campbell. »Sie hätten aber gegen eine Tätigkeit als Richter nichts einzuwenden?«

»Ganz und gar nicht, Sir. Es sei denn, Seine Exzellenz wäre damit nicht einverstanden.«

Robert Campbell lächelte. »Weil Sie mit der Mutter dieses jungen Mannes hier verheiratet sind?« Er lächelte Justin freundlich an. »Er ist ein sehr fähiger junger Mann, wenn ich das einmal so sagen darf, und seine Eltern können stolz auf ihn sein. Ich möchte dich etwas fragen, Justin, im Anschluß an dieses Gespräch…« Er wandte sich wieder Andrew zu. »Haben Sie Ihre Frau aus Tasmanien zurückgebracht, Captain Hawley?«

Andrew schaute ihn ausdruckslos an. »Nein, Sir. Dazu hat mir die offizielle Erlaubnis gefehlt.«

»Aber Sie sind weiter im Regierungsdienst tätig?«

»Jawohl, Mr. Campbell. Auf Befehl Seiner Exzellenz.«

Andrew stand auf, um sich zu verabschieden, aber Campbell bat ihn, noch zu bleiben.

»Ich habe Justin einen Vorschlag zu machen«, sagte er und lächelte den Jungen wieder an. »Sag einmal, ist es möglich, die *Flinders* für eine Fahrt zu chartern, oder ist sie schon ausgebucht?«

»Bis jetzt noch nicht, Sir«, versicherte ihm Justin, »außer daß ich in absehbarer Zeit die Farm meiner Mutter in Long Wrekin besuchen möchte.«

»Die liegt doch am Hawkesbury, oder?« Als Justin lächelnd nickte, meinte Campbell: »Ach, das paßt ja sehr gut. Ich soll nämlich für Pfarrer Caleb Boskenna und seine

198

beiden jungen Mündel ein Schiff finden, das sie zu ihrer neuen Farm am Hawkesbury fährt. Hier muß irgendwo eine Karte herumliegen … ja, da ist sie ja schon.« Er faltete die Karte auf seinem Schreibtisch auseinander und deutete auf die Stelle, wo die Farm lag. Andrew bemerkte, daß Justins Augen vor Interesse aufleuchteten.

»Mir wäre sehr geholfen, Justin, wenn du diesen Auftrag übernehmen würdest. Auf dem Rückweg könntest du bei der Farm deiner Mutter Station machen. Boskenna ist in ziemlich großer Eile. Und ich würde dich natürlich gut bezahlen.«

Justin sagte sofort zu und meinte, daß die *Flinders* am nächsten Morgen abfahrbereit sei.

Andrew entschuldigte sich und wurde von einem von Robert Campbells Männern in einem kleinen Boot zum Landungssteg des Gouverneurs gerudert. Er zog sich im Haus des Kommandeurs der Feldgendarmerie, William Gore, um – der ihm die beunruhigenden Neuigkeiten bestätigte – und ging dann ins Regierungsgebäude, um sich beim Gouverneur zurückzumelden.

Bligh empfing ihn unerwartet freundlich. Nachdem er Andrew einen Stuhl angeboten hatte, sagte er: »Sie haben bestimmt schon gehört, was hier los ist. Sie waren doch sicher schon bei Robert Campbell?«

»Ja, Sir, und ich –«

Der Gouverneur unterbrach ihn, indem er seine Hand hob: »Ich muß mit John MacArthur abrechnen, ein für allemal, Hawley. Aber bevor ich Ihnen mehr sage, sollen Sie wissen, daß ich Ihrer Frau ein Begnadigungsschreiben geschickt habe. Sie kann mit dem ersten Schiff hierher zurückkommen.«

»Vielen Dank, Sir«, brachte Andrew gerührt heraus. »Vielen Dank.«

Francis Oakes arbeitete in seiner Bäckerei, als der Bote des Militärstaatsanwaltes von seinem Pferd sprang und ihm den Haftbefehl in seine mehlige Hand drückte.

Der stämmige, schwitzende Oakes las das Dokument mit unverblümtem Widerwillen, und er fluchte leise dabei.

»Großer Gott im Himmel!« rief er aus und wandte sich an den Boten. »Ich kann diesen Befehl nicht ausführen – ich kann Captain MacArthur nicht verhaften! Hier, nehmen Sie das Ding wieder mit!«

»Der Brief ist aber an Sie adressiert, Mr. Oakes, und mein Auftrag lautete, Ihnen den Brief persönlich zu geben. Ich will auch nix weiter damit zu tun haben, verstehn Sie?« Er schwang sich wieder in den Sattel, gab seinem Pferd die Sporen und ritt die Straße hinunter.

Oakes fluchte hilflos hinter ihm her. Normalerweise inspizierte und zählte er um diese Zeit die Brote, die die Sträflinge gebacken hatten, denn wenn er sie nicht streng überwachte, stahlen sie wie die Raben. Heute aber ließ er seinen Blick nur kurz über die Regale schweifen und ging dann nach Hause. Er überließ es seinem Vorarbeiter, die Bäckerei abzuschließen und die Arbeiter zu entlassen.

Oakes' Haus – ein solide aus Ziegelstein gebautes flaches Gebäude – war leer, und Oakes erinnerte sich daran, daß seine Frau mit seinen Töchtern zum Einkaufen nach Sydney gefahren war. Das war ihm sehr recht, so konnte er in Ruhe nachdenken, was zu tun war. Er trank ein Glas Bier und legte sich dann in voller Bekleidung auf sein Bett.

Es war schon dunkel, als er aufwachte. Als er an seine bevorstehende Aufgabe dachte, wurde es ihm fast schlecht vor Aufregung. Aber er mußte den Haftbefehl abliefern. Das war eine Pflicht, die er nicht einfach auf einen seiner Wachleute abwälzen konnte – er mußte sie wohl oder übel selbst übernehmen! Aber wenn er die Umstände John Mac-Arthur erklärte und sich gleich zu Anfang dafür entschuldigte, daß er der unfreiwillige Bote einer so schlechten Nachricht war, dann konnte es ihm der Mann ja schlecht übelnehmen.

Er ging nach draußen, wusch sich am Brunnen das Gesicht, bestieg sein Pferd und ritt mit einem flauen Gefühl im Magen in Richtung von MacArthurs Elizabeth-Farm.

John MacArthur rauchte gerade mit seinem ältesten Sohn Edward eine Pfeife selbst angebauten Tabaks. Es war schon spät abends, und sie wollten bald zu Bett gehen. Plötzlich klopfte es an der Tür.

»Wer, zum Teufel, kann das sein?« rief MacArthur aus. »Ned, sei so gut und schau nach. Wenn es möglich ist, bitte den Besucher, morgen früh wiederzukommen. Ich weiß nicht, wie es dir geht, aber ich bin todmüde… es war ein verdammt langer Tag heute.«

Edward stand folgsam auf und ging zur Tür. Gleich darauf kam er mit Francis Oakes zurück.

»Ich mußte ihn hereinlassen, er… er sagt, daß er einen Haftbefehl für dich hat!«

»Einen was?« John MacArthur sprang auf und sprach gefährlich leise. »Sagen Sie, Mr. Oakes, zum Teufel noch mal! Stimmt das, was mein Sohn sagt? Haben Sie einen Haftbefehl für mich?«

»Ich bedaure es unendlich, aber es stimmt, Sir!« gab Oakes zu.

»Aber ich habe nichts damit zu tun, das schwör ich Ihnen, Sir. Ich hätte mir lieber die rechte Hand abgehackt, aber ich hatte keine Wahl, verstehn Sie.«

»Ja, ja, das kann ich verstehen«, meinte MacArthur kurz angebunden. »Aber was wird mir denn vorgeworfen? Sagen Sie mir das, bitte.«

»Es steht alles im Haftbefehl«, stammelte Oakes unglücklich. »Und unterschrieben ist er von Mr. Atkins, dem Militärstaatsanwalt. Aber ich –«

»Dann lassen Sie mich das mal lesen, Mann«, forderte MacArthur. »Geben Sie mir das Papier… Ned, bring mir eine Kerze!«

Nachdem er den Haftbefehl aufmerksam gelesen hatte,

fluchte er leise vor sich hin und schob ihn über den Tisch hinweg seinem Sohn zu. »Ich möchte, daß Sie eins wissen, Oakes«, sagte er, ohne seine Stimme zu heben, »wenn der Urheber dieses impertinenten Dokumentes es mir persönlich überreicht hätte, dann hätte ich ihn sofort rausgeschmissen! Mit einem Wort, Oakes, ich ignoriere diesen verdammten Haftbefehl. Habe ich mich deutlich genug ausgedrückt?«

»Deutlich genug, Captain MacArthur«, erwiderte Oakes ehrerbietig. »Und wenn ich allein das Sagen hätte, Sir, dann wär die Angelegenheit auch damit abgeschlossen. Aber das steht nicht in meiner Macht.«

»Was, zum Teufel, wollen Sie damit sagen?«

»Nun, Sir«, murmelte der Gendarm unglücklich und vermied es, John MacArthur anzuschauen, »ich habe den Befehl erhalten, Sie nach Sydney zu bringen, damit Sie morgen früh vor Gericht erscheinen können, Sir.«

»In Ketten, Mr. Oakes?« forderte ihn John MacArthur heraus. »Sie sind allein, oder – und unbewaffnet?«

»Ich dachte, es sei am besten, allein zu kommen, Sir. Ich hoffte – nun, daß Sie meine Lage verstehen und aus freien Stücken mitkommen würden. Der Haftbefehl ist schließlich eine sehr offizielle Angelegenheit, Sir.«

»Und wenn ich mich weigere?« MacArthurs Augen blitzten vor Wut, und Oakes trat ein paar Schritte zurück.

»Dann habe ich den Befehl, Sie mit Gewalt abzuführen, Sir«, antwortete er und war sich seiner eigenen Machtlosigkeit peinlich bewußt.

»Und dann würden Sie mich in Ihr verdrecktes Gefängnis werfen, nehme ich an«, sagte MacArthur und schüttelte den Kopf bei dieser ungeheuren Vorstellung. Dann strich er sich über die Stirn und sagte: »Nun, Oakes, Sie können nach Sydney reiten und Mr. Atkins und den verdammten Gouverneur davon informieren, daß ich kein Verbrechen begangen habe und daß – da mein Gewissen rein ist – ich mich ganz entschieden weigere, dem Haftbefehl Folge zu leisten.«

»Aber Sir –«, bat Oakes, »dann muß ich zurückkommen, ich –«

»Gehn Sie mir aus den Augen!« MacArthur war jetzt wirklich wütend, und er verlor die Beherrschung. »Wenn Sie zurückkommen, dann rate ich Ihnen, gut bewaffnet zu sein, denn eines sage ich Ihnen – ohne Gegenwehr ergebe ich mich nicht! Bei Gott, zuerst haben mir diese Schurken ein Schiff im Wert von zehntausend Pfund grundlos abgenommen, und jetzt wollen sie mich mit fadenscheinigen Anklagen vor Gericht bringen! Nehmen Sie dieses lächerliche Papier und bringen Sie es nach Sydney zurück!«

»Sir«, bat Oakes verzweifelt, »wenn ich den Haftbefehl Mr. Atkins zurückbringe, glaubt er, ich hätte mich um meine Pflicht gedrückt und ihn Ihnen gar nicht überreicht. Können Sie so gut sein und schriftlich bestätigen, daß ich meine Pflicht erfüllt habe?«

»Oh, ich verstehe, sehr gern«, stimmte MacArthur zu. »Ned – einen Federhalter, mein Junge, und Papier. Ich schreibe dem armen Kerl die Bestätigung, die er haben will.«

Er schrieb leise fluchend ein paar Sätze auf und unterschrieb den kurzen Brief. Dann stand er auf und winkte Edward an den Tisch heran. Er bat ihn, sowohl den Haftbefehl als auch die Antwort darauf abzuschreiben, um in der zu erwartenden Auseinandersetzung Beweisstücke in der Hand zu haben.

Während der Junge eifrig schrieb, goß er zwei Gläser randvoll Brandy ein und reichte eines davon dem Gendarmen.

»Ich nehme an, daß Ihnen ein Schluck ebenso guttun wird wie mir, Mr. Oakes.«

Francis Oakes dankte ihm, hob sein Glas und sagte: »Auf Ihre Gesundheit, Captain MacArthur!«

Als er sich ein paar Minuten später verabschiedete und

das Pferdegetrappel in der Ferne verklang, kam Elizabeth MacArthur mit erschrockenem Gesicht in den Raum.

»Ich habe Stimmen gehört«, sagte sie und schaute ihren Mann fragend an.

»John, stimmt es, daß Mr. Oakes hier war? Um Gottes willen, was hat er denn von dir gewollt?«

Ihr Mann erzählte ihr alles in kurzen, bitteren Worten. Dann seufzte er und sagte: »Bligh und dieser ewig betrunkene Atkins wollen meinen Ruin, Elizabeth. Es bleibt mir gar nichts anderes übrig, ich muß mich mit aller Kraft wehren!«

Elizabeth schaute ihn betroffen an und sagte leise: »Aber hast du es nicht so kommen sehen?«

»Ja«, gab er zu.

»Das stimmt natürlich. Kann ich mit deiner Unterstützung rechnen, meine Liebe?«

»Ich bin deine Frau, John. Ich werde immer an deiner Seite stehen.« Dann wandte sie sich an ihren Sohn und fragte: »Ned, was hältst du von der ganzen Geschichte?«

»Mir macht der Brief Sorgen, den Vater Mr. Oakes mitgegeben hat«, gestand Edward. »Ich halte ihn für gefährlich. Papa schrieb ihn, als er sehr wütend war. Er stellt die Autorität des Gouverneurs in Frage, und es kann sein, daß sich Gouverneur Bligh richtiggehend beleidigt fühlt.«

Er reichte seiner Mutter die Abschrift, und Elizabeth MacArthur las den Brief mit hochgezogenen Brauen durch. Dann sagte sie: »Ich stimme mit Ned überein … dieser Brief ist gefährlich. Er könnte gegen dich verwendet werden, John.«

MacArthur las ihn noch einmal durch und zuckte mit den Schultern.

»Ich war wütend, aber das ist keine Entschuldigung. Ihr habt recht! Ned –« Er wandte sich an seinen Sohn, aber Edward unterbrach ihn und sagte: »Ich reite hinter Oakes her und verlange den Brief zurück«, bot er an. »Er ist ja erst zehn Minuten weg. Ich kann ihn leicht einholen.«

Bevor seine Eltern antworten konnten, war er schon aus dem Zimmer.

Fast eine Stunde später kam er mit enttäuschtem Gesichtsausdruck zurück.

»Oakes hat sich geweigert, mir den Brief zurückzugeben, Vater«, berichtete er. »Er sagte, er bräuchte ihn dringend, um dem Militärstaatsanwalt klarmachen zu können, warum er dich nicht mit nach Sydney gebracht hat. Ich bot ihm Geld an – alles, was ich bei mir hatte –, aber es nützte nichts. Ich fürchte –«

»Aber ich nicht«, meinte MacArthur. Er stand auf und unterdrückte ein Gähnen. »Da kann man nichts machen, Ned, und es ist mein Fehler und nicht deiner. Laß uns schlafen gehen! Morgen reite ich nach Sydney und zeige mich ganz öffentlich in der Stadt. Wenn sie es wagen, mich verhaften zu wollen, dann schreie ich: Tyrannei! und« – er lächelte seinen Sohn und seine Frau an – »bei Gott, ich werde Robert Campbell verklagen, daß er mir die *Parramatta* abgenommen hat! Ich verklage ihn auf zehntausend Pfund!«

»Mr. Campbell ist doch einer der Beisitzer, John«, erinnerte ihn Elizabeth.

Er lachte und nahm sie in den Arm.

»Um so besser, meine Liebe. Johnstone und Abbott sind diese Woche auch Beisitzer. Also wird es mir an Freunden nicht mangeln. Komm – laß uns zu Bett gehen. Morgen wird ein langer Tag, glaube ich.«

Francis Oakes fand Militärstaatsanwalt Atkins beim Frühstück mit Rechtsanwalt Crossley vor und war nicht überrascht, daß Atkins trotz der frühen Stunde alles andere als nüchtern war.

Crossley gab, nachdem er sich kurz flüsternd mit seinem Vorgesetzten beraten hatte, Oakes den Brief und den Haftbefehl zurück und sagte: »Bringen Sie beides sofort zum

Gouverneur. Wenn er die Dokumente gelesen hat, gehen Sie zu Gericht und sagen Sie unter Eid aus, daß Sie Mr. Mac-Arthur den Haftbefehl überbracht haben. Ist das klar? Verstehen Sie, was Sie zu tun haben?«

»Ja«, meinte Oakes unwillig. »Is' schon klar, aber ich hab' meine Pflicht getan, Mr. Crossley, so gut ich nur konnte. Mir kann man nix vorwerfen!«

»Bla, bla, niemand wirft Ihnen doch was vor!« meinte Crossley ungeduldig.

»Jetzt tun Sie das, was ich Ihnen gesagt habe. Das Gericht tritt um zehn Uhr vormittags zusammen, und wenn Mr. MacArthur nicht dort erscheint, dann müssen Sie den Richtern erklären, warum das so ist.«

»Und wenn er doch dort erscheint?« fragte Oakes. »Was dann?«

Atkins rülpste laut und winkte ab. »Stellen Sie sich doch nicht dümmer an, als Sie sind, Oakes«, grunzte er. »Er hat doch offensichtlich keine Lust, sich dem Gericht zu stellen. Ab mit Ihnen zum Gouverneur und ein bißchen dalli – wir haben keine Zeit zu verlieren.«

Er rülpste wieder, griff nach der vor ihm stehenden Flasche Brandy und sagte lallend zu Crossley: »Diesmal ham wir ihn am Wickel, George, diesmal entkommt er uns nicht!«

Francis Oakes wurde im Regierungsgebäude vom Sekretär empfangen, der ihm zu seiner Erleichterung die Dokumente abnahm, um sie dem Gouverneur vorzulegen. Nach ein paar Minuten kam er zurück und sagte ihm das, was schon Rechtsanwalt Crossley erklärt hatte, daß er nämlich um zehn Uhr vor Gericht erscheinen solle.

»Seine Exzellenz wünscht Mr. Atkins noch vor zehn Uhr zu sehen«, sagte der junge Sekretär. »Mr. Oakes, könnten Sie ihm das vielleicht ausrichten?«

»Aber selbstverständlich«, murmelte der Gendarm unwillig.

Der Gerichtshof trat um zehn Uhr zusammen. Francis sagte unter Eid aus, daß er John MacArthur den Haftbefehl überreicht hätte, der Captain aber ganz und gar nicht bereit gewesen wäre, mit ihm nach Sydney zu kommen. Der Militärstaatsanwalt, der es in der kurzen Zeit erstaunlicherweise geschafft hatte, einigermaßen nüchtern zu sein, befragte ihn gründlich nach der Reaktion MacArthurs auf die Aushändigung des Haftbefehls.

Daraufhin las er MacArthurs Antwortbrief durch und fragte: »Dieser Brief wurde doch in Ihrer Gegenwart geschrieben, Mr. Oakes? Und Mr. MacArthur hat ihn auch in Ihrer Gegenwart unterschrieben?«

»Ja, Sir, ich hab's mit meinen eigenen Augen gesehn.«

»Und er hat versucht, den Brief von Ihnen zurückzuerhalten?«

Nachdem Oakes das bestätigt hatte, fragte er weiter: »Aber Sie haben sich geweigert, den Brief wieder auszuhändigen?«

»Ich konnt ihn seinem Sohn nicht zurückgeben, Sir«, antwortete Oakes und wurde rot. »Vielleicht hätten Sie mir ohne den Brief nich' geglaubt, daß ich den Haftbefehl Captain MacArthur abgeliefert hab.«

Der Militärstaatsanwalt meinte zustimmend: »Sie haben sich vollkommen korrekt verhalten, Mr. Oakes.«

Er wandte sich an seine Beisitzer.

»Meine Herren, ich stelle hiermit fest und gebe zu bedenken, daß John MacArthur die Gerichtsbarkeit der Kolonie Neusüdwales offensichtlich mit Verachtung straft. Deshalb beantrage ich, daß Mr. Oakes mit einem zweiten Haftbefehl und ein paar bewaffneten Polizisten ihn verhaften und ins Gefängnis Seiner Majestät bringen soll, damit sein Erscheinen vor Gericht gewährleistet ist.«

Oakes war entsetzt, als er das zustimmende Gemurmel sämtlicher Beisitzer hörte.

Selbst Major Johnstone erhob keinen Einspruch. Der zweite Haftbefehl wurde unterschrieben, mit einem Siegel versehen und ihm überreicht. Oakes nahm ihn so würdevoll wie nur möglich entgegen.

»Sie kennen Ihre Pflicht, Mr. Oakes«, sagte der Militärstaatsanwalt sehr ernst. »Machen Sie sich sofort auf die Suche nach Mr. MacArthur.«

Er brauchte nicht lange zu suchen. John MacArthur hatte es unter seiner Würde gefunden, seine Anwesenheit in Sydney zu verbergen. Zur großen Erleichterung von Oakes ließ er sich ohne jeden Widerstand verhaften, wurde dem Gericht vorgeführt und gegen eine Bürgschaft von tausend Pfund wieder auf freien Fuß gesetzt. Sein Prozeß sollte am 25. Januar 1808 stattfinden.

15

Justin stand am Steuer der *Flinders*. Immer wieder schaute er das schlanke, schöne Mädchen an, das ein paar Schritte von ihm entfernt an Deck stand.

Abigail Tempest hatte sich schnell an die Fahrt den Hawkesbury hinauf auf dem kleinen Segelboot gewöhnt, und sie interessierte sich für alles, was es unterwegs zu sehen gab. Justin beantwortete ihr mit Vergnügen alle ihre Fragen.

Die *Flinders* war auf dieser Fahrt zum erstenmal fast überladen. Boskenna besetzte mit seinen zwei jungen Mündeln die einzige Kabine, und Justin selbst campierte mit den drei neuen Farmarbeitern die Nacht über auf Deck.

Boskenna stand neben Abigail und wachte eifersüchtig darüber, daß die beiden jungen Leute nicht zuviel miteinander sprachen. Um Lucy mußte er sich weniger kümmern, da sie sich – ganz anders als Abigail – von alleine fernhielt und selbst Justin so behandelte, als wäre es eine Gnade von ihr, wenn sie das Wort an ihn richtete.

Als sich Boskenna für eine Zeitlang vor der Sonne in die Kabine zurückzog, spürte Justin plötzlich, daß er mehr als nur ein oberflächliches Gespräch mit Abigail wollte. Tatsächlich wollte er – mehr als irgend etwas anderes seit langer Zeit – ihre Aufmerksamkeit erregen, ihre Freundschaft gewinnen und vielleicht ihr weibliches Interesse wecken. Aber gerade als er überlegte, wie er es am besten anstellen sollte, zerstörte Abigail seine Hoffnungen mit einem Satz.

»Justin«, sagte sie mit leiser Stimme, »ich bin verlobt. Das heißt, ich habe Dr. Titus Penhaligon mein Jawort gegeben, aber Mr. Boskenna weiß es noch nicht, und ich… nun, ich möchte nicht, daß er es erfährt ... jetzt noch nicht. Ich ... Sie erzählen doch niemandem etwas davon, oder?«

Justin fühlte, wie Eifersucht sich seiner bemächtigte, aber er versuchte, sich nichts anmerken zu lassen und lächelte. »Aber selbstverständlich nicht, wenn Sie das wünschen, Miß Abigail«, versicherte er ihr.

»Ich habe Ihnen nur von meiner heimlichen Verlobung erzählt, weil ich ... nun, ich möchte Sie um einen Gefallen bitten«, fuhr Abigail fort. »Dr. Penhaligon – Titus – arbeitet zur Zeit in der Siedlung am Coal River. Ich habe einen Brief für ihn. Kommen Sie manchmal dort hin?«

»Ja«, sagte Justin. »Aber ich weiß nicht, wann ich das nächstemal hinfahre.«

Sie sagte leise: »Das macht nichts«, zog aus ihrer Bluse einen kleinen Brief und hielt ihn ihm hin. »Bitte«, bat sie ihn, »können Sie dafür sorgen, daß Titus ihn in die Hände bekommt und sonst niemand? Ich wäre Ihnen so dankbar dafür!«

Justin sagte sich, daß sie ihm dafür wenigstens dankbar sein würde. Der Brief roch zart nach ihrem Parfüm, und er hatte ihn kaum in seine Jackentasche geschoben, als Caleb Boskenna in der Ladeluke auftauchte und an Deck kam. Er schaute Justin einen Augenblick lang mißtrauisch an, aber Abigail hatte sich schon abgewandt und lehnte jetzt an der Reling. Der Pfarrer befahl ihr, zu ihrer Schwester in die Kabine hinunterzugehen.

Der Wind stand so günstig, daß die *Flinders* früher als erwartet am Landungssteg von Abigails und Lucys neuem Zuhause anlegte. Und auch das Löschen der Ladung ging schneller voran, als Justin gedacht hatte. Die drei Sträflinge und auch Pfarrer Boskenna langten kräftig mit zu, unterstützt von den beiden Männern, die schon auf der Farm waren, dem kleinen Koch und einem Schafhirten namens Jethro. Obwohl Justin noch bei Tageslicht in Long Wrekin ankommen wollte, fühlte er sich doch verletzt und enttäuscht, als Caleb Boskenna sich kurz angebunden von ihm verabschiedete und kaum ein Wort des Dankes fand. Er lud ihn nicht ein, das neue Farmhaus zu besuchen, bot ihm kein warmes Essen an, und das schlimmste für Justin war, daß er keine Gelegenheit hatte, sich von Abigail Tempest zu verabschieden.

Mrs. Boskenna, eine schmallippige, unfreundliche Frau, hatte die beiden Mädchen gleich mit ins Haus genommen, und seitdem hatte Justin nichts mehr von ihnen gesehen.

Wie anders war es aber, als er noch bei Tageslicht an dem heimatlichen Landungssteg anlegte und Tom Jardine mit William dort schon auf ihn warteten.

»Ich hab dich gesehn, Justin. Ich hab die *Flinders* schon erkannt, als du noch mehr als eine Meile weg warst, und ich lief zu Tom und hab' es ihm gesagt!« erzählte ihm William aufgeregt, als er an Land kam. Er umarmte seinen kleinen Bruder, und William brach zu seinem Erstaunen gleich in Tränen aus.

»Der Junge vermißt seine Mutter«, meinte Tom. »Wir haben lange Zeit nichts von ihr gehört.«

»Aber ich kann euch zum Glück gute Neuigkeiten berichten«, sagte Justin, »lieber Willie, unserer Mutter geht es gut – sie ist begnadigt worden! Captain Hawley hat es vom Gouverneur erfahren, gleich nachdem wir in Sydney angekommen sind. Er und Mama sind jetzt verheiratet – ich war bei der Hochzeit in Hobart dabei. Mama kommt mit dem nächsten Schiff nach Hause zurück.«

»Gott sei Dank!« rief der kleine Junge aus und sprang vor Freude in die Luft. Tom Jardine nahm Justin den Seesack ab, warf ihn sich über die Schultern und sagte: »Nancy hat zu deinem Empfang schnell etwas gekocht... hier steht alles gut. Mr. Dawson und andere Nachbarn haben uns viel geholfen... Eure Mutter wird zufrieden sein, wenn sie zurückkommt.«

Er zögerte und fragte dann: »Weißt du, wann genau sie zurückkommt, mein Junge?«

»Nein, leider nicht genau. Der Gouverneur sagte Captain Hawley, daß das nächste Schiff um die Jahreswende herum hier erwartet wird. Ich mußte schon vorher zurück, weil ich meine Arbeit hier habe, und der Gouverneur hat Captain Hawley sofort zurückbeordert.«

»Das wundert mich gar nicht«, antwortete Tom entschieden. »Soviel wir hier hören, hat Gouverneur Bligh große Schwierigkeiten und ist auf die Unterstützung von jedem einzelnen angewiesen.« Er zögerte wieder und fügte dann flüsternd hinzu: »Die Siedler am Hawkesbury hier haben eine bewaffnete Bürgermiliz gegründet, Justin. Ich bin auch dabei.«

Justin blieb stehen und starrte ihn erstaunt an. »Um Gottes willen, Tom – warum denn das?«

»Um den Gouverneur verteidigen zu können, falls es nötig wird«, antwortete Tom leise. »Ja – und um uns gegen das verbrecherische Rum-Korps zu wehren, wenn das nötig sein sollte!« Er legte eine Hand auf Justins Schulter und lächelte seltsam. »Niemand hat mehr für die Siedler hier getan als Gouverneur Bligh, und die meisten würden alles für ihn tun. Wir nennen uns die Hawkesbury-Loyalisten, und das sind wir auch wirklich... Loyalisten, verstehst du, Justin.«

Die Vorstellung einer bewaffneten Bürgermiliz beunruhigte Justin sehr. Es stimmte zwar, daß Mr. Campbell von einem Zusammenstoß zwischen dem Gouverneur und John MacArthur gesprochen hatte und daß der Militärstaatsanwalt einen Haftbefehl gegen den ehemaligen Offizier ausgesprochen hatte. Aber der Grund dafür war doch eigentlich trivial, es ging um nichts anderes als um die Zahlung einer Kaution...

Tom sagte nachdenklich: »Wenn du wieder in Sydney bist, bitte Captain Hawley, eine Woche herzukommen. Wir brauchen einen Offizier, der uns trainieren kann. Wir können zwar mit unseren Waffen umgehen, aber ein paar Lektionen in militärischer Taktik und Disziplin würden keinem von uns schaden.«

Justin schaute ihn unsicher an und erkannte, daß es ihm todernst war.

»Gut«, stimmte er zu. »Ich werde es ihm ausrichten, Tom. Aber ich glaube, daß sich die Sache von ganz alleine klären wird. Mr. MacArthur wird seine Strafe bezahlen, und damit ist alles wieder in Ordnung, das wirst du ja sehen.«

Als sie das Haus betraten, wurde Justin von seiner kleinen Schwester Rachel und Nancy Jardine so herzlich begrüßt, daß er alles andere erst einmal vergaß.

Als er nach dem Essen die vielen Fragen der Kinder zerstreut beantwortete, wurde es Justin klar, daß er schon bald nach Sydney zurückfahren mußte. Andrew sollte wissen, was hier vorging, und vielleicht auch der Gouverneur. Und außerdem mußte er Abigails Brief befördern.

Andrew Hawley führte gerade ein Gespräch mit dem Gouverneur, als der Sekretär Griffin hereinkam und einen unerwarteten Besucher ankündigte. John MacArthur war im Vorzimmer und hatte dringend um ein persönliches Gespräch mit dem Gouverneur gebeten.

»Mr. MacArthur scheint es sehr wichtig zu sein, Sir«, fügte Edmund Griffin hinzu, und es klang ziemlich aufgeregt. »Er sagt, daß er Dokumente bei sich hat, die für Eure Exzellenz von größtem Interesse sein dürften.«

»Hält er sie für so wichtig, daß er sie mir persönlich übergeben muß?« fragte der Gouverneur irritiert. »Was ist das für ein aufsässiger Mann! Bitten Sie ihn, Ihnen die Dokumente auszuhändigen, Edmund, und ich lese sie dann, sobald ich Zeit habe.«

»Sir, das habe ich schon versucht. Aber er ist nicht bereit, sie mir anzuvertrauen«, meinte der junge Sekretär bedauernd. »Er sagt, es seien Originale, die für seinen bevorstehenden Prozeß von größter Wichtigkeit seien.«

William Bligh zog seine dunklen Augenbrauen zusammen. Dann knurrte er: »Ach, was soll das ganze – ich empfange ihn. Aber lassen Sie den aufdringlichen Kerl zehn Minuten warten, Edmund. Sagen Sie ihm, daß ich gerade beschäftigt bin… und bieten Sie ihm nichts zu trinken an.«

»In Ordnung, Eure Exzellenz.« Griffin zog sich lächelnd zurück, und der Gouverneur wandte sich an Andrew.

»Was, glauben Sie, will er, Hawley? Sie wissen doch, was in der Stadt gemunkelt wird, oder?«

»Ja, Sir, aber…«

»Nun?« unterbrach ihn Bligh ungeduldig. »Was wird geredet? Und was hat MacArthur vor? Ich habe gehört, daß er sich zur Zeit mehr in Sydney als in Parramatta aufhält.«

»Ja, das stimmt, Sir.«

»Wahrscheinlich sichert er sich hier den Beistand dieser kriminellen Schurken, die sich Offiziere des Königs nennen, oder?«

Andrew nickte wortlos mit dem Kopf.

»Und was sonst noch, Hawley? Welche Meinung herrscht in der Stadt vor?«

»Daß MacArthur davonkommen wird, Sir – und daß er neben der Kaution schlimmstenfalls eine Strafe zahlen muß.«

»Verdammt noch mal, das halte ich auch für möglich«, gab der Gouverneur zu, »obwohl ich alles daransetzen werde, ihm eine härtere Lektion zu erteilen! Gott weiß, daß diese Kolonie niemals gedeihen kann, solange diese Verbrecher hier sind, die skrupellos alles in ihre eigenen Taschen wirtschaften, was nur möglich ist. Und ich muß es weitgehend diesem Atkins überlassen, MacArthur in seine Schranken zu verweisen! Der ist ja eine trübe Tasse, selbst wenn er nüchtern ist! Was wird über ihn in der Stadt gesagt, haben Sie etwas gehört?«

»Daß Mr. Atkins persönlich sehr viel gegen John Mac-

Arthur habe … daß er ihn vor das Strafgericht gebracht hat, wo der Fall auch vor dem Friedensgericht hätte abgewickelt werden können …«

Nachdem er einen Moment lang geschwiegen hatte, sagte der Gouverneur mehr zu sich selbst als zu Andrew: »Auch wenn ich Atkins' persönliche Bösartigkeit benutzen will, um Neusüdwales von einem Mann vom Schlage John MacArthurs zu befreien, dann werde ich das tun … und mit dem reinsten Gewissen der Welt. Er hat –«

Er wurde von Edmund Griffin unterbrochen, der mit rotem Gesicht ins Zimmer platzte. »Entschuldigen Sie, Sir«, sagte er atemlos, »aber Mr. MacArthur hat darauf bestanden, daß ich Ihnen sage –«

Bligh ließ ihn nicht ausreden.

»Gerechter Gott!« rief er wütend aus. »Hat Mr. MacArthur denn gar keine Geduld? Bringt er es nicht fertig, ein paar Minuten zu warten?«

»Nein, offensichtlich nicht, Sir«, antwortete der Sekretär. »Er ist gegangen. Aber er läßt ausrichten, wenn Eure Exzellenz ihn zu sprechen wünschen, stünde er zu Ihrer Verfügung. Er sagte noch … er hätte dringende Geschäfte zu erledigen und könne es sich nicht leisten abzuwarten, bis Sie ihn gnädigerweise empfangen! Er gab mir diesen Brief für Sie, den er in meiner Gegenwart geschrieben hat, und er ließ mich auch kurz einen Blick auf die Dokumente werfen, die er Ihnen vorlegen wollte, damit ich mich für ihre Authentizität verbürgen könne.«

»Und können Sie das?« fragte der Gouverneur und versuchte, sich seinen Ärger nicht anmerken zu lassen. »Was waren denn das für Dokumente, verdammt noch mal?«

Edmund Griffin lief rot an. Die Angelegenheit schien ihm entsetzlich peinlich zu sein.

»Eure Exzellenz«, stammelte er unglücklich, »da war zuerst einmal eine Rechnung über sechsundzwanzig Pfund und sechs Schillinge, die Sir William Bowyer vor vierzehn

Jahren an Mr. Atkins geschickt hat. MacArthur hat sich bereiterklärt, das Geld einzutreiben, das mit Zinsen inzwischen immerhin eine Summe von zweiundachtzig Pfund neun Schillingen beträgt, Sir.«

Der Sekretär las die Zahlen von einem Zettel ab, auf dem er sie notiert hatte.

»Sir, ein Brief von Mr. Atkins lag dabei, in dem er einverstanden ist, die ursprüngliche Summe zu bezahlen, sich aber weigert, für die inzwischen aufgelaufenen Zinsen aufzukommen.«

»Großer Gott!« rief der Gouverneur erstaunt aus. »Atkins muß ja verrückt sein! Die Rechnung ist doch längst verjährt. Warum hat er nicht daran gedacht?«

»Vielleicht erklärt MacArthurs Brief die Angelegenheit, Sir«, meinte Andrew.

Bligh grunzte, faltete den Brief auf und las ihn mit lauter, wütender Stimme vor:

»*Ich, der Unterzeichnete, bitte mit großem Ernst darum, daß Eure Exzellenz für meinen bevorstehenden Prozeß einen unparteiischen Militärstaatsanwalt vorschlagen mögen. Ich bin sicher, daß Sie sich als Gouverneur vorstellen können, wie schädlich es für die Moral dieser Kolonie sein würde, wenn herauskäme, daß ein Militärstaatsanwalt sich jahrelang geweigert hat, eine Schuld zurückzuzahlen, ohne irgendeinen einleuchtenden Grund dafür angeben zu können…*«

Bligh war unfähig, seine Wut zu verbergen. »Gerechter Himmel, die Unverschämtheit dieses Halunken kennt ja keine Grenzen! Aber einen größeren Idioten als Atkins kann ich mir auch nicht vorstellen!« fügte er verzweifelt hinzu. »Bitte lassen Sie ihn sofort kommen, Edmund, damit wir hö-ren, was es mit dieser unglücklichen Geschichte auf sich hat.«

»Ich fürchte, da läßt sich nicht mehr viel machen, Sir«, antwortete der Sekretär.

»Mr. MacArthur hat Anklage gegen ihn erhoben, hat er mir gesagt.«

»Beim Zivilgericht?«

»Ja, Sir. Und er will vor Gericht auch gegen die Beschlagnahmung der *Parramatta* vorgehen.«

In all den Jahren, die er unter ihm gedient hatte, hatte Andrew William Bligh noch nie so aufgewühlt erlebt. Er biß die Zähne aufeinander, und seine Hände zitterten heftig, als er den Brief John MacArthurs wieder aufnahm. Er las den letzten Satz mit ausdrucksloser Stimme vor:

»*Im übrigen werde ich Eure Exzellenz mit dieser Angelegenheit nicht mehr bemühen, sondern werde mit dem nächsten Schiff dem Außenminister Seiner Majestät einen Brief zukommen lassen, der ihn über die hiesigen Zustände aufklärt…*«

Der Gouverneur knüllte das Papier zusammen und warf es zu Boden.

Dann hüllte er sich minutenlang in Schweigen, das weder Andrew noch Griffin zu brechen wagten.

Schließlich sagte Bligh mit gequälter Stimme: »Also versucht dieser Schurke, mich zu erpressen? Er hat vor, den Außenminister von der Angelegenheit zu informieren? Nun, das erklärt, warum er Atkins mit der Rückzahlung der Schuld so lange Zeit gelassen hat… Wie alle Spitzbuben hat er nur auf den Tag gewartet, an dem er seinem Feind wirklichen Schaden zufügen kann! Aber ich werde mich von solchen Drohungen nicht einschüchtern lassen, bei Gott nicht! Atkins wurde von der Regierung Seiner Majestät zum Militärstaatsanwalt ernannt, und selbst wenn ich es wollte, könnte ich ihn gar nicht suspendieren.«

Griffin fragte: »Möchten Sie Mr. MacArthur auf seine Forderung hin antworten?«

»Sie meinen, ob ich sein Bittgesuch beantworten will«, korrigierte ihn Bligh. »Ja, bei Gott, das will ich!« Der Sekretär setzte sich an den Schreibtisch und griff nach Federhalter und Papier. »Informieren Sie Mr. MacArthur davon, daß sein Prozeß am 25. Januar stattfinden wird, ungeachtet der Tatsache dessen, was er mir heute mitgeteilt hat. Die Kürze der Zeit macht es unmöglich, diesbezüglich noch vor dem Prozeß eine Entscheidung zu fällen.«

Als der Sekretär den Federhalter zur Seite legte, sagte der Gouverneur: »Unterschreiben Sie den Brief für mich, Edmund... und bringen Sie ihn auf dem schnellsten Wege zu John MacArthur. Danach sagen Sie bitte dem Militärstaatsanwalt, daß er und Mr. Crossley mir heute nachmittag um zwei Uhr ihre Aufwartung machen sollen.« Dann wandte er sich an Andrew, sprach ihn zum erstenmal bei seinem Vornamen an und fragte leise: »Andrew, Sie verstehen sich doch so gut mit Robert Campbell, oder?«

»Ja, Sir«, versicherte ihm Andrew.

»Gut!« Bligh legte ihm eine Hand auf den Arm und lächelte.

»Dann gehen Sie doch zu ihm und sagen ihm, daß er hinsichtlich der Beschlagnahmung der *Parramatta* meine volle Unterstützung hat. Falls MacArthur ihm in dieser Angelegenheit einen Prozeß anhängen sollte, soll er sofort zu Rechtsanwalt Crossley gehen, um Gegenklage zu erheben. Auf keinen Fall soll das Schiff freigegeben werden. Sorgen Sie dafür, daß er das in aller Deutlichkeit versteht, ja?«

»Aber selbstverständlich, Sir.«

»Ich weiß Ihre Loyalität zu schätzen«, sagte der Gouverneur.

»Und ich möchte mich Ihnen auch erkenntlich zeigen, das verspreche ich Ihnen. Wenn es Ihnen recht ist, ernenne ich Sie zum Friedensrichter – in dieser Funktion können Sie Ihre Loyalität der Krone und dieser Kolonie gegenüber weiterhin unter Beweis stellen.«

»Ich danke Ihnen, Sir.« Wenn diese knappen Worte etwas seltsam klangen, dann konnte er es nicht ändern, dachte Andrew.

Was immer er persönlich von William Bligh hielt, so war er doch der Gouverneur von Neusüdwales. Wenn MacArthur und die Korps-Offiziere seine Autorität in Frage stellten, dann – Andrew preßte seine Lippen aufeinander – dann würden sie sich des Hochverrates schuldig machen, und es wäre seine Pflicht, diese Männer zu bekämpfen.

Als hätte er Andrews Gedanken gelesen, sagte der Gouverneur: »Ich werde Crossley beauftragen, MacArthur wegen Hochverrats anzuklagen. Aber bis die Anklageschrift aufgesetzt ist, darf er nichts davon erfahren. Die Angelegenheit bleibt ganz unter uns, verstehen Sie?«

»Aber selbstverständlich, Eure Exzellenz.« Andrew stand stramm, verbeugte sich steif und verließ den Raum.

16

John MacArthur war bester Laune, als er sich einen Weg durch die Menschenmenge zur St. Patricks Taverne bahnte. Matrosen von den im Hafen liegenden Schiffen, begnadigte Sträflinge, Prostituierte und Sträflinge, die als Hausangestellte bei den Offizieren arbeiteten, rempelten mehr oder weniger absichtlich die Soldaten an, die unterwegs waren, und halblaute Flüche wurden ausgetauscht. Aber wie MacArthur, waren die meisten Leute gutgelaunt und festlicher Stimmung, obwohl sie sicher mit der frohen Botschaft des Weihnachtsfestes nicht viel anfangen konnten ... Sie würden zwar den Gottesdienst besuchen, weil das in der ganzen Kolonie ein absolutes Muß war, aber das Hauptvergnügen am Weihnachtsfest bestand zweifellos darin, sich mit der kostenlosen Extraration Rum vollaufen zu lassen und möglichst gut zu essen.

MacArthur lächelte vor sich hin. Für Rum konnte man hier noch alles kaufen, Arbeit, Loyalität und allerlei Hilfsdienste, trotz des Versuchs von Gouverneur Bligh, den Handel mit Rum zu unterbinden. Als er durch die Schankstube auf die Bar zuging, erkannten ihn zwei Soldaten und hoben ihre Gläser.

»Das is Mr. MacArthur, Leute – laßt ihn durch! Auf Ihre Gesundheit, Sir!«

MacArthur rief der Barfrau zu: »Bringen Sie den Männern noch ein Glas auf meine Rechnung!«

Der Besitzer Thomas Whittle erkannte seine Stimme und kam aus dem Hinterzimmer, um ihn zu begrüßen. »Womit kann ich Ihnen dienen, Sir? Mit Brandy oder einem Glas Madeira?«

»Ich bin nicht zum Trinken hergekommen, Mr. Whittle, sondern möchte etwas mit Ihnen unter vier Augen besprechen«, antwortete MacArthur. »Und da ich nicht viel Zeit habe, wäre ich Ihnen dankbar, wenn Sie mir ein paar Minuten Ihre Aufmerksamkeit schenken könnten.«

»Aber selbstverständlich, Sir. Wenn Sie mir bitte folgen wollen...«

Im Hinterzimmer setzten sich die beiden Männer an einen Tisch, der Wirt schob die Papiere zur Seite, an denen er gerade arbeitete, und fragte: »Was kann ich für Sie tun?«

»Zuerst möchte ich etwas für Sie tun«, sagte John MacArthur lächelnd. »Ich habe gerade fünfzig Gallonen amerikanischen Rum günstig einkaufen können. Es ist zwar nicht die beste Qualität, aber auch nicht schlecht. Ich stelle Ihnen den Rum kostenlos zur Verfügung, falls Sie ihn Ihren Gästen am 25. Januar zum halben Preis verkaufen. Sie wissen, daß an diesem Tag mein Prozeß stattfindet, oder?«

Sergeant Whittle nickte mit seinem bulligen Kopf. »Ja, Mr. MacArthur, natürlich weiß ich das. Möchten Sie, daß Ihre Großzügigkeit den Leuten bekannt gemacht wird?«

»Sie können es beiläufig erwähnen, ja.«

»Sie werden natürlich freigesprochen, oder?«

»Ich glaube auch.«

»Es ist eine böse Geschichte, Sir, in die Sie da hineingeraten sind«, meinte Whittle ärgerlich. »Dieses ewig betrunkene Schwein Atkins hat es auf Sie abgesehen, und der Gouverneur bläst ins selbe Horn. Die beiden können sich die Hand reichen. Und was Crossley betrifft – der ist nichts als ein verdammter Betrüger, obwohl er hier seinen Beruf ausüben darf, als wäre er ein ehrlicher Bürger!«

»Kommt Crossley jemals zum Trinken hierher?« fragte MacArthur kurz.

»*Hierher?* Nein, Sir.« Und leicht verärgert fügte der Sergeant hinzu: »Meine Kneipe ist ihm nicht gut genug. Er trinkt meistens bei Sarah Bird.« Er unterbrach sich und schaute MacArthur an: »Ich könnte jederzeit dafür sorgen, daß er länger in der Kneipe bleibt, als er es eigentlich vorhatte, Sir.«

»Darauf würde ich gerne einmal zurückkommen, Thomas«, gab MacArthur zu. »Ich habe aus zuverlässiger Quelle gehört, daß Crossley den Auftrag hat, eine Anklageschrift gegen mich aufzusetzen. Ich brauche Ihnen nicht zu sagen, daß es mir sehr nützen würde, wenn ich vor dem Prozeß einen Blick in diese Anklageschrift werfen könnte.«

»Natürlich, Mr. MacArthur«, meinte Whittle. »Ich bin Ihnen gerne dabei behilflich, Sir. Ist das alles?«

MacArthur schüttelte den Kopf. »Nein. Da sind noch zwei Sachen. Erstens wurde mir von offizieller Seite mitgeteilt, daß ich nicht länger mit einem Grundstück rechnen kann, das mir schon vierzehn Jahre lang seit Gouverneur Kings Abschied zur Verfügung gestellt wurde. Das Grundstück Nummer siebenundsiebzig wurde jetzt der Kirche zugedacht.« Er zuckte mit den Schultern. »Ich darf auf dem Grundstück nichts bauen und muß mich mit einem Grundstück gleicher Größe und gleichen Wertes irgendwo in der Stadt zufriedengeben, das ich mir allerdings selbst auswählen kann.«

Thomas Whittle starrte ihn mit offenem Mund an. »Und damit haben Sie sich einverstanden erklärt, Sir?«

»Ach, ich stimmte um des lieben Friedens willen zu. Verdammt noch mal, Thomas, ich tu mein Bestes, um Gouverneur Bligh zu besänftigen.«

»Ja, Sir«, sagte Whittle, grinste aber etwas hinterhältig.

»Und was ist dabei herausgekommen?« fuhr MacArthur fort. »Ich suchte mir ein Grundstück aus, und jetzt behauptet Seine Exzellenz, daß es zum Hafengebiet gehört. Er hat mir in sehr geschraubtem Stil brieflich mitgeteilt, daß er die Angelegenheit der Regierung Seiner Königlichen Majestät vorgelegt hat. Und Sie wissen ja, wie lange es dauert, bis eine Entscheidung in England gefällt wird und wir davon erfahren, oder? Deshalb –«, er unterbrach sich und schaute den Sergeant prüfend an. »Ich möchte, daß um das Grundstück Nummer siebenundsiebzig ein Zaun errichtet wird, Thomas. Können Sie das mit ein paar Ihrer Soldaten sobald wie möglich erledigen? Sie werden natürlich für die Arbeit bezahlt.«

»Soldaten, Sir?« fragte Whittle offensichtlich verwirrt.

»Ganz richtig – Soldaten. Der verdammte Kommandeur der Feldgendarmerie und seine Wachleute werden es sich zweimal überlegen, bevor sie uniformierte Männer bei der Arbeit stören, oder?«

Thomas Whittle griff gedankenverloren zur Flasche. Bevor er antwortete, trank er sie halb aus. Dann sagte er: »Sie haben ganz recht, Sir. Wenn Sie das wünschen, dann soll es auch geschehen. Ich nehme an, daß Sie wissen, was Sie tun.«

»Das weiß ich, Thomas«, antwortete John MacArthur aufgebracht. »Das weiß ich, bei Gott! Ich erhebe mich gegen Tyrannei und Ungerechtigkeit.«

Whittle trank noch einen Schluck aus der Brandyflasche. »Und gerade zur rechten Zeit, Mr. MacArthur«, stimmte er zu. »Sie können auf mich rechnen, Sir, auf mich und meine Männer. Was zahlen Sie ihnen?«

»Eine Gallone Rum«, antwortete MacArthur ohne zu zögern. »Und zwar guten Rum, im Gegensatz zu dem Fusel, den Sie hier ausschenken.«

»Jeder muß sehen, wie er sein Geld verdient«, brummte der Kneipenwirt beleidigt. »Und was haben Sie noch auf dem Herzen?«

»Ach ja.« MacArthur blinzelte. »Sie kennen doch Captain Hawley?«

»Natürlich kenn ich den. Er ist zur Zeit nicht in Sydney. Ist über Weihnachten zum Hawkesbury gefahren, wenn ich recht informiert bin.«

»Captain Hawley«, antwortete John MacArthur kurz,

»wurde auf Betreiben Blighs zum Friedensrichter ernannt, und ich habe Grund zu der Annahme, daß er bei meinem Prozeß ein Wort mitzureden hat.«

Whittle nickte verständnisvoll. Der Alkohol fing jetzt zu wirken an, und er war nicht mehr so nervös wie zu Beginn des Gesprächs.

»Ich verstehe, Sir«, sagte er. »Und Captain Hawley wird auf der Seite des Gouverneurs sein. Sie...« Er zögerte. »Was soll mit ihm geschehen, Mr. MacArthur?«

»Ich möchte, daß er nicht bei meinem Prozeß anwesend ist, weiter nichts.« John MacArthur stand auf. »Es ist mir ganz egal, was Sie sich einfallen lassen, um das zu erreichen, für mich zählt allein das Resultat. Wenn ich nicht freigesprochen werde, dann muß ich sehr viel Geld bezahlen, das können Sie mir glauben. Machen Sie einfach, um was ich Sie gebeten habe, Thomas! Und wenn Sie den Zaun um mein Grundstück schon in den nächsten Tagen fertigstellen, dann verdopple ich die Menge Rum, die ich Ihnen versprochen habe, verdammt noch mal!«

»Vielen Dank, Sir«, brachte Whittle heraus. Er sprang auf, eilte zur Tür und verbeugte sich vor John MacArthur, der wortlos den Raum verließ.

Thomas Whittle kratzte sich am Kopf. Der Zaun um das Grundstück herum würde keine Schwierigkeiten bereiten, besonders wenn er die Sache durch Sergeant Sutherland ausführen ließe und von nichts eine Ahnung hätte, falls Schwierigkeiten entstünden. Auch Rechtsanwalt Crossley in ein langes Gespräch zu verwickeln, dürfte eine einfache Sache sein. Aber wie, zum Teufel, sollte er die Angelegenheit mit Captain Hawley regeln? Dann fiel ihm ein junges Mädchen ein, das am frühen Abend in der Kneipe gewesen war, und seine Laune verbesserte sich schlagartig.

»Jessy«, rief er der Barfrau zu, »geh und hol die beiden Frauen, die vorhin mit diesem jungen Mädchen hier waren. Die eine Frau heißt Mattie Croaker, und das Mädchen wurde Dorcas genannt. Sag ihnen, daß ich ihr einen Vorschlag zu machen habe, und bring alle drei hierher.«

Schon kurz danach klopfte es an die Tür. »Da sind sie schon, Mr. Whittle«, sagte die Barfrau. »Soll ich Mrs. Croaker und Dorcas hereinbringen?«

»Ja, natürlich«, sagte Thomas Whittle zerstreut, »und dann kassiert ab und schließt die Kneipe für heute abend. Ich brauche etwas Ruhe.«

Kurz danach zog Mattie Croaker die blasse, weinende Dorcas hinter sich her in den Raum und schloß die Tür hinter sich.

Andrew Hawley ritt am 30. Dezember von Jennys Farm am Hawkesbury nach Sydney zurück. Er hatte die Zeit gut genutzt. Justin hatte ihn mit Timothy Dawson und dessen beiden Töchtern auf der *Flinders* am 22. Dezember mitgenommen. Aber schon zwei Tage nach Weihnachten hatte sich Justin wieder verabschiedet und etwas von einem Auftrag gesagt, den er in Coal River ausführen müßte. Andrew hatte nicht weiter nachgefragt. Er vertraute darauf, daß Justin trotz seines jugendlichen Alters schon vernünftig genug war, zu wissen, was er tat.

Leider hatte sich Justins Information, daß die Siedler am Hawkesbury sich zu einer bewaffneten Bürgermiliz zusammenschlossen, bewahrheitet. Timothy Dawson hatte es ohne zu zögern zugegeben, er selbst kommandierte sogar die erste Kompanie.

»Wir können nicht tatenlos herumstehen und zusehen, wie die Autorität des Gouverneurs systematisch untergraben wird«, hatte Dawson leidenschaftlich ausgerufen. »Und ich bin sicher, daß es dazu kommen wird, wenn MacArthurs Macht nicht gebrochen wird. Er und die anderen Rum-Schwarzhändler – ob sie nun im Korps sind oder nicht – werden doch nicht kampflos zulassen, daß ihnen ihr profitabler Handel aus der Hand genommen wird. Wenn wir wollen, daß diese Kolonie gedeiht, dann bleibt uns gar nichts anderes übrig, als Bligh mit all unserer Kraft zu unterstützen!«

»Aber Sie sprechen von bewaffneter Unterstützung, Tim«, protestierte Andrew. »Sie lassen Ihre Männer im Schießen und in militärischer Disziplin ausbilden, sagt Justin. Nehmen Sie allen Ernstes an, daß das Korps rebellieren wird – daß sie die Waffen gegen den Gouverneur erheben werden?«

Und Tim hatte voller Überzeugung geantwortet: »Ich fürchte, daß es dazu kommen kann. Natürlich hängt viel vom Ausgang von John MacArthurs Prozeß ab… und welche Anklagen gegen ihn erhoben werden.«

Andrew erinnerte sich daran, daß er daraufhin nichts geantwortet hatte, da Gouverneur Bligh ihm verboten hatte, den Inhalt der Anklageschrift preiszugeben. Aber Timothy Dawson war kein Narr. Er hatte sein Schweigen richtig zu deuten gewußt, und schließlich hatte Andrew eingewilligt, sich mit den Siedlern zu treffen. Die Siedler waren anständige, ehrliche Leute, ihre Meinungen hatten ihn überzeugt, und ihr einziges Ziel schien es zu sein, die legitime Regierung zu schützen.

Auch sonst war sein Besuch am Hawkesbury für Andrew sehr zufriedenstellend verlaufen. Er hatte Weihnachten in Long Wrekin gefeiert und war von den Jardines und der kleinen Rachel sehr herzlich empfangen worden. William war am Anfang etwas zurückhaltend gewesen und erst im Laufe der Zeit aufgetaut. Er hatte den Kindern Geschenke mitgebracht, und er war erleichtert, als er bemerkte, daß die Farm unter Jardines Leitung sehr gut lief. Jenny würde bald zurückkommen, und dann… plötzlich scheute Andrews Pferd, und er fluchte, da er beinahe abgeworfen worden wäre.

So vieles war unvorhersehbar. So viel hing vom Ausgang von John MacArthurs Prozeß ab sowie auch von der Reaktion der Korps-Offiziere. Es fing zu regnen an, Andrew zog die Schultern hoch und ritt weiter. Als er die Außenbezirke Sydneys erreichte, schüttete es heftig, und er bedauerte, daß er nicht die Nacht über in Parramatta geblieben war.

Er war todmüde, als er vor seinem eigenen kleinen Haus ankam. Kein Licht brannte, sein Bediensteter war offensichtlich nicht zu Hause. Als er die Tür aufschloß, hörte er plötzlich ein Geräusch hinter sich. Im nächsten Augenblick warf sich eine abgerissene Gestalt schluchzend ihm zu Füßen und bat ihn um Hilfe.

Andrews erster Gedanke war es, die Frau wegzuschicken. Er war zu erschöpft nach dem langen Ritt und hatte keine Lust, sich auf etwas einzulassen, dessen Folgen er nicht absehen konnte. Außerdem gab es in Sydneys Straßen viele betrunkene Frauen, obwohl die Prostituierten auf der Suche nach Freiern diese gute Wohngegend hier zwischen dem Regierungsgebäude und den Kasernen normalerweise mieden. Aber die Hilferufe der Frau gingen ihm ans Herz, und als sie ihr Gesicht zu ihm hob, erkannte er trotz der Dunkelheit, daß sie sehr jung sein mußte.

Er öffnete die Tür und entzündete die Öllampe, die in dem schmalen Flur hing. Die schluchzende Kreatur folgte ihm ins Haus, und als er sie im flackernden Schein der Lampe anschaute, sah er, daß sein erster Eindruck richtig gewesen war. Sie war noch ein Kind, und er war entsetzt, als er die Spuren von Gewalttätigkeiten an ihrem verschwollenen Gesicht, an ihrem Hals und an ihren Armen entdeckte.

Er legte mitleidig seinen Arm um sie und führte sie in sein Wohnzimmer, wo er ihr den einzigen Sessel anbot, den er besaß. Dann goß er dem zitternden Mädchen und sich ein Glas Brandy ein.

»Trink das«, riet er ihr, »dann fühlst du dich gleich besser.«

Sie trank dankbar, aber konnte offensichtlich nicht zu weinen aufhören, bis Andrew sie bat, ihm ihr plötzliches Erscheinen an seiner Tür zu erklären.

»Ich... ich hatte Angst. Sie haben mich geschlagen, und ich... ich bin weggerannt. Ich wußte nich', wo ich war, aber dann sah ich Sie, und ich... ich wollt Sie bitten, mir zu helfen. Ich hab Angst, daß sie immer noch hinter mir her sind, Sir, und ich... ich wollt mich vor ihnen verstecken.«

»Ich verstehe. Und wo ist das passiert, mein Kind? Wo kommst du her?«

Sie machte eine vage Handbewegung, als ob sie selbst nicht genau wüßte, wo sie hergekommen war, und Andrew sah, daß sie heftig zitterte. Er ging in sein Schlafzimmer, nahm eine Decke von seinem Bett und legte sie um ihre Schultern. Seine eigene Kleidung war vom Regen durchnäßt, und er zog seine Jacke und sein Hemd aus und schlüpfte in seinen Morgenmantel.

»Also«, bat er sie etwas hilflos. »Sag mir wenigstens, wie du heißt.«

Sie schreckte voller Angst vor ihm zurück. »Ich heiße... Dorcas, Sir. Dorcas Croaker.«

»Du brauchst keine Angst vor mir zu haben, Dorcas – ich tue dir nichts Böses«, sagte er freundlich. »Aber wenn ich dir helfen soll, muß ich etwas über dich wissen. Erzähl es mir der Reihe nach – wie alt bist du? Das kannst du mir doch sicher sagen, oder?«

»Ich bin fünfzehn, Sir.«

»Bist du ein Sträfling oder frei?« fragte Andrew.

»Ich bin frei. Meine Mutter ist ein Sträfling, sie und meine Tante auch. Ich bin mit ihnen hergekommen, weil ich in England keine anderen Verwandten hatte, die sich um mich hätten kümmern können.«

»Wann bist du hergekommen, Dorcas?«

»Is' schon 'ne Zeitlang her. Das Schiff hieß *Duke of Portland*.«

Also war sie schon über fünf Monate lang hier, dachte Andrew und überlegte, warum, um alles in der Welt, sie so geschlagen worden war, offensichtlich auch mit einer Peitsche. Ein Mann, der sie hatte vergewaltigen wollen, konnte ihr die Schläge beigebracht haben, aber die Peitschenhiebe sprachen mehr dafür, daß sie den Ärger ihrer Mutter auf sich gezogen hatte und grausam von ihr bestraft worden war. Aber sie hatte von einer Flucht und von *ihnen* gesprochen.

»Erzähl mir, was passiert ist, Dorcas. Erzähl mir alles, von der Landung der *Duke of Portland* an.«

»Ach, sie ham Mama und Tante Alice in die Fabrik in Parramatta gesteckt«, antwortete Dorcas bereitwillig, »und ich wurde im Waisenhaus untergebracht. Ich war gern dort, Sir. Wir ham lesen und schreiben gelernt, und das Essen war gut. Aber dann wurden Mama und meine Tante aus der Fabrik entlassen, und sie holten mich aus dem Heim. Sie –« Sie schluchzte wieder auf und versteckte ihr tränennasses Gesicht vor Andrew.

»Sie wollten mich… sie wollten mich verkaufen, Sir. An einen gräßlichen alten Mann in einer Taverne. Und ich… ich wollte mich nicht von ihm kaufen lassen. Da schlug mich meine Mutter, meine Tante nahm sogar die Peitsche, und ich rannte weg.«

Die Geschichte leuchtet ein, dachte Andrew angespannt. Aber warum hatte sie sich ausgerechnet zu ihm geflüchtet?

Sie war an anderen Häusern vorbeigelaufen – in vielen brannte noch Licht –, in denen Familien wohnten, Frauen und Kinder, von denen sie nicht abgewiesen worden wäre.

Sein Mißtrauen verstärkte sich, als ihm einfiel, daß sie auf dem Weg von ihrem Viertel hierher am Waisenhaus vorbeigekommen sein mußte. Wenn sie wirklich verfolgt worden wäre, hätte sie sich bestimmt dorthin geflüchtet.

»Dorcas«, fragte er ganz plötzlich, »weißt du, wer ich bin? Weißt du, wie ich heiße?«

»Warum, ja, natürlich, Sir, natürlich weiß ich das.« Das

Mädchen lächelte ihn an und sagte: »Sie sind Captain Hawley, oder? Meine Mama hat gesagt –«

Sie wurde durch lautes Klopfen an der Tür unterbrochen,
und Andrew fluchte leise, als eine männliche Stimme Eintritt begehrte.

»Die Wache, Sir! Öffnen Sie die Tür!«

Er stand ohne zu zögern auf und ließ das Mädchen im
Wohnzimmer allein.

Zwei uniformierte Wachleute standen im Regen, und
hinter ihnen zwei abgerissene Frauen, die ihn wütend beschimpften.

»Das is' er, das is' der Offizier, der mein Kind entführt
hat! Sie is' bestimmt da drin, die Ärmste. Halbtot vor Angst
wird sie sein.«

Der eine Wachmann tippte zum Gruß an seinen klatschnassen Hut.

»Tut mir leid, Captain Hawley«, entschuldigte er sich,
»aber Sie sind angezeigt worden.«

»Von diesen Frauen?« meinte Andrew kühl. »Das sind
Sträflinge, nehme ich an?«

»Ja, Sir. Aber wir müssen der Sache trotzdem nachgehen,
Sir, wenn Sie erlauben.«

Andrew sah, daß die Angelegenheit dem Wachmann sehr
unangenehm war.

»Es dauert nur 'n paar Minuten, Sir, bitte lassen Sie uns
rein.«

»Aber selbstverständlich«, sagte Andrew, »das Mädchen
ist im Wohnzimmer, aber ich habe sie nicht entführt. Als ich
meine Tür aufschloß – ich bin gerade vom Hawkesbury
zurückgekommen –, bat sie mich um Hilfe und erzählte weinend, daß ihre Mutter sie geschlagen hätte und daß sie sich
vor ihr verstecken muß. Ich hatte Mitleid mit ihr und ließ
sie herein … aber ich habe sie nicht angerührt, das kann ich
Ihnen versichern. Sie sitzt in meinem Wohnzimmer.«

»In Ordnung, Sir.« Die beiden Wachleute folgten Andrew

ins Haus. Aber das Wohnzimmer war leer. Das Mädchen war mitsamt der Decke, in die er es eingehüllt hatte, verschwunden. Mit einem schrillen Triumphschrei lief eine der Frauen auf das Schlafzimmer zu und bat die Wachleute, sie zu begleiten. Sie folgten zögernd, und der eine schaute Andrew an und murmelte eine Entschuldigung.

Jetzt erst dämmerte Andrew, in welchem Ausmaß er hereingelegt worden war. Er brauchte nicht in sein Schlafzimmer zu gehen, um zu wissen, was er da sehen würde ... Dorcas lag bestimmt weinend und zitternd in seinem Bett, und alles spräche dafür, daß er sie tatsächlich entführt hatte.

Und er konnte nichts zu seiner Verteidigung vorbringen. Das Mädchen würde die Lügengeschichte der Mutter bestätigen, und sein guter Ruf wäre dahin, selbst wenn keine Anklage gegen ihn erhoben würde ... aber sie würden ihn bestimmt anklagen, da die Wachleute als gute Zeugen gelten konnten.

Er fragte sich bitter, wer diese Geschichte ausgeheckt hatte. Und sofort fiel ihm die Antwort ein. Am 25. Januar sollte der Prozeß gegen John MacArthur stattfinden, und er selbst war gerade zum Friedensrichter ernannt worden, und er stand bekanntermaßen auf der Seite von Gouverneur Bligh. Durch seine vermeintliche Entführung eines halben Kindes sollte verhindert werden, daß er am Prozeß teilnähme ...

Und Jenny – großer Gott, was würde sie darüber denken? Er wagte nicht, an all die Schwierigkeiten zu denken, die auf ihn zukamen.

Als die keifenden Frauen mit dem Mädchen an der Hand auf ihn zukamen, nahm er sich aufs äußerste zusammen und forderte sie auf, sofort sein Haus zu verlassen. Sein Tonfall erlaubte keine Widerrede, und einen Augenblick später waren die drei abgerissenen Gestalten wie ein böser Spuk verschwunden.

Er sagte zu den beiden Wachleuten: »Diese Anschuldigungen entbehren jeglicher Grundlage. Die Frauen lügen, das Mädchen ebenfalls. Die Geschichte hat sich genauso abgespielt, wie ich es Ihnen beschrieben habe. Verdammt noch mal, ich war gerade nach einem langen Ritt durch den Regensturm hier angekommen! Ich hatte alles andere im Sinn, als ein Mädchen zu entführen oder zu vergewaltigen.«

Die Wachleute waren ehrliche Männer, und Andrew spürte, daß sie dazu neigten, ihm Glauben zu schenken. Aber der Ältere sagte bedauernd: »Wir müssen trotzdem Anklage gegen Sie erheben, Sir, es tut mir sehr leid.«

»Ja, Sie müssen Ihre Pflicht tun«, antwortete Andrew, »und ich danke Ihnen für Ihr Verhalten in dieser, unglücklichen Geschichte. Morgen früh werde ich dem Kommandeur der Feldgendarmerie die Geschichte aus *meiner* Sicht berichten. Nun wünsche ich Ihnen eine gute Nacht!«

»Gute Nacht, Sir«, antworteten die Männer.

17

Vom Augenblick seiner Landung an haßte Titus Penhaligon
Coal River.

Die Siedlung bestand aus einer Ansammlung armseliger
Hütten und eingeschossiger Häuser für die Korps-Offiziere
und die Aufseher, und die größten Gebäude waren das Gefängnis und der Regierungsladen. Es gab kein Gericht und
keine Kirche, und das Krankenhaus verdiente diesen Namen wirklich nicht. Gottesdienste fanden nur statt, wenn
ein Pfarrer zufällig hier vorbeikam. Das Krankenhaus war
nicht mehr als ein hölzerner Schuppen, der sich besser dazu
geeignet hätte, Tieren und nicht kranken Menschen Unterschlupf zu gewähren, und der nach einer Seite hin offen
stand. Es gab keine Decken, keine Matratzen und keinerlei
Medikamente außer dem Allheilmittel Rum.

»Die Brotration«, hatte sein Vorgänger zynisch gesagt,
»besteht aus einem Laib Brot pro Woche für jeden Kranken – aber in neun von zehn Fällen müssen Sie sich damit
zufriedengeben, was das Militär und die Aufseher in der
Bäckerei übriggelassen haben. Ich habe meine Patienten
immer dazu ermutigt, sobald wie möglich das Krankenhaus
zu verlassen, und niemand war wild darauf, länger als nötig
zu bleiben. Ein paar der Pfleger sind gute Fischer, und ich
ging so oft wie möglich auf Jagd. Es gibt viele Känguruhs in
der Gegend, und ein paar Meilen flußaufwärts wimmelt es
von Enten. Dadurch konnte ich es gerade schaffen, daß meine Kranken nicht auch noch Hunger leiden mußten.«

Sein Vorgänger zuckte mit den Schultern und fügte hinzu:

»Und was Ihre Pflichten betrifft, mein Lieber – Ihre einzige *offizielle* Pflicht – besteht darin, daß Sie Sträflinge für körperlich tauglich erklären, wenn sie gezüchtigt werden sollen. Und daß Sie ihren Tod feststellen müssen, wenn die armen Kerle die Auspeitschung nicht überleben. Falls einer während der Züchtigung stirbt, wird es klug von Ihnen sein, wenn Sie angeben, er sei eines natürlichen Todes gestorben.«

Nach Coal River wurden nur Kriminelle geschickt, Mörder und Sträflinge, die immer wieder zu fliehen versuchten. Sie mußten mit Pickel und Schaufel tief unter der Erde in schlecht gelüfteten Stollen nach Kohle graben, übernachteten dort und kamen nur sonntags an die frische Luft.

Titus erinnerte sich daran, daß sein Entsetzen über die unmenschlichen Arbeitsbedingungen beim Kommandanten nur ein gleichgültiges Achselzucken hervorgerufen hatte.

Titus hatte keine Freunde dort. Die Sträflinge sahen, daß er den Züchtigungen beiwohnte und vertrauten ihm nicht. Seine Patienten hatten ihm gegenüber die gleiche Haltung, obwohl er sie mit großer Selbstaufopferung pflegte und mit Essen versorgte. Der Kommandant hielt Titus für einen Idealisten und einen Schwächling, und er wurde nicht zu den Einladungen in das Regierungsgebäude gebeten.

Alle Offiziere – es gab in Coal River vier – besaßen weibliche Hausangestellte. Die Sträflinge, die zu zehnt in einer Hütte wohnten, hielten sich eine Frau, die den Haushalt versorgte.

Nur er war allein, und als die Wochen vergingen und er nichts von Abigail hörte, wurde er so verzweifelt, daß er sich jeden Abend betrank. Er erinnerte sich daran, daß er zu Anfang seines Aufenthaltes in Coal River jeden Abend lange Briefe an Abigail geschrieben und ihr von seiner Einsamkeit und seiner Verzweiflung berichtet hatte. Als aber nie eine Antwort kam, stellte er seine Versuche ein, auf diese Weise mit seiner künftigen Frau in Kontakt zu treten, und richtete seine Briefe statt dessen an den Gouverneur. Er flehte darum, wieder nach Sydney versetzt zu werden … aber auch diese Briefe blieben ohne Antwort.

Seine schwerste Prüfung jedoch bestand in dem Verhältnis zu Lieutenant O'Shea, das niemals herzlich gewesen war, das aber in der Zwischenzeit ganz offen feindselig geworden war.

Im Rückblick begriff er, daß es natürlich ein großer Fehler gewesen war, daß er dem irischen Lieutenant von seiner Verlobung mit Abigail erzählt hatte. Daraufhin hatte O'Shea keine Gelegenheit verstreichen lassen, um ihm sein Leben zu versauern.

Er griff nach der Rumflasche. Sollten seine Qualen denn niemals enden, sollte er niemals wieder in Abigails liebenden Armen liegen? Aber dann müßte er von seinem Regierungsposten desertieren, über den er so froh gewesen war, weil er ihm eine sichere Zukunft verheißen hatte – seine *und* Abigails Zukunft. Er konnte nicht heiraten, wenn er seine Frau nicht ernähren konnte. Obwohl … er trank noch einen Schluck Rum und kämpfte gegen die aufsteigende Übelkeit an.

Vielleicht mußte er sich nicht ausschließlich auf seine medizinische Ausbildung verlassen … Abigail und ihre Schwester besaßen das Land, das Pfarrer Caleb Boskenna für sie verwaltete. Er könnte auf Abigails Land arbeiten, obwohl er keinerlei Erfahrung in der Landwirtschaft besaß. Andere hatten das auch geschafft, obwohl sie in der Stadt aufgewachsen waren und ihren Lebensunterhalt als Taschendiebe verdient hatten. Er konnte die Landarbeit bestimmt erlernen, und als Abigails Mann hätte Boskenna bestimmt nichts dagegen.

Plötzlich fühlte er sich sehr erleichtert, als ob ihm eine große Last von den Schultern genommen worden wäre. Titus stand auf und warf aus Versehen die Rumflasche um. Zum Teufel noch mal, sagte er sich, er brauchte doch nicht hierzubleiben. Er war doch kein Sträfling, der eine sieben

Jahre lange Strafe absaß! Er war ein freier Mann, ein Offizier, und er würde ein Boot chartern und sich zu Abigail hinfahren lassen. Er ging zur Tür und erinnerte sich daran, daß heute der Neujahrstag war. Der Kommandant hatte O'Shea und die anderen Offiziere zu einem festlichen Abendessen eingeladen, ihn natürlich wieder einmal nicht.

Titus hatte Schluckauf und schloß hinter sich die Tür ab. Als er erst ein paar Schritte in Richtung des Landungssteges gegangen war, hörte er, wie eine vertraute Stimme ihn zu seiner Überraschung bei seinem Namen ansprach.

»Dr. Penhaligon – ich habe einen Brief für Sie, Sir!«

»Justin – Justin Broome? Ach mein Gott, was für eine Überraschung!« Titus nahm seinen unerwarteten Besucher beim Arm, schüttelte ihm überschwenglich die Hand, und seine Augen füllten sich mit Tränen. »Sind Sie mit dem Schiff hier?«

»Ja, mit der *Flinders*.« Justin deutete in die Richtung auf den Hafen. »Sie liegt dort vor Anker. Und wie ich schon sagte, habe ich Ihnen einen Brief mitgebracht. Miss Abigail Tempest bat mich, Ihnen den Brief persönlich auszuhändigen.« Er suchte in seinen Taschen, zog schließlich einen Brief heraus und hielt ihn Titus hin.

Titus nahm den Brief, räusperte sich und führte Justin zum Haus zurück. »Bitte kommen Sie herein, Justin. Ich möchte mit Ihnen sprechen. Ich… ich brauche dringend Ihre Hilfe. Ich… warten Sie bitte, ich muß erst die Tür aufschließen.«

Justins blaue Augen weiteten sich vor Überraschung, als er das kleine Wohnzimmer betrat und den unordentlichen, verwahrlosten Zustand sah. Aber er sagte nichts und wartete geduldig, während Titus Penhaligon das Siegel aufbrach und den Brief überflog. Der junge Arzt fing dabei an zu weinen, es erschütterte ihn offenbar sehr, den lang erwarteten Brief endlich erhalten zu haben. Da Justin an Gefühlsausbrüche bei Männern nicht gewöhnt war, war es ihm peinlich, und er blickte etwas betreten zur Seite.

»Sie haben Miss Abigail selbst gesehen?« erkundigte sich Titus mit belegter Stimme und faltete den Brief vorsichtig zusammen.

Justin nickte. Der junge Arzt fragte ihn, wie es Abigail gehe, wie sie aussehe, und ob sie während der Fahrt den Hawkesbury hinauf zu ihrer Farm in guter Stimmung gewesen sei. Aber plötzlich hatte Justin das Gefühl, daß Penhaligon ihm gar nicht richtig zuhörte. Und nachdem er sein Glas auf einen Schluck geleert hatte, wechselte der Arzt auch tatsächlich das Thema und fragte: »Was würden Sie mir berechnen, wenn ich Sie bitten würde, mich zu Miss Tempests Farm zu bringen? Ich – ich bin kein reicher Mann, Justin, aber ich würde jeden Preis zahlen, der Ihnen fair vorkommt. Und –« Er zog die Stirn kraus und blickte Justin forschend an. Dann fand er, daß er sich ihm offen anvertrauen könne und sagte leise: »Ich müßte hier – möglichst unbemerkt verschwinden. Wäre es möglich, daß Sie mich an Bord Ihres Schiffes verstecken?«

»Das wäre schon möglich«, meinte Justin zögernd, »wenn ich keine anderen Passagiere hätte. Aber einer der Korps-Offiziere wartete schon auf mich, als ich an Land kam, und wir haben uns gleich dort an Ort und Stelle geeinigt. Ich nehme ihn, seinen Bediensteten und sein Pferd mit, und –«

»Wer, um Gottes willen, ist es denn?« fragte Titus mit rauher Stimme. »Welcher von den Offizieren ist es, Justin?«

»Lieutenant O'Shea, Sir. Er –«

»Ach, großer Gott! Das hätte ich eigentlich voraussehen können – dieses Schwein will versuchen, mir Abigail wegzunehmen. Verdammt noch mal, das ist sicher seine Absicht! Nur deshalb fährt er zum Hawkesbury, Justin, verstehen Sie? Aber Abigail ist mit mir verlobt!«

Titus Penhaligons Unglück stand ihm so deutlich ins Gesicht geschrieben, daß sich Justin entschuldigte, obwohl er nichts dafür konnte.

»Können Sie sich nicht weigern, O'Shea in Ihrem Boot mitzunehmen?« fragte Titus verzweifelt. »Abigail Tempest ist doch *meine* Verlobte! Er hat kein Recht, ihr den Hof zu machen! Sie bringen ihn doch dorthin, oder – Sie bringen ihn zur Tempestfarm?«

»Ja«, gab Justin zu. »Das heißt, ich bringe Mr. O'Shea nur bis zu den Green Hills. Von dort möchte er bis zur Farm reiten. Aber ich kann mich nicht weigern, ihn mitzunehmen, Dr. Penhaligon. Ich habe ihm mein Wort gegeben, und außerdem hat er schon die Hälfte des Fahrgeldes im voraus bezahlt.«

»Ich zahle Ihnen das Doppelte!« bot Titus verzweifelt an. »Ich zahle Ihnen jeden Penny, den ich habe, Justin!«

Justin zog hilflos die Schultern hoch. »Ich kann mein Wort nicht zurücknehmen, Sir, ganz gleich, was Sie mir zahlen wollen. Aber ich kann Sie auch mitnehmen, wenn Sie das wünschen, und zwar kostenlos.« Er zögerte, erinnerte sich an Titus Penhaligons Bemerkung, daß er unauffällig an Bord des Schiffes gehen wolle, und fragte gerade heraus: »Wollen Sie desertieren, Doktor?«

»Ja, ich fürchte, so könnte man es nennen«, gab der Arzt zu. »Ich habe mich sehr darum bemüht, von hier versetzt zu werden, aber ohne jeden Erfolg, und ich kann es hier nicht mehr länger aushalten. Es ist entsetzlich hier, Justin. Ich kann meine ärztliche Kunst in keiner Weise ausüben… ach, mein Gott, wenn Sie die Zustände hier kennen würden, es würde Ihnen das Herz brechen! Aber das kann sich ja niemand vorstellen.« Penhaligon seufzte tief und fuhr fort: »Justin, ich muß zu Abigail, bevor O'Shea dort ist. Sie ist mit mir verlobt, und sie braucht mich!« Titus zog den Brief aus seiner Tasche und fuchtelte damit herum. »Ich bitte Sie, Justin… nehmen Sie mich mit zu Abigails Farm… verstecken Sie mich im Laderaum, wenn das nötig ist. Das geht doch, oder?«

238

Es wurde Justin klar, daß seine eigenen Gefühle im Vergleich zu Penhaligons Leidenschaft nicht sehr viel wiegen konnten.

»In Ordnung, Dr. Penhaligon«, stimmte er zu. »Ich kann Sie verstecken, und ich werde es tun... Miss Abigail zuliebe. Und ich möchte auch keine Bezahlung von Ihnen. Kommen Sie um Mitternacht an den Landungssteg. Ich hole Sie dann mit meinem Ruderboot ab.«

»Ich werde dort sein«, versprach Titus und schüttelte Justin dankbar die Hand. »Gott sei mit Ihnen! Ich werde für immer in Ihrer Schuld sein.«

Justin brachte ihn um Mitternacht ohne Zwischenfall auf die *Flinders*. Das Versteck im Laderaum war zwar dunkel und ohne frische Luft, aber es war gar nicht so schlimm. Er sank auf einem Stapel leerer Getreidesäcke zusammen und war so erschöpft, daß er sofort einschlief.

Ein paar Stunden später weckte ihn Cookie Barnes und brachte ihm ein paar Käsebrote und ein halbes Glas Rum. Das Schiff schaukelte stark, und als er die Zeltplane zurückzog, damit Titus sich aufsetzen konnte, meinte er gutmütig: »Ziemlich windig, Sir, was? Geht's Ihnen gut, Sir? Ist doch ganz gemütlich, oder?«

»Ja, vielen Dank«, versicherte ihm Titus und fühlte sich sehr gut. Er empfand ein Hochgefühl, weil er Coal River hinter sich gelassen hatte, und er trank dankbar den Rum.

»Nun, unseren anderen Passagieren geht es nich' grade gut, Sir«, sagte Barnes und grinste zufrieden. »Lieutenant O'Shea hat sich in seiner Koje die Decke über den Kopf gezogen, und sein armer Bediensteter is' richtiggehend seekrank. Keiner der beiden wird Sie in nächster Zeit stören, Sir, deshalb laß ich die Zeltplane zurückgeschlagen. Dann können Sie 'n bißchen besser atmen.«

Der Tag verging ohne Zwischenfall, und die *Flinders* kam gut voran. Am Abend brachte Cookie Barnes Titus wieder etwas zu essen und sagte ihm, daß sie bald für die Nacht den Anker werfen würden.

»Mr. Justin geht für 'n paar Stunden an Land, Doktor. Aber deshalb brauchen Sie sich keine Sorgen zu machen, ich bin ja hier und paß gut auf. Am besten versuchen Sie, noch 'ne Runde zu schlafen, Sir, wenn Sie das können.«

Titus versuchte es, aber es wurde unter der Zeltplane unangenehm heiß, und er döste immer nur für Minuten ein. O'Shea ging an Deck unruhig auf und ab, und Titus befürchtete, entdeckt zu werden. Der Stimme nach zu urteilen, hatte der irische Lieutenant schon viel getrunken und wartete ungeduldig auf die Rückkehr Justins.

Als er am frühen Morgen zurückkam, konnte Titus von seinem Versteck aus jedes Wort verstehen, was zwischen den beiden Männern gewechselt wurde.

»Also das steckt dahinter – Sie verkaufen illegalerweise den Siedlern Rum! Ich nehme an, davon läßt es sich ganz gut leben!«

»Ich lebe davon, daß ich mein Boot vermiete«, verteidigte sich Justin.

»Und wem, wenn ich fragen darf?« meinte O'Shea verächtlich. »Diesem scheinheiligen Bastard Robert Campbell?«

»Ich vermiete ihm die *Flinders,* wenn er sie braucht, Sir«, antwortete Justin. »Und jetzt entschuldigen Sie mich, Mr. O'Shea, ich möchte den Anker lichten.«

Titus hörte mit großer Erleichterung, wie er sich entfernte. Aber O'Shea ließ sich nicht so leicht abschütteln.

»Sagen Sie Ihrem Matrosen, daß er mir noch eine Flasche Rum bringen soll«, ordnete er an.

»Ich habe keine einzige Flasche Rum mehr an Bord, Sir«, entgegnete Justin.

»Sie wollen sagen, daß Sie alles an die verdammten Siedler verkauft haben! Was war denn in den Säcken, die Sie in Ihrem Ruderboot liegen hatten? Rumflaschen, nichts als Rum-

flaschen, und Sie hofften, daß ich nichts merken würde!«
Dann rief er im Befehlston aus: »Der Frachtraum! Verdammt
noch mal, Sie haben doch einen großen Frachtraum, oder?«

»Das stimmt«, gab Justin zu. »Aber er ist leer. Ich habe
keine Fracht an Bord. Schauen Sie selber nach, wenn Sie
wollen.«

Titus wartete aufs äußerste angespannt ab. Er wäre verloren, wenn O'Shea der Aufforderung Justins nachkäme –
wenn es der verdammte Lieutenant darauf anlegte, Justin
des Alkoholschmuggels zu überführen, würde er bestimmt
die Zeltplane zurückschlagen.

»Ich komme gern auf Ihr Angebot zurück, Master
Broome«, sagte der Ire mit eisiger Stimme. »Und zwar morgen früh, bei Tageslicht, bevor ich an Land gehe.«

Als O'Shea schließlich eingeschlafen war, kam Justin auf
Zehenspitzen in den Frachtraum und flüsterte: »Sie haben
alles gehört, oder? Sie haben gehört, was Lieutenant O'Shea
gesagt hat?«

»Ja, es blieb mir nichts anderes übrig. Justin, glauben Sie,
daß er den Laderaum tatsächlich durchsuchen wird?«

»Ganz bestimmt«, antwortete Justin. »Falls er sich an
unser Gespräch erinnert – er war ziemlich betrunken, deshalb kann man es nicht wissen. Aber ich möchte, ehrlich gesagt, das Risiko nicht eingehen, daß er Sie hier findet…
außer, es würde Ihnen nichts ausmachen.«

»Das darf auf keinen Fall passieren!« antwortete Titus
voller Angst. »Um Gottes willen, Justin, das wäre entsetzlich!«

»Reden Sie nicht so laut«, warnte ihn Justin. Er fügte neugierig hinzu: »Warum denn eigentlich – was könnte er denn
machen? Sie sind doch kein flüchtiger Sträfling!«

»Das nicht. Aber ich habe meinen Posten ohne Erlaubnis
verlassen. O'Shea ist ein Korps-Offizier, er könnte mich verhaften und darauf bestehen, daß Sie mich zurück nach Coal
River bringen.«

»Aber er muß Sie doch sehen, wenn Sie beide zu der Tempest Farm wollen, oder?« überlegte Justin. »Er könnte Sie doch auch noch dort verhaften, oder?«

Plötzlich erkannte Titus die möglichen Konsequenzen der impulsiven Entscheidung, seinen Posten zu verlassen. »Abigail wird mich verstecken, bis wir verheiratet sind. Das ist alles, was ich mir wünsche, das ist alles, was ich anstrebe… Abigail zu heiraten. Es ist mir ganz egal, was hinterher passiert. Und Mr. Boskenna ist ein Pfarrer – er kann uns trauen.«

»In Ordnung, Dr. Penhaligon – Sie können kurz vor den Green Hills mit dem Boot an Land rudern. Dann schläft Mr. O'Shea noch seinen Rausch aus, und ich werde ihn so lange wie möglich auf dem Schiff zurückhalten. Jedenfalls lange genug, damit Sie einen guten Vorsprung haben. Es sind nicht mehr als neun oder zehn Meilen zur Tempest Farm. Ich zeichne Ihnen eine Karte, damit Sie sich nicht verirren. Wenn Sie sich dranhalten, können Sie vor ihm dort sein, obwohl er zu Pferd ist.«

Die Morgendämmerung graute, als Cookie Barnes Titus in das Ruderboot half, während die *Flinders* langsam weiterfuhr und Justin am Steuerrad stand. Titus ruderte ohne Schwierigkeiten zum Ufer, versteckte das Boot wie besprochen im Schilf und machte sich auf den Weg.

Das Gelände war dicht bewaldet, aber dadurch brauchte Titus keine Angst zu haben, entdeckt zu werden. Wie Justin vorgeschlagen hatte, nahm er eine Abkürzung, stieg über einen Hügel und erreichte zwei Stunden später wieder den Fluß. Dort trat er mit großer Erleichterung aus dem Wald heraus und ging über gerodetes Land weiter. Als er einem Papagei nachschaute, der kreischend über die Lichtung flog, stolperte er über eine Wurzel und verstauchte sich das rechte Fußgelenk. Er fluchte, blieb stehen, um seinen Fuß zu untersuchen und hörte im gleichen Augenblick, wie ein Pferd hinter ihm wieherte. Er drehte sich mit klopfendem Herzen um und sah eine rote Uniformjacke zwischen den Bäumen aufleuchten.

O'Shea, dachte er bitter, das mußte O'Shea sein! Ein paar Meter vor Titus lag ein flacher Felsbrocken, auf dem ein paar verkrüppelte Büsche wuchsen. Er lief los, um sich dahinter zu verstecken. Aber O'Shea sah ihn und gab seinem Pferd die Sporen.

»Halten Sie an, Sie Idiot!« rief der Offizier aus. »Halten Sie an!«

Titus hörte ihn nicht. Er erreichte den Felsen, stolperte erneut und schlug der Länge nach hin. Sein Kopf knallte auf einen spitzen, hervorstehenden Stein, und die Welt um ihn herum versank im Dunkeln.

O'Shea zügelte sein Pferd, sprang ab und beugte sich über den reglosen Mann. Als er ihn erkannte, sagte er erschrocken: »Penhaligon! Sie verdammter Idiot, ich hatte doch keine Ahnung, daß Sie es waren! Mein Bediensteter sagte mir zwar, daß der junge Broome einen Flüchtling im Schiff versteckt hatte, aber... ach, stehen Sie auf, Mann, um Gottes willen! Ich will Ihnen doch nichts Böses tun.«

Titus Penhaligons weit aufgerissene Augen starrten ihn verständnislos an, Blut floß aus der Wunde an seiner Schläfe. O'Shea fühlte nach seinem Herzschlag und zog die Hand erschrocken zurück, als er erkannte, daß Penhaligon tot war. Er hockte sich unentschlossen neben den Leichnam und wußte nicht, was er tun sollte.

»Das ist deine eigene Schuld, du verdammter Idiot!« sagte er laut. »Aber mein Offizierspatent ist mir zu viel wert, als daß ich es zulassen könnte, daß du hier gefunden wirst.«

Mit großer Anstrengung hob er seinen ehemaligen Rivalen hoch und schob ihn quer über das Pferd. Dann ritt er langsam auf den Fluß zu.

Justin machte sich Sorgen, als er etwas später mit seinem Schiff wieder flußabwärts fuhr. Er hatte Titus Penhaligon so viel Vorsprung wie nur möglich verschafft, aber O'Sheas Bediensteter hatte seinem Herrn gegenüber den Verdacht geäußert, daß ein Flüchtling im Boot gewesen sei und... Justin fluchte leise vor sich hin.

O'Shea hatte zwar niemanden im Frachtraum gefunden, aber bemerkt, daß das Ruderboot nicht mehr da war und ihn mit eisiger Miene gewarnt: »Wenn ich den Flüchtling finde, der sich heute nacht mit Ihrem Ruderboot davongemacht hat, dann bringe ich Sie vor Gericht, Broome – und dann sind Sie Ihre Lizenz los.« Und er hatte sich geweigert, Justin das restliche Geld zu zahlen und behauptet, daß er ja genügend von dem Flüchtling bekommen hätte. Der verdammte Titus Penhaligon, dachte Justin – er hätte sich nie von der traurigen Geschichte dieses armen Burschen einwickeln lassen sollen. »Da ist das Ruderboot, Justin!« rief Cookie Barnes aus. Er deutete zum Schilf am Ufer hinüber. »Is' nich grad gut versteckt, oder?«

Justin schwamm zum Ufer, ruderte das kleine Boot zurück zum Schiff und rief Cookie zu: »Ich freu mich schon auf Long Wrekin! Dort bekommen wir hoffentlich ein gutes hausgemachtes Essen vorgesetzt!«

Aber als sie noch vor Einbruch der Dunkelheit in der Farm ankamen, gab es noch eine schönere Überraschung als ein gutes Essen, denn Justin hörte schon von weitem die Stimme seiner Mutter. Als sie sich an den Tisch setzten, erzählte sie: »Ich wurde an Bord der *Estramina* wie eine Königin behandelt... und auch sehr gut von Colonel Collins in Hobart. Er möchte, daß wir – Andrew und ich und natürlich die Kinder – nach Tasmanien zurückkommen, um uns dort niederzulassen.«

Justin nahm dankend den Teller entgegen, den sie ihm reichte, aber einen Augenblick lang verschlug ihm diese Neuigkeit den Appetit.

»Und wollt ihr das tun?« fragte er und wartete angespannt auf ihre Antwort.

Jenny zögerte und nickte dann zu seiner Überraschung. »Ja, Justin, ich glaube, wir wollen es. Die Aussichten für Siedler sind jetzt sehr gut dort. Das fruchtbare Land am Derwent wird gerade erschlossen, und es gibt jetzt genug Soldaten, die die Siedler vor den Eingeborenen schützen können.« Sie erzählte begeistert weiter. Justin hörte zu, stocherte in seinem Essen herum und war sich nicht sicher, ob er froh sein oder die Entscheidung bedauern sollte, die sie offensichtlich bereits gefällt hatte.

Sie nahm Justins Hand, drückte sie und fügte so leise hinzu, daß die beiden Kinder sie nicht hören konnten: »Es geht Andrew und mir sehr gut, Justin. Ich bin schwanger und sehr froh darüber. Auf jeden Fall können wir erst dann nach Hobart umsiedeln, wenn der Gouverneur Andrews Dienste nicht mehr braucht.«

Justin hob die schmale, abgearbeitete Hand seiner Mutter an seine Lippen, küßte sie und beglückwünschte sie.

Später jedoch, als William und er alleine waren, meinte William sorgenvoll: »Mama ist nicht so glücklich, wie es aussieht, Justin. Ein Mädchen in Sydney hat Captain Hawley ziemliche Schwierigkeiten gemacht… ich hab' gehört, wie Mama Nancy Jardine davon erzählt hat, und sie weinte dabei.«

Justin schaute ihn nachdenklich an und versetzte ihm dann einen leichten Schlag auf die Schulter. »Du bist ein verdammtes kleines Plappermaul, Willliam, das hab' ich schon immer gesagt! Ich weiß, daß du Captain Hawley nicht besonders leiden kannst, aber er ist ein guter Mann, und Mama liebt ihn. An der Geschichte mit dem Mädchen ist bestimmt nichts dran.«

18

Martha Boskenna bemerkte als erste die Veränderung an Abigail, und sie vermutete auch den wahren Grund dafür. Das Mädchen aß nichts. Es war blaß und offensichtlich unglücklich, und wenn immer es möglich war, vermied Abigail es, mit den anderen zusammen zu sein.

Im auffallenden Gegensatz zu ihrer Schwester Lucy, die sich schnell an das neue Leben gewöhnt hatte, wirkte Abigail deprimiert und schien sich in ihre eigene Welt zurückgezogen zu haben. Morgens litt sie an der sprichwörtlichen Übelkeit, die ein sicheres Zeichen für ihre Schwangerschaft war. Und das einzige, was Martha einfiel, war, das Mädchen damit zu konfrontieren, in der Hoffnung, daß Abigail ihren Fehltritt gestehen würde. Dann blieb ihr wohl nichts anderes übrig, als ihren Mann von der traurigen Neuigkeit zu informieren. Sie zögerte aber, das zu tun, weil sie seinen »heiligen« Zorn fürchtete.

Sie beobachtete vom Haus aus, wie Abigail schwerfällig zu den Hütten der Arbeiter hinüberlief. Entsetzt und ungläubig folgte ihr Martha Boskenna und sah, wie Jethro auf das Mädchen zutrat.

»Miß Abigail«, hörte sie den Schafhirten sagen, »ich war nicht sicher, daß Sie kommen würden.«

»Aber ich habe es Ihnen doch versprochen«, antwortete Abigail. »Waren Sie gestern in Green Hills?«

»Aber natürlich, Miß… aber es war kein Brief für Sie da. Ich hab' nochmal extra nachgefragt.«

»Ach… ich verstehe.« Abigails Stimme klang sehr enttäuscht, aber sie nahm sich zusammen und dankte dem Hirten für seine Mühe.

Dann ging sie langsam zum Haus zurück. Martha Boskenna versteckte sich hinter einem Schuppen. Das Mädchen ging wie im Traum an ihr vorbei und ahnte nicht, daß ihre Unterhaltung belauscht worden war. Jethro aber schien etwas bemerkt zu haben. Er ging zum Schuppen und hob einen knorrigen Stock auf, um sich gegen den vermeintlichen Eindringling wehren zu können. Er senkte ihn erst, als Martha ihn bei seinem Namen ansprach.

»Ach, Sie sind's, Mrs. Boskenna«, rief er leise aus. »Kann ich was für Sie tun?«

»Das können Sie in der Tat«, antwortete Martha ernst. »Sie können mir zunächst einmal sagen, was Abigail mit Ihnen zu besprechen hatte. Hat sie Sie nach Green Hills geschickt, um einen Brief für sie abzuholen?«

Jethro hielt den Blick gesenkt und antwortete nicht. – Aber Martha ließ nicht locker: »Ich möchte die Wahrheit wissen, verstehen Sie? Wenn Sie weiterhin schweigen, muß ich Mr. Boskenna von der Angelegenheit berichten... und Sie wissen, was das heißt, oder?«

Jethro wußte das nur allzu gut. Er zuckte mit den Schultern. »Sie erwartet einen Brief aus Coal River, das hat sie mir gesagt.«

Das war genug. Lucy hatte ihr von Abigails Zuneigung für Titus Penhaligon erzählt, und wie traurig sie gewesen war, als der junge Arzt nach Coal River versetzt worden war. Während der Reise auf der *Mysore* war nichts zwischen den beiden passiert – sie und Mr. Boskenna hatten das zu verhindern gewußt –, aber während Abigails wochenlangem Aufenthalt in dem Spence'schen Haus hatten sich sicher viele Gelegenheiten ergeben.

Martha Boskenna hörte von weitem, wie Abigail sich wieder einmal erbrach. Jetzt war kein Zweifel mehr möglich. Sie ging langsam auf das Haus zu und war immer noch unentschlossen, was sie unternehmen sollte. Wenn sie ihren Mann von der traurigen Wahrheit informierte, würde er

sicher hart mit Abigail ins Gericht gehen und keinerlei
Rücksicht auf ihre Gefühle nehmen. Vielleicht sollte sie zuerst mit dem Mädchen sprechen.

Aber als sie ins Haus kam, merkte Martha, daß es zu spät
war. Ihr Mann hatte die Wahrheit selbst herausgefunden.
Abigail lag weinend in der Küche auf dem Boden, Caleb
stand drohend neben ihr, hatte seine Peitsche noch erhoben
und fluchte leise vor sich hin. Seine Frau sah auf einen Blick,
daß er das junge Mädchen ausgepeitscht hatte. Abigails
Kleid hing zerrissen von den Schultern, und tiefe Striemen
zogen über ihren nackten Rücken, über ihre Arme und
selbst über ihr Gesicht.

»Das ist nur die gerechte Strafe für einen gottverlassenen
Sünder!« rief Caleb Boskenna aus. Er wollte wieder zu-
schlagen, aber Martha sprang dazwischen und hinderte ihn
daran. »Caleb, das reicht jetzt! Das Kind ist schon genug
bestraft!«

Er senkte die Peitsche und schaute seine Frau mit leichen-
blassem Gesicht an.

»Dieses Mädchen«, sagte er streng, »ist trotz ihrer guten
Herkunft und der sorgfältigen Erziehung, die wir ihr haben
angedeihen lassen, nichts weiter als eine billige Hure! Ich
habe gesehen, wie sie sich ins Haus zurückschleichen wollte,
nachdem sie sich mit einem der Arbeiter getroffen hatte –
und sie gibt zu, daß sie schwanger ist!«

»Ja, das glaube ich auch«, antwortete Martha und hielt
immer noch seinen Arm fest. »Aber der Mann, der dafür
verantwortlich ist, ist keiner unserer Arbeiter – darüber
können wir wenigstens froh sein.« Atemlos erzählte sie
alles, was sie von Jethro erfahren hatte, und wandte sich
dann an Abigail: »Stimmt es, daß Dr. Penhaligon dein Lieb-
haber war? Antworte mir, Abigail!«

»Wir … wir lieben uns«, brachte Abigail flüsternd hervor.
Sie setzte sich auf und fügte mit zitternder Stimme hinzu:
»Dr. Penhaligon hat mir einen Heiratsantrag gemacht, und

ich … ich habe ihn angenommen. Er kommt hierher, damit wir heiraten können, sobald er in Coal River ein paar Tage Urlaub bekommt. Er hat mir *versprochen* zu kommen, Mrs. Boskenna. Er liebt mich wirklich, und ich –«

»Aber er hat sein Versprechen nicht gehalten, oder?« antwortete Martha Boskenna geringschätzig. »Er hat sich hier nicht blicken lassen, und –«

»Sie hat sich wie eine Hure aufgeführt«, fuhr Caleb Boskenna dazwischen. Er sprach in eiskaltem Tonfall, aber seine Frau bemerkte erleichtert, daß seine größte Wut abgeflaut war.

»Sperr sie in ihr Zimmer ein, Martha, und sie soll nichts als Brot und Wasser bekommen.«

Abigail gehorchte, ohne zu protestieren. »Ich kann dich nicht einsperren«, sagte Mrs. Boskenna leise, »weil an deiner Tür kein Schloß ist. Aber ich sage dir hiermit, daß du dein Zimmer nicht verlassen und weder mit Lucy oder mit diesem Schurken Jethro ein Wort sprechen darfst.«

Als es dunkel wurde, kam Lieutenant O'Shea angeritten. Martha sah ihn schon von weitem und erkannte ihn an seiner Uniform. Sie rannte entsetzt los, um ihren Mann zu suchen. Sie fand ihn in einer Scheune und flüsterte ihm zu: »Caleb, wir bekommen Besuch. Ich glaube, es ist Lieutenant O'Shea. Was für ein Unglück! Er hätte sich keinen ungünstigeren Zeitpunkt aussuchen können.«

Caleb zog seine dunklen Augenbrauen zusammen. »Das stimmt«, stimmte er zu. »Und es versteht sich von selbst, daß er Abigail in ihrem jetzigen Zustand nicht zu Gesicht bekommen darf. Alles ist verloren, wenn er sie sieht! Wo, zum Teufel, kommt er so plötzlich her?«

»Das weiß ich auch nicht. Aber wir müssen ihn dennoch empfangen, oder? Glaubst du, daß er unter den gegebenen Umständen das Mädchen immer noch heiraten will?«

»Aber selbstverständlich, er ist doch sehr verliebt in Abigail«, meinte Caleb. »Aber wir müssen vorsichtig vorgehen,

Martha, denn wir haben viel zu verlieren. Viel mehr als die lausigen hundertfünfzig Pfund, die ich dem jungen Mann zur Eheschließung versprochen habe...«

Mr. Boskenna schlug vor, O'Shea Abigails Zustand zu verheimlichen und eine Hebamme für die Abtreibung ausfindig zu machen. Martha wurde bleich. »Stell dir vor, Abigail ist nicht damit einverstanden, Caleb! Schließlich ist sie –«

Sie schaute ihren Mann ängstlich an. »Stell dir vor, Titus Penhaligon kreuzt hier auf und will sie heiraten!«

»Penhaligon wird rausgeschmissen. Nicht nur von mir, sondern auch von O'Shea. Abigail hat keine Wahl. Sie hat gesündigt und muß die Konsequenzen auf sich nehmen. Komm, Frau« – er bot ihr seinen Arm an – »laß uns gute Miene zum bösen Spiel machen, sag einfach, daß Abigail krank ist...«

»Wenn du meinst, Caleb«, entgegnete Martha unterwürfig. Sie hängte sich schwer in seinen Arm, und dann gingen die beiden ihrem Besucher entgegen.

Zwei Tage später fand Jethro auf der Suche nach einem entlaufenen Schaf Titus Penhaligons Leichnam, der am Flußufer angeschwemmt worden war.

Er war schon leicht in Verwesung übergegangen, aber der Hirte erkannte ihn trotzdem. Er rannte entsetzt zur Farm zurück und informierte Pfarrer Caleb Boskenna von seinem tragischen Fund. Der Pfarrer war schockiert, überlegte aber sofort, wie der junge Arzt hierhergekommen sein könnte. Desmond O'Shea ergriff das Wort: »Jetzt geht mir ein Licht auf! Ihn also hatte der junge Broome im Frachtraum versteckt!« rief er in gut gespielter Überraschung aus. »Mein Bediensteter sagte, daß Broome jemanden versteckt hätte, aber ich durchsuchte das ganze Schiff und habe niemanden gefunden. Der arme Teufel...! Ich nehme an, er hat versucht, im Dunkeln an Land zu schwimmen und ist dabei ertrunken.«

John MacArthur weilte zu Besuch im Haus von Charles Grimes, als Sergeant Major Whittle klopfte und ihn dringend um ein vertrauliches Gespräch bat.

MacArthur begrüßte ihn freundlich. »Nun, Mr. Whittle, bringen Sie mir gute oder schlechte Nachrichten?«

»Ich fürchte schlechte, Sir, und es tut mir sehr leid«, sagte Whittle. »Dieser Zaun, Sir, den ich in Ihrem Auftrag um Ihr Grundstück herum habe errichten lassen –«, er zögerte.

»Nun?« ermunterte ihn MacArthur ohne jede Ungeduld. »Was ist mit dem Zaun?«

»Meine Männer mußten ihn wieder abreißen, Sir, auf Anordnung des Gouverneurs«, sagte Whittle kleinlaut.

MacArthur seufzte. »Ich habe wirklich viel Unglück, oder, Mr. Whittle? Mir ist das Land zugesprochen worden, aber ich darf es weder einzäunen noch etwas darauf bauen! Und da Sie mir die Anklageschrift von Crossley verschafft haben, wird Ihnen ja bekannt sein, was man mir alles zur Last legt. Es würde mich nicht wundern, wenn ich des Hochverrates angeklagt würde, wenn wir nichts gegen den *Bounty*-Bligh unternehmen.«

Er hatte mit leidenschaftsloser, ruhiger Stimme gesprochen, und Whittle schaute ihn überrascht an. »Sind Sie darüber nicht wütend, Sir?«

»Nein, ich bin schon nicht mehr wütend«, gab MacArthur zurück.

»Aber bestimmt werden Sie sich doch verteidigen, Sir – und diese unglaublichen Anschuldigungen von sich weisen? Ich nahm mir nicht die Zeit, sie zu lesen, nachdem ich Rechtsanwalt Crossley… das heißt, nachdem ihm die Anklageschrift in der Kneipe aus der Jackentasche gerutscht war. Ich ließ sie Ihnen sofort überbringen, da ich wußte, wie sehr Sie daran interessiert waren, vor dem Prozeß einen Blick darauf werfen zu können…« Whittle zwinkerte ihm zu, aber nachdem MacArthur diesen Anbiederungsversuch ignorierte, sagte er hastig: »Sie *müssen* sich verteidigen, Captain MacArthur!«

»Das ist auch meine Absicht. Meine Ehre verlangt es aber, daß ich das öffentlich tue, damit die ganze Kolonie erfährt, daß diese Anschuldigungen vollkommen aus der Luft gegriffen sind.«

Whittle vermochte es nicht, seine Überraschung zu verbergen. Er war einzig und allein aus dem Grunde gekommen, um seinen Wohltäter davon zu informieren, daß der Zaun um dessen Grundstück inzwischen wieder abgerissen worden war. Aber er war nicht gewillt, sich noch tiefer in dessen schwierige Lage hineinziehen zu lassen.

»Sie haben mir wirklich geholfen, Thomas, hauptsächlich in der – äh – delikaten Angelegenheit mit Captain Hawley, der tatsächlich nicht einer der Richter bei meinem Prozeß sein wird. Ich hätte nur noch eine kleine Bitte an Sie, wenn es Ihnen recht ist.«

»Sie müssen nur fragen, Sir, aber ich –« Es war Whittle bewußt, daß seine Stimme diesmal nicht sehr überzeugend klang, und er schaute unangenehm berührt zu Boden. »Was kann ich für Sie tun, Sir?« fragte er leise.

»Sie können dafür sorgen, daß bei meinem Prozeß viele Ihrer Soldaten anwesend sind, Sergeant, im Zuschauerraum natürlich. Und« – MacArthur führte seinen Besucher an die Tür und hielt sie ihm höflich auf – »Sie werden sehen, daß ich mich Ihnen wie immer dankbar erweisen werde, das verspreche ich Ihnen.«

Als Major Whittle gegangen war, setzte sich John MacArthur an den Schreibtisch seines Gastgebers und schickte einen Brief an den Gouverneur:

Voller Bedauern muß ich mich schärfstens dagegen wehren, daß Eure Exzellenz erwägen, Richard Atkins als Militärstaatsanwalt meinem Prozeß vorsitzen zu lassen. Es liegt meines Wissens innerhalb meiner rechtlichen Befugnisse, daß ich darauf dringe, einen unparteiischen Richter zu verlangen.

Selbst wenn dieser Brief nichts bewirkte, so würde er den Gouverneur doch wenigstens ärgern, und das war auch schon etwas.

Er versiegelte ihn und rief nach Grimes' Diener.

»Sorgen Sie dafür, daß dieser Brief so schnell wie möglich ins Regierungsgebäude gebracht wird«, bat er den Mann. »Und wenn Ihr Herr während meiner Abwesenheit zurückkommen sollte, informieren Sie ihn davon, daß ich in die Offiziersmesse gegangen bin und daß er gerne dorthin nachkommen kann.«

»In Ordnung, Sir«, sagte der Diener. »Brauchen Sie Ihr Pferd, Sir?«

MacArthur zögerte und schüttelte dann den Kopf. »Nein, ich gehe zu Fuß. Dabei kann man besser nachdenken.«

Und wirklich, sagte er sich, als er langsam auf die Kaserne zuging, er hatte vieles zu bedenken und zu planen, da sein Prozeß in weniger als einer Woche beginnen sollte. Mit etwas Glück jedoch würde die Mehrzahl seiner Richter – mit Ausnahme Richard Atkins – in der Messe sein und seinen Ausführungen nicht nur zum Schein, sondern sehr aufmerksam folgen.

Er lächelte, beschleunigte seinen Schritt und wußte jetzt genau, wie er vorgehen wollte.

Gouverneur Bligh saß an seinem Schreibtisch, als Andrew ins Zimmer kam.

Er schaute von seinen Papieren auf und polterte: »Zum Teufel! Da ist ja noch eine Bittschrift, und zwar die, die meine Tochter Mrs. Putland mir so sehr ans Herz gelegt hat. Eine Bitte des jungen Arztes Penhaligon, von seinem Posten in Coal River zurück nach Sydney versetzt zu werden. Er hat meinen armen Schwiegersohn während seiner letzten

Krankheit sehr gut behandelt – er ist ein wirklich kompetenter und zuverlässiger junger Mann. Ich bat Dr. Jamiesson schon vor Wochen, ihn zurückholen zu lassen, aber er scheint meiner Bitte nicht nachgekommen zu sein!« Er hob eine kleine Messingglocke auf und läutete.

Sein Sekretär Edmund Griffin kam sofort herein. Bligh reichte ihm die Bittschrift.

»Um Gottes willen, Edmund, das muß beantwortet werden! Teilen Sie Penhaligon mit, daß er nach Sydney kommen kann, und informieren Sie Dr. Jamiesson davon. Welche Schiffe fahren in nächster Zeit nach Coal River?.«

»Ich weiß von keinem, Sir«, sagte Griffin. »Aber ich werde Erkundigungen einziehen.«

»Tun Sie das«, bat ihn der Gouverneur und wandte sich dann an Andrew. »Sie haben doch einen Stiefsohn – wie heißt er noch mal? Broome, oder?«

»Ja, Sir, er heißt Justin Broome.«

»Kann man sein Schiff nicht chartern?«

»Ja, Sir, aber er ist gerade auf einer Fahrt am Hawkesbury«, antwortete Andrew. »Er müßte aber bald wieder da sein.«

»Gut!« meinte Bligh. »Sobald er im Hafen vor Anker liegt, chartern Sie sein Boot offiziell in meinem Auftrag. Er kann Penhaligon von meiner Entscheidung wissen lassen und ihn gleich mit nach Sydney zurücknehmen.«

19

Der Gerichtssaal war bis auf den letzten Platz gefüllt, die meisten Zuhörer waren Angehörige des Neusüdwales-Korps. William Gore erzählte Andrew besorgt, daß die Soldaten, angeführt von Sergeant Whittle, ihre Plätze schon Stunden vor Prozeßbeginn eingenommen hatten.

Er fügte mit leiser Stimme hinzu: »Ich hoffe zu Gott, daß nur ein halbes Dutzend Wachleute im Dienst sind. Glauben Sie, es wäre gut, Verstärkung zu holen, Captain Hawley?«

»Nicht unbedingt«, antwortete Andrew. »Es könnte mißverstanden werden. Die Soldaten sind ja nicht bewaffnet – sie sind anscheinend in ihrer Freizeit hier und wollen nichts weiter als moralische Unterstützung geben.«

»Wem denn?« fragte der Kommandant der Feldgendarmerie mit besorgtem Gesicht. »Der Gerechtigkeit oder John MacArthur?«

Andrew zuckte mit den Schultern und setzte sich auf den Platz, den Gore ihm freigehalten hatte.

Pünktlich um zehn Uhr betraten die Mitglieder des Gerichts den Saal – jeder einzelne von ihnen war Offizier des Neusüdwales-Korps. Ihnen folgte der Militärstaatsanwalt Richard Atkins, der die Offiziere namentlich aufrief und sie vereidigte.

»Captain Anthony Fenn Kemp... Lieutenant John Brabyn... Lieutenant William Moore... Lieutenant Thomas Laycock... Lieutenant William Minehin... Lieutenant William Lawson.«

Bevor Atkins selbst den Eid leisten und die Anklageschrift vorlesen konnte, wurde er unterbrochen. John MacArthur, der gegen Kaution auf freiem Fuß gewesen war, erhob sich von der Anklagebank und sagte mit arroganter, lauter Stimme: »Meine Herren, ich protestiere dagegen, daß Mr. Richard Atkins meinem Prozeß als Militärstaatsanwalt beiwohnt. Er ist ein alter Feind von mir, unter dessen Bösartigkeit ich schon oft zu leiden hatte, und bei dem der Tatbestand der Unbefangenheit keineswegs gewährleistet ist ...«

Der Rest seiner Worte ging im Gröhlen der Korps-Soldaten unter, die aufstanden und mit den Füßen auf den Boden stampften.

Captain Kemp schaffte es schließlich, die Ordnung wieder herzustellen.

»Vielleicht sind Sie so gut, Sir«, sagte er und wandte sich an MacArthur, »dem Gericht detailliert über Ihre Einwände gegen Mr. Atkins Auskunft zu erteilen.«

John MacArthur lächelte, zog ein Bündel Papiere aus seiner Tasche und klärte das Gericht ausführlich über sein Verhältnis zu Atkins auf.

Andrew stellte fest, daß die meisten seiner Anschuldigungen die gleichen waren, die er schon in den Briefen an den Gouverneur geäußert hatte.

»Darüber hinaus muß ich Sie davon in Kenntnis setzen«, fuhr MacArthur fort, »daß sich Mr. Atkins mit einem bekannten Spitzbuben zusammengetan hat, dem aus guten Gründen in England sein Rechtsanwaltpatent entzogen wurde, und der jetzt mit Atkins nichts unversucht ließ, um mich meines Eigentums, meiner Ehre und meines Lebens zu berauben! Meine Herren, hier ist die Anklageschrift, die Crossley vorbereitet hat. Sie fiel ihm in einer Kneipe aus der Tasche und wurde mir freundlicherweise gebracht, damit ich davon Kenntnis nehmen kann. Lesen Sie nur selbst, wenn Sie an der Wahrheit meiner Ausführungen zweifeln sollten!«

Ein Raunen ging durch den überfüllten Gerichtssaal, und ein Gerichtsdiener nahm von MacArthur das Papier entgegen und brachte es zu den Richtern hinüber. Mit hochrotem

Gesicht versuchte Richard Atkins angestrengt, sich Gehör zu verschaffen.

»Ich erkläre hiermit, daß das keine Gerichtsverhandlung ist!« bellte er. »Das Verfahren kann nicht weitergehen, bis ich vereidigt worden bin, und…« Aber wieder gingen seine Worte im allgemeinen Getöse unter. Er stand auf, ließ seine Papiere auf dem Tisch liegen und ging zum Ausgang des Saales. Dort setzte er sich neben der Tür auf eine hölzerne Bank, auf der normalerweise ein Wachmann saß.

Captain Kemp wartete einen Moment lang ab und bat dann um Ruhe. Sofort war es so still, daß man eine Stecknadel hätte fallen hören können, und er wandte sich an MacArthur: »Haben Sie noch etwas zu sagen?«

»Aber selbstverständlich, Sir«, antwortete MacArthur. Zu Andrews großem Erstaunen zitierte er ein paar Stellen aus Gesetzesbüchern, die das Recht der Angeklagten bestätigten, auf die Wahl ihrer Richter Einfluß nehmen zu können. Dann erhob er seine Stimme und wandte sich an die über ihn zu Gericht sitzenden Offiziere.

»Meine Herren, Sie werden jetzt zu entscheiden haben, ob endlich Recht und Ordnung über die Machenschaften des George Crossley den Sieg davontragen sollen. Denn wir alle – das Publikum ebenso wie ich – zittern um die Sicherheit unseres Besitzes, unserer Freiheit und unseres Lebens!« Da niemand versuchte, ihn zu unterbrechen, fuhr er fort: »Ihnen, meine Herren, fällt die schwere Aufgabe zu, ein Urteil zu fällen, das möglicherweise über Glück oder Unglück Tausender noch Ungeborener entscheidet, und ich flehe Sie im Namen des allmächtigen Gottes an, Ihre Entscheidung gründlich zu erwägen!«

MacArthur streckte mit theatralischer Geste beide Hände aus und rief: »Den Offizieren des Neusüdwales-Korps fällt die Aufgabe zu, in dieser Kolonie für Recht und Ordnung zu sorgen… und welcher Mensch, der im Recht ist, hat irgend etwas zu fürchten?«

Damit hatte er alles gesagt, was er sagen wollte und setzte sich.

Richard Atkins sprang auf.

»Ich werde dafür sorgen, daß Sie ins Gefängnis kommen, MacArthur!« rief er wütend aus. »Wegen Mißachtung des Gerichts und wegen Diffamierung meiner Person. Sie –«

Captain Kemp unterbrach ihn. »Sie werden ihn ins Gefängnis bringen? Nein, Sir… aber ich werde Sie ins Gefängnis bringen!«

Die Soldaten grölten zustimmend, und Atkins sah ein, daß er bei ihrer gewaltigen Übermacht keinerlei Chance hatte, zu Wort zu kommen. Er wartete ab, bis es wieder ruhig wurde und rief dann so laut er konnte: »Ich erkläre hiermit das Gerichtsverfahren für vertagt! Der Saal wird geräumt!«

Er wartete die Wirkung seiner Worte nicht ab, sondern verließ den Saal und schlug die Tür hinter sich zu. Ein paar Zivilisten erhoben sich, unter ihnen Andrew und Dr. Arndell, aber Kemp rief sie zurück.

»Bleiben Sie, bleiben Sie! Gehen Sie nicht… dieses hohe Gericht ist ordnungsgemäß eingeschworen worden. Der Prozeß wird fortgesetzt!«

»Das ist eine ganz üble Geschichte«, murmelte Dr. Arndell. Er faßte nach Andrews Arm. »Wir sollten sofort den Gouverneur davon informieren, Hawley.«

»Ja«, sagte Andrew, preßte die Lippen aufeinander und fühlte seine eigene Machtlosigkeit. Die Soldaten waren aus gutem Grund hier, das merkte er, als ihn zwei der Rotröcke mutwillig anrempelten… und es könnte leicht zu Gewalttätigkeiten kommen, wenn der Kommandant der Feldgendarmerie es versuchen würde, Atkins' Befehle auszuführen und MacArthur ins Gefängnis zu bringen. Und William Gore bahnte sich mit zwei Gendarmen tatsächlich auch schon in Richtung der Anklagebank einen Weg durch die Menge.

MacArthur deutete in Gores Richtung und rief aus: »Meine Herren Geschworenen, schauen Sie diese Männer da drüben an. Jetzt verhalten sie sich ruhig, aber sowie ich das Gerichtsgebäude verlasse, werden sie mich verhaften! Ich fordere, Sir –« Er schaute Anthony Kemp an. »Ich fordere, daß ein paar Soldaten den offiziellen Auftrag bekommen, mein Leben und meine Freiheit zu beschützen!«

Kemp antwortete nach kurzem Zögern: »Das Gericht sieht Ihre Forderung als gerechtfertigt an.« Sofort formte sich ein Ring von Soldaten um die Anklagebank. Von irgendwoher wurden Flinten gebracht, die von zwei Sergeants ausgeteilt wurden.

Im Saal herrschte jetzt ein chaotisches Durcheinander. Mit Mühe schaffte es Andrew, sich mit Dr. Arndell zur Tür durchzuarbeiten. Gore hatte alle seine Wachleute um sich geschart, und auf seinen leisen Befehl hin verließen sie gemeinsam den Saal. Andrew traf den Kommandanten der Feldgendarmerie draußen auf der Straße wieder, und Gore sagte verbittert: »Wir wollen ihn retten – um jeden Preis, Hawley, das hatten wir von Anfang an vor! Der Schurke unterliegt zwar nicht mehr meiner Aufsichtspflicht, aber er ist doch nicht wieder gegen Kaution auf freien Fuß gesetzt worden, oder? Ich habe jedenfalls nicht gehört, daß Kemp in dieser Hinsicht etwas geäußert hat.«

»Ich auch nicht«, gab Andrew zu. »Dann kann ich beim Zivilgericht einen Haftbefehl gegen ihn ausstellen lassen«, sagte Gore. Er schaute sich um, erkannte Dr. Arndell und fragte ihn, ob er in seiner Funktion als Friedensrichter den Haftbefehl unterschreiben würde.

»Aber selbstverständlich«, stimmte Arndell zu, »aber wenigstens drei Richter müssen den Haftbefehl unterschreiben, Willie. Ich schlage vor, daß wir sofort zum Regierungsgebäude gehen und den Gouverneur um Rat fragen, wie wir vorgehen sollen.«

Gore nickte. Er war inzwischen nicht mehr so leichenhaft

blaß wie im Gerichtssaal, und er sagte voller Überzeugung: »Heute hat nicht viel gefehlt, das Korps aktiven Aufstands bezichtigen zu können! Und dem Gericht fehlt inzwischen jegliche legale Basis. Sie haben keinen Militärstaatsanwalt, und ich habe meine Wachleute zurückgezogen. Das Rum-Korps ist jetzt ganz unter sich!«

»Und teilweise bewaffnet!« erinnerte ihn Andrew verärgert. »Also handelt es sich um einen bewaffneten Aufstand, und der Gouverneur muß sofort davon informiert werden. Machen wir uns auf den Weg, meine Herren!«

Richard Atkins stieß mit Rechtsanwalt Crossley zu ihnen, als sie gerade ihre Pferde bestiegen. Er hatte offensichtlich Alkohol getrunken, denn sein Gesicht war hochrot.

»Ich schreibe einen Bericht für Seine Exzellenz, den Gouverneur«, sagte er mit belegter Stimme. »Diese Schurken, die sich königliche Offiziere nennen, haben sich geweigert, mir die Papiere zurückzugeben, die ich auf dem Tisch zurückgelassen habe! Die Anklageschrift, die Zeugenaussagen... alles, was mit dem Prozeß zu tun hat!« Er richtete den Blick aus seinen blutunterlaufenen Augen auf Andrew. »Bitte informieren Sie den Gouverneur davon, Captain Hawley. Sagen Sie ihm, daß ich ihm meine Aufwartung mache, sobald ich den Bericht geschrieben habe.«

Andrew schwang sich in den Sattel, und als sie die Phillip Street hinunterritten, meinte Dr. Arndell: »MacArthur ist ein Rebell. Ich war mir da nicht ganz sicher, aber jetzt habe ich keine Zweifel mehr. Er sucht die Konfrontation mit Gouverneur Bligh, und er hat es geschafft, Johnstone und seine Offiziere auf seine Seite zu ziehen!«

»Und er hat es geschafft, die Geschworenen in die Geschichte zu verwickeln«, sagte Gore. »Ob es Ihnen bewußt ist oder nicht, daß MacArthur zu Recht der Rebellion bezichtigt werden kann, Sie sitzen mit im gleichen Boot. Sie könnten alle verhaftet und des Hochverrats beschuldigt werden, außer wenn Sie das Gericht auflösen.«

Thomas Arndell sagte: »Ist einem von Ihnen zu Ohren gekommen, daß in London Schritte unternommen werden, Captain Bligh seines Amtes zu entheben? Als Nachfolger sind General Grose oder Gouverneur Hunters Neffe, Captain Kent, im Gespräch. Ich weiß es, weil Willie Kent ein guter Freund von mir ist, und er hat mir vor kurzem in einem Brief darüber berichtet. Er würde das Gouverneursamt gern antreten, sagte er – aber bestimmt nicht, wenn er wüßte, was für ein böses Spiel hier mit Gouverneur Bligh gespielt wird.«

Am Regierungsgebäude nahm ihnen ein Diener gleich ihre Pferde ab. Die Männer hasteten ins Haus, und William Gore erstattete dem Gouverneur einen kurzen, aber genauen Bericht über die Vorfälle, die sich am Morgen im Gerichtssaal abgespielt hatten. William Blighs üblicherweise blasses Gesicht wurde rot vor Ärger. Aber er hörte ruhig zu und stellte nur zwischendurch ein paar Fragen.

Edmund Griffin klopfte und brachte einen Brief herein.

»Den hat mir Jubb eben gebracht, Sir. Er wurde von einem Sergeant des Neusüdwales-Korps hier abgegeben.«

Bligh nahm den Brief und öffnete ihn. Nachdem er ihn überflogen hatte, sagte er mit eiskalter Stimme: »Der Brief ist von allen sechs Geschworenen unterzeichnet. Sie unterrichten mich davon, daß sie MacArthurs Einwänden gegen Atkins stattgegeben haben, und sie bitten mich, einen neuen Militärstaatsanwalt zu ernennen. Edmund!«

»Sir?« fragte der Sekretär.

»Wartet der Sergeant auf meine Antwort... auf diese unverschämte Forderung?«

»Ja, Sir, er wartet im Vorzimmer.«

»Dann«, meinte Bligh, »informieren Sie Captain Kemp davon, daß es außerhalb meiner Machtbefugnis liegt, seiner Bitte nachzukommen. Der Militärstaatsanwalt ist von der Regierung in England eingesetzt worden, und ich kann ihn nicht seines Amtes entheben.«

Griffin verließ den Raum, um die Antwort schriftlich niederzulegen, und gleich darauf kündigte Jubb an, daß Mr.
Atkins mit einigen Herren angekommen sei und dringend
um eine Audienz bäte.

Bligh nickte, und Richard Atkins betrat mit Robert Campbell, Proviantkommissar John Palmer und George Crossley
den Raum. Gore flüsterte Andrew zu: »Zwei Friedensrichter... und Arndell ist der dritte! Mehr brauchen wir nicht,
um einen Haftbefehl auszustellen, falls der Gouverneur damit einverstanden ist. Und *dann* wollen wir einmal sehen,
was diese Schurken noch zu melden haben!«

Atkins war in einem Zustand hochgradiger Erregung. Als
er sich setzte, roch Andrew seine Fahne und rückte etwas
von ihm ab. Aber trotz seiner Erregung merkte man ihm
nicht an, daß er zuviel getrunken hatte, und seine Hand zitterte nicht, als er seinen Bericht auf den Schreibtisch des
Gouverneurs legte.

»Das ist wegen der herrschenden Eile schnell zusammen-
gestellt, Sir«, sagte er, »aber ich habe die Notizen meines
Sekretärs mit dazugelegt, die er heute vormittag im Gerichtssaal gemacht hat. Und Mr. Crossley hat seine Meinung
hinsichtlich der Legalität der Vorfälle auch niedergelegt.«

»Wäre es nicht besser zu sagen, der Illegalität, Mr. Atkins?« warf Bligh ein.

»Natürlich! Wie Eure Exzellenz ganz richtig bemerken,
ist alles, was sich jetzt im Gerichtssaal vollzieht, vollkommen illegal«, erklärte Crossley mit leiser, fester Stimme.
»Wenn kein von der Regierung ernannter Militärstaatsanwalt dem Gericht vorsitzt, dann –«

»Dann kann kein Verfahren stattfinden«, warf der Gouverneur mit schlecht verhüllter Ungeduld ein. »Das wollen
Sie doch sagen, Mr. Crossley, oder?«

»Ganz genau, Sir. Und außerdem –«

Diesmal wurde er von Atkins unterbrochen, der wütend
sagte: »Sir, ein Gerichtsdiener, der meine Papiere holen soll-

262

te, sagte mir, daß sie ihm nicht ausgehändigt worden seien. Captain Kemp und seine Offiziere haben sie beschlagnahmt, Sir.«

»Inklusive der Anklageschrift, Mr. Atkins?«

»Ja, Sir. Obwohl MacArthur, wie Sie aus meinem Bericht ersehen werden, schon vor dem Prozeß eine Abschrift der Anklageschrift besaß. Crossley« – der Militärstaatsanwalt warf dem Rechtsanwalt einen rätselhaften Blick zu – »war so nachlässig, daß ihm die Anklageschrift aus der Tasche gestohlen wurde, und der Dieb brachte sie in der sicheren Annahme einer Belohnung direkt zu MacArthur.«

»Ich verstehe. Nun, wir kümmern uns am besten zuerst um die eingezogenen Dokumente«, entschied Bligh. »Edmund!« rief er laut, und der Sekretär kam ins Zimmer. »Haben Sie dem Sergeant meinen Brief schon übergeben?«

Edmund Griffin schüttelte den Kopf. »Nein, Sir. Ich bin noch nicht ganz fertig damit. Es tut mir leid, Sir, ich –«

Der Gouverneur unterbrach ihn. »Gut!« sagte er. »Wir haben Captain Kemp und den anderen Offizieren noch etwas mitzuteilen. Führen Sie ihre Namen einzeln auf und fordern Sie, daß sie die Dokumente dem Kommandeur der Feldgendarmerie aushändigen, die der Militärstaatsanwalt wegen des ordnungswidrigen Verhaltens aller Beteiligten bei der Gerichtsverhandlung auf seinem Pult zurücklassen mußte. Der Bote kann beide Briefe gleichzeitig abliefern, und Sie, Willie, begleiten ihn am besten mit einem Trupp Wachleute.«

Griffin verließ den Raum, und Willie Gore sagte: »Selbstverständlich werde ich das tun, was Sie anordnen, Sir, aber mein Gefangener ist noch auf freiem Fuß. Seine Kaution wurde nicht erneuert, und –«

»Das Gericht hat keine legale Grundlage, Sir«, erinnerte ihn Richard Atkins. Er wandte sich an den Gouverneur und fügte hinzu: »Kemp hat keine Befugnis, die Kaution zu erneuern, Sir, deshalb ist MacArthur genaugenommen jetzt ein Gefangener auf freiem Fuß und kann jederzeit verhaftet werden. Wir haben drei Friedensrichter hier, und außerdem den Kommandeur der Feldgendarmerie. Soll ich mit Ihrem Einverständnis den Haftbefehl ausstellen, damit MacArthur sofort inhaftiert werden kann?«

Alle schauten den Gouverneur gespannt an, der mühsam die Wut in sich niederkämpfte. Aber schließlich sagte er, nachdem er ein paar leise Worte mit Robert Campbell und Robert Palmer gewechselt hatte: »Nein, noch nicht, Mr. Atkins. Wir wollen zuerst versuchen, mit ihm zu sprechen. John MacArthur ist ganz sicher im Gericht und würde im Ernstfall von den bewaffneten Soldaten beschützt. Ein Versuch, ihn unter den gegebenen Umständen zu verhaften, käme einem willentlichen Blutvergießen gleich … und würde sehr wahrscheinlich zu einem offenen Aufstand führen! Das müssen wir auf jeden Fall vermeiden.«

Atkins versuchte zu protestieren, aber der Gouverneur unterbrach ihn: »Wir warten erst die Antwort auf meine beiden Briefe ab und können unterdessen zu Mittag essen. Meine Herren, ich hoffe, daß Sie hierbleiben und mit mir zusammen speisen werden.«

William Gore verabschiedete sich, um den Boten zu begleiten, und die anderen setzten sich gemeinsam mit Mary Putland zum Essen. Es herrschte allgemein eine angespannte, wortkarge Stimmung, nur Bligh unterhielt sich mit seiner Tochter in scheinbar leichtem Ton, konnte sie aber nicht täuschen.

Als Gore zurückkam und eine schriftliche Weigerung der sechs Korps-Offiziere mitbrachte, die Dokumente des Militärstaatsanwalts herauszurücken, verstärkte sich die Spannung noch mehr, unter der der Gouverneur und seine Helfer standen.

»Die verdammten Schurken erklären sich bereit, Kopien anzufertigen, falls ich das möchte. Aber sie haben die Stirn, mir eine Kopie zu schicken von MacArthurs Weigerung, Atkins als Militärstaatsanwalt zu akzeptieren, und schreiben dazu auch noch, daß sie MacArthurs Weigerung voll und ganz verstehen und auch unterstützen! Nichts, *nichts* kann ihr Verhalten entschuldigen!«

Sowohl Atkins als auch Crossley wollten etwas sagen, aber Bligh ließ sie nicht zu Wort kommen.

Er sagte zu Edmund Griffin: »Informieren Sie die Offiziere davon, daß ohne die Anwesenheit eines Militärstaatsanwalts das Gericht jeglicher legaler Grundlage entbehrt und kein Recht hat, zu tagen.«

Edmund Griffin schrieb eifrig mit. »Möchten Sie ihnen noch etwas mitteilen, Sir«, fragte er und blickte von den Notizen auf, die er sich gemacht hatte, »bevor ich den Brief in Reinschrift schreibe?«

Gore räusperte sich nervös. »Sie sollten auch daran erinnert werden, Sir«, schlug er vor, »daß sie kein legales Recht haben, die Aufsichtspflicht über den Gefangenen zu übernehmen.«

»Das stimmt«, gab der Gouverneur zu. »In Ordnung – bitte fügen Sie das hinzu, Edmund.« Er zog die Stirn in Falten und sagte dann mit harter Stimme: »Bereiten Sie bitte den Haftbefehl vor, Mr. Atkins. Diese Herren da« – er schaute zu Campbell, Palmer und Dr. Arndell hinüber – »diese Herren werden ihn ganz bestimmt unterschreiben.«

»Aber selbstverständlich, Sir«, sagte Robert Campbell. Er folgte dem Sekretär in sein Büro, und die beiden anderen Männer taten es ihm ohne zu zögern gleich.

Mary Putland bat ihren Vater, den Tee mit ihr an der frischen Luft auf der Terrasse einzunehmen. Nachdem sie den Raum verlassen hatten, stand Andrew auf und ging rastlos hin und her. »Vor einem Militärgericht«, bemerkte er nachdenklich, »würden Kemp und seine Mitoffiziere des Aufstandes bezichtigt werden, wenn sie sich weigerten, das Gericht aufzulösen…«

Gore antwortete: »Und in John MacArthurs Fall würde

das Urteil auf Anstiftung zur Rebellion lauten – denn das hat er doch von vornherein beabsichtigt, da bin ich inzwischen ganz sicher. Ob Major Johnstone das nun weiß oder nicht, den anderen ist das gleich, das schwöre ich Ihnen!«

Die Männer warteten mit wachsender Spannung auf die Antwort.

Sie wurde um fünf Uhr nachmittags überbracht, und nachdem Bligh den Brief schweigend überflogen hatte, sagte er: »Captain Kemp informiert mich davon, daß der Prozeß vertagt wird, meine Herren. Darüber hinaus« – fuhr er mit gepreßter, zitternder Stimme fort – »signalisiert er mir seine Bereitschaft, demjenigen die Dokumente von Mr. Atkins auszuhändigen, den ich als Militärstaatsanwalt einsetze.«

Ein überraschtes Raunen ging durch den Raum. Atkins ergriff als erster das Wort.

»Beim Himmel, Sir!« rief er aus. »Was soll das alles! MacArthur kann mit dem Haftbefehl jederzeit ins Gefängnis geworfen werden! In meiner Abwesenheit kann er nicht gegen Kaution wieder auf freien Fuß gesetzt werden... ist das nicht so, Crossley?«

Crossley nickte stumm, und ein paar Augenblicke lang herrschte Stille im Raum. Dann sagte der Gouverneur: »Ich glaube, es ist höchste Zeit, daß Major Johnstone davon verständigt wird, daß er zurückkommen und das Kommando über sein Regiment übernehmen muß. Außerdem habe ich vor, Captain Kemp und die anderen Offiziere morgen vormittag hierherzubestellen, und dann wäre es nicht schlecht, wenn Major Johnstone als ihr Vorgesetzter mir hier zur Seite stünde.«

Es ertönte zustimmendes Gemurmel, und Bligh schaute Andrew an. »Johnstone kuriert sich zur Zeit in seinem Haus in Annandale aus, wenn ich recht informiert bin. Können Sie so gut sein, Andrew, und ihm sofort einen Brief von mir überbringen?«

»Aber selbstverständlich, Sir«, meinte Andrew und freute sich auf den einstündigen Ritt, bei dem er sich sicher etwas entspannen würde.

John MacArthur verließ das Gericht zusammen mit seinen zwei Bürgen, Garnham Blaxcell und Lieutenant Nicholas Bayly. Außerdem waren die Soldaten, die ihn schützen sollten, unter Sergeant Sutherland bei ihm. Aber als er seinen Sohn Edward vor dem Gerichtsgebäude stehen sah, lächelte er Sutherland an und sagte: »Vielen Dank für Ihre Hilfe, Sergeant Sutherland. Ich kann jetzt auf Ihre Unterstützung verzichten.«

Sutherland stellte seine Entscheidung nicht in Frage. Er salutierte und marschierte mit seinen vier Männern davon. Nur Blaxcell, den MacArthur ebenfalls verabschiedete, äußerte Bedenken.

MacArthur klopfte ihm freundlich auf die Schulter. »Befürchten Sie nichts, mein Freund – Ihr Kautionsgeld ist nicht in Gefahr. Ich erscheine morgen vormittag pünktlich bei Gericht, also können Sie mich guten Gewissens allein lassen. Es läuft ja alles so, wie wir uns das gedacht haben.«

Blaxcell zuckte mit den Schultern und machte sich auf die Suche nach seinem Pferd.

MacArthurs Sohn Edward fragte ängstlich: »Ist es denn richtig, daß du hierbleibst? Werden sie dich nicht verhaften?«

Sein Vater lachte. »Nicht, solange sie glauben, daß ich eine bewaffnete Wache bei mir habe, die mich beschützen würde.«

»War es denn klug, die Rotröcke zu entlassen?« fragte Edward zweifelnd.

»Ach ja… sonst hätte ich es ja nicht getan«, meinte MacArthur. »Ich habe dir doch schon einmal gesagt, mein Junge – ich *möchte* von ihnen verhaftet werden. Dann würde das Pulverfaß erst richtig in die Luft gehen, verstehst du?

Aber vorher muß ich noch ein paar Angelegenheiten erledigen, und ich brauche deine Hilfe.« Er zeigte auf die wartenden Pferde und fügte hinzu, als der Diener die Tiere heranführte: »Du kannst mit mir zu John Harris reiten, und im Anschluß daran zum Gefängnis, wo du Reilly davon informieren kannst, daß ich spätestens morgen, vielleicht aber auch schon heute nacht ins Gefängnis gebracht werden will. Steck ihm genügend Geld zu und warne ihn, daß er sich auf einen Kampf gefaßt machen muß – oder daß er, falls er sich davor fürchtet, Whittle und Sutherland sofort von meiner bevorstehenden Verhaftung informieren soll.«

Edward MacArthur nickte. Sie bestiegen ihre Pferde und ritten in Richtung von Dr. Harris' Haus in der Highstreet davon. Als sie dort ankamen, sagte MacArthur: »Komm sofort hierher zurück, nachdem du mit Reilly gesprochen hast.« Er schwang sich aus dem Sattel und verzog vor Schmerz das Gesicht, als sein rheumatischer rechter Fuß ihn plagte.

»Ist alles in Ordnung, Papa?« fragte Edward angespannt. Als er absteigen wollte, winkte ihn sein Vater ungeduldig weg. »Ich habe zuviel gestanden, sonst nichts«, beschwerte er sich. »Aber wenigstens bin ich hier an der richtigen Adresse…. Dr. Harris kann mir etwas Opium geben, falls ich es brauche.« Er lächelte, humpelte auf die Tür des Arztes zu und klopfte kräftig mit der Faust an.

John Harris, ein dünner kleiner Mann, öffnete selbst.

»Ich habe alles gehört!« rief er aus und schüttelte seinem Besucher herzlich die Hand. »Dem Tyrannen wird der Garaus gemacht! Kommen Sie herein, kommen Sie herein, John, und erzählen Sie mir, wie Sie das angestellt haben!«

»Das werde ich mit Vergnügen tun, Sir«, antwortete John MacArthur, »aber ich kann keinen Zuhörer brauchen… ist das möglich?«

»Aber selbstverständlich«, antwortete Dr. Harris. »Allerdings sind einige Ihrer Freunde und Mitstreiter schon hier und warten auf Sie.«

Es war schon dunkel, als Andrew am Regierungsgebäude vom Pferd sprang. Jubb geleitete ihn ins Haus und klopfte an der Tür zum Speisezimmer an.

»Gehen Sie direkt hinein, Captain Hawley«, meinte er. »Seine Exzellenz und die anderen Herren sind noch beim Abendessen.«

Als er den Raum betrat, blickten ihm alle schweigend entgegen. Robert Campbell, John Palmer und Thomas Arndell sahen angespannt aus, aber Gore und Bligh ließen sich ihre Gefühle nicht anmerken, und er hatte den Eindruck, als ob beide schon ahnten, was er sagen würde.

»Nun?« meinte der Gouverneur und deutete auf einen Stuhl. »Ich nehme an, daß Major Johnstone sich geweigert hat, hierherzukommen?«

Andrew nickte bedauernd mit dem Kopf. »Es tut mir leid, Sir... ich habe alles versucht, ihn von der Wichtigkeit der Angelegenheit zu überzeugen. Aber er bestand darauf, daß er zu krank sei, um das Bett zu verlassen. Er sei gestern abend aus der Kutsche gefallen. Sein Arm war bandagiert, Sir – deshalb konnte er Ihnen keine schriftliche Antwort zukommen lassen – und sein Gesicht ist von Schürfwunden übersät. Aber ich gestehe, daß ich nicht daran glaube, daß er ernsthaft krank ist, Sir – obwohl er doch tatsächlich meinte, daß es lebensgefährlich für ihn wäre, in diesem Zustand in die Stadt zu fahren.«

Der Gouverneur lief dunkelrot vor Ärger an. »Aber war er Ihrer Meinung nach von den Vorgängen im Gericht informiert?«

»Ja, ich bin ganz sicher, daß er alles weiß, Sir«, antwortete Andrew ohne zu zögern. »Lieutenant Bayly war bei ihm, als ich dort ankam... ich traf ihn in der Halle, was ihm ganz und gar nicht angenehm war, denn er versuchte, ungesehen an mir vorbeizukommen.«

»Ich verstehe«, sagte Bligh mehr abweisend als ärgerlich, aber seine Augen blitzten gefährlich auf. »Also hat sich

Johnstone auf die Seite seiner Offiziere geschlagen, und das ist genau das, was ich erwartet habe. Nun, das ändert nichts an meinem Plan, daß ich die Männer morgen früh herbestellt habe, und wenn sie meiner Einladung nicht Folge leisten und statt dessen die Gerichtsverhandlung fortsetzen, dann bleibt mir nichts anderes übrig, als das Gericht aufzulösen.«

»Das Strafgericht auflösen, Sir?« wiederholte Andrew entsetzt.

Er fühlte, wie er blaß wurde. Er sah, wie Robert Campbell ihn anschaute, und der Schiffbauer nickte nachdenklich mit dem Kopf.

»Soweit ist es gekommen, Hawley. Glauben Sie mir, uns allen ist das genauso unangenehm wie Ihnen, aber wir sehen keine Alternative. Meiner Meinung nach hat es John Mac-Arthur ganz bewußt auf diese Zuspitzung der Lage angelegt, also auf offene Rebellion, und er wird von den meisten der Korps-Offiziere und von vielen Kaufleuten unterstützt.«

Die anderen nickten zustimmend, und Proviantkommissar Palmer warf ein: »Man kann es gar nicht klar genug sagen, Captain Hawley – die Rum-Schwarzhändler kämpfen um ihre einträgliche Verdienstquelle, und ich brauche Ihnen nicht zu sagen, wer sie sind.«

»Nein«, meinte Andrew, »nein, das brauchen Sie wirklich nicht.«

Jubb servierte ihm einen gefüllten Teller, schenkte ihm Wein ein und zog sich dann wortlos zurück. Einen Augenblick später stand Mary Putland auf, umarmte ihren Vater und verließ ebenfalls den Raum. Andrew trank sein Glas aus, aber schob den Teller beiseite, weil ihm der Hunger vergangen war.

Der Gouverneur ordnete an: »Außer wenn der unwahrscheinliche Fall eintritt und MacArthur sich freiwillig stellt, bitte ich Sie, Willie, ihn morgen früh zu verhaften.«

»Sir«, sagte Gore zögernd und fügte nach einer Pause hinzu: »Und soll er ins Gefängnis gebracht werden?«

»Zum Teufel mit ihm, das will er vielleicht gerade! Aber ...«
Blighs aufgestaute Wut ging plötzlich mit ihm durch.
»Ja, verdammt noch mal, wo sonst sollte man einen Verräter unterbringen? Ihn und seine Richter auch, diese niederträchtigen Schurken! Ich vertrete in dieser Kolonie als Gouverneur Seine Majestät, und Gott ist mein Zeuge, daß ich sie lieber in der Hölle sähe, als ihnen zu erlauben, meine Autorität zu zerstören.« Er stand auf, bedankte sich bei seinen Gästen und verabschiedete sich. »Ich erwarte Sie morgen früh um neun hier, meine Herren. Gute Nacht.«

Draußen war es schon dunkel geworden, und alles wirkte friedlich. Andrew ging zu den Ställen, um sein Pferd zu holen. Er blieb wie angewurzelt stehen, als er hinter dem Gebäude einen Schatten auftauchen sah. Zwei andere folgten, und als sich seine Augen langsam an die Dunkelheit gewöhnten, sah er, daß die drei Männer sich leise auf die Neunpfünderkanonen zu bewegten, die am Regierungsgebäude standen.

An der Art, wie die Männer sich langsam und heimlich bewegten, erkannte Andrew, daß sie nichts Gutes im Sinn hatten. Dann sah er, daß es Soldaten waren. Der eine kniete sich neben der Kanone hin und machte sich an der Ladeklappe zu schaffen. Er wandte sich flüsternd an den Mann neben ihm, den er Corporal nannte.

Andrew ging auf sie zu, aber bevor er sie ansprechen konnte, bekam er einen schweren Schlag von hinten und sackte bewußtlos zusammen ...

Als er zu sich kam und sich mühsam aufrappelte, sah er, daß er nur ein paar Meter von seinem Haus entfernt im Straßengraben lag. Er hatte jegliches Zeitgefühl verloren und wußte nicht, wie lange er bewußtlos gewesen war. Sein Kopf schmerzte ihn entsetzlich, aber irgendwie schaffte er es, sich schwankend wie ein Betrunkener auf sein Haus zuzubewegen. Mit letzter Kraft pochte er an die Tür.

Zu seiner Erleichterung wurde sie gleich geöffnet, und er sah Jenny im Eingang stehen.

»Andrew!« schrie sie auf. »Ach, mein Lieber, du bist ja verletzt! Du blutest... laß mich dich stützen.«

Sein Diener kam herbeigeeilt, stützte ihn auf der anderen Seite und führte ihn ins Wohnzimmer.

»Was machst du denn hier, liebste Jenny?« fragte er seine Frau verwirrt.

Jenny schickte den Diener weg, um Wasser und Verbandszeug zu holen, ließ sich neben ihm auf die Knie nieder und umfaßte seine Hände.

»Ich hatte ganz stark das Gefühl«, sagte sie leise, »daß du mich brauchst, deshalb bin ich mit Justin auf die *Flinders* gekommen. Und mein Instinkt hat mich nicht getrogen, oder... du brauchst mich wirklich!«

»In meinem ganzen Leben war ich noch nie so froh, dich zu sehen wie jetzt«, gab Andrew zu. »Aber trotzdem wünschte ich, daß du tausend Meilen von Sydney weg wärst.«

Er zog sie an sich, und sie sagte sanft: »Erzähl mir jetzt nichts, Liebster. Ich habe schon viel gehört, in Sydney gehen die schlimmsten Gerüchte um... leg dich zurück und laß mich deinen Kopf verbinden.«

Er versuchte ihr zu antworten, aber er brachte kein Wort heraus und versank wieder in Ohnmacht.

Als er aufwachte, lag er in seinem Bett, die Sonne schien durch das kleine Fenster herein, und Jenny lag schlafend neben ihm.

20

Am nächsten Tag, dem 26. Januar, lag Major George Johnstone noch im Bett, als ihm sein Diener die Ankunft von Dr.
Harris ankündigte.

»Dr. Harris läßt Ihnen ausrichten, Sir, daß er Sie sofort
sehen muß. Er sagte, es ginge um Leben und Tod.«

Johnstone bat den Mann mürrisch, ihm beim Ankleiden
behilflich zu sein, und begrüßte ein paar Minuten später den
Arzt im Wohnzimmer.

»Nun, Harris?« fragte er leicht verärgert. »Was bringt Sie
so früh morgens hierher? Ich bin krank, verdammt noch
mal! Ist es *mein* Leben, um das Sie sich Sorgen machen –
sind Sie hergekommen, um Ihre ärztliche Kunst an mir zu
versuchen?«

Harris schüttelte den Kopf. Er war erregt, und als er anfing, die gestrigen Vorgänge vor Gericht zu erzählen, unterbrach ihn der Kommandant des Neusüdwales-Korps kurz
angebunden.

»Verdammt noch mal, das weiß ich doch alles schon –
Bayly war gestern abend hier und hat mir alles berichtet.
Und ich habe heute morgen eine Einladung vom Gouverneur erhalten – kurz bevor Sie hier erschienen sind! Und dieser Wahnsinnige glaubt offenbar, daß ich meine Verletzun-
gen als Vorwand benutze, denn er schreibt, daß er annimmt,
daß mich meine Krankheit davon abhält, ihm zu Diensten
zu sein... und er legt mir nahe, während meiner Abwesenheit Abbott das Kommando über die Truppen in Sydney zu
übergeben!«

»Major, ich fürchte, Sie haben die extreme Gefährlichkeit
der Situation noch nicht erkannt«, sagte Dr. Harris ein-

dringlich. »John MacArthur wurde heute morgen von Gore und seinen Rüpeln verhaftet – John ist im Gefängnis, Sir, und sein Leben ist in Gefahr! Das Gerücht geht um, daß Crossley – der verrückt geworden zu sein scheint – Mörder gedungen hat, die ihm den Garaus machen sollen. Selbst wenn es nur John zuliebe ist, Sir, müssen Sie unverzüglich nach Sydney kommen und seine Entlassung anordnen.«

»Das kann ich auch von hier aus tun«, protestierte Johnstone.

»Nein, Sir, das können Sie nicht – glauben Sie mir, es besteht die akute Gefahr eines Volksaufstandes. Die Bevölkerung nimmt Mr. MacArthurs Verhaftung nicht einfach so hin.« Harris sprach schneller und lauter weiter: »Bligh ist im Regierungsgebäude und bereitet mit einer Gruppe von Friedensrichtern die Schließung des Strafgerichtshofes vor. Es wird behauptet, daß er ein neues Gericht nominieren will, und es ist eine Tatsache, daß er die sechs Beisitzer von John MacArthurs Prozeß zu sich hat rufen lassen, um ihnen Volksaufwiegelung vorzuwerfen. Sie stehen ihm jetzt im Augenblick Rede und Antwort, Sir... und es sind *Ihre* Offiziere! Sie können nicht einfach zuschauen, wie der *Bounty*-Bligh diese Offiziere und John wegen Verrats verurteilt, wenn ihr einziges Verbrechen darin bestand, daß sie sich gegen seine despotische Tyrannei aufgelehnt haben!«

George Johnstone zog seine dünnen Augenbrauen nachdenklich zusammen. – Er sah gelassen aus, war aber innerlich sehr aufgewühlt. Selbst wenn nur die Hälfte von dem stimmte, was Harris ihm erzählt hatte, war die Situation sehr ernst, und es würde ihm nicht erspart bleiben, zu handeln... sofort zu handeln.

»Harris, sind Sie ganz sicher, daß wirklich die Gefahr eines Volksaufstandes besteht?« fragte er eindringlich.

»Da gibt es keinen Zweifel, Sir«, antwortete Harris voller Überzeugung. Und er fügte hinzu: »Draußen steht eine Kutsche bereit, mit der ich Sie zu den Kasernen fahren kann.

Und wenn Sie es mir erlauben, kann ich Ihren verletzten Arm noch einmal neu verbinden, bevor Sie Ihre Jacke anziehen.«

»Sehr gut«, antwortete Johnstone. Er schaute auf seine Taschenuhr. Es war kurz nach vier Uhr. Um fünf Uhr würde er in der Kaserne ankommen. Dann wäre mit Gottes Hilfe vielleicht noch Zeit, einen Volksaufstand zu verhindern.

Um fünf Uhr unterschrieb er, umgeben von seinen Offizieren, die alles bestätigten, was Harris gesagt hatte, einen Haftentlassungsbefehl für John MacArthur, und ein Trupp Soldaten unter Sergeant Whittle verließ die Kaserne, um ihn vor eventuellen Angriffen zu beschützen.

Der Kommandeur befahl seinem Adjutanten, Lieutenant Minchin: »Lassen Sie das Regiment auf dem Paradeplatz antreten.«

Minchin entfernte sich eilig, um diesen Befehl auszuführen. Er sagte sich zufrieden, daß die nächtliche Arbeit an den Kanonen vor dem Regierungsgebäude nicht umsonst gewesen war. Wenn der *Bounty*-Bligh überhaupt einen Kanonier finden würde, der sie bedienen könnte, dann würden die Kanonen harmlose Schüsse in die Luft abgeben.

»Sergeant Sutherland!« bellte er. »Alle Soldaten, mit Flinten bewaffnet und aufgestelltem Bajonett, sofort auf dem Paradeplatz antreten lassen!«

Eine halbe Stunde später kündigten laute Hochrufe die Ankunft von John MacArthur an, der von vier Soldaten auf den Schultern im Triumph auf den Paradeplatz getragen wurde. Ein paar Minuten später folgten die sechs Offiziere, die über ihn zu Gericht gesessen hatten.

In der Messe wurden sie von George Johnstone schon ungeduldig erwartet. Als John MacArthur mit ausgestreckter Hand auf ihn zuging, sagte er: »Großer Gott, MacArthur, was soll ich bloß machen? Diese Leute hier« – er deutete auf die Offiziere um ihn herum – »wollen mich dazu überreden, den Gouverneur zu verhaften! Aber ich gebe zu, daß ich … verdammt noch mal, das wäre wirklich ein sehr ernsthafter Schritt!«

MacArthur lächelte und preßte seine schmalen Lippen aufeinander. »Wenn so viele Offiziere dafür sind, dann müssen Sie es ganz einfach tun. Ein solcher Ratschlag ist rechtlich genauso illegal wie seine Ausführung. Aber wenn Sie mir zehn Minuten Zeit lassen, dann formuliere ich den Rat in eine Bittschrift um, und Sie können sicher sein, daß jeder einzelne Ihrer Offiziere seine Unterschrift daruntersetzen wird.«

Die Bittschrift vom 26. Januar 1808 war von allen neun Offizieren unterzeichnet. Sie war namentlich an Johnstone gerichtet, den Stellvertretenden Gouverneur und Kommandeur des Neusüdwales-Korps.

Aber Johnstone zögerte noch immer. MacArthur faßte ihn unter und führte ihn außer Hörweite. Er sagte mit leiser, eindringlicher Stimme: »George, unter dieser Bittschrift werden Hunderte von Unterschriften stehen, sobald ich Gelegenheit habe, sie zu sammeln. Alle respektablen Bürger der Kolonie werden ihren Namen daruntersetzen, das verspreche ich Ihnen. Sie *müssen* jetzt handeln, denn wenn Sie es nicht tun, dann wird es einen Volksaufstand und vielleicht ein Massaker geben, und das Blutvergießen wird auf Ihre Entscheidungsschwäche zurückzuführen sein. Sie werden dafür verantwortlich gemacht werden, denn es steht in Ihrer Macht, das zu verhindern.«

George Johnstone beugte seinen Kopf und schickte ein Stoßgebet zum Himmel. Dann sagte er: »In Gottes Namen, so sei es.« Daraufhin zog er seinen Arm aus der Schlinge, die Dr. Harris ihm gebunden hatte, und ging schweigend auf den Paradeplatz.

Militärmusik ertönte, und Sydneys Einwohner rotteten sich auf den staubigen, schmutzstarrenden Straßen zusammen.

Anfangs wußte kaum jemand, was los war. Aber als es dunkel wurde, hatte sich die Neuigkeit herumgesprochen, und aus Bordellen und Tavernen ertönte immer häufiger der Ruf: »Nieder mit dem Tyrannen!« und »Tod dem *Bounty*-Bligh!«

Freudenfeuer – die offensichtlich schon vorher aufgeschichtet worden waren – brannten weithin sichtbar an den Straßenrändern zwischen der Kaserne und der Highstreet.

Das gesamte Neusüdwales-Korps marschierte im Gleichschritt auf das Regierungsgebäude zu. Major George Johnstone ritt voran, und man sah ihm jetzt nichts mehr von seinem gestrigen Unfall an, der ihn bis vor kurzem noch daran gehindert hatte, nach Sydney zu kommen und der Vorladung Gouverneur Blighs Folge zu leisten.

Die rotberockten Soldaten bewegten sich, umringt von einer großen Menge von Schaulustigen, im Gleichschritt auf ihr Ziel zu. Als sie vor dem Regierungsgebäude ankamen, verschlug es der Menge ein paar Augenblicke lang die Sprache, aber bald ertönten wieder einzelne Rufe: »Nieder mit dem Tyrannen!«

Justin, der erst vor kurzem in Sydney angekommen war, wurde inmitten einer Gruppe betrunkener, schwitzender Seeleute vorwärtsgeschoben.

Im Eingangstor zum Regierungsgebäude stand eine kleine, zartgliedrige Person und versperrte der Menge den Weg. Justin erkannte, daß es Mary Putland war, die Tochter des Gouverneurs. Der Schal fiel ihr von den Schultern, und ihr Haar wurde vom Wind nach hinten geweht. Die schlanke Frau streckte abwehrend ihre Arme aus und schaute den Kommandeur des Neusüdwales-Korps furchtlos an.

»Sie sind ein Verräter!« rief sie Johnstone zu, als er sein Pferd zügelte. »Sie sind ein Rebell! Sie sind gerade über das Grab meines Mannes geritten – und jetzt wollen Sie wohl meinen Vater ermorden?«

Die Anschuldigung, die sie mit schriller, weittragender

Stimme geäußert hatte, ließ alle für kurze Zeit erstarren. Aber dann bedeutete Johnstone dem Wachposten, die Tochter des Gouverneurs in Gewahrsam zu nehmen.

»Mr. Bligh wird kein Leid geschehen«, sagte er kalt. »Wir haben nur vor, ihn unter Arrest zu nehmen.«

Mary Putland riß sich von dem Wachposten los und rannte weinend zum Regierungsgebäude zurück.

Trotz ihrer Angst wandte sie sich in der Tür noch einmal um und rief: »Stoßen Sie mir Ihre Bajonette ins Herz! Töten Sie mich, aber verschonen Sie das Leben meines Vaters!«

Hinter ihr öffnete sich die Tür, und Jubb beschwor sie eindringlich, doch ins Haus zu kommen. Der Diener zog sie zusammen mit Kate Lamerton herein, aber sie schien die beiden gar nicht zu sehen. »Papa! Ach, Papa, wo bist du?« schrie sie mit gebrochener Stimme.

Als Jubb sich umwandte, um die Eingangstür zu versperren, war es zu spät... ein Offizier des Neusüdwales-Korps trat herein und befahl arrogant: »Informieren Sie Gouverneur Bligh davon, daß wir hier sind, um ihn unter Arrest zu nehmen.«

Draußen ließ Major Johnstone seine Männer sich formieren, und vier Soldaten unter Lieutenant Minchin richteten die Neunpfünder so aus, daß ihre Mündungen auf das Regierungsgebäude zielten.

Die Menge kam näher, und Hochrufe wurden laut, als sie sahen, daß der Kommandeur gemessen auf die Eingangstür des Regierungsgebäudes zuschritt. Hinter ihm folgte Sergeant Whittle mit acht seiner Männer, und alle hatten die Bajonette auf ihre Flinten aufgesteckt.

Johnstone wurde von Jubb in das Speisezimmer geführt, wo er, wie er sich das vorgestellt hatte, alle regierungstreuen Männer versammelt sah.

»Ich suche Mr. Bligh«, sagte Johnstone kurz. »Wo ist er?«

Feindseliges Schweigen schlug ihm entgegen. Dann trat

278

Robert Campbell einen Schritt vor und sagte kühl: »Wie Sie bemerken, Major, ist Seine Exzellenz der Gouverneur nicht hier. Aus welchem Grund wollen Sie ihn sprechen?«

»Ich bin gekommen, um seinen Rücktritt zu fordern und ihn unter Arrest zu nehmen, Sir«, bellte Johnstone, »auf eine Bittschrift meiner Offiziere und der meisten Einwohner dieser Stadt... und um mit Gottes Hilfe einen Volksaufstand gegen ihn zu verhindern.«

»Und Sie sind mit Ihrem bewaffneten Regiment angerückt?« fragte Campbell skeptisch. »Also, Major Johnstone, ist das nicht etwas übertrieben?«

»Meiner Meinung nach nicht, Sir,« – Johnstone schaute Campbell durchdringend an – »denn ich möchte in der Lage sein, Mr. Blighs Leben retten zu können, falls die Wut des Volkes aus den Fugen gerät, was ich für möglich halte.« Nach einer Pause fügte er hinzu: »Meine Herren, hiermit sind Sie Ihrer offiziellen Posten enthoben, und Sie befinden sich bis auf weiteres unter Hausarrest. Ein Wachposten wird vor der Tür dieses Raumes aufgestellt, und ich bitte Sie in Ihrem eigenen Interesse darum, hierzubleiben, bis ich weitere Schritte veranlassen kann.«

Stimmen des Protestes wurden laut, aber der Korps-Kommandant unterbrach sie wütend: »Das geschieht zu Ihrem eigenen Schutz, verdammt noch mal! Die Bevölkerung haßt jeden, der den Gouverneur und seine despotische Tyrannei unterstützt hat.«

Er schlug die Tür hinter sich zu und stürmte in die Eingangshalle zurück. Lieutenant Minchin informierte ihn davon, daß die Suche nach dem Gouverneur bisher erfolglos gewesen sei.

»Zur Hölle mit ihm! Er *muß* doch hier sein, in irgendeinem Versteck! Lassen Sie das Haus noch einmal durchsuchen, Mr. Whittle!«

Whittle stieß Flüche aus und deutete zur Treppe hin. »Verdammt noch mal, Sir, ich werde ihn finden, wenn er noch hier ist! Los, ihr Halunken – da lang! Wir stellen das ganze Haus auf den Kopf, Zimmer für Zimmer!«

Johnstone sah, wie sie die Treppe hochstürmten. Es wäre sehr unangenehm für ihn, wenn der *Bounty*-Bligh geflohen wäre – an den Hawkesbury, wo er mit der bewaffneten Unterstützung der Siedler rechnen konnte. Die Pest sollte den Mann holen... er würde sich zu rächen versuchen, da gab es keinen Zweifel. Und ebenso eindeutig stand fest, daß Bligh *ihn als* Kommandeur des Neusüdwales-Korps zur Verantwortung ziehen würde. Er würde der Rebellion angeklagt, er würde als Verräter gelten, nicht John MacArthur.

»Durchsuchen Sie mit ein paar Ihrer Leute die Ställe«, schrie er Lieutenant Moore zu, der ihn von der zweiten erfolglosen Suche nach Gouverneur Bligh informierte. »Er kann doch nicht einfach vom Erdboden verschwunden sein, verdammt noch mal! Er hat sich irgendwo verkrochen, wo –« Aus dem oberen Stockwerk ertönte ein Triumphgeheul, und Moore sagte aufgeregt: »Bei Gott, Sir, ich glaube, daß sie ihn gefunden haben! Soll ich mal nachsehen?«

»Ja«, knurrte Johnstone. Er fühlte sich sehr erleichtert und zog aus seiner Brusttasche einen Brief, den er schon vorbereitet hatte. Er war an *William Bligh* adressiert. Keine Rede von »Seiner Exzellenz« oder »Gouverneur«. Blighs Regierungszeit war zu Ende.

Gouverneur Bligh hatte in dem kleinen, spärlich möblierten Dienerzimmer im ersten Stock Unterschlupf gefunden. Lieutenant Moore hatte seinen Kopf kurz in den Raum gesteckt, aber der Gouverneur war unter das Bett gekrochen – das einzige Möbelstück im Raum –, und Moore war wieder verschwunden und hatte vom Flur aus den anderen zugerufen, daß der Raum leer sei. Als die Tür wieder geschlossen war, begann Bligh Briefe zu zerreißen, die er, John Palmer und Edmund Griffin im Büro aus den Akten ge-

nommen hatten. Diese Papiere mußten vernichtet werden –
es waren zum großen Teil Abschriften von Briefen, die er an
das Auswärtige Amt geschrieben hatte, unter anderem einen
Bericht über den Prozeß gegen John MacArthur, den er
allerdings nicht hatte beenden können.

Er hätte fliehen können. Mary hatte ihn dazu überreden
wollen, zum Hawkesbury zu fliehen, und Andrew Hawley
hätte ihm ein Schiff zur Verfügung gestellt, das ihn dort-
hingebracht hätte, und außerdem bewaffnete Männer, die
auf seiner Seite standen und ihn mit ihrem Leben verteidigt
hätten.

Er hatte es nicht für möglich gehalten, daß seine Feinde
so weit gehen würden, trotz Atkins' Warnung, daß sie vor
nichts zurückschrecken würden ... und er hatte recht behalten, sie waren in das Regierungsgebäude eingedrungen, und
vor dem Haus standen Hunderte von bewaffneten Korps-
Soldaten.

William Bligh fluchte leise, als er eines der Dokumente
nicht zerreißen konnte, weil es zu dick war. Als er Stiefel-
tritte auf der Treppe hörte, stopfte er es ungeduldig unter
seine Jacke.

Die Tür wurde aufgestoßen, und im Dämmerlicht, das
durch das Fenster hereinfiel, sah William Bligh, wie zwei
Soldaten den Raum betraten, hörte sie fluchen und bemerkte mit Entsetzen, daß beide die Bajonette auf ihre Flinten
aufgepflanzt hatten. Er duckte sich hinter den Volant des
Bettes, aber der dicke Brief rutschte ihm aus der Jacke und
fiel mit einem dumpfen Geräusch zu Boden.

Der Gouverneur hielt den Atem an. Aber er hatte sich
selbst verraten. Ein Triumphgeschrei ertönte, und ein Soldat rief: »Da ist er – da ist der verdammte Gouverneur, unter
dem Bett!«

Jemand ergriff ihn am Kragen und zog ihn aus seinem
Versteck heraus. Der Gouverneur richtete sich auf und hielt
den Brief umklammert, der ihn verraten hatte.

Kurz darauf betrat Minchin mit selbstgerechter Miene den Raum, und Bligh sagte förmlich: »Ich bin nicht bewaffnet, Mr. Minchin, und ich möchte von Ihnen die Versicherung, daß mir Ihre Leute kein Leid antun.«

Minchin zögerte und bot Bligh dann seinen Arm.

»Ziehen Sie Ihre Männer zurück, Sergeant – der Gouverneur sagt, daß er unbewaffnet ist, und ich glaube ihm. Wenn Sie bitte mit mir hinunter zu Major Johnstone gehen – ich erkläre Ihnen hiermit, daß ich mich mit meinem Leben für Ihre Sicherheit verbürge. Meine Männer haben Sie über zwei Stunden lang gesucht und sind zugegebenermaßen recht aufgeregt, aber ich versichere Ihnen, Sir, daß Ihnen nichts geschehen wird.«

»Ihre Männer führen sich wie die Wilden auf, und nicht nur einer unter ihnen ist betrunken«, antwortete Bligh kalt. »Aber ich nehme Ihren Schutz an. Wo ist Major Johnstone?«

»Er erwartet Sie in Ihrem Büro, Sir.« Wieder bot er ihm seinen Arm an. Da er keine Wahl hatte, ließ sich Bligh von ihm aus dem Zimmer führen.

Als William Bligh ins Erdgeschoß kam, schüttelte er Minchins Arm ab und ging mit hoch aufgerichtetem Kopf auf den Kommandanten des Neusüdwales-Korps zu – der, umgeben von allen bekannten Rum-Schwarzhändlern der Kolonie, an seinem eigenen Schreibtisch saß.

Minchin berichtete, wo der Gouverneur gefunden worden war und unterließ es zu Blighs großer Erleichterung, peinliche Einzelheiten zu erwähnen.

George Johnstone nahm einen Brief in die Hand, und Bligh sah mit Genugtuung, daß sie zitterte. Aber seine Stimme war fest, als er ihn laut vorlas: »*Sir, mir obliegt eine höchst peinliche Pflicht. Die respektablen Bürger dieser Stadt werfen Ihnen Verbrechen vor, die sich mit der Ausübung Ihres Amtes als Gouverneur dieser Kolonie nicht vereinbaren lassen. Deshalb fordere ich Sie im Namen Seiner*

Majestät auf, Ihr Amt niederzulegen und informiere Sie gleichzeitig davon, daß Sie ab sofort unter Arrest stehen.«

Er schaute Bligh an und blickte schnell zur Seite, als er bemerkte, wie wütend der Gouverneur war. »Nun, Mr. Bligh – wie lautet Ihre Antwort darauf? Legen Sie Ihr Amt nieder, und sind Sie bereit, den über Sie verhängten Hausarrest anzuerkennen?«

William Bligh zögerte lange. Er war unentschlossen, und die Gedanken jagten sich in seinem Kopf. Schließlich aber nickte er.

»Ich habe keine andere Wahl, als mich zu fügen, Sir«, sagte er schließlich resigniert, »da Sie mit dem gesamten Regiment angerückt sind und ich machtlos dastehe. Aber was Sie und Ihre Offiziere sich heute geleistet haben, ist weiter nichts als Verrat – Hochverrat, Major Johnstone! Und Sie müssen Seiner Majestät Rede und Antwort dafür stehen, wie Ihnen sicher bewußt ist.«

»Ich kann mein Verhalten rechtfertigen, Sir«, antwortete Johnstone nervös. »Ich habe einzig und allein so gehandelt, um einen Volksaufstand zu verhindern, und ich habe das Kriegsrecht ausgerufen, um sicherzustellen, daß der Frieden aufrechterhalten werden kann.« Er erhob sich steif. »Ich lasse Wachposten hier zurück, Sir, und bitte Sie und Ihre Tochter, das Haus bis auf weiteres nicht zu verlassen.«

Bligh schwieg feindselig, Johnstone verbeugte sich steif und ging, gefolgt von den anderen, aus dem Zimmer.

Um neun Uhr herrschte Stille im Regierungsgebäude. Die meisten Räume waren dunkel, und rotberockte Wachposten patrouillierten im Garten auf und ab.

Als der Kommandant des Neusüdwales-Korps mit seinen Offizieren das Haus verließ, nahmen sie das Amtssiegel und alle offiziellen Papiere mit, die noch nicht vernichtet worden waren.

In dem kleinen Raum, in dem Gouverneur Bligh gefunden worden war, fegte sein Diener, John Dunn, im Licht einer Kerze die Fetzen der zerrissenen Briefe zusammen und verbrannte sie anschließend im Garten.

Es war schon nach zehn Uhr abends, als Jenny mit einem dunklen Umhängetuch um die Schultern die Tür von Andrews kleinem Haus hinter sich zuzog und sorgenvoll den Weg zum Regierungsgebäude einschlug.

Justin war ein paar Stunden vorher kurz dagewesen und hatte ihr erzählt, daß das Neusüdwales-Korps zum Regierungsgebäude marschiert war und daß das Gerücht umging, daß Gouverneur Bligh unter Hausarrest gestellt worden sei.

»Es wird gemunkelt, daß Major Johnstone schon das Amt als stellvertretender Gouverneur übernommen hat, Mama«, hatte er ihr erzählt, und sie sah ihm an, daß ihm diese Vorstellung Angst machte. »Und zwar auf Bitte der *respektablen* Einwohner Sydneys hin. Ich verstehe zwar nicht viel davon, aber ich sah ziemlich viele Leute, die von den Soldaten gezwungen wurden, ihren Namen unter die Bittschrift zu setzen...«

Auch Andrew hatte sie dringend gebeten, das Haus nicht zu verlassen. »Ich fürchte wirklich, daß das Korps rebellieren wird«, hatte er gewarnt. »Denn anders können sie ihre sechs Offiziere und John MacArthur nicht von der Anklage der Rebellion befreien.« Er hatte hinzugefügt: »Wer immer mich letzte Nacht zusammengeschlagen hat, ich bin sicher, daß er es mit einem Flintenkolben getan hat und einer vom Rum-Korps war.«

Jenny vernahm die Rufe: »Tod dem Tyrannen! Nieder mit dem *Bounty*-Bligh!« und beschleunigte ihre Schritte. Als sie beim Regierungsgebäude ankam, konnte sie auf den ersten Blick keine Menschenseele ausmachen. Dann trat ein Wachposten aus der Dunkelheit auf sie zu. Er war jung, und wenn sie nicht alles täuschte auch nüchtern, aber was er ihr mit rauher Stimme zuflüsterte, beunruhigte sie doch sehr.

»An Ihrer Stelle würd' ich so schnell wie möglich hier ab-
hauen, Madam. MajorJohnstone ist jetzt unser Gouverneur,
und er hat das Kriegsrecht ausgerufen. Und da könnten Sie
dafür eingesperrt werden, daß Sie Mr. Bligh sprechen wollen, das is' nun mal so.«

»Eingesperrt?« fragte Jenny. »Aber ich habe doch nichts
verbrochen.«

Der junge Wachposten kam noch näher heran und sagte
flüsternd: »Mr. Bligh steht unter Hausarrest, und seine gesamte Dienerschaft auch.«

»Ich suche nach meinem Mann«, erwiderte ihm Jenny.
»Dem Marineinfanteristen Captain Hawley. Wissen Sie, ob
er auch unter Hausarrest genommen worden ist?«

Der Soldat schüttelte den Kopf. »Von ihm weiß ich nichts.
Jetzt machen Sie aber, daß Sie wegkommen! Wenn der Corporal uns hört, bekommen wir beide Schwierigkeiten.«

Er tat, als wäre sie nicht da und marschierte weiter vor
dem Tor auf und ab. Jenny blieb nichts anderes übrig, als
langsam weiterzugehen. Aber wohin? Wohin sollte sie gehen, um etwas über Andrew zu erfahren? Frances Spence
fiel ihr ein. Es waren nur zehn Minuten zu Fuß von hier zu
ihrem Haus. Frances würde sie willkommen heißen, und da
Jasper Spence ein Friedensrichter war, war es möglich, daß
sie dort erfahren konnte, ob Andrew verhaftet worden war
oder nicht.

Jenny ging schneller, aber an der Ecke der Bridge Street
blieb sie stehen, weil sie vor sich laute Stimmen hörte. Vor
dem Haus des Militärstaatsanwaltes war eine Menschenmenge versammelt, die von Minute zu Minute anwuchs.
Rotröcke waren in der Überzahl. Jenny drehte um, aber
schon ein paar Minuten später kam ihr ein Trupp bewaffneter Soldaten entgegen. Ein Corporal führte sie an, und ein
Zivilist – ein Mann, den sie nicht kannte – forderte Passan-
ten auf, ein Papier zu unterzeichnen, das er bei sich trug. Die
meisten leisteten die Unterschrift, ohne zu fragen, worum es

denn überhaupt ging, aber ein paar Menschen wollten nicht unterschreiben und bekamen Schläge und Knüffe mit den Flintenkolben, bis sie sich fügten. Jenny nahm an, daß das Papier eine Bittschrift war, die Anschuldigungen gegen den Gouverneur enthielt. Sie versuchte, sich unbemerkt zurückzuziehen, aber der Corporal entdeckte sie und rief sie an.

Sie rannte los, und nach einer halbherzigen Verfolgungsjagd durch einen der Soldaten kam sie schweratmend am Spence'schen Haus an. Aber auf ihr Pochen hin wurde, obwohl alle Fenster beleuchtet waren, erst nach geraumer Zeit die Tür geöffnet. Henrietta Dawson öffnete. Als sie Jenny erkannte, verhärtete sich ihr Gesichtsausdruck.

»Was möchten Sie?« fragte sie kalt und machte keine Anstalten, Jenny ins Haus zu lassen.

»Ich hoffte, daß Frances – das heißt, daß Mrs. Spence zu Hause sei«, begann Jenny, »und daß sie –« Henrietta unterbrach sie. »Vater und seine Frau sind vor fünf Tagen auf der *Kelso* nach Indien gesegelt«, entgegnete sie kühl. »Ich fürchte, daß Sie sich vergebens auf den Weg gemacht haben, Mrs…. Sie heißen jetzt Hawley, oder? Meines Wissens haben Sie Captain Hawley geheiratet?«

»Ja«, brachte Jenny heraus und spürte, wie ihr die Röte ins Gesicht stieg.

Henrietta Dawson sagte abschätzig: »Nun gut. Aber dennoch muß ich Sie bitten, jetzt unverzüglich zu gehen – es ist niemand in diesem Hause, der Sie empfangen würde.«

Ihr Ton war voller Verachtung, und ohne auf Jennys Antwort zu warten, schlug sie ihr die Tür vor der Nase zu.

Jenny lief verletzt und wütend über kleine Hinterstraßen nach Hause zurück. Dort fand sie Justin, der sie sorgenvoll erwartete.

»Andrew ist verhaftet worden«, berichtete er ihr, »und da er auf der *Flinders* angetroffen wurde, wird er verdächtigt, daß er fliehen wollte. Dabei wollte er Gouverneur Bligh zur Flucht verhelfen, aber der Gouverneur weigerte sich, rechtzeitig das Regierungsgebäude zu verlassen. Und jetzt hat ihn Major Johnstone entmachtet und unter Hausarrest gestellt.«

»Ich weiß«, entgegnete Jenny. »Ich war dort, aber der Wachposten hat mich nicht hineingelassen. Haben sie Andrew ins Gefängnis gebracht, Justin, weißt du das?«

Justin nickte mit zusammengepreßten Lippen. »Ja, ihn und Mr. Gore und den Rechtsanwalt Crossley. Aber sie können Andrew nichts zur Last legen – sie werden ihn wieder entlassen müssen.«

»Bist du da so sicher?« fragte Jenny verbittert. »Mir scheint, wenn sie den vom König berufenen Gouverneur unter Arrest setzen und ihn entmachten können, dann gibt es wenig, was sie nicht zustande brächten.«

Justin legte ihr den Arm um die Schultern. »Das ist wahr«, meinte er leise, »aber es nützt alles nichts. Mama, bitte pack schnell ein paar Sachen zusammen, dann bring ich dich zurück auf die *Flinders*. Dort sind wir in Sicherheit. Die Soldaten kümmern sich nicht mehr um die Schiffe, die im Hafen liegen. Sie haben sie einmal durchsucht, und das reicht fürs erste. Morgen kann ich mich nach Andrew erkundigen, und wenn er freigelassen wird, dann bringe ich euch beide nach Long Wrekin zurück.«

Jenny seufzte, packte aber die paar Kleider zusammen, die sie mit nach Sydney genommen hatte. Sie sagte mit gequälter Stimme: »Long Wrekin wird uns nicht mehr lange gehören, Justin. Ich habe Tim Dawson versprochen, es ihm zu verkaufen.«

»Aber du hast den Kaufvertrag doch noch nicht unterschrieben, oder?« fragte ihr Sohn. »Das hast du mir jedenfalls gesagt.«

»Das stimmt auch«, antwortete sie. »Aber ich habe Tim mein Wort gegeben.«

Justin beruhigte seine Mutter und sagte: »Du kennst doch Tim. Er ist nicht der Mann, der uns unter Zeitdruck setzen würde. Er hat bestimmt nichts dagegen, wenn wir noch eine Zeitlang auf Long Wrekin bleiben. Viele Menschen werden jetzt Sydney verlassen, weil sich hier alles verändern wird.«

Er hat recht, dachte Jenny. Nach dieser Nacht würde sich die ganze Kolonie verändern, nachdem das Rum-Korps die Macht ergriffen hatte.

Sie seufzte wieder und Justin fuhr fort, als habe er ihre Gedanken erraten: »Aber es gibt immer noch Tasmanien, Mama. Du hast selbst gesagt, daß wir dort einen neuen Anfang machen wollten.«

»Ja«, sagte Jenny. »Das haben wir vor.«

»Es dauert bestimmt ein Jahr, bevor die Regierung in London irgendwelche Schritte unternehmen kann – wenn überhaupt etwas unternommen wird.« Justin schien sich keine Illusionen zu machen. »Das Korps wird alles tun, um die Rebellion als einen legalen Akt hinstellen zu können. Und vielleicht kommt es damit auch durch.«

»Ja, das halte ich auch für möglich«, mußte Jenny zugeben.

»Nun, Mama«, meinte Justin, »ich bräuchte nur vierundzwanzig Stunden, um die *Flinders* seetüchtig zu machen. Und ich könnte William und Rachel nachholen, wenn du und Andrew sofort nach Hobart auswandern wollt.«

Jenny antwortete nicht und bedachte, was er vorgeschlagen hatte. Flucht war natürlich eine Möglichkeit – vielleicht bliebe ihnen gar nichts anderes übrig. »Andrew muß das entscheiden, Justin«, sagte sie abschließend. »Ich glaube aber, daß er hierbleiben will, um das Rum-Korps zu bekämpfen. Er ist nicht der Mann, der einfach davonläuft, und er ist zu pflichtbewußt, um Gouverneur Bligh im Stich zu lassen.«

Justin nickte schweigend, und sie gingen los.

John MacArthur traf George Johnstone in der Offiziersmesse an. Er saß über ein Glas Brandy gebeugt da, das offensichtlich nicht sein erstes gewesen war. MacArthur klopfte ihm freundlich auf die Schulter.

»Um Gottes willen, George, was haben Sie denn?« fragte er mit gespielter Herzlichkeit. »Wir haben doch Erfolg gehabt, oder? Der *Bounty*-Bligh ist entmachtet, und wenn das stimmt, was Sergeant Sutherland erzählt hat, dann ist der Held von Camperdown in Wirklichkeit ein Feigling. Sich unter einem Bett zu verstecken, welchen weiteren Beweis für die Unfähigkeit, diese Kolonie zu regieren, braucht es denn noch? Das wird man uns selbst in London glauben, wenn wir es nur auf die richtige Weise berichten.«

»Vielleicht«, gab Johnstone zu. Nachdem er noch einen großen Schluck Brandy getrunken hatte, sagte er: »Aber mein Kopf rollt, wenn sie es nicht glauben.«

MacArthur lächelte. Er ging nicht auf die Anspielung ein und sagte: »Sie müssen mir wegen derselben Anschuldigung den Prozeß machen, den mir Atkins anhängen wollte, damit ich ganz offiziell freigesprochen werde. Und Sie müssen Gore und Crossley eine Lektion erteilen, George – und vielleicht auch Hawley.«

»Und Atkins?« fragte Johnstone zynisch. »Möchten Sie nicht, daß *ihm* eine Lektion erteilt wird, verdammt noch mal?«

MacArthur lächelte. »Aber George! Sie kennen doch diesen Halunken – er kann gekauft werden, und er muß gekauft werden! Er ist der Typ, der dann schwört, daß Schwarz Weiß ist, wenn man ihn nur richtig behandelt! Atkins wird Bligh keine fünf Minuten lang treu bleiben, wenn er sieht, daß der Wind jetzt woandersher weht. Er muß natürlich seinen Posten als Militärstaatsanwalt aufgeben… und Charles Grimes ließ mich wissen, daß er sich für die Stelle interessiert.«

»Ich wollte Ned Abbot einsetzen«, widersprach Johnstone.

»Ja, für meinen Prozeß wäre das schon gut«, stimmte

John MacArthur zu, »und Nick Bayly sollte Kommandeur der Feldgendarmerie werden, finden Sie nicht? Er verdient wirklich eine Beförderung.«

Johnstone trank sein Glas aus und rief den Kellner, um es nachfüllen zu lassen. Mit der Hand bedeckte er ein Blatt Papier, das auf dem Tisch lag. MacArthur fragte: »Was ist denn das, George? Ihre erste Proklamation als stellvertretender Gouverneur?«

»Ja«, gab Johnstone errötend zu. Er schob das Dokument über den Tisch. »Ich hatte das Gefühl, daß so etwas fällig ist, wenn ich das Kriegsrecht wieder aufhebe. Lesen Sie es, wenn Sie möchten.«

John MacArthur las es aufmerksam durch: »*Da die öffentliche Ruhe glücklich wiederhergestellt ist, hebe ich hiermit das zum Wohl der Bevölkerung verhängte Kriegsrecht wieder auf. Ich werde heute Ämter und Posten neu besetzen und unter den Offizieren und den angesehenen Einwohnern Sydneys die geeigneten Leute dafür aussuchen. Ab sofort wird jedermann die Früchte seines Fleißes ungestört und in Sicherheit genießen können –*«

Johnstone unterbrach MacArthur und sagte: »Ich muß Sie doch nicht daran erinnern, daß im Ernstfall mein Kopf fällig ist? Ich wünsche Ihnen eine gute Nacht, John.«

Er stand auf und verließ, ohne MacArthurs Antwort abzuwarten, leicht schwankend die Offiziersmesse.

MacArthur rief ihm nach: »Unsere nächste Aufgabe wird sein, Windham und das Auswärtige Amt von den hiesigen Vorfällen zu unterrichten. Aber machen Sie sich keine Sorgen, George – ich werde dafür sorgen, daß Sie nicht zur Verantwortung gezogen werden.«

Ein Schulterzucken war die einzige Antwort die er von Johnstone erhielt.

21

Die Neuigkeit der dramatischen Vorgänge in Sydney erreichte die Green Hills erst zwei Wochen später, als Desmond O'Sheas Diener mit der Post zurück auf die Farm
kam.

Der Brief stammte von Kate Lamerton, war an Abigail
adressiert und wurde von Caleb Boskenna geöffnet und
seiner Frau vorgelesen, bevor Abigail den Brief erhielt.
Nachdem sich Boskenna etwas beruhigt hatte, klopfte er an
Desmond O'Sheas Zimmer an.

»Es sieht ganz so aus, als ob Ihr Regiment den Gouverneur abgesetzt hat und ihn unter Hausarrest hält, Mr.
O'Shea«, sagte er geradeheraus, und als der junge Offizier
ihn entgeistert anstarrte, erzählte er ihm alles, was Kate Lamerton geschrieben hatte.

»Großer Gott im Himmel!« rief O'Shea aus und konnte
kaum glauben, was sein Gastgeber ihm berichtete. Aber er
gewann schnell seine Haltung zurück und fügte hinzu: »Ich
unterstütze natürlich die Handlung unseres Kommandanten – Gouverneur Bligh ist ein entsetzlicher Tyrann. Ein
Despot, der seine Unfähigkeit schon damals als Kapitän be-
wiesen hat, als er die Mannschaft der *Bounty* zur Meuterei
getrieben hat.«

Pfarrer Boskenna informierte ihn mit knappen Worten,
daß MacArthur von denselben Offizieren freigesprochen
worden war, die ihn noch unter Gouverneur Bligh hatten
verurteilen sollen. Wenn man Kate Lamerton Glauben
schenken konnte, waren alle Friedensrichter ihrer Ämter
enthoben worden, und mehrere standen noch unter Hausarrest. »Kate Lamerton schreibt, daß Captain MacArthur

zum Staatssekretär ernannt worden ist und daß Mr. Gore und Rechtsanwalt Crossley mit großer Wahrscheinlichkeit nach Beendigung ihres Prozesses nach Coal River deportiert werden.«

»Dann erhalten sie nur ihre gerechte Strafe«, meinte O'Shea. »Aber«, fügte er bösartig hinzu, »trotzdem wird es ihnen schwerfallen, das Leben in Coal River zu ertragen. Ich an ihrer Stelle würde die Todesstrafe vorziehen. Es ist der grausamste Ort, den ich kenne.«

»Aber Sie fahren doch dorthin zurück«, meinte Caleb Boskenna, »wenn Sie Abigail überredet haben, Ihren Heiratsantrag anzunehmen?«

Desmond O'Shea errötete. Seit sie sich von ihrer leichten Erkrankung gleich zu Beginn seines Besuches erholt hatte, hatte er ihr mit großer Hingabe den Hof gemacht, aber er war sich unglücklich bewußt, daß sie nicht gerade ermutigend darauf eingegangen war. Der Tod von Titus Penhaligon hatte sie in tiefe Trauer gestürzt, und aus dem bezaubernden, lebendigen Mädchen, an das er sich erinnerte, war jetzt eine trauernde Fremde geworden. Sie war zum Glück in keiner Weise mißtrauisch. Sie ahnte nicht, daß er mit dem unglücklichen Unfall des verdammten Idioten etwas zu tun hatte, und… zum Teufel noch mal, sein Gewissen war ja vollkommen rein, das wußte er! Penhaligons Tod war ein Unfall gewesen, der wegen Penhaligons Feigheit und panischer Flucht passiert war, und nicht etwa deshalb, weil er irgend etwas gesagt oder getan hatte. Aber trotzdem… O'Shea spürte Caleb Boskennas forschenden Blick auf sich ruhen.

»Ich habe einen Monat lang Urlaub genommen, Sir«, sagte er, »und angesichts der neuen Entwicklungen glaube ich, daß ich am besten so schnell wie möglich nach Sydney fahren sollte. Das Postschiff fährt erst morgen früh in Green Hills ab – ich schicke meinen Diener gleich hin, um mir einen Platz darauf zu buchen.«

»Und was soll aus Abigail werden?« fragte Boskenna. »Ich bin weiterhin bereit, die besprochene Mitgift zu bezahlen, allerdings nur unter – äh – unter den Bedingungen, die ich Ihnen genannt habe.«

»Daß ich in Abigails Namen auf jegliche Ansprüche an diesem Besitz hier verzichten soll, Sir?« sagte O'Shea. Er zuckte mit den Schultern. »Dagegen habe ich nichts einzuwenden – ich bin kein Farmer, und ich habe nicht die leiseste Lust, mich auf dem Land niederzulassen.«

»Nun, dann ist ja alles in Ordnung, oder?«

Desmond O'Shea überlegte. Die Mitgift würde ihm sehr gelegen sein, und er wollte damit in den vom Korps organisierten Rumhandel einsteigen. Abgesehen von seinem Sold verfügte er über keinerlei Geldmittel, und die Profite, die der Rumhandel erzielte, konnten sich wirklich sehen lassen. Wenn er also auf diese Art seine finanzielle Lage verbessern wollte, kam ihm die Mitgift sehr entgegen. Und Abigail selbst war auch ein Vermögen wert. Eine Frau wie sie könnte er in jede Gesellschaft einführen, und er könnte stolz auf ihren Charme und ihre Schönheit sein... zum Teufel noch mal, er war richtig verliebt in das Mädchen! Und er war der erbärmlichen, schlecht erzogenen Sträflingsfrauen schon lange überdrüssig, mit denen er von Zeit zu Zeit ins Bett ging.

Es war ihm bewußt, daß Caleb Boskenna ihn die ganze Zeit über erwartungsvoll angeschaut hatte, und er stand auf. »Ich muß nach Sydney«, wiederholte er und runzelte die Stirn, »deshalb schicke ich meinen Diener jetzt gleich los, damit er mir einen Platz auf dem Schiff reservieren läßt. Ob ich alleine oder verheiratet mit Abigail fahre, das hängt von ihr ab, oder? Vielleicht werden Sie oder Ihre Frau ein gutes Wort für mich einlegen, bevor ich noch einmal mit ihr spreche? Wir haben nicht mehr viel Zeit, und es muß alles entschieden werden, bevor ich Ihr gastfreundliches Haus verlasse.« Desmond O'Shea ging auf die Tür zu. Er sagte mit fester Stimme: »Es ist nicht sehr wahrscheinlich, daß ich jemals hierher zurückkomme, Mr. Boskenna, und könnten Sie angesichts dieser Tatsache so gut sein und erlauben, daß ich alleine mit Miss Abigail sprechen kann? Sagen wir in etwa einer Stunde, dann habe ich Zeit, alles Nötige zu organisieren, und –« er machte eine Pause – »Sie haben Zeit, um mit dem Mädchen zu reden.«

Nachdem er mit seinem Diener alles besprochen hatte, ging er zu dem Farmhaus zurück und suchte Abigail. Er war fest entschlossen, sie zu überreden, seine Frau zu werden.

Zu seiner großen Erleichterung bedurfte es aber keiner großen Überredungskünste. Auf seinen Heiratsantrag hin senkte sie den Kopf, schaute zu Boden und fragte nur, ob Mr. Boskenna ihm die Bedingungen genannt habe, unter denen er das Paar trauen würde.

O'Shea antwortete ohne zu zögern: »Ja, Abigail, natürlich hat er das … und ich habe nichts dagegen einzuwenden. Ich möchte nichts lieber, als daß du meine Frau wirst, meine Liebe. Verdammt noch mal, ich habe dich schließlich vom ersten Augenblick an geliebt, als ich dich an Deck der *Mysore* gesehen habe!« Er lächelte und streckte die Hand nach ihr aus. »Bist du wirklich bereit, mit mir schon morgen früh nach Sydney zu fahren?«

»Ja«, stimmte sie zu und zitterte. »Ich werden diesen Ort hier liebend gern verlassen, Mr. O'Shea.«

»Wunderbar!« meinte er. »Dann mach dich ans Packen – ein Koffer muß fürs erste reichen, der Rest kann dir nachgeschickt werden. Ich bespreche alles Notwendige mit Mr. Boskenna – wir gehen schon heute abend an Bord.«

Beinahe unterwürfig stand Abigail auf und verließ den Raum, um zu tun, was ihr zukünftiger Mann angeordnet hatte.

Die Trauzeremonie fand am Nachmittag statt. Martha Boskenna und der Koch waren die Trauzeugen. Boskenna zügelte seine übliche Redseligkeit, verzichtete sogar völlig auf eine Predigt, und Desmond O'Shea kam es vor, als ob es sein einziges Ziel sei, die Trauung so schnell wie möglich zu vollziehen. Gleich im Anschluß an die Zeremonie bezahlte er dem frischgebackenen Ehemann die Mitgift in Goldstücken aus, und O'Shea unterzeichnete im Gegenzug ein Dokument, das nichts anderes als eine Verzichtserklärung auf die Farm war.

Jethro brachte mit zwei Sträflingsarbeitern Abigails und O'Sheas Gepäck auf die alte Fähre, und obwohl Desmond O'Shea nicht das allerbeste Gefühl hatte, ging er mit seiner jungen Frau eine Stunde vor Sonnenuntergang an Bord. Die beiden Arbeiter ruderten, die Strömung erfaßte die Fähre, und sie glitt bald durch das flache Wasser stromabwärts.

»Es wird schon alles gutgehen«, meinte Jethro und grinste O'Shea und Abigail an. »Aber die Fähre würde noch besser im Wasser liegen und schneller vorwärtskommen, wenn Sie sich hinter mich stellen, Miss Abigail, und Sie, Sir, so gut wären und beim Rudern helfen würden.«

O'Shea fluchte schlechtgelaunt, fügte sich aber. Jethro sagte mit leiser Stimme: »Miss Abigail, Sie sind jetzt mit Lieutenant O'Shea verheiratet, oder?«

»Ja«, antwortete Abigail leise. Sie war nicht sicher, wieviel Jethro von der ganzen Geschichte wußte – oder vermutete. Sicher hatten ihm die Boskennas nichts Genaues gesagt, aber er war schließlich nach Green Hills geschickt worden, um die Hebamme zu holen, und … sie erschauderte in der warmen Dämmerung und erinnerte sich an die entsetzlichen Schmerzen, die sie durch die gräßliche, stinkende Frau hatte erdulden müssen. Sie hatte sich zwar fest vorgenommen, nicht zu schreien, aber die Schmerzen waren zu unerträglich gewesen. Im Farmhaus hatte man nichts davon gehört. Mr. Boskenna hatte den Eingriff an seinem Mündel vorsorglich in einer weit entfernten Arbeiterhütte vornehmen lassen. Aber Jethros Hütte lag nicht weit entfernt davon, und er hatte sicher etwas gehört … am schlimmsten war, daß all ihre Schmerzen vergebens gewesen waren, der Eingriff war nicht geglückt. Seitdem hatte Abigail keine Möglichkeit mehr gehabt, Jethro unter vier Augen zu sprechen, jetzt kam es ihr so vor, als ob er ihren Mann gebeten hatte zu rudern, um mit ihr ein vertrauliches Gespräch führen zu können.

Sie schaute in sein ehrliches Gesicht und fragte ihn leise: »Was ist denn los, Jethro? Möchten Sie mir etwas sagen?«

»Ja, Miss Abigail, das möchte ich. Ich fahr' Sie zwar jetzt nur bis nach Green Hills, aber ich begleite Sie anschließend bis nach Sydney, um sicher zu sein, daß es Ihnen gutgeht.«

»Ach, Jethro!« rief Abigail halblaut aus und war einerseits erleichtert darüber. Auf der anderen Seite befürchtete sie aber die möglichen Konsequenzen, falls Jethro Caleb Boskenna nicht von seinem Entschluß informiert hatte. Aber er beantwortete ihre ängstliche Frage, ohne einen Augenblick zu zögern. »Ich bin ein freier Mann, Miss Abigail, ich bin kein Sträfling. Und ich stand in den Diensten Ihres Vaters, nicht von Caleb Boskenna, ob er nun ein Pfarrer is' oder nich', verstehn Sie? Ich kann Arbeit in der Nähe von Sydney finden – viele suchen einen guten Schafhirten, da hab' ich keinerlei Befürchtungen. Vielleicht find' ich einen Herr'n, der nich' so schnell zur Peitsche greift wie Mr. Boskenna.«

»Ach, Jethro«, sagte Abigail wieder und weinte plötzlich los. »Ich … ich … ich freu' mich so darüber. Ich –«

Jethro deutete auf ihren kaum gerundeten Bauch und meinte freundlich: »Das is' Dr. Penhaligons Baby, oder? Ihn wollten Sie doch eigentlich heiraten …«

»Ja«, gab sie zu und war bemüht, ihre Fassung wiederzugewinnen. »Ich habe ihn geliebt, Jethro.«

Als die Siedlung vor ihnen auftauchte, murmelte Jethro eine Entschuldigung und konzentrierte sich darauf, die Ruderpinne des schwer lenkbaren Fährschiffes zu bedienen.

Die Fähre legte mit einem leise kratzenden Geräusch direkt am Landungssteg an.

Desmond O'Shea erhob sich erleichtert von der Ruderbank. Er half Abigail dabei, an Land zu gehen, und schickte seinen Diener los, um das Gepäck so schnell wie möglich auf das Schiff umzuladen, auf dem sie weiter nach Sydney fahren würden.

»Und jetzt«, sagte er freundlich zu Abigail, »gehst du am besten gleich an Bord. Bald geht der Mond auf, und ich werde den Kapitän der – wie heißt das Schiff noch mal? Ach ja, *Fanny* – bitten, sofort loszufahren, wenn unser Gepäck an Bord ist. Es wird sicher keine bequeme Fahrt, aber wahrscheinlich hat der Kapitän doch wenigstens eine kleine Kabine für uns. Und wenn nicht, dann muß er uns seine eigene zur Verfügung stellen.«

Leider hatte er mit seiner Befürchtung recht. Die *Fanny* war ein reines Frachtschiff ohne Kabinen für Passagiere, die sich mit Hängematten im vorderen Laderaum zufriedengeben mußten. Auch die Kabine des Kapitäns verdiente diese Bezeichnung kaum. Er stellte sie Desmond O'Shea zur Verfügung, aber erst nachdem er dem Kapitän ein paar zusätzliche Geldstücke zugesteckt hatte. Trotzdem war Abigail entsetzt, als er sie in den winzigen Raum führte.

Die schmutzigen Decken und der dreckstarrende Fußboden aus roh behauenen Holzplanken ließen ihr beinahe das Blut in den Adern gefrieren, aber ihr Mann schien nicht zu verstehen, warum sie ihre Hochzeitsnacht nicht in einer solchen Umgebung verbringen wollte.

»Zieh dich schon aus, meine Liebe«, meinte er, »und warte auf mich. Ich komme bald zurück. Ich möchte nur sichergehen, daß mein unzuverlässiger Diener das Pferd gut im Laderaum untergebracht hat und daß er genau weiß, wo unser Gepäck verstaut ist.«

Abigail versuchte zu protestieren, aber er unterbrach sie. »Um Gottes willen, Abigail – du bist doch meine Frau, oder?

Und ich habe so lange auf dich gewartet!« Er zog sie in seine Arme und küßte sie leidenschaftlich.

Sie versuchte mit aller Kraft, sich aus seiner Umarmung zu befreien. Dabei dachte sie verzweifelt, daß sie Zeit brauchte, Zeit, um sich in die neue Situation hineinzufinden, in die sie von gestern auf heute geworfen worden war.

»Ach, bitte«, bat sie ihn. »Nicht hier, nicht jetzt. Ich kann es nicht, ich –«

»Verdammt noch mal!« rief Desmond O'Shea ärgerlich aus. Jemand rief ihn vom Deck aus, und er antwortete zerstreut, daß er auf dem Weg sei. Abigail riß sich atemlos und zitternd aus seiner Umarmung los.

»Anscheinend hast du noch keine Ahnung, was weibliche Unterwerfung bedeutet«, sagte er streng. »Beim Himmel, ich werde es dir beibringen! Und jetzt –«, er deutete wieder auf die schmutzige Koje – »zieh dich aus und warte hier auf mich.«

»Aber das Bett ist doch so schmutzig und riecht so schlecht«, wandte Abigail verzweifelt ein, »und die Kabine hat so dünne Wände, daß man alles von draußen hören kann. Ich kann einfach nicht tun, was du von mir verlangst – ich kann es wirklich nicht. Ich –«

»Du tust, was ich dir sage«, antwortete O'Shea. Er erhob seine Hand und schlug sie mitten ins Gesicht. Abigail schrie vor Schmerz auf und zuckte zurück.

»Es tut mir leid«, sagte er leichthin. Er ergriff lächelnd ihre Hände und drückte sie und schien schon vergessen zu haben, was eben geschehen war. »Deine mädchenhafte Schüchternheit straft Lügen, was deine kleine Schwester mir von dir erzählt hat! Aber ... du hast nichts von mir zu fürchten, meine Liebe. Ich weiß, wie man eine Frau im Bett behandelt, und ich werde zart mit dir sein, das versprech' ich dir ... verdammt noch mal, Abigail, ich versteh' ja schon! Du bist noch eine Jungfrau, und du hast Angst ... das ist nur natürlich. Also mach, was ich dir gesagt habe. Ich komme so schnell wie möglich zurück.«

Als er die Kabine verlassen hatte, bekam es Abigail plötzlich mit der Angst zu tun. War es möglich, daß Mr. Boskenna ihn nicht von ihrer Schwangerschaft informiert hatte? Seine Versicherung, daß er das getan habe, war ein wichtiges Argument ihrer Zustimmung zu dieser Ehe gewesen…

Die *Fanny* lichtete den Anker und fuhr durch den frühen Abend flußabwärts in Richtung Sydney, und Abigail fing an, sich mit zitternden Händen auszukleiden.

Jethro stand an Deck und hielt den Hirtenstab, den er immer bei sich trug, fest umklammert.

Der Mond war aufgegangen, aber Wolken zogen über den Himmel, und es war so stürmisch, daß der Kapitän der *Fanny* erst auf die eindringlichen Bitten O'Sheas hin zugestimmt hatte, noch in der Nacht loszufahren.

Jethro schaute zurück, und als er das Fährschiff immer noch am Landungssteg liegen sah, lachte er kurz auf. Die beiden alten Sträflinge waren verärgert gewesen, als er ihnen gesagt hatte, daß sie das alte Schiff allein zurückrudern müßten, aber er hatte sich gegenüber ihren Bitten und Drohungen taub gestellt.

Er hörte das Geräusch von Stiefeln auf der Treppe und duckte sich hinter die Ladeluke.

Aug' um Auge, Zahn um Zahn hieß es in der Bibel, und Pfarrer Caleb Boskenna hatte sich oft genug in seinen Predigten über diesen Text ausgelassen. *Du sollst nicht töten* lautete eines der zehn Gebote, aber… hatte Lieutenant O'Shea dieses Gebot nicht auch gebrochen? Er selbst hatte ja schließlich die Wunde an der Schläfe des Arztes gesehen. Er hatte es mit seinen eigenen Augen gesehen, er… O'Sheas Kopf erschien in der Ladeluke, Jethro zielte und schlug ihm mit dem Stock mit aller Kraft in den Nacken.

Den Schlag hatte er schon oft ausgeführt, wenn er ein Schaf töten oder ein verletztes Lamm notschlachten mußte. O'Shea brach lautlos zusammen. Jethro schaute sich angespannt um, aber niemand war zu sehen. Der Mond verschwand gerade hinter einer Wolke. Er nahm all seine Kraft zusammen, wuchtete O'Shea auf seinen Rücken, schleppte ihn zur Reling und warf ihn über Bord.

Jethro atmete schwer und beobachtete die Wasseroberfläche. Als er keinerlei Bewegung sah, drehte er sich um und rief so laut er konnte: »Mann über Bord! Drehen Sie bei, Mr. Burdock – Mann über Bord!«

Captain Burdock brauchte einige Zeit, um zu reagieren. Im Dunkeln war es bei dem Wind nicht leicht beizudrehen, aber er tat sein Bestes, als er von Jethro erfuhr, um wen es sich handelte.

»Der Rum-Korps-Lieutenant – Lieutenant O'Shea? Gerechter Gott! War er betrunken, oder was?«

Schließlich wurde der Anker geworfen, und ein Ruderboot ins Wasser gelassen. »Wir suchen ihn, aber es besteht nur dann eine Chance ihn zu finden, wenn er schwimmen kann. Ruhe! Damit wir hören können, ob jemand um Hilfe ruft.«

Aber nichts war zu hören, und Jethro atmete erleichtert auf. Er sah, wie Abigail an Deck kam und sich das Umhängetuch um ihre schmalen Schultern warf. Er hörte, wie der Kapitän der *Fanny* ihr die Neuigkeit mitteilte, daß ihr Mann über Bord gegangen war. Sie stand schweigend und blaß vor Entsetzen da und blickte dem Boot nach, das sich stromaufwärts entfernte.

Etwa eine Stunde später ließ Captain Burdock die Suche abbrechen, und gleich darauf stieß der Matrose O'Reilly einen Triumphschrei aus.

»Was Rotes, da drüben – sieht fast so aus, als ob die Strömung ihn ins Schilf getrieben hat.«

Der Captain beugte sich über die Reling und nickte mit

dem Kopf. Als er sah, daß Abigail noch an Deck war, bat er sie, in die Kabine zu gehen.

»Sobald ich Genaueres weiß, gebe ich Ihnen Bescheid. Aber ich befürchte, Sie müssen sich auf schlimme Nachrichten gefaßt machen. Soweit ich das vom Schiff aus sehen konnte, treibt Ihr Mann bewegungslos im Wasser.«

Abigail schaute Jethro an, und der Schafhirte konnte ihren Blick nicht ganz deuten. Er erkannte aber, daß Abigail sowohl ängstlich als auch beschämt wirkte. Aber ihr Blick war in keiner Weise anklagend, und als sie langsam auf die Ladeluke zuging, um in ihre Kabine hinunterzusteigen, hörte er, wie Captain Burdock sie fragte, ob er sie zurück nach Green Hills fahren solle.

Ihre Antwort erleichterte ihn ungeheuer.

»Nein, Mr. Burdock, vielen Dank. Ich möchte nach Sydney weiterfahren – ich habe Freunde dort. Und Jethro wird sich um mich kümmern – falls mein Mann tot ist.«

Dann verschwand sie, und Jethro richtete sich mühsam auf und nahm sich sehr zusammen, als der Leichnam des Mannes, den er ermordet hatte, an Deck der *Fanny* gehoben wurde.

»Er ist tot«, sagte Captain Burdock leise, nachdem er ihn kurz untersucht hatte. »Muß ziemlich viel getrunken haben, denn warum soll er sonst ins Wasser gefallen sein? Und er ist ertrunken, soviel steht einmal fest.« Er richtete sich auf und zuckte mit den Schultern. »Wird 'ne unangenehme Fragerei geben, wenn wir nach Sydney kommen, aber niemand von uns hat ja gesehen, was passiert ist, oder?« Niemand sagte ein Wort, und er seufzte. »In Ordnung, O'Reilly – wir fahren weiter. Ich geh' kurz nach unten und bring' der Witwe die schlechte Nachricht. Ich frag' auch noch mal seinen Diener – den Soldaten – falls der etwas weiß, aber viel kann ich auch nicht machen, oder?«

Er zögerte und wandte sich dann an Jethro: »Sie haben Alarm geschlagen, stimmt's?«

»Ja«, sagte Jethro langsam. Er schien selbst bei dieser einfachen Antwort zu zögern.

»Aber *Sie* haben nicht gesehen, wie er ins Wasser gefallen ist?«

»Nein, Mr. Burdock. Ich habe gehört, wie jemand ins Wasser fiel, beugte mich dann über die Reling und sah, daß er es war.« Burdock schien mit dieser Erklärung zufrieden zu sein, denn er nickte, bedeckte O'Sheas Leichnam mit ein paar leeren Säcken und ging dann hinunter, um Abigail zu benachrichtigen.

Jethro dachte, daß eine ganze Menge davon abhinge, was Lieutenant O'Sheas Diener sagen würde. Aber er hatte Glück, denn der Soldat erzählte sofort frei heraus, daß sein Offizier getrunken hatte.

Jethro dachte, wie leicht es sei, einen Menschen zu töten – O'Shea hatte das wohl auch gewußt. Er ging zur Ladeluke hinüber und wollte dort warten, bis Miss Abigail heraufkäme. Neben der Tür stolperte er über seinen Schäferstab, der noch dort lag, wo er ihn hingeworfen hatte. Sein Herz raste, als er ihn aufhob und gleich darauf geräuschlos ins Wasser warf.

Danach ließ er sich neben der Ladeluke nieder. Aus der Kabine hörte er unterdrücktes Schluchzen. Als es endlich still wurde, fiel Jethro in einen tiefen, traumlosen Schlaf.

22

An einem wolkenverhangenen Morgen im April 1808 – also drei Monate, nachdem Major George Johnstone das Amt des stellvertretenden Gouverneurs angetreten hatte – betrat John MacArthur Johnstones Büro.

Der Major schlug sich erfreut auf den Oberschenkel. »John!« rief er aus. »Als hätten Sie geahnt, daß ich Sie sprechen möchte! Setzen Sie sich, mein Lieber, und lesen Sie dieses ungewöhnliche Dokument, das Sie eine ganze Menge angehen dürfte.«

MacArthur schaute ihn erstaunt an, setzte sich aber ihm gegenüber an den Schreibtisch und nahm das Dokument in Empfang. Beim Lesen wurde er zusehends wütend. Der Brief war an den stellvertretenden Gouverneur Johnstone gerichtet, war aber eigentlich nichts anderes als eine Anklageschrift gegen ihn selbst, und zwar in so starken Worten und so leidenschaftlich formuliert, daß sie ganz einfach ernst genommen werden mußte. Die Unterzeichner – er sah mit einem Blick, daß es etwa zwanzig Männer sein mußten – waren Siedler, und sie äußerten ihre »Überraschung und ihre Beunruhigung« darüber, daß John MacArthur zum Sekretär der Kolonie aufgerückt sei. Das Dokument beschrieb weiterhin, daß MacArthur

Recht und Ordnung mit Füßen getreten und die heiligsten konstitutionellen Rechte der britischen Staatsbürger mißachtet hat.

In der Tat, Sir, dieser Herr ist wahrhaft eine Geißel für unsere Kolonie, da er ganz bewußt Streitigkeiten zwischen Offizieren Seiner Majestät, Untergebenen und Bürgern angezettelt hat, während seine klug zu seinem eigenen Nutzen angezettelten politischen Ränke die gesamte Bevölkerung vielfach mißbraucht und unterdrückt haben.

Aus diesen Gründen bitten die Unterzeichneten darum, daß der besagte John MacArthur aller Regierungsämter enthoben und auch in Zukunft in keiner Weise an Regierungsgeschäften dieser Kolonie beteiligt werden soll.

»Großer Gott!« stieß John MacArthur aus und schaute ungläubig auf die Unterschriften. »Das ist ja starker Tobak, dieser Brief! Sie –«

»Sie haben nicht nur mir geschrieben, John«, meinte Johnstone verstimmt, »sondern auch, wie ich aus zuverlässiger Quelle weiß, William Paterson in Port Oalrymple! In dem Brief an ihn haben sie Notstände aufgeführt, die die Kolonie seit *Bounty*-Blighs Verhaftung befallen hätten und Paterson inständig angefleht, sofort nach Neusüdwales zurückzukommen, und das Ruder hier zu übernehmen.«

»Und Sie haben erlaubt, daß so ein Brief abgesandt wird?« fragte MacArthur mit kaum versteckter Wut. »Um Gottes willen, George, sind Sie denn verrückt geworden?«

»Nein, verdammt noch mal, das bin ich nicht!« entgegnete Johnstone verärgert. »Dieser Brief wurde aus dem Land geschmuggelt, bevor ich von seiner Existenz erfuhr.«

»Glauben Sie, daß Paterson davon beeindruckt sein wird? Glauben Sie, daß er zurückkommen wird?«

George Johnstone richtete sich auf. »Nein«, erklärte er zynisch. »Es ist das letzte, was er tun will. Wie Harris, hat auch er die Nase gestrichen voll von dieser Kolonie – Sie wissen ja so gut wie ich, daß er freiwillig nach Tasmanien ausgewandert ist. Aber das ist nicht alles, John«, sagte er mit merkwürdig kühlem Tonfall.

»Was ist denn noch los, um Gottes willen?« fragte MacArthur.

»Bleiben Sie besser sitzen«, meinte der stellvertretende Gouverneur. »Gregory Blaxland erwähnte, daß jemand Ihnen nach dem Leben trachtet, und –«

John MacArthur unterbrach ihn irritiert. »Wenn einer der verdammten Blaxlands damit zu tun hat, dann kann ich diese Drohung nicht ernst nehmen. Die Brüder wollen mich ganz entschieden aus dieser Kolonie entfernen, um welchen Preis auch immer! Nun, die Pest soll sie holen, sie werden sich die Zähne an mir ausbeißen! Sie –«

»Fenn Kemp hat vorausgesagt, daß Sie die Drohung nicht ernst nehmen würden, Mr. MacArthur«, sagte Johnstone lächelnd und überlegen. »Deshalb nahm er Blaxlands Aussage in seiner Funktion als Friedensrichter auf und ließ sie ihn beschwören. Ich habe das Dokument hier, John, vielleicht ist es doch besser, wenn Sie es zur Kenntnis nehmen.«

MacArthur warf ihm einen skeptischen Blick zu, nahm aber das Blatt entgegen, das der stellvertretende Gouverneur ihm über den Schreibtisch hinweg reichte. Friedensrichter Kemp bezeichnete sich selbst darin als »der Zeuge«, und der Text lautete:

Der Zeuge wurde von Mr. Blaxland davon in Kenntnis gesetzt, daß unter den Hawkesbury-Siedlern ein Plan besteht, Mr. MacArthur umzubringen, und daß es Männer gibt, die bereit wären, ihr Leben für die Ausführung dieses Planes einzusetzen.

Der Zeuge sagt weiter, daß er den Mordanschlag zuerst für unmöglich gehalten hat, daß ihm Mr. Blaxland aber versichert habe, daß sich eine Reihe von Hawkesbury-Siedlern in Sydney aufhielten und daß bald eine noch größere Anzahl in der Hauptstadt erwartet würde. Er äußerte mit Entschiedenheit, daß er, obwohl Mr. MacArthur ihn bei verschiedenen beruflichen Handelsgeschäften alles andere als fair behandelt hätte, sich doch außerstande sähe, die Morddrohung an seinem geschäftlichen Gegner für sich zu behalten.

»Nun?« fragte Johnstone. »Glauben Sie immer noch, daß es ein Märchen ist, daß sich die Blaxlands ausgedacht haben?«

MacArthur warf ihm einen finsteren Blick zu und kippte sein Glas Brandy hinunter. Schließlich fragte er: »Sagte er Kemp, wer in die Angelegenheit verwickelt sei? Jemand muß die Stimmung unter den Siedlern gegen mich anschüren, organisieren – zweifellos im Auftrag Blighs.«

»Der ehemalige Gouverneur steht unter Hausarrest«, erinnerte ihn Johnstone vorwurfsvoll. »Er hat zwar die Erlaubnis, im Regierungsgarten umherzugehen, aber nur unter strengster Bewachung meiner Leute, auf die ich mich vollkommen verlassen kann. Er hat keinerlei Möglichkeiten, mit jemandem außerhalb des Geländes in Kontakt zu treten, und er kann nur Briefe schreiben, die über meinen Schreibtisch laufen. Kein Offizier, außer dem jeweils wachhabenden Offizier, hat Zugang zu ihm.« Er zuckte mit den Schultern, trank einen Schluck Brandy und fügte hinzu: »Bligh kann seit seiner Festnahme nichts organisiert haben, John. Um Gottes willen, er –«

»Aber seine Diener«, meinte MacArthur. »Und – was ist denn mit seinem Assistenten, diesem Hawley! Er ist doch zum Hawkesbury gefahren, nachdem er von unserem Gericht freigesprochen worden ist, oder?«

»Das stimmt. Seine Frau besitzt eine Farm in der Nähe von Richmond Hill.«

»Hawley hätte nie freigesprochen werden dürfen, George. Zum Teufel noch mal, wir hätten ihn genau wie Gore im Gefängnis behalten sollen! Diese beiden Männer haben den *Bounty*-Bligh am stärksten unterstützt.« MacArthurs Stimme klang bösartig. »Warum wurde er denn freigelassen?«

»Aus dem einfachen Grund, weil die Anklage gegen ihn nicht aufrechterhalten werden konnte«, antwortete Johnstone eisig.

»Nun, dann erheben wir eben eine neue Anklage! Schauen Sie einmal –« MacArthur deutete auf eine der Unterschriften unter dem Brief der Siedler. »A. *Hawley*, das sehen Sie ja selbst, und zwar hat er als einer der ersten unterschrieben! Sie können sicher sein, daß er der Initiator dieses teuflischen Mordplanes ist… die meisten Siedler sind Bauern, aber Hawley ist ein Marineinfanterist, der es bis zum Offizier gebracht hat, und er ist Bligh bekanntermaßen sehr ergeben. Er steckt dahinter, George, da hab' ich gar keinen Zweifel.«

»Und was schlagen Sie vor, was ich da tun könnte?« Es war Johnstone anzusehen, wie überdrüssig er der ganzen Angelegenheit war, aber MacArthur ließ nicht locker.

»Ordnen Sie seine Verhaftung an«, meinte er schneidend. »Stellen Sie Hawley vor Gericht.«

»Aber Sie haben ja keinerlei Beweis für seine Komplizenschaft. Sie –«

»Lassen Sie ihn seine Unschuld beweisen!«

»Ihr Vorgehen entspricht aber ganz und gar nicht britischen Vorstellungen von Justiz, John. Warum –«

John MacArthur deutete noch einmal auf die Unterschrift.

»Wenn Sie nicht den Mut haben, Ihre Pflicht zu erfüllen, George, dann überlassen Sie die Angelegenheit mir. Ich werde Hawley verhaften lassen und die Anklageschrift gegen ihn aufsetzen.«

»Charly Grimes ist der amtierende Militärstaatsanwalt«, meinte Johnstone. »Sie müssen sich mit ihm verständigen.«

»Charly Grimes' Entlassungsgesuch liegt auf Ihrem Schreibtisch«, meinte MacArthur kühl. »Falls Sie es in dem Durcheinander überhaupt finden können. Er möchte mit Dr. Harris zusammen nach England zurückfahren, um der

Regierung unsere Briefe persönlich überreichen zu können. Nick Bayly zufolge möchte er auf der *Brothers* fahren, und zwar so bald wie möglich.«

»Wirklich?« meinte Johnstone verstimmt. Aber er versuchte, sich den offensichtlichen Vertrauensbruch seines Sekretärs nicht anmerken zu lassen. Nach längerer Suche fand er den Brief des Militärstaatsanwaltes Grimes. Er lächelte, als er ihn las. »Grimes und der hochverehrte Dr. Harris?« sagte er nachdenklich. »Nun, mein lieber John, es gibt niemanden, der unseren Fall der heimatlichen Regierung besser darlegen könnte. Niemand, der überzeugender Position gegen den ehemaligen Gouverneur beziehen könnte.« Nach einer kurzen Pause fügte er hinzu: »Obwohl, wie ich schon einmal sagte, *mein* Kopf wird rollen, wenn die Regierung von der Notwendigkeit unserer ergriffenen Maßnahmen nicht überzeugt sein wird... bitte vergessen Sie das nicht!«

»Selbstverständlich nicht«, versicherte ihm MacArthur. Er trank sein Glas aus und erhob sich, um zu gehen.

»Werden Sie Grimes und Harris nach England fahren lassen?« fragte er.

»Ich glaube ja, dann sind wir beide los... und Minchin auch.«

MacArthur erhob keinen Widerspruch. »Und was ist mit dem Marineinfanteristen Hawley, der alles für die Wiedereinsetzung Blighs tun würde? Wollen Sie ihn verhaften lassen, oder soll ich mich darum kümmern?«

George Johnstone zuckte mit den Schultern. »Wenn Sie es schaffen, eine hieb- und stichfeste Anklage gegen ihn zu formulieren – und da bin ich mir gar nicht so sicher –, dann können Sie meinetwegen einen Haftbefehl ausstellen.«

»Ich verstehe«, meinte MacArthur und verbeugte sich lächelnd. Als er auf die Tür zuging, erinnerte er sich an den eigentlichen Grund seines Besuches. »George, mein Lieber«, sagte er leichthin. »Es wäre doch unseren Interessen nicht gerade dienlich, wenn Paterson zurückkäme, oder?

Ich werde Walter Davidson hinschicken, er soll mit ihm sprechen und dafür sorgen, daß Paterson kein schlechtes Gewissen bekommt. Und noch etwas... ich finde, die Zeit ist gekommen, um all jenen Offizieren und Zivilisten eine Anerkennung zukommen zu lassen, die uns tatkräftig unterstützt haben, finden Sie nicht auch?«

George Johnstone fühlte sich nicht zum erstenmal von MacArthur überrollt. Aber er sah keine Möglichkeit, nicht auf diesen scheinbar vernünftigen Vorschlag einzugehen.

Er nickte mit dem Kopf, und MacArthur verließ lächelnd den Raum.

Es war ihm eingefallen, daß Joseph Foveaux in der nächsten Zeit aus England zurückerwartet wurde. Foveaux gehörte dem Neusüdwales-Korps schon länger an als George Johnstone und würde aus diesem einfachen Grunde das Amt des stellvertretenden Gouverneurs übernehmen... und er fand es viel leichter, Foveaux um den Finger zu wickeln als George Johnstone...

In seinem Büro ließ er sich Federhalter, Tinte und Papier bringen und schrieb einen Haftbefehl gegen Hawley – aufgrund von... er zögerte einen Augenblick lang und schrieb dann *Konspiration und Aufforderung zu Gewalt.* Das konnte verschieden ausgelegt werden, dachte er, und würde fürs erste genügen, bis er dazu käme, die Anklageschrift genau zu formulieren.

Gleich im Anschluß daran ordnete er die Verhaftung des Irländers Sir Henry Brown Hayes an. Hayes, ein reicher Mann, lebte in großem Luxus in Vaucluse, aber... seine Zeugenaussage im Prozeß gegen den Kommandanten der Feldgendarmerie, Gore, war zu Gores Gunsten ausgefallen. Da Gores Prozeß bald stattfinden sollte, wäre es alles andere als geschickt, Sir Henry noch einmal zu Wort kommen zu lassen. Es würde alles vereinfachen, wenn er schon vor Prozeßbeginn verhaftet und womöglich nach Tasmanien deportiert würde.

MacArthur unterschrieb beide Haftbefehle und setzte das Amtssiegel darauf. Als sein Sekretär mit den beiden Offizieren kam, die er hatte holen lassen, schob er ihnen die beiden Dokumente über den Schreibtisch hinweg zu.

»Da das Amt des Militärstaatsanwaltes zur Zeit nicht besetzt ist, meine Herren«, formulierte er vorsichtig, »reichen Ihre beiden Unterschriften in Ihrer Funktion als Friedensrichter zusammen mit meiner eigenen aus. Bitte unterschreiben Sie diese beiden Haftbefehle.«

Draffin kritzelte seinen Namen wortlos darunter. Lawson ergriff den Federhalter und fragte vorsichtig: »Ich nehme an, daß Major Johnstone von diesem Schritt informiert ist?«

»Wie können Sie sich etwas anderes vorstellen, mein lieber Will?« fragte MacArthur. »Aber fragen Sie ihn selbst, wenn Ihnen etwas unklar ist – er ist in seinem Büro.«

William Lawson zuckte mit den Schultern und unterschrieb die Haftbefehle.

»Noch etwas, Sir?« fragte er mit kühler Höflichkeit.

»Nein«, sagte MacArthur, »das ist alles, vielen Dank.«

Und das war wirklich alles, dachte er zufrieden. Diese Haftbefehle würden genügen, um sowohl Gore als auch Hawley für die nächsten sieben Jahre nach Coal River zu schicken...

Justin erfuhr von Robert Campbell von dem Haftbefehl für seinen Stiefvater. Der Schiffsbesitzer sagte mit ernster Stimme: »Dr. Harris hat mich davon unterrichtet, der, wie du vielleicht weißt, Justin, jetzt ebenso entschieden gegen John MacArthur arbeitet, wie er ihn früher unterstützt hat. Er und der geschätzte Mr. Grimes bekämpfen den stellvertretenden Gouverneur und seinen Sekretär jetzt ohne deren Wissen und versuchen, von Ihnen nach England entsandt zu werden, um die Notwendigkeit des hiesigen Umsturzes der dortigen Regierung verständlich zu machen... In Wirklich-

310

keit aber wollen sie dem rebellischen Neusüdwales-Korps das Handwerk legen.«

Justin starrte ihn ungläubig an. »Und werden sie tatsächlich nach England geschickt, Sir?«

»Es sieht ganz so aus. John Blaxland möchte auch mitfahren, Justin.« Der große Mann lächelte und schaute Justin nachdenklich an. »Blaxland bat mich, ihm einen Platz auf meiner *Rose* zu reservieren ... und ich habe zugestimmt.«

Justin zögerte. »Kann es wirklich sein, daß sie meinen Stiefvater verhaften wollen, Sir?« fragte er schließlich, und es schien ihm unmöglich, daran zu glauben. »Welches Verbrechen kann ihm denn zur Last gelegt werden? Er und meine Mutter bebauen das Land in Long Wrekin, sonst nichts.«

»Captain Hawley hat doch die bewaffnete Bürgermiliz am Hawkesbury mitorganisiert, oder?« fragte Campbell. »Und er hätte doch zusammen mit den Siedlern Gouverneur Bligh auch mit Waffengewalt verteidigt, oder?«

»Ich glaube schon«, gab Justin stolz zu. »Aber der Gouverneur hat sich das ausdrücklich verbeten. Er wollte keinen Bürgerkrieg. Seit seiner Rückkehr vom Hawkesbury hat mein Stiefvater, wie ich schon sagte, nichts unternommen, was eine Festnahme rechtfertigen könnte.«

»Er hat seinen Namen unter eine Bittschrift gesetzt, die MacArthurs Entlassung aus dem Regierungsdienst forderte.«

»Aber viele andere haben die Bittschrift auch unterschrieben, Mr. Campbell!«

»Das stimmt«, gab Campbell zu. »Aber in der Zwischenzeit ist eine Morddrohung gegen MacArthur bekannt geworden, und ob dein Stiefvater nun damit zu tun hat oder nicht, von seinen politischen Hintergründen her gesehen scheint er geradezu dazu geschaffen zu sein. Er ...«

Justin wollte wieder etwas einwenden, aber der ältere Mann bedeutete ihm zu schweigen. »Nein, mein Junge, laß mich ausreden. Ich kann zwar nicht sicher sein, daß die Information von Dr. Harris genau stimmt, aber er ist immerhin der Polizeichef von Sydney, und in dieser Funktion wurden ihm zwei Haftbefehle ausgehändigt. Der eine war für Sir Henry Brown Hayes bestimmt, der andere für Captain Hawley. Der Bote hat sich bestimmt geirrt, denn der zweite Haftbefehl hätte diesem Spitzbuben Reilly ausgehändigt werden müssen, der auf Betreiben MacArthurs vom Gefängniswärter hier in Sydney zum Leiter der Polizeistation in Parramatta befördert worden ist. Der Haftbefehl wurde jetzt dorthin weitergeschickt.«.

Justins Gedanken überstürzten sich. »Wollen Sie sagen, Sir, daß sich die Vollstreckung des Haftbefehls verzögert?«

»Das trifft die Sache ziemlich genau. Es ist jedenfalls noch Zeit, daß du deinen Stiefvater warnen kannst.« Campbell hob seinen Zeigefinger und fuhr fort: »Reilly wird mit großer Wahrscheinlichkeit einen seiner Wachleute losschicken, um für die Verhaftung militärische Hilfe anzufordern. Das wird alles noch einmal verzögern, denn die Soldaten müssen über Land an den Hawkesbury gehen. Ich schätze, daß sie von Toongabbie aus geschickt werden.«

»Dann könnte ich lange vor ihnen in Long Wrekin sein!« rief Justin aus. Er sprang auf. »Ich kann sofort mit der *Flinders* auslaufen, und –«

»Nicht so schnell, mein Junge, setz dich noch einmal und hör zu. Es ist nicht gut, wenn du die *Flinders* nimmst. Du –«

»Warum denn nicht, Sir? Ich –« Justin ließ sich widerwillig auf dem Stuhl nieder. »Aber warum denn nicht, Mr. Campbell?«

»Die *Flinders* ist zu bekannt«, meinte Campbell. »Und du auch, Justin. Außerdem kann Captain Hawley auf die Dauer einer Verhaftung nicht entgehen, wenn er in Neusüdwales bleibt. Du mußt ihn also nicht nur warnen, sondern du mußt ihn nach Tasmanien bringen. Aber selbst wenn du ihn an Bord der *Flinders* verstecken könntest, darfst du nicht vergessen, daß die *Porpoise* jetzt wieder im Hafen von

Sydney liegt. Wenn eine Verfolgung angeordnet werden sollte, hättest du gegen das Königliche Kriegsschiff keine Chance.«

Justin war völlig ratlos. Campbell hatte recht, selbst wenn er Long Wrekin lange vor den Soldaten erreichte, würde jeder wissen, daß die *Flinders* am Landungssteg angelegt hätte, er würde verhaftet, das Schiff beschlagnahmt und durchsucht werden... und wenn die *Porpoise* hinter ihm hergeschickt würde, dann hätte er tatsächlich keine Chance.

Er schaute Robert Campbell an und sah zu seiner Überraschung, daß der große bärtige Mann lächelte. »Du kannst meine *Phoebe* haben, Justin. Es ist ein schnelles, seetüchtiges Segelschiff. Aber viel wichtiger ist, daß sie die Post nach Hobart bringen soll und dort schon erwartet wird. Also würden dir keine unangenehmen Fragen gestellt. Was sagst du dazu, mein Junge?«

Justin zögerte keinen Augenblick lang. Er sprang auf und antwortete: »Ich sage natürlich ja, Sir – und vielen Dank!«

»Gut!« meinte Robert Campbell. »Aber es gibt noch eine Angelegenheit, die wir nicht vergessen dürfen. Ich habe einen Brief an Colonel Paterson, der mir von den Siedlern übergeben wurde, die zusammen mit deinem Stiefvater die Bittschrift und die Entlassung John MacArthurs unterschrieben haben. Der Brief ist vertraulich, und es ist gefährlich, ihn zu überbringen. Ich fürchte, daß Major Johnstone von seiner Existenz erfahren hat, aber ich glaube nicht, daß er den ganzen Text gelesen hat, und ich glaube auch nicht, daß er weiß, daß der Brief noch nicht sein Ziel erreicht hat. Kannst du ihn auf dem Weg nach Hobart Colonel Paterson persönlich überreichen?«

»Aber selbstverständlich, Sir«, versprach Justin, ohne zu zögern. Er nahm den versiegelten Brief in Empfang.

»Wenn der Brief bei dir gefunden wird«, warnte Campbell, »wirst du zur Zwangsarbeit nach Coal River geschickt. Deshalb rate ich dir, ihn gut zu verstecken, Justin – und ihn eher zu zerstören, als daß er in die falschen Hände fällt. Hab' ich mich klar genug ausgedrückt?«

»Ja, Sir.«

»Nun gut, dann will ich dich nicht länger aufhalten. Fahr sobald wie möglich mit Cookie Barnes los.« Robert Campbell streckte seine Hand aus. »Gott sei mit dir, mein Junge!«

Justin schüttelte seine Hand und verließ Campbells Büro in großer Eile. Kaum eine Stunde später lichtete die *Phoebe* den Anker.

»Abigail!« rief Henrietta Dawson ungeduldig. »Es ist jemand an der Tür, der nach Ihnen fragt. Sprechen Sie mit ihm … aber nicht zu lange, es ist Zeit, daß die Kinder ihr Mittagessen bekommen.«

Abigail stand langsam auf. Sie war im siebten Monat schwanger, und schnelle Bewegungen fielen ihr schon schwer. Aber Henrietta nahm auf ihren Zustand keinerlei Rücksicht. Sie war jetzt fest als Kindermädchen bei den Dawsons angestellt, und trotz der vielen Bediensteten war sie für alles verantwortlich, was die Kinder betraf: für ihren Unterricht – den sie weiterführen mußte, wenn die Kinder Ferien hatten –, für ihre Mahlzeiten, und natürlich mußte sie auch von morgens bis abends all ihre Fragen beantworten, die kein Ende nehmen wollten.

Aber Abigail sagte sich, daß sie glücklich über diese Anstellung sein mußte. Sie hatte ein Dach über dem Kopf und drei Mahlzeiten am Tag. Die Pension, die sie vom Neusüdwales-Korps erhielt, war gering und hätte kaum zum Leben gereicht … und sie hätte davon Jethros Lohn bestimmt nicht bezahlen können. Timothy hatte ihn als Schafhirten auf der Upwey-Farm angestellt, und er hatte für eine große Herde Merinoschafe zu sorgen. Jethro war glücklicher unter seinem neuen Dienstherrn, als er jemals in seinem Leben gewesen war. Und Abigail freute sich darüber, denn er war ein guter Mensch, dem sie – sie hielt den Atem an und erlaubte sich nicht einmal, sich daran zu erinnern, was Jethro für sie getan hatte. Die Vergangenheit sollte begraben und vergessen sein. Sie hatte noch ihre kleine Schwester Lucy, und sie überlegte, wie sie Henrietta dazu überreden könnte, ihre Schwester mit in ihr Haus aufzunehmen.

Im Gegenlicht erkannte sie den Mann nicht gleich, der sie sprechen wollte.

»Mrs. O'Shea?« fragte er und trat mit dem Hut in der Hand einen Schritt näher heran. Seine Stimme kam ihr irgendwie bekannt vor, aber dann fragte sie zögernd: »Mr. Burdock?«

»Ganz genau«, bestätigte er. »Genau der bin ich – der Kapitän der *Fanny*.«

Abigails Herz raste. Der Kapitän des Schiffes, auf dem ihr Mann auf so mysteriöse Weise umgekommen war, sagte: »Ich will Sie nicht lange stören, Miss Abigail.« Er deutete auf einen kleinen Lederkoffer mit Messingecken, der zu seinen Füßen stand. »Der muß dem verstorbenen Mr. O'Shea gehört haben, Madam – seine Initialen stehen drauf, sehen Sie? Ich habe ihn erst vor ein paar Wochen in der hintersten Ecke meiner Kabine gefunden. Ich wollte Ihnen den Koffer schon früher übergeben, aber ich war auf einer Charterfahrt zur Insel Norfolk unterwegs, und dann, als ich mich in Sydney nach Ihnen erkundigte, erfuhr ich, daß Sie inzwischen hier leben.«

»Ach«, sagte Abigail leise, »das ist sehr nett von Ihnen, Mr. Burdock, daß Sie sich so viel Mühe gemacht haben.«

Jed Burdock hob den Koffer auf. »Er ist verschlossen, deshalb weiß ich nicht, was drin ist, aber der Koffer ist so schwer, daß ich gedacht habe, es könnte Geld sein. Und Sie sind… gerade frisch verwitwet, da dachte ich, Sie könnten das Geld brauchen. Haben Sie den Schlüssel?«

Sie nickte. »Ja, vielen Dank, Mr. Burdock.« Sie entschuldigte sich, ging kurz ins Haus und kam mit einer Fünfpfundnote zurück. »Ich möchte mich Ihnen gerne erkenntlich zeigen. Bitte nehmen Sie das Geld an.«

Er schaute unsicher auf die Banknote und reichte sie ihr dann zurück. »Sie werden das Geld nötiger brauchen als ich, bei dem freudigen Ereignis, das – äh – Ihnen nun bald bevorsteht. Es hat mich gefreut, daß ich Ihnen behilflich sein konnte.« Er setzte seinen Hut auf, verbeugte sich und ging den schmalen Weg entlang, der zum Landungssteg hinunterführte.

Abigail fand erst am Abend Zeit, den Koffer zu öffnen. Als der Deckel aufsprang, konnte sie sich eines gewissen Schuldgefühls nicht erwehren.

Desmond O'Shea war tot und... ihre Unterlippe zitterte. »Tod durch Ertrinken« hatte in der Sterbeurkunde gestanden – und sie hatte mit keinem Wort geäußert, daß sie nicht daran glaubte... ihre Hand zog einen Lederbeutel heraus, der zwischen Briefen und einem Paar mit Elfenbeinintarsien verzierten Pistolen lag.

Sie öffnete den Beutel, schüttete den Inhalt auf ihrer Bettüberdecke aus und schrie auf, denn es waren lauter Goldmünzen.

Sie fing an, atemlos zu zählen – es waren hundertfünfzig Goldstücke, ein kleines Vermögen, und... sie füllte die Münzen wieder in den Beutel zurück und sagte sich, daß sie sie unmöglich behalten könne. Denn obwohl sie seine Witwe war, war sie doch nie wirklich Desmond O'Sheas Frau gewesen.

Er hatte sicher Verwandte, eine Mutter oder Geschwister, die mehr Anrecht auf das Erbe hatten als sie.

Es war ja möglich, daß er ein Testament hinterlassen hatte. Sie hatte gehört, daß Soldaten wegen ihres gefährlichen Berufes oft schon in jungen Jahren ein Testament aufsetzten. Wenn überhaupt, dann lag es bestimmt zwischen den Papieren im Koffer. Ihr Gewissen plagte sie wieder, aber sie suchte weiter. Sie legte die Briefe ungelesen beiseite und ergriff dann ein Blatt Papier, das neu aussah und nicht versiegelt war.

Das war das Testament, dachte sie, aus dem sie erfahren würde, wem Desmond O'Shea sein Geld zugedacht hatte. Sie faltete das Papier auf, rückte es näher an die Kerze heran und konnte einen Aufschrei nicht unterdrücken, als sie die steife Handschrift Pfarrer Caleb Boskennas erkannte. Außer sich vor Wut erfuhr sie, daß der Pfarrer sie praktisch für hundertfünfzig Goldstücke an Desmond O'Shea verkauft hatte. Denn im Gegenzug zu der »Mitgift« genannten Geldsumme hatte Desmond O'Shea in ihrem Namen für alle Zeiten auf die Farm am Hawkesbury verzichtet.

Weder Lucy noch ihr Bruder Rick wurden in diesem Dokument erwähnt... und ebensowenig die Tatsache, daß sie schwanger war. Plötzlich wurde ihr das ganze Ausmaß von Caleb Boskennas Handlungsweise bewußt. Er hatte O'Shea nicht nur ihre Schwangerschaft verheimlicht, er hatte auch kaltlächelnd einer Ehe zugestimmt, die sowohl für sie als auch für ihren Mann sehr unglücklich geworden wäre. Denn er hätte niemals das Kind seines Rivalen Titus Penhaligon als sein eigenes anerkannt... und Pfarrer Boskenna hatte sie ihres Erbes beraubt!

Abigail sprang auf und warf das Dokument zu Boden. Im gleichen Moment fuhr ihr ein stechender Schmerz durch den Leib.

Ach Gott, dachte sie verzweifelt, doch jetzt noch nicht... sie war doch erst im siebten Monat, und das Kind durfte ganz einfach noch nicht kommen! Langsam legte sich der Schmerz, und Abigail schaffte es, sich aufzurichten. Aber ein paar Minuten später wurde sie wieder von einer Wehe erfaßt und konnte nur mit größter Anspannung einen Schrei zurückhalten. Sie durfte die Kinder und Henrietta nicht aufwecken, denn es waren vielleicht nur Scheinwehen, die durch den Schock und... ihre Wut ausgelöst worden waren. Es wurde ihr bewußt, daß sie nie in ihrem Leben einen Menschen so gehaßt hatte wie Caleb Boskenna.

Nachdem sie sich etwas erholt hatte, schob sie alles, auch das Gold, in den Lederkoffer zurück. In dem Augenblick, als sie den Koffer und den Schlüssel sicher verstaut hatte, wurde sie von der nächsten Wehe erfaßt. Jetzt war sie sicher, daß es soweit war.

Sie überlegte, ob sie Henrietta wecken sollte und entschied sich dann dagegen. Zwar war Henrietta eine Frau, die selbst drei Kinder geboren hatte, aber ... sie wüßte sicher nicht, was sie tun sollte, wenn sie unvermutet einer anderen Frau bei der Geburt helfen sollte – auf Frances Spence hätte sie sich verlassen können.

Sie ... wieder kam eine Wehe. Abigail lehnte sich an ihr Bett und versuchte nachzudenken, was sie tun sollte.

Sie ging voller Angst in die Küche und öffnete die Tür zum Hof. Auf ihren Ruf hin kam Jethro herbeigeeilt. Er erkannte mit einem Blick, was bevorstand, und nachdem sie ihn gebeten hatte, die Hebamme zu holen, meinte er: »Dafür ist es schon zu spät, Miss Abigail. Das Baby wird schon da sein, bevor ich die Hebamme benachrichtigen kann!«

Er lächelte und legte der jungen Frau beschützend einen Arm um die Schultern. »Vertrauen Sie mir ... ich weiß, was zu tun ist. Setzen Sie sich hierher, dann richte ich, was wir brauchen, und dann trage ich Sie in meine Hütte.«

Auch ihm fiel es nicht ein, Henrietta zu benachrichtigen. Er setzte eilig einen Kessel Wasser auf, holte saubere Leintücher aus dem Schrank und füllte einen Krug mit Brandy.

Nachdem er alles schnell in seine Hütte getragen hatte, kam er zurück, hob Abigail auf und trug sie über den dunklen Hof. Dabei flüsterte er ihr beruhigende Worte ins Ohr.

Seine Hütte war sauber und aufgeräumt, und Abigails Angst ließ nach, als er sie behutsam auf sein Bett legte, auf das er vorher das frische Leintuch ausgebreitet hatte.

»Es dauert nicht mehr lange, Miss Abigail«, meinte er leise. »Sie müssen nur fest pressen, wenn ich es Ihnen sage. Ein Kind zur Welt zu bringen ist nicht viel anders als ein Lamm, und ich hab' schon bei vielen Lämmern geholfen. Ruhen Sie sich jetzt aus, dann haben Sie Kraft für die nächste Wehe.«

Sie gehorchte ihm vertrauensvoll, und als – wie es ihr schien sehr bald – das Baby kam, war ihre einzige Sorge, daß es tot sein könne, weil es viel zu früh zur Welt gekommen war.

Aber Jethro sagte: »Es is' 'n Junge, Miss Abigail! Hören Sie, wie kräftig er schreit?«

Abigail lauschte und schloß glückselig die Augen. Ein paar Minuten später legte Jethro ihr den kleinen Sohn in den Arm, und sie fühlte sich stolz und glücklich.

23

William Broome pfiff nach seinem Hund Frisky, und der darauf dressierte Hund rannte los und holte ein Schaf zurück, das sich zu weit von der Herde entfernt hatte. Am Landungssteg lag die *Fanny*. Daneben war ein anderes Segelschiff, das er nicht gleich erkannte. Er gab dem Pferd die Sporen und ritt ein Stück weiter, um das zweite Schiff besser sehen zu können. Er erkannte Soldaten an Deck, ihre roten Uniformjacken leuchteten in der Morgensonne. Anscheinend wurde der Landesteg bewacht – denn zwei Rotröcke marschierten mit geschulterten Flinten auf und ab.

Die Gegenwart von Soldaten hier in der Gegend bedeutete immer Ärger. William fragte sich, wen sie dieses Mal verhaften wollten. Er hatte die *Fanny* schon am Tag zuvor gesehen. Sie brachte regelmäßig Post und Frachtgüter an den Hawkesbury und war schon seit Tagen erwartet worden.

William ritt zum Landungssteg hinunter, sein Hund trieb die Herde langsam hinter ihm her. Zwölf Schafe sollten verkauft werden, und obwohl William die Trennung von jedem einzelnen Tier schwerfiel, sah er die Notwendigkeit des Verkaufs ein.

»Nun?« fragte ihn einer der Soldaten. »Was hast du vor, mein Junge? Willst du Schafe nach Sydney einschiffen lassen?«

»Ganz genau«, meinte William. »Und zwar auf der *Fanny*. Und«, fügte er stolz hinzu, »ich habe auch die Papiere für Mr. Burdock dabei. Kann ich an Bord gehen?«

»Ich wüßte nicht, warum das nicht möglich sein sollte,

mein Junge«, antwortete der Wachposten. »Wir sind nicht hier, um den Handel zu unterbinden, wir passen nur auf, daß sich bestimmte Leute nicht als blinde Passagiere einschleichen!«

Jed Burdock stand an Deck der *Fanny*. Er begrüßte ihn mit einem merkwürdigen Lächeln, und bevor der Junge ihm die Handelspapiere für die Schafe überreichen konnte, flüsterte er ihm zu, ob er ihm etwas von seinem Stiefvater auszurichten habe.

Von seiner Frage verwirrt, schüttelte William seinen blonden Kopf. »Nein«, sagte er, »nur etwas von meiner Mama.« Er zog die Papiere aus seiner Jackentasche und deutete auf die Schafe, die in einem kleinen Pferch auf dem Landungssteg warteten.

»Hier sehen Sie es ja, Mr. Burdock – sie hat die Rechnungen unterschrieben, nicht er.«

Der Kapitän der *Fanny* warf nur einen kurzen Blick auf die Papiere, steckte sie dann in die Jackentasche und rief einem seiner Matrosen zu, daß er die Schafe an Bord treiben solle.

William wollte hinter dem Mann hergehen, um ihm zu helfen, aber Jed Burdock faßte ihn an der Schulter und hielt ihn zurück. »Nicht so schnell! Mick O'Reilly kann die verdammten Schafe allein an Bord bringen, meinst du nicht?« Dann fuhr er flüsternd fort: »Bist du denn gar nicht wegen Captain Hawley beunruhigt?«

»Nein«, antwortete William und versuchte sich loszumachen. »Warum sollte ich auch? Er ist der Mann meiner Mutter, aber er ist nicht mein Vater. Mein Vater war John Broome und er...«

Jed Burdock stieß einen Fluch aus. Dann sagte er leise: »Als ich gestern abend hier ankam, waren die verdammten Rotröcke schon hier. Weißt du denn nicht, daß ein Haftbefehl gegen Captain Hawley unterwegs ist, und die Soldaten befürchten, daß er flieht! Ich darf nicht absegeln, dein Bruder auch nicht, der da drüben auf der *Phoebe* ist, und –«

»Mein Bruder?« fragte William erstaunt. »Meinen Sie meinen Bruder Justin? Mr. Burdock, Justin ist doch immer auf seinem eigenen Schiff, der *Flinders,* unterwegs – das wissen Sie doch, Sir. Warum fährt er denn auf einmal mit der *Phoebe*?«

»Weil er versucht, Captain Hawley in Sicherheit zu bringen, mein Junge«, antwortete Burdock geradeheraus. »Und das täte ich auch, wenn ich es könnte, verdammt noch mal! Aber die Rotröcke lassen uns nicht an Land gehen, wir können ihn nicht einmal warnen.« Er ließ William los und griff sich an die Stirn. »Um die Schafe brauchst du dir wirklich keine Sorgen mehr zu machen. Paß gut auf. Geh jetzt gleich zur *Phoebe* hinüber. Sprich dort mit Justin – er ist nicht auf Deck, weil er nicht gesehen werden möchte. Vielleicht könntest du deinen Stiefvater warnen – die Soldaten wissen ja nicht, wer du bist, oder?«

»Nein, Sir, ich glaube nicht«, entgegnete William und schluckte, weil ihm jetzt allmählich der Ernst der Lage bewußt wurde. »Glauben Sie, daß ich überhaupt wieder an Land gehen darf?«

»Warum denn nicht?« brummte Burdock. »Aber sprich mit Justin. Er weiß besser als ich, was er dir anvertrauen kann.«

William tat sofort, wie ihm geheißen worden war. Er ging, ohne aufgehalten zu werden, an Bord der *Phoebe* und fand Justin in der Kapitänskajüte. Es war klar, daß er seinen Bruder schon gesehen hatte, denn er sagte ohne jede Einleitung: »Hat dir Mr. Burdock gesagt, was vorgeht? Du weißt also schon, daß Andrew verhaftet werden soll und wir nicht an Land gehen dürfen, um ihn zu warnen?« William nickte.

»Ja, das hat er mir gesagt, Justin. Aber warum soll Andrew verhaftet werden? Was hat er getan?«

»Nicht mehr als die meisten anderen Siedler hier, die Gouverneur Bligh die Treue halten«, antwortete Justin ungeduldig. »Aber er ahnt nichts davon, und ich kann ihn nicht warnen. Die Soldaten sind gestern abend in einem Ruderboot hier angekommen – ich habe versucht, sie zu überreden, aber sie denken gar nicht daran, mich an Land zu lassen.«

»Ich übernehme das«, bot William an. »*Ich* werde Andrew warnen.« Obwohl er seinen Stiefvater immer noch nicht so richtig akzeptierte, war er es zumindest seiner Mutter schuldig, dem Mann zu helfen, den sie liebte. Er erinnerte sich daran, daß Andrew mit Tom Jardine und Timothy Dawson gestern abend zu einem der häufigen Treffen gegangen war, auf denen die Siedler die Möglichkeiten besprachen, Gouverneur Bligh zu helfen. Aber… William hielt den Atem an, als ihm plötzlich noch etwas anderes einfiel.

»Justin«, sagte er aufgeregt, »Captain Hawley ist gestern abend wieder zu einem Treffen gegangen. Als ich heute morgen zum Schafhüten ging, war er noch nicht nach Hause zurückgekommen.«

»Gott sei Dank!« rief Justin aus. »Dort werden die Soldaten ihn natürlich zuerst suchen. Hast du eine Ahnung, wo er sein könnte, William?«

William schüttelte unglücklich den Kopf. »Nein. Er hat mit Mama darüber gesprochen, aber ich habe nicht zugehört. Ich weiß, daß er immer mit Mr. Dawson hingeht, aber mehr auch nicht. Es tut mir leid, Justin.«

»Da kannst du doch nichts dafür. Aber Mama wird wissen, wo er hingegangen ist, oder?«

»Ja, ganz bestimmt.«

»Gut«, sagte Justin entschieden. »Du hast doch ein Pferd bei dir – reite schnell nach Long Wrekin zurück und sag Mama, was los ist. Dann mach dich auf die Suche nach Andrew. Es ist keine Zeit zu verlieren, weil die Soldaten mit dem Haftbefehl schon auf dem Weg sind. Wenn du Andrew findest, sage ihm, daß ich flußaufwärts fahre und beim Bootssteg von Timothy Dawson auf ihn warte – und sag ihm auch, daß Jed Burdock versuchen wird, die Soldaten betrunken zu machen.« Er schwieg und schaute seinen kleinen Bruder forschend an. Dann fügte er ernsthaft hinzu: »Und Willie, richte Mama aus, daß ich mit Andrew sofort nach Tasmanien segle, wenn er sich an Bord der *Phoebe* flüchten kann. Du verstehst doch, daß er hier nicht mehr sicher ist!«

Plötzlich wurde William der Ernst der Lage bewußt. Er versicherte seinem Bruder, daß er alles schnell und zuverlässig ausrichten würde. Dann errötete er und fragte: »Fährt Mama auch –«

»Ob sie gleich mit nach Tasmanien fährt?« beendete Justin den Satz seines kleinen Bruders. »Sie würde es bestimmt wollen, Willie, aber ich nehme an, daß sie erst einmal hierbleibt. Jetzt beeil dich, denn die Rotröcke aus Toongabbie werden mit Einbruch der Dunkelheit hier sein.«

William verließ das Schiff, als gerade das letzte seiner Schafe in den Frachtraum getrieben wurde. Der Soldat, der ihn an Bord hatte gehen lassen, war immer noch auf seinem Wachposten, aber er hatte in der Zwischenzeit seine Flinte an die Lagerhalle gelehnt und schüttete mit sichtlichem Vergnügen einen Becher Alkohol in sich hinein. William kam unbemerkt an ihm vorbei, pfiff seinen Hund heran, sprang auf sein Pferd und ritt eilig davon.

Äußerlich ruhig hörte sich Jenny die Geschichte an, die ihr Jüngster ihr gleich nach der Ankunft aufgeregt erzählte. Sie zweifelte nicht daran, daß Andrews Leben in Gefahr war. Sie kannte John MacArthur zu gut und wußte seit vielen Jahren, daß er im Ernstfall vor nichts zurückschreckte.

Aber zu William sagte sie nur: »Andrew ist bei den Dawsons. Bitte Tom, zwei Pferde zu satteln, und zwar schnell.«

»Aber Mama –« wandte er ein und schaute sie unglücklich an.

»*Du* kannst nicht reiten, nicht mit dem – Baby im Bauch. Überlaß das mir. Justin hat mir genau gesagt, was ich machen soll.«

Er war noch so jung, dachte Jenny, sie konnte ihm eine so schwierige und gefährliche Aufgabe nicht anvertrauen! Sie müßte ihn begleiten, und –.

»Tom kann ja mit hinreiten«, schlug William vor.

Jenny zögerte und überlegte fieberhaft. Tom Jardine war loyal und zuverlässig. Im Ernstfall wäre er bereit, für William sein Leben zu lassen, und wenn die Soldaten heute abend oder morgen früh hier auftauchten, könnte sie sie sicher besser aufhalten oder auf eine falsche Spur bringen als Tom. Schließlich nickte Jenny mit dem Kopf.

»In Ordnung, mein Lieber, bitte Tom, dich zu begleiten. Du weißt genau, was du Andrew auftragen sollst?«

»Ganz genau«, antwortete der kleine Junge ernst.

»Sag ihm einen lieben Gruß von mir, Willie.« Jennys Herz wurde schwer, als sie daran dachte, daß sie wieder von Andrew getrennt sein würde. Sie legte William ihren Arm um die Schultern. »Sag ihm, daß ich ihn liebe«, fügte sie leise hinzu. »Und paß gut auf, William – daß dir nichts passiert.«

»Aber natürlich, Mama.« William umarmte seine Mutter, rannte dann aus dem Haus und rief nach Tom. Ein paar Minuten später, als sie gerade Nancy Jardine in der Küche alles erzählte, hörte sie die Pferde davongaloppieren.

Nancy sagte: »Ich habe Tee gemacht, Jenny. Setzen Sie sich hin und versuchen Sie, sich nicht zu sehr aufzuregen. Ich nehme Rachel mit in meine Hütte, sobald ich hier aufgeräumt habe. Es ist besser, wenn sie nicht hier ist, wenn die Soldaten kommen. Dieses Haus wird bestimmt durchsucht, meine Hütte vielleicht nicht.«

Das stimmt wahrscheinlich, dachte Jenny – aber diese erfreuliche Tatsache machte ihre Sorgen auch nicht viel kleiner.

Als sie allein war, nahm sie etwas von dem immer mehr anwachsenden Berg von Kleidungsstücken, die ausgebessert werden mußten. Sie setzte einen Flicken in eine Hose ein und ließ ihren Gedanken freien Lauf. Sie dachte an Andrew und an die Monate, die sie seit ihrer Rückkehr aus Hobart glücklich zusammen verlebt hatten. Er war ein guter Mann, ein liebender und hilfsbereiter Ehemann, und sie liebte ihn inzwischen so sehr, wie sie keinen Mann nach Johnnys Tod mehr zu lieben geglaubt hatte.

Die Rebellenregierung – wie Major Johnstone und seine Leute ganz öffentlich von den Hawkesbury-Siedlern genannt wurden – hatte Andrew nach der Verhaftung des Gouverneurs nichts vorwerfen können. Nach seiner kurzen Inhaftierung war er unter der Bedingung freigelassen worden, als Farmer Land zu bebauen und keinen Kontakt mit dem ehemaligen Gouverneur mehr aufrechtzuerhalten. Und er hatte sich an diese Auflage gehalten ... welchen Vergehens konnte man ihn also bezichtigen?

Jenny sprang auf, als sie ein Pferd herangaloppieren hörte. William und Tom konnten unmöglich schon zurück sein. Sie waren ja erst vor kaum zwei Stunden losgeritten. Sie lief schwerfällig zur Tür und sah, wie Nanbaree, der Eingeborenenjunge, ein Pferd in den Stall führte – Andrews Pferd. Dann stellte sie mit einer Mischung aus Erleicherung und Entsetzen fest, wie Andrew um die Scheune bog und in aller Ruhe auf sie zukam. Als er sie erblickte, rief er ihr wie immer zu: »Liebste Jenny, da bin ich wieder. Ich – mein Gott, Frau, was ist denn los? Du bist ja weiß wie ein Leintuch!«

Trotz des Schreckens über seine unerwartete Heimkehr besaß sie die Geistesgegenwart, ihn schnell ins Haus hineinzuziehen, bevor sie ihm antwortete. Er hörte ihr ruhig zu, aber sie konnte an seinem Gesicht das Entsetzen ablesen, das ihn ergriff, als er begriff, was sie ihm in aller Eile erzählte. Als sie geendet hatte, rief er ungläubig aus:

»Ein Haftbefehl gegen mich! Das kann doch nicht wahr sein!«

»Es stimmt aber leider doch, Andrew. Justin ist gekommen, um dich zu warnen. Er hat es von Mr. Campbell erfahren, der ihm riet, dich nach Hobart zu bringen«, brachte Jenny heraus und kämpfte gegen die Tränen.

»Mit der *Flinders?*« fragte Andrew ungläubig.

»Nein – William hat gesagt, daß er mit einem anderen Schiff hier ist – mit einem von Mr. Campbells Schiffen, aber Soldaten bewachen den Landungssteg, und sie haben sein Schiff und die *Fanny* von Mr. Burdock beschlagnahmt, damit du – ach Andrew, damit du nicht mit einem der beiden Schiffe fliehen kannst. Du mußt mir glauben, Liebster! Die Soldaten aus Toongabbie können jeden Moment hier sein! Ich – ich hab William mit Tom zur Dawson'schen Farm geschickt, weil ich dachte, daß du noch dort seist. Er sollte dir etwas von Justin ausrichten, und –«

»Ich bin direkt hierhergekommen«, sagte Andrew. Er umarmte Jenny und drückte sie an sich, war sich aber jetzt der Gefahr bewußt, in der er schwebte, falls er verhaftet würde. Der Gerichtshof setzte sich jetzt ausschließlich aus Korps-Offizieren zusammen, die ebenso wie Johnstone nach der Pfeife von John MacArthur tanzten, und er konnte keine Gnade von ihnen erwarten, wie auch immer die Anklage lauten würde.

Er überlegte fieberhaft, wie er sich retten könne, und als Jenny ihm atemlos erzählte, daß es William erlaubt worden sei, die Schafe auf den Landungssteg zu treiben, unterbrach er sie erleichtert: »Gott sei Dank, jetzt hab ich's! Wir haben zwar keine Zeit mehr, Schafe zum Landungssteg hinunterzutreiben, aber im Schuppen steht ein mit Säcken beladener Karren. Ich spanne zwei Zugpferde an und fahre ihn zum Landungssteg hinunter. Es ist gut möglich, daß die wachhabenden Soldaten mich nicht kennen, und Jed Burdock sorgt bestimmt dafür, daß sie reichlich mit Alkohol versorgt sind. Wenn es dunkel wird, kann Justin mit etwas Glück bestimmt lossegeln, ohne daß sie groß Notiz davon nehmen. Was meinst du dazu?«

Jenny blickte ihn entschlossen an.

»Ich glaube, das könnte klappen«, antwortete sie. »Aber es ist noch sicherer, wenn *ich* die Pferde lenke und du dich unter den Futtersäcken versteckst.«

»Aber, du in deinem Zustand –« meinte Andrew. »Du kannst doch nicht –«

»Ich kann es, und ich will es«, sagte Jenny mit einer Entschiedenheit, die keinen Widerspruch duldete. »Unser Kind soll lieber einen Vater haben, der als ein freier Mensch in Tasmanien lebt und dem es gut geht, als einen, der sich in den Kohlenminen von Coal River zu Tode schuften muß. Und davon abgesehen – ich glaube, der auf dem Landungssteg herumstehende Karren würde Verdacht erwecken – ich fahre ihn am besten gleich hierher zurück.« Sie gab ihm keine Möglichkeit zu widersprechen und fügte eindringlich hinzu: »Andrew, wir haben keine Minute mehr zu verlieren. Geh und spann die Pferde ein, derweil mach' ich mich fertig.«

Als sie auf den Hof kam, sah er, daß sie sich ein zerschlissenes Umhängetuch um den Kopf geschlungen hatte und eine dicke Decke und seine scharlachrote Jacke zusammengerollt unter dem Arm trug.

»Deine Uniform«, sagte sie, als er fragend auf das Bündel deutete. »Du wirst sie wieder brauchen, wenn du in Hobart oder in Port Dalrymple bist. Und mit der Decke kannst du dich zudecken, falls die Säcke nicht reichen.«

Andrew nahm Jenny noch einmal zärtlich in den Arm und küßte sie zum letzten Mal. »Du bist eine wunderbare Frau, Liebste«, sagte er leise. »Und so Gott will, sehen wir uns schon bald wieder. Wenn unser Kind da ist, kann Justin dich zu mir nach Hobart bringen.«

Als Antwort deutete Jenny wortlos auf das Pferdefuhrwerk. Er kletterte hinauf, und als er die Decke über sich ausgebreitet hatte, schwang sie die Peitsche, und die Pferde zogen an.

Nachdem sie etwa einen Kilometer weit gefahren waren, drang Trommelwirbel an Jennys Ohr, und sie zügelte die Pferde und ließ sie im Schritt weitergehen.

»Da sind die Soldaten«, sagte sie ohne sich umzudrehen. »Paß auf, daß du gut versteckt bleibst!«

Zehn Minuten später kamen die Soldaten in Sicht. Sie wurden von einem heftig schwitzenden Sergeanten angeführt, und ein berittener Wachmann versuchte, sie zur Eile anzutreiben. Aber die Männer waren nach dem langen Marsch erschöpft und schlechtgelaunt und überhörten seine Flüche und seine schweinischen Witze. Sie schafften es nicht mehr, im Gleichschritt zu gehen, und trotteten unsoldatisch lustlos voran.

Sie warfen kaum einen Blick auf das Fuhrwerk und die Frau in abgerissenen Kleidern, die die Pferde am Straßenrand zum Stehen brachte, um sie vorbeizulassen. Der Sergeant fragte Jenny nur, ob sie Trinkwasser bei sich habe, und als sie wortlos den Kopf schüttelte, ging er fluchend weiter und trieb seine Leute erfolglos zu größerer Eile an.

Als sich der Staub legte, den sie aufgewirbelt hatten, ließ Jenny die Peitsche knallen, und das Fuhrwerk setzte sich wieder in Bewegung.

Die Sonne ging schon unter, als sie am Landungssteg ankamen, alles ging viel einfacher, als sie es erwartet hatten. Das Fuhrwerk hielt direkt beim Schiff an. Justin erkannte seine Mutter und schritt gelassen auf sie zu.

»Wo sind die Wachposten?« fragte Jenny angespannt. »Wird dein Schiff nicht bewacht?«

Justin grinste breit und deutete auf die *Fanny* hinüber.

»Die Soldaten konnten dem Angebot, sich gratis zu besaufen, nicht widerstehen«, antwortete er. »Sie haben ihren Posten verlassen. Wann kommt Andrew?«

»Er ist schon da«, sagte Jenny stolz. »Justin, bring ihn unbemerkt an Bord. Auf dem Weg hierher sind wir den Soldaten aus Toongabbie begegnet, und ich muß sofort nach Long Wrekin zurück, wo sie Andrew jetzt bestimmt überall suchen.«

Jenny nahm sich sehr zusammen, um den Abschied von ihrem Mann möglichst schnell und ohne große Gefühlsstürme hinter sich zu bringen. Nach einem letzten Kuß sprang Andrew an Bord und half Justin dabei, den Anker zu lichten. Zwei Matrosen von der *Fanny* luden die Säcke vom Fuhrwerk ab.

»Gott schütze dich, *Phoebe*«, *sagte* Jenny leise. »Hoffentlich geht alles gut!«

Auf dem Weg zurück nach Long Wrekin traf sie Tim Dawson mit William und Tom Jardine.

Als sie ihnen die gute Botschaft von Andrews geglückter Flucht erzählt hatte, meinte Timothy:

»Die verdammten Rotröcke werden dein Haus auf der Suche nach Andrew auf den Kopf stellen. Aber mach dir keine Sorgen, ich komme mit und werde ihnen gehörig den Marsch blasen. Laß Tom das Fuhrwerk zurückfahren und steig du mit auf mein Pferd – das wird bequemer für dich sein!«

Als sie aufgesessen war und er sie von hinten fest in seine Arme nahm, legte sie erleichtert den Kopf an seine breiten Schultern.

»In der Zwischenzeit ist in Upwey ein glückliches Ereignis geschehen«, erzählte Timothy. »Unsere liebe Abigail O'Shea hat letzte Nacht einem Sohn das Leben geschenkt. Er ist zwar etwas zu früh gekommen, aber er ist gesund, und die kleine Abby ist im siebten Himmel. Es ist aber seltsam! Obwohl sie O'Shea geheiratet hat, meint Frances, daß sie in Wirklichkeit in den Dr. Penhaligon verliebt gewesen sei und nicht in ihren eigenen Mann. Jetzt hat sie beide verloren, und alles, was sie noch hat, ist dieses kleine Würmchen, das ich in einer Hand halten kann. Aber wie gesagt, sie ist sehr glücklich.« Er fügte scherzend hinzu: »Jenny, versprich mir, daß du ihrem Beispiel nicht folgst!«

»Und Andrews Baby zu früh zur Welt bringe? Nein Tim, das hab ich ganz und gar nicht vor.«

»Du mußt gut auf dich aufpassen, Jenny«, sagte Timothy fürsorglich.

Er zögerte und ließ sein Pferd langsamer gehen. »Möchtest du während Andrews Abwesenheit mit William und Rachel bei uns wohnen?«

»Deine Frau würde uns nicht gerade mit offenen Armen empfangen«, antwortete Jenny, »das weißt du doch genausogut wie ich!«

»Ich würde sie schon dazu bringen, euch freundlich zu behandeln!«

»Danke, Tim. Aber ich möchte deine Einladung doch lieber nicht annehmen.«

»Nun, und dann ist Frances ja auch noch da!« sagte Timothy. »Sie und mein hochgeschätzter Schwiegervater kommen bald nach Sydney zurück. Und ich brauche dir ja nicht zu sagen, daß ich dir Long Wrekin jederzeit abkaufen würde, wenn du das willst. Du brauchst es mir bloß zu sagen.«

»Das weiß ich, Tim.«

Jenny schaute zu William hinüber, der stolz auf dem Pferd saß, das sie normalerweise ritt, und sie seufzte.

»Es ist schon alles in Ordnung. Ich möchte lieber hierbleiben. Ich fühle mich hier zu Hause, und Willie und Rachel auch. Es würde mir ungeheuer schwerfallen, von hier wegzuziehen.«

»Und willst du nicht nach Hobart zu Andrew gehen?« fragte Timothy eindringlich.

Vor ihnen tauchte die Farm mit der Pferdekoppel, dem Wohnhaus und den Scheunen auf.

Jenny bemerkte, daß die Soldaten mit der Suche nach

Andrew begonnen hatten, ohne auf ihre Rückkehr zu warten.

»Es kann sein, daß ich mit Andrew in Hobart leben muß«, antwortete sie zögernd. »Er kann nicht hierher zurückkommen, solange das Rum-Korps an der Macht ist. Aber ich hoffe bei Gott, daß die Regierung in England bald handeln und uns davon befreien wird, vor allem von John MacArthur. Diese Kolonie wird niemals blühen und gedeihen, solange die Rum-Korps-Offiziere einzig darauf aus sind, sich rücksichtslos persönlich zu bereichern, Tim. Aber vielleicht schafft es Andrew, Major Paterson dazu zu überreden, doch zurückzukommen. Er war schon immer der beste Mann, den das Korps hatte, und der ehrlichste Mann.«

»Aber Foveaux ist auf dem Weg hierher«, antwortete Timothy bedrückt. »Er kann jederzeit hier ankommen… und er ist schlimmer als Johnstone. Als Gouverneur der Insel Norfolk hat er sich einen sehr schlechten Ruf erworben. Aber –«

Er brachte mühsam ein Lächeln zustande und fügte hinzu: »Ich hoffe dasselbe wie du, Jenny. Ich bete darum, daß die Regierung in England die nötigen Schritte unternimmt, bevor alles zu spät ist.«

Dann schwieg er, bevor er sein Pferd vor Jennys Wohnhaus zügelte. Nachdem er Jenny beim Absteigen behilflich gewesen war, sagte er: »Und jetzt ins Bett mit dir, meine Liebe, und versuch, ein wenig zu schlafen! Ich rede ein Wörtchen mit den Soldaten und schicke Nancy Jardine zu dir.«

Jenny tat, worum er sie gebeten hatte.

Sie fand jedoch keinen Schlaf, und gegen Morgen gebar sie ihr viertes Kind. Aber obwohl Nancy das neugeborene Mädchen kundig am Rücken klopfte, gab es kein Lebenszeichen von sich.

Als alle Versuche gescheitert waren, trug Nancy das kleine Wesen schluchzend aus dem Haus und begrub es neben den anderen Gräbern.

Jenny weinte nicht. Sie war so traurig, daß sie keinen Schmerz empfand. Schon am nächsten Tag verließ sie ihr Bett, erledigte die üblichen Hausarbeiten und übersah die ängstlichen Blicke ihrer Kinder.

Sie hatte einem Kind von Andrew das Leben geschenkt, und es war sofort nach der Geburt gestorben, sagte sie sich. Aber das Leben ging weiter, und nicht nur William und die kleine Rachel brauchten sie, sondern auch Andrew und Justin. Sie senkte ihr Haupt und betete inständig, daß die beiden glücklich ans Ziel ihrer Reise kämen, wo kein Gefängnis auf Andrew wartete, sondern wo er in Freiheit leben konnte.

24

Am 28. Juli 1808 ging das Frachtschiff *Lady Madeleine Sinclair* in Sydney Cove vor Anker. Mary Putland erkannte von ihrem Schlafzimmerfenster aus das Schiff, mit dem sie vor zwei Jahren mit ihrem Vater, Gouverneur Bligh, hier angekommen war, und rannte nach unten, um ihn davon in Kenntnis zu setzen. Sie hatte gehofft, daß diese Neuigkeit ihn aufmuntern würde, aber das Gegenteil war der Fall. William Bligh schaute seine Tochter mit seinen blauen Augen an und fragte, was sie sich nur von der Ankunft eines Sträflingstransportschiffes erhoffe.

»Ein Kriegsschiff der Königlichen Marine müßte es sein, dessen Offiziere den Befehl haben, diese Schurken zu verhaften, die mich meines vom König verliehenen Amtes beraubt haben!«

»Aber lieber Papa«, flehte Mary, »komm doch wenigstens ans Fenster und schau selbst einmal hin. Es ist ein ziemliches Gedränge am Kai, das Neusüdwales-Korps ist angetreten, und ein Boot rudert Major Johnstone gerade zum Schiff hinüber. Irgendeine wichtige Persönlichkeit muß angekommen sein – vielleicht ein Abgesandter unserer Regierung in Großbritannien.«

»Ich glaube eher, daß es Foveaux ist«, meinte ihr Vater. »Einer der Schurken, die uns hier bewachen, hat verlauten lassen, daß er erwartet wird.« Aber er stand trotzdem auf und trat neben sie ans Fenster. Nachdem er eine Zeitlang schweigend durch sein Fernrohr geblickt hatte, sagte er: »Ja, es ist tatsächlich Colonel Foveaux. Ich kann ihn auf dem Achterdeck deutlich erkennen. Und dieser widerliche Schurke Johnstone verbeugt sich immer wieder vor ihm! Er weiß natürlich, daß er sich gut mit ihm stellen muß, weil Foveaux von den beiden der Ältere ist und zweifellos das Kommando über das Neusüdwales-Korps übernehmen wird. Liebe Mary«, sagte der entmachtete Gouverneur plötzlich erregt, »laß uns darum beten und darauf hoffen, daß er es schafft, die Meuterei in seinem Regiment zu beenden und daß er meine sofortige Befreiung anordnet, damit ich weiter mit all meiner Kraft das Gouverneursamt ausüben kann!«

»Ja, Papa, ich bete darum«, flüsterte Mary. Da sie kein Fernrohr hatte, konnte sie die Personen an Deck des Schiffes nicht deutlich sehen, aber sie erkannte ein paar Marineoffiziere an ihren blauen Uniformjacken, und zwei zierliche Gestalten, die Frauen zu sein schienen. »Ist Colonel Foveaux verheiratet?« fragte sie ihren Vater.

Er nickte. »Ja, mit einer sehr einfachen Frau – der Witwe eines Sergeanten, die einmal seine Hausangestellte war. Als er stellvertretender Gouverneur auf Norfolk war, machte sie sich genauso unbeliebt wie er. Ich habe gehört, daß er in einem einzigen Jahr mehr Sträflinge hängen ließ, als irgendeiner seiner Vorgänger in der gesamten Amtszeit. Aber...«, er zuckte mit den Schultern und legte das Fernrohr beiseite. »Ich verspreche dir eins, Mary, wenn Foveaux seiner Pflicht als königlicher Offizier nachkommt und meine Befreiung erwirkt, dann werde ich das Ehepaar mit großem Respekt empfangen!«

Mary lächelte, ohne die geringste Freude zu empfinden, sagte aber pflichtschuldig: »Gut Papa, ich nehme dich beim Wort und werde dich daran erinnern, falls du es vergißt.«

Am Landungssteg spielte die Militärkapelle einen schmissigen Marsch, und William Bligh nahm leise fluchend sein Fernrohr wieder auf. »Der Teufel soll sie holen! Die werden noch die Unverschämtheit besitzen und die britische Nationalhymne spielen, wenn ihr neuer Kommandant an Land geht.« Er stellte das Fernrohr mit Nachdruck auf das Fensterbrett zurück. »Ich kann dieses – dieses Schauspiel nicht mehr länger mit ansehen, Mary. Ich schreibe Foveaux ein paar Zeilen, damit er sie bekommt, wenn er an Land geht.«

Mary seufzte. Ihr armer Vater verbrachte den Großteil seiner Tage damit, an jeden Menschen Briefe zu schreiben, von dem er glaubte, daß er ihm helfen könne... auch jetzt gerade lag ein angefangener Brief an einen General auf seinem Schreibtisch, dessen Name ihr entfallen war. Aus Furcht, daß seine Briefe abgefangen würden, hielt er sie aber so lange zurück, bis er einen zuverlässigen Boten fand.

Mary hob das Fernrohr hoch und schaute sich die Menschen an Deck der *Lady Madeleine Sinclair* genau an. Colonel Foveaux war ein hochgewachsener, gutaussehender Mann Anfang oder Mitte Vierzig, und seine Frau neigte etwas zur Fülligkeit, war aber eine hübsche Person. Wie ihr Vater gesagt hatte, umschwänzelte Major Johnstone immer noch das Ehepaar, und hinter ihm erkannte Mary auch John MacArthur und seine Frau.

Es klopfte an die Tür, und Kate Lamerton trat ein. Die gute Kate, dachte Mary dankbar, als die Frau einen Knicks machte und sich ihr näherte. Wieviel Gutes ihr die Frau getan hatte, nicht nur während der letzten Krankheit ihres armen verstorbenen Ehemannes, sondern auch in den vergangenen schweren Monaten, die Mary und ihr Vater gegen ihren Willen im Haus verbringen mußten.

»Ja«, sagte sie freundlich, »was ist denn los, Kate?«

»Ich hab' 'nen Brief von Miss Abigail bekommen.« Kate strahlte, aber zugleich waren ihre Augen mit Tränen gefüllt. »Sie lebt jetzt als Erzieherin auf der Dawson'schen Farm, will aber nach Sydney kommen, sobald Mr. und Mrs. Spence von ihrer Reise zurück sind. Ach, Mrs. Putland, das wissen Sie ja noch gar nicht, sie hat ein Kind bekommen, 'nen kleinen Sohn... sie schreibt, daß er etwas zu früh gekommen ist, aber ganz gesund ist.«

»Wie schön«, sagte Mary, nachdem sie sich nach kurzem

Nachdenken an Abigail erinnern konnte. Sie freute sich mit Kate über die gute Nachricht und sagte dann beruhigend: »Ich wußte gar nicht, daß Miss Abigail verheiratet ist. Sie war doch fast noch ein Kind, oder?«

»Ja, manchmal geht so was schnell! Das arme Mädchen war schon ein paar Tage nach der Verheiratung eine Witwe. Jetzt kann sie sich wenigstens mit dem Baby trösten.« Sie schaute zum Fenster hinaus und fragte: »Erlauben Sie, daß ich zum Landungssteg hinuntergeh'?«

»Aber natürlich«, antwortete Mary. »Gewiß möchten Sie die Militärparade sehen und mit dabei sein, wenn der neue Kommandant an Land geht?«

Zu ihrer Überraschung schüttelte Kate Lamerton den Kopf.

»Nein, überhaupt nich. Wie könnt ich mich auch für diese geldgierigen Verbrecher interessieren, die unsere Kolonie aussaugen und Sie und Ihren Vater seit Monaten unter Arrest halten … aber die Signalflagge weht, ein weiteres Schiff fährt in den Hafen ein. Ich möcht nur schaun, ob es die *Kelso* ist, damit ich Abigail schreiben kann, daß Mr. und Mrs. Spence zurück sind!«

»Gehen Sie nur, gehen Sie nur!« ermutigte Mary sie. Dann fiel ihr etwas ein, und sie fügte hinzu: »Ich hoffe nur, daß Sie uns nicht verlassen wollen, wenn Miss Abigail mit ihrem Baby hier ankommt. Ich kann Ihre Dienste nicht entbehren, Kate.«

Kate errötete vor Freude. »Ach nein, Mrs. Putland, ich werde Sie doch nicht verlassen!« sagte sie eilig. »Ich bleib' so lange bei Ihnen, wie Sie mich brauchen können! Mr. Jubb und ich, wir denken nicht daran, den Gouverneur und Sie in dieser schwierigen Lage im Stich zu lassen.«

Und wie lange würde diese schwierige Zeit noch dauern?, dachte Mary bedrückt. Aber vielleicht bedeutete Colonel Foveauxs Ankunft einen Wendepunkt zum Guten hin. Vielleicht stand die Wiedereinsetzung ihres Vaters in sein Amt unmittelbar bevor.

Aber diese Hoffnung wurde schon bald zerschlagen. Der neue Kommandant des Neusüdwales-Korps beantwortete Gouverneur Blighs Zeilen umgehend. Der Gouverneur konnte seine Wut kaum beherrschen und sagte mit gepreßter Stimme: »Dieser Schurke hat die Stirn, mir mitzuteilen, daß er beabsichtigt, die Regierungsgeschäfte als stellvertretender Gouverneur fortzuführen! Nun, soll er mich so lange er will gefangenhalten, aber ich werde ihm nicht den Gefallen erweisen, meinen Posten freiwillig zu verlassen, bei Gott, so weit werden mich diese Rebellen und Hochverräter niemals bringen!«

Zu Marys Leidwesen verbrachte er den Rest des Tages an seinem Schreibtisch und schrieb lange Berichte an alle möglichen hochgestellten Persönlichkeiten in England und den soundsovielten Brief an Colonel Paterson in Port Dalrymple. Als ihm seine eigene Post mit ein paar Tagen Verspätung ausgehändigt wurde, bemerkte Mary, daß nicht einmal der wie immer liebevolle Brief von seiner Frau es vermochte, ihn etwas aufzuheitern.

Er fand nicht einmal mehr Vergnügen an ihren gemeinsamen Chesspartien, die ihn immer wenigstens für kurze Zeit erheitert hatten. Er ging mit ärgerlichem Gesichtsausdruck im Garten auf und ab, und wie immer marschierte ein Soldat hinter ihm her, der einen eventuellen Fluchtversuch verhindern sollte. Am Eingangstor stand ein Soldat Wache und schickte ungebetene Besucher fort. Mary selbst genoß etwas mehr Freiheit. Sie durfte jeden Tag mit ihrer Kutsche eine Ausfahrt machen, aber immer ritten zwei bewaffnete Soldaten hinter ihr her. Als sie sich ein paar Tage darauf bei ihrem Vater über den schlechten Zustand der Straße beim Regierungsgebäude beschwerte, gab er ihre Beschwerde in schriftlicher Form weiter. Kurz darauf erhielt er ein Antwortschreiben vom stellvertretenden Gouverneur persönlich.

Ihr Vater, an den das Schreiben gerichtet war, las es ihr

angewidert vor, und später las sie es noch einmal selbst, weil sie es einfach nicht fassen konnte, daß ein Rum-Korps-Offizier so wenig Feingefühl besaß, die Wirkung eines solchen Schreibens auf einen Mann nicht abschätzen zu können, dem außer seiner persönlichen Integrität und Selbstachtung alles genommen worden war.

Mary weinte, und es war ihr bewußt, daß sie unwissentlich diese erneute Erniedrigung ihres Vaters ausgelöst hatte. Aber er bat sie ungeduldig, ihre Gefühle zu beherrschen.

»Du weißt doch, es sind unerzogene Schurken, jeder von ihnen!« erklärte er zornig, »aber bei Gott, Mary, sie werden es nicht schaffen, mich in die Knie zu zwingen! Gestern abend ist doch noch ein Schiff aus England eingelaufen, oder? Nun, ich erwarte ein Antwortschreiben von Lord Minto. Und ich werde eine Abschrift meines Briefwechsels mit Foveaux an Lord Castlereagh schicken und Seine Lordschaft davon in Kenntnis setzen, daß mein Ehrgefühl mir verbietet, meinen Posten als Gouverneur zu verlassen, es sei denn, daß die Regierung Seiner Majestät mich offiziell dieses Postens enthebt... bitte Edmund Griffin doch zu mir herein. Ich möchte ihm einen Brief an Colonel Paterson diktieren. Er muß ganz einfach hierher zurückkommen und Foveaux ablösen, das werde ich ihm unmißverständlich zu verstehen geben!«

Mary nickte und verließ noch immer weinend das Zimmer.

In dem unbequemen kleinen Haus, das er in Port Dalrymple von Colonel Paterson zugewiesen erhalten hatte, war auch Andrew zur gleichen Zeit damit beschäftigt, Briefe zu schreiben.

Der erste, an Jenny gerichtete Brief klang sehr optimistisch. Er wußte, daß Justin sie inzwischen von seiner glücklichen Ankunft unterrichtet hatte. Seither hatte er nicht die Zeit und die Ruhe gefunden, seiner Frau ausführlich zu schreiben, und das holte er jetzt nach und berichtete ihr, welche Fortschritte die Niederlassung in der Zwischenzeit gemacht hatte. Streng genommen waren die Fortschritte sehr gering, und Andrew versuchte nicht, Jenny zu überreden, zu ihm zu kommen. Im Vergleich zu Hobart war Port Dalrymple ein gottverlassenes Nest, in dem er selbst sich nur notgedrungenerweise aufhielt.

Und Colonel Paterson... Andrew seufzte vor Enttäuschung tief auf und unterbrach seinen Brief mitten im Satz, weil er zögerte, seiner geliebten Frau seine wahren Gefühle zu offenbaren. Es reichte vielleicht, ihr mitzuteilen, daß der stellvertretende Gouverneur ein kranker und alternder Mann war, der sich mehr Sorgen um seine Gesundheit machte als um das Wohlergehen der ihm anvertrauten Siedlungen.

Andrew wählte seine Worte mit Bedacht und schrieb weiter:

Ich vermisse Dich mehr, als ich Dir sagen kann. Es ist keine Übertreibung, wenn ich behaupte, daß ich in diesem Augenblick meinen rechten Arm dafür hergäbe, bei Dir in der gemütlichen, heimeligen Küche von Long Wrekin sitzen zu können.

Ich bin hier sehr freundlich von Colonel Paterson und seiner Frau empfangen worden, aber der Colonel läßt mich nicht fort. Er erlaubt mir nicht einmal, für ein paar Tage nach Hobart zu fahren – ich habe keine Ahnung, warum. John MacArthurs Geschäftspartner, Mr. Walter Davidson, ist vor ein paar Wochen hier gewesen und hat es geschafft, den Colonel gründlich gegen den Gouverneur einzunehmen. Von ihm brauchen wir uns also keine Besserung zu erwarten.

Mit gleicher Post schreibe ich an Tim Dawson, um ihn über die hiesige Lage zu informieren. Vor drei Tagen ist hier das Transportschiff *Maitland* vor Anker gegangen, der Kapitän hat mir angeboten, meine Briefe nach Sydney mitzunehmen.

An Bord des Schiffes ist ein junger Marineoffizier, den ich auf einem Empfang Colonel Patersons kennengelernt habe. Der Fähnrich Richard Tempest ist ein gutherzogener, prima Kerl. Er erzählte mir, daß er der Bruder der armen Abigail O'Shea und ihrer Schwester Lucy ist, die sich noch unter Aufsicht ihres Vormunds Pfarrer Caleb Boskenna befindet. Richard Tempest macht sich wegen dieses Pfarrers große Sorgen, weil er behauptet, daß der Mann ein Betrüger sei und sich den Pfarrerstitel unrechtmäßig angeeignet habe. Er behauptet, daß er das sogar schriftlich beweisen könne. Liebste Jenny, ich hoffe, daß Du alles in Deiner Macht Stehende tun wirst, um diesen Betrüger seiner gerechten Strafe zuzuführen…

Andrew unterschrieb den Brief, versiegelte ihn und schrieb gleich darauf den zweiten an Tim Dawson.

In der Abgeschiedenheit seines Zimmers schloß Caleb Boskenna die Truhe auf und holte die Kopie des Heiratsvertrages heraus, die der verstorbene Desmond O'Shea unterschrieben hatte. O'Shea hatte das Original erhalten, und Boskenna hätte viel dafür gegeben, es wieder in die Hände zu bekommen. Den Vertrag und das Gold, falls es möglich wäre – obwohl das Gold aller Wahrscheinlichkeit nach im Hawkesbury untergegangen war, falls O'Shea es bei sich hatte, als er ertrank. Und falls es nicht so war, dann hatte einer der Matrosen auf der *Fanny* das Gold mit großer Wahrscheinlichkeit gestohlen.

Er hatte umfassende, aber vorsichtige Erkundigungen hinsichtlich des Heiratsvertrages eingezogen, aber absolut nichts über den Verbleib des Dokuments in Erfahrung bringen können. Alles, was ihm der Kapitän der *Fanny* hatte berichten können, war gewesen, daß der »armen, liebreizenden jungen Witwe«, wie er sie immer wieder genannt hatte, nach der Landung in Sydney alle weltliche Hinterlassenschaft ihres verstorbenen Mannes übergeben worden war.

Aber Abigail hatte in den beiden Briefen an ihre Schwester Lucy geschrieben, daß sie kein Geld habe, und deshalb als Erzieherin der Dawson-Kinder arbeite ... Boskenna zog die Stirn kraus und schüttelte nachdenklich den Kopf. Wenn das Mädchen den Heiratsvertrag in die Hände bekommen hätte, wenn sie ihn gelesen und ihn in seiner ganzen Tragweite begriffen hätte, dann hätte sie in der Zwischenzeit bestimmt schon die nötigen Schritte dagegen unternommen, und wenn nicht sie selbst, dann Tim Dawson oder der stellvertretende Gouverneur. Aber es war nichts passiert. Sie hatte nicht einmal versucht, ihre Schwester Lucy zu sich zu nehmen. Natürlich hatte sie viele Pflichten zu erfüllen. Mrs. Dawson war dafür bekannt, daß sie immer noch eine Arbeit wußte, die dringend erledigt werden mußte, aber trotzdem ... es war Boskenna einfach unerklärlich, daß die Zeit verging und Abigail nichts von sich hatte hören lassen.

Er las den Heiratsvertrag noch einmal durch und schloß ihn dann wieder weg. Vielleicht hatte seine Frau recht, vielleicht hatte Abigail wirklich ein schlechtes Gewissen und wußte mehr über den unerklärlichen, plötzlichen Tod ihres Mannes, als sie jemals zugeben würde.

»Ich kann einfach nicht glauben, daß er vom Deck dieses alten Flußdampfers gefallen ist«, hatte Martha sofort gesagt, als sie die traurige Botschaft erhalten hatten. »Und ich glaube auch nicht, daß er betrunken war. Er war doch darauf aus, mit seiner Frau allein zu sein, oder etwa nicht? Er hatte Abigail gerade erst geheiratet. Es wäre völlig irrig anzunehmen, daß er sich in dieser Nacht mit seinem Bediensteten einen angetrunken und seine junge Frau in der Kabine allein gelassen hat!«

O'Shea hatte nichts davon geahnt, daß seine frisch angetraute Abigail bereits schwanger war – er hätte sie höchstwahrscheinlich nicht geheiratet, wenn er davon gewußt hätte. Als Caleb Boskenna die Papiere in der Truhe durchschaute, fiel ihm ein Dokument in die Hand, das er schon lange nicht mehr gesehen hatte. Sein Mund verzog sich zu einem schiefen Lächeln, als ihm die damit verbundene Geschichte wieder einfiel. Es war eine Vorladung vor Gericht, und die Anklage lautete, daß er sich betrügerischerweise den Titel eines Pfarrers angemaßt und sich vorsätzlich über lange Zeit persönlich an Kirchengütern bereichert habe. Dieser Vorladung hatte er sich durch Flucht um die halbe Welt entzogen. Nach der jahrelangen Rolle als Pfarrer war es ihm nicht schwergefallen, einen Missionar zu spielen, der mit großem Glaubenseifer das Wort Gottes in aller Welt verkünden wollte.

Als Martha nur wenige Monate nach der Verheiratung mit ihm herausgefunden hatte, daß ihr Mann ein professioneller Betrüger war, war sie sehr schockiert gewesen. Aber sie liebte ihn und schätzte den Lebensstil, den er ihr bieten konnte, und die Rolle eines Pfarrers gefiel ihr von allen noch am besten …

Boskenna seufzte und wunderte sich, daß er die Vorladung immer noch bei sich trug. Sie war natürlich längst verjährt, aber es war bestimmt klüger, sie zu vernichten. In dieser Einsamkeit hier konnte die kleine Truhe leicht von flüchtigen Sträflingen gestohlen und aufgebrochen werden, und wer weiß, in wessen Hände die Papiere dann fallen würden. Er zerriß die Vorladung in kleine Stücke und dachte wieder an Abigail und den merkwürdigen Tod von Lieutenant Desmond O'Shea.

Die Rebellenregierung in Sydney hatte offenbar der Aussage des Kapitäns der *Fanny* Glauben geschenkt, die von der jungen Witwe, dem Bediensteten O'Sheas und dem Schafhirten Jethro bestätigt worden war. Außerdem war der Unglücksfall kurz nach der Entmachtung des Gouverneurs passiert, so daß Major Johnstone und seine Offiziere anderes im Kopf hatten, als über die merkwürdigen Umstände stutzig zu werden, die zum Tode eines kerngesunden, gerade verheirateten Offiziers geführt hatten, der mit größter Wahrscheinlichkeit auch ein guter Schwimmer war. Und der Tod des Arztes Titus Penhaligon hatte noch weniger Aufmerksamkeit erregt – und das ganz zu Recht, denn dieser arme Teufel war ja wirklich durch seine eigene Unvorsichtigkeit ums Leben gekommen.

Boskenna schloß die kleine Truhe ab und stellte sie an ihren Platz zurück. Der Tod war ein häufiger Gast hier in Neusüdwales, dachte er zynisch, ob nun ein Unfall, ein Gewaltverbrechen oder die Todesstrafe ein Grund dafür war. Sträflinge kamen leichter ums Leben als ehrliche Siedler, aber Krankheiten und das harte Leben in der Wildnis forderten auch hier ihren Zoll. Und in abgelegenen Gebieten kamen immer noch blutige Überfälle von Eingeborenen vor, sowohl Siedler wie auch flüchtige Sträflinge fanden dabei den Tod, und viele dieser Todesfälle wurden nicht einmal registriert.

Er hatte eine solche gewaltsame Lösung für Abigails Schwester Lucy erwogen, war aber bald davon abgekommen, das Problem auf diese Weise aus der Welt zu schaffen. Denn es eilte nicht. Lucy stand unter dem Einfluß seiner Frau, und sowohl Martha wie auch er selbst hatten das junge Mädchen liebgewonnen. Das hieß zwar nicht, daß er ihretwegen seine eigensüchtigen Pläne hinsichtlich der Farm aus den Augen verlieren würde, aber er hatte trotz ihres jugendlichen Alters schon eine gewisse Neigung zur Promiskuität an ihr wahrgenommen, und das würde alles sehr vereinfachen… Caleb Boskenna lächelte zufrieden, ging zu seinem Schreibtisch zurück und griff ohne große Lust nach Papier und Federhalter.

Er mußte eine Predigt für nächsten Sonntag vorbereiten, aber er konnte sich Zeit damit lassen, bis ihm die passende Bibelstelle einfiele und er sich so darauf konzentrieren könnte, daß ihm die Niederschrift der Predigt leichtfiele.

Was Lucys promiskuitive Neigungen anging, so hatte er sich etwas Kluges ausgedacht, obwohl Martha das Ganze bisher nicht verstanden hatte. Dabei war es ganz einfach. Auf einem seiner seelsorgerischen Besuche in Green Hills hatte er einen jungen Sträfling namens Luke Cahill kennengelernt – einen gutaussehenden, etwa achtzehnjährigen jungen Mann, der in England als Bankangestellter gearbeitet hatte und wegen Betruges in die Verbannung geschickt worden war. Der Junge hatte in Neusüdwales schon als Landarbeiter gearbeitet und war sofort damit einverstanden gewesen, den Posten des abwesenden Jethro zu übernehmen. Und obwohl sich bald herausgestellt hatte, daß er den speziellen Aufgaben eines Schafhirten nicht gewachsen war, machte er sich doch auf der Farm recht nützlich, und es hatte nicht lange gedauert, bis Lucy der gutaussehende junge Mann aufgefallen war.

Bis jetzt hatten sie einander nur aus der Ferne mit Interesse beobachtet, aber Boskenna dachte zufrieden, daß es nicht lange dauern würde, bis sie einander leidenschaftlich zugetan sein würden. Lucy hatte nur selten Gelegenheit, mit jungen Männern Umgang zu pflegen. Luke Cahill mußte sich immer noch vom Schock seines Prozesses und den darauffolgenden Qualen der Reise auf einem Sträflingstransportschiff in die Verbannung erholen. Die Eheschließung der beiden, sobald Lucy sechzehn Jahre alt würde, und ein Heiratsvertrag mit derselben Verzichterklärung wie der, den Desmond O'Shea so bereitwillig unterzeichnet hatte, würden ohne Schwierigkeiten über die Bühne gehen – und schon hätte Pfarrer Boskenna alles erreicht, was er erreichen wollte. Nichts als etwas Überredungskunst wäre nötig, und Cahill würde als Sträfling kaum die Stirn haben, eine Mitgift zu verlangen. Er könnte sich in gehörigem Abstand von der jetzigen Farm ein Stück Land zusprechen lassen, und niemand könnte ihm, dem Vormund, irgend etwas vorwerfen.

Außer natürlich, wenn das Original des Heiratsvertrages

in Abigails Hände fiel. Sie war ein hochintelligentes Mädchen, außerdem mutig und mit einem stark entwickelten Sinn für Gerechtigkeit. Sie würde auf einen Blick die schreiende Ungerechtigkeit des Dokumentes erkennen, und sie hatte weiß Gott keinerlei Grund, ihn zu schonen, nach allem, was er ihr angetan hatte. Er zitterte, als er sich an die brutale Auspeitschung des jungen Mädchens erinnerte. Aber er hatte den kämpferischen Geist Abigails nicht brechen können. Alles, was ihr fehlte, waren Beweise, um gegen ihren Peiniger vorgehen zu können. Boskenna könnte erst dann aufatmen, wenn er wüßte, daß das Dokument im Hawkesbury untergegangen war. In der Zwischenzeit hatte Abigail einen Sohn geboren, und sie hatte Lucy in ihrem letzten Brief überschwenglich von ihrem Glück über den kleinen Bastard Dr. Penhaligons berichtet. Trotzdem... Caleb Boskenna griff wieder zu seinem Federhalter. Endlich war ihm ein guter Einfall gekommen.

Er würde seiner Sonntagspredigt das Gebot *Du sollst nicht töten* zugrunde legen und, ohne einen Namen zu nennen, seiner Gemeinde doch zu verstehen geben, daß Abigail mit Hilfe Jethros, den sie seit ihrer Kindheit kannte, ihren frisch angetrauten Gemahl umgebracht hatte...

Jetzt floß ihm der Predigttext nur so aus der Feder. Als er auch die zweite Seite schon fast geschrieben hatte, wurde die Tür aufgerissen, und seine Frau kam mit schneeweißem Gesicht und vor Schreck geweiteten Augen ins Zimmer gestürzt.

»Was gibt es denn, Martha, meine Liebe?« fragte er salbungsvoll, erhob sich und breitete die Arme aus. »Ist irgend etwas Schlimmes passiert?«

»Ja, Caleb, das kann man wohl sagen!« flüsterte sie und warf sich ihm in die Arme. »Dieser Kerl – dieser hinterhältige Mordbube ist wieder da!«

Caleb Boskenna starrte sie ungläubig an. »Jethro ist *hier*? Um Gottes willen, Frau, was kann er von uns wollen?«

»Er sagt, daß er Lucy mitnehmen will«, schluchzte Martha.
»Er sagt, Abigail sei in Sydney bei Mrs. Spence und habe ihn beauftragt, sie abzuholen. Und er sagt, daß er – daß er dir etwas von Abigail ausrichten soll. Es geht um den Vertrag, den du mit ihrem verstorbenen Mann abgeschlossen hast. Er –«

Also waren seine Befürchtungen gerechtfertigt gewesen, dachte Boskenna alarmiert. Abigail fing an, ihn zu bedrohen. »Beruhige dich, Frau«, sagte er und befreite sich aus ihrer Umarmung. »Ich weiß, wie ich mit Jethro umzugehen habe, das weiß ich bei Gott! Wo ist er?«

»Im Hof«, brachte Martha mühsam heraus und wischte sich die Tränen mit ihrer Schürze ab, »und Lucy ist mit Luke Cahill auch draußen!«

»Geh schon hinaus und befiehl Lucy, daß sie sofort in ihr Zimmer gehen soll«, sagte Boskenna mit fester Stimme. »Ich komme gleich nach.« Seine Flinte hing an der Wand hinter seinem Schreibtisch. Er lud und entsicherte sie mit zusammengepreßten Lippen. Dann betrat er, die Flinte im Anschlag, den Hof.

Jethro stand ruhig und scheinbar gelassen da und unterhielt sich lächelnd mit Lucy und Luke, die Marthas Aufforderung, ins Haus zu gehen, überhört hatten. Sie stand ein paar Schritte abseits und rang hilflos die Hände. Als sie ihren Mann mit der Flinte erblickte, schrie sie vor Angst laut auf und rief: »Schieß nicht, Caleb – ich flehe dich an!«

Sie war es gewesen, die als erste den Verdacht geäußert hatte, daß Jethro O'Shea ermordet hätte, dachte Boskenna, und doch bettelte sie jetzt um sein Leben! Er befahl ihr, sich hinter ihn zu stellen, aber statt dessen lief sie zu Lucy hinüber und legte beschützend den Arm um sie.

»Lucy, du darfst nicht mit Jethro weggehen – er ist nicht vertrauenswürdig! Mr. Boskenna will ihm nichts antun – er will ihn nur wegschicken. Und wir möchten, daß du bei uns bleibst, mein Kind – du weißt doch, wir haben dich lieb!«

Aber Lucy befreite sich aus der Umarmung. »Ich weiß im Augenblick nicht, was ich glauben soll«, sagte sie zu Martha Boskenna. »Jethro hat mir eine ganz andere Geschichte erzählt, und Luke hat jedes Wort mitgehört, stimmt's, Luke?« Sie wartete Lukes Zustimmung nicht erst ab, sondern ging langsam auf Jethro zu und stellte sich neben ihn. »Wir können losgehen, Jethro«, sagte sie mit schriller Stimme.

Caleb Boskenna zielte auf Jethros Brust. »Hände hoch«, warnte er, »Sie sind ein toter Mann, wenn Sie das Mädchen auch nur einen Schritt weit mitnehmen!«

»Sie machen einen schweren Fehler, Mr. Boskenna«, antwortete Jethro immer noch ruhig. »Glauben Sie etwa, daß ich allein gekommen bin?« Er rief etwas, und einen Augenblick später traten zwei halbnackte, dunkelhäutige Männer mit Speeren neben ihn.

Eingeborene, dachte Caleb Boskenna angeekelt – zwei der Wilden, mit denen Jethro Freundschaft geschlossen hatte. Zwei der üblen Gestalten, denen er das Wort Gottes hatte bringen wollen und die es ihm damit gedankt hatten, daß sie die Farm mehrmals ausgeraubt hatten.

Er vergaß sich einen Moment und brüllte sie an, sie sollten verschwinden, aber keiner bewegte sich von der Stelle, selbst als er auf sie zielte. Sie standen einfach schweigend mit wurfbereiten Speeren neben Jethro und ließen keinen Zweifel aufkommen, auf wessen Seite sie waren.

Die Stille wurde von Martha Boskennas Schluchzen unterbrochen, und Jethro sagte immer noch ruhig: »Ein Boot kommt den Fluß herauf, um uns abzuholen, Miss Lucy. Wenn Sie soweit sind, können wir schon zum Landungssteg gehn und darauf warten.«

Als Antwort streckte ihm Lucy beide Hände entgegen. »Ich bin soweit, Jethro«, sagte sie entschlossen. »Laß uns aufbrechen.«

Jetzt brach für Boskenna alles zusammen. Sein klug ausgeheckter Plan schien zu scheitern. Monatelang hatte er sich nur deshalb in dieser Wildnis abgeschunden, weil er gehofft und erwartet hatte, daß das Land eines Tages ihm gehören würde. Die Flinte schwankte in seiner Hand. Aber dann faßte er blitzschnell einen Entschluß und zielte auf Lucys Brust. Kurz bevor er abdrückte, schrie Martha auf, und die Kugel verfehlte ihr Ziel. Im nächsten Augenblick zischte ein Speer durch die Luft und bohrte sich tief in seine Brust. Er stürzte zu Boden, spuckte Blut und blieb dann reglos liegen. Jethro war als erster bei ihm. Aber Caleb Boskenna war tot. Als seine schluchzende Frau neben ihm auf die Knie fiel, konnte er ihre Befürchtungen nur bestätigen.

»Er is' tot, Mrs. Boskenna. Es is' nichts mehr zu machen!«

Der Leichnam wurde ins Haus getragen. Kurz darauf legte ein Ruderboot am Landungssteg an, und zwei Siedler aus Green Hills kamen heran.

»Die *Flinders* ist auf dem Weg hierher«, sagte der eine, »mit Justin Broome und dem Bruder von Miss Lucy an Bord. Wenn es recht ist, nehmen wir Miss Lucy schon nach Green Hills mit, und Sie können sich hier um das Nötigste kümmern.«

Jethro antwortete nach kurzem Überlegen: »Das wird das beste sein. Luke wird mir helfen, oder, mein Junge? Ich wette, daß Mrs. Boskenna mich noch 'ne Zeitlang brauchen wird, bis sie ihre Zelte hier abbricht.« Er legte Lucy die Hand auf die Schulter und sagte beruhigend zu dem völlig aufgelösten jungen Mädchen: »Und Sie fahren jetzt nach Sydney und versuchen, das alles so schnell wie möglich zu vergessen, Miss Lucy. Und richten Sie Miss Abigail aus, sich nur ja keine Sorgen zu machen, ja? Ich sorge dafür, daß die Farm hier gut läuft, bis sie mit ihrem Sohn zurückkommt.«

»Mr. MacArthur hat sich mit seinem ehemaligen Busenfreund, Colonel Foveaux, verkracht«, erzählte Jasper Spence mit unverhohlener Befriedigung, als er sich an den

Mittagstisch setzte und seine Serviette auffaltete. »Und Foveaux hat ihn des Postens enthoben, den Johnstone so freundlich für ihn eingerichtet hatte. In Zukunft wird Lieutenant Finncane das Amt des Oberwichtels der Kolonie ausfüllen.«

Er blickte lächelnd von seiner Frau auf Abigail, bediente sich von der Platte, die das Mädchen ihm anbot, und fügte hinzu: »Es ist mir natürlich bewußt, daß sich keine von euch für politische Fragen interessiert, aber ihr werdet euch bestimmt freuen, wenn John MacArthur in absehbarer Zeit nach England geschickt wird.«

Frances lächelte ihren Mann an. »Aber natürlich«, stimmte sie zu. »Das ist ja, abgesehen von der Wiedereinsetzung Gouverneur Blighs, das Beste, was überhaupt passieren könnte!«

»Und was meinst du dazu, Abigail?« fragte Spence.

»Abigail macht sich Sorgen wegen ihrer Schwester«, antwortete Frances für sie. »Stimmt das, meine Liebe?«

»Ja«, gab Abigail beschämt zu. »Ich muß mich bei Ihnen entschuldigen, Mr. Spence, aber ich kann zur Zeit an nichts anderes denken.«

»Sie brauchen sich wirklich keine Sorgen zu machen«, versicherte Spence. »Ihr Bruder und Justin Broome sind beide sehr zuverlässige junge Männer, und was immer auch auf der Farm geschieht, so bin ich doch sicher, daß sie das Richtige tun werden.«

»Ich bekomme keinen Bissen herunter, Mr. Spence«, entschuldigte sich Abigail.

»Dann trinken Sie etwas, ein Glas Brandy wird Ihnen guttun!« Jasper Spence griff nach der Flasche, um ihr Glas zu füllen, aber Frances schaltete sich taktvoll ein.

»Laß sie doch in Ruhe, Jasper. Sie wird gleich wieder strahlen, sobald ihre Geschwister hier sind, aber jetzt macht sie sich – verständlicherweise – große Sorgen. Willst du auf dein Zimmer gehen und dich etwas hinlegen?«

Abigail stand dankbar auf. Die Ankunft ihres Bruders vor zehn Tagen war einer der glücklichsten Augenblicke ihres Lebens gewesen, um so mehr, als sie überhaupt nicht damit gerechnet hatte. Sie hatte Rick fast nicht mehr erkannt, so sehr hatte er sich in der Zwischenzeit verändert. Er war jetzt zu einem selbstbewußten Mann herangewachsen. Er hatte sich sofort damit einverstanden erklärt, mit Justin Broome den Hawkesbury hinaufzufahren, um Lucy abzuholen.

»In England hört man die wildesten Gerüchte über die Zustände dieser Kolonie«, hatte Rick ernst erzählt. »Aber erst als ich per Zufall erfuhr, daß euer Vormund Boskenna ein bekannter Betrüger ist, entschloß ich mich zu dieser weiten Fahrt. Ich wandte mich um Hilfe an den alten Admiral Lord Ashton, und er brachte das Wunder fertig. Drei Tage bevor die *Maitland* absegelte, besorgte er mir noch einen Platz auf dem Schiff. Und wir sind in einer Rekordzeit von England hergesegelt – in nur vier Monaten und drei Tagen.«

Abigail erinnerte sich daran, daß sie ihn umarmt und vor Freude und Erleichterung darüber geweint hatte, ihn wiederzusehen. Und Rick hatte sie liebevoll angeschaut und in seiner lustigen Art gesagt: »Und ich finde dich nicht nur am Ende der Welt wieder, sondern erfahre auch auf einen Schlag, daß du verheiratet und verwitwet bist und einen Sohn hast! Daran muß ich mich erst einmal gewöhnen, Abigail! Vor allen Dingen an die Tatsache, daß ich jetzt Onkel bin und daß mein Neffe genauso heißt wie ich! Ich freu' mich darüber, das weißt du ja, und ich bin stolz darauf, habe nur etwas Angst, daß ich den Kleinen erdrücke, wenn ich ihn auf den Arm nehme.«

»Du brauchst keine Angst zu haben«, versicherte ihm Abigail. »Dickon ist zwar noch klein, aber er ist kräftig und weiß, was er will.«

»Wie sein Vater?« hatte er in aller Unschuld gefragt, und sie hatte ihn durch ihre Tränen angelächelt und es für das beste gehalten, es erst einmal dabei zu belassen.

Lucys Schicksal war erst einmal das Wichtigste. Wenn man die Rücksichtslosigkeit des Heiratsvertrages bedachte, den sie in Desmond O'Sheas Koffer gefunden hatte, und auch die Informationen, die Rick über Caleb Boskennas kriminelle Vergangenheit herausgefunden hatte, dann konnte Lucy wirklich in Gefahr sein. Aber jetzt waren sowohl Jethro als auch Justin Broome und ihr Bruder Rick auf dem Weg, sie nach Sydney zurückzubringen, und das beste wäre, wenn sie Frances Ratschlag befolgen und sich schlafen legen würde.

Sie wurde ein paar Stunden später von Lucy geweckt, die ganz einfach sagte: »Mr. Boskenna ist tot, Abby. Ein Eingeborener hat ihn mit einem – einem Speer getötet. Ich habe alles gesehen. Ich… ach, Abby!« Plötzlich war sie wieder das kleine Mädchen, das sich an ihre ältere Schwester wandte, um sich trösten zu lassen, und Abigail umarmte sie zärtlich.

»Hör auf zu weinen, Lucy. Denk nicht mehr daran. Jetzt bist du hier, nichts kann dir mehr geschehen, und das ist das Allerwichtigste.«

»Ich *muß* es dir aber erzählen«, schluchzte Lucy. »Abby, ich glaube, daß Mr. Boskenna mich erschießen wollte. Er zielte mit seiner Flinte auf mich, und es war ein – ein wildentschlossener Ausdruck in seinen Augen. Als ob er mich haßte, als ob er mir den Tod wünschte. Aber dann schrie Mrs. Boskenna auf und der Eingeborene warf seinen Speer und traf ihn direkt ins Herz. Die Flintenkugel, die mich töten sollte, verfehlte zwar ihr Ziel, aber ich hörte sie nah an meinem Ohr vorbeisausen, Abby!«

»Nur ruhig, nur ruhig mein Liebling«, sagte Abigail leise und streichelte ihrer Schwester übers Haar. »Sei jetzt still – du hast mir genug erzählt.«

»Ich muß dir nur noch eins sagen«, flüsterte Lucy. Sie zitterte in Abigails Armen, beruhigte sich aber dann langsam. »Ich möchte nie im Leben mehr zu unserer Farm zurück.

Rick sagt, daß wir sie verkaufen können, und das willst du doch auch, oder, Abigail? *Du* willst doch auch nicht dorthin zurück?«

Abigail schaute zu ihrem schlafenden Sohn hinüber, und plötzlich wußte sie genau, was sie wollte. »Die Farm ist unser Erbe, Lucy«, antwortete sie leise. »Und wir leben jetzt auch hier. Rick fährt vielleicht nach England zurück, aber ich habe das nicht vor. Ich glaube, ich gehe eines Tages auf die Farm zurück, und zwar meinem Sohn zuliebe. Ich glaube, ich muß das tun.«

»Gut, wenn du das willst, aber ich will es ganz bestimmt nicht«, versicherte Lucy und fing wieder zu weinen an. Abigail umarmte ihre Schwester, sprach beruhigend auf sie ein und tröstete sie ... aber ihre eigenen Augen blieben trocken.

25

John MacArthur saß in seinem Lehnstuhl im Wohnzimmer der Elizabeth-Farm und starrte, ohne etwas zu sehen, in das brennende Feuer im offenen Kamin. Neben ihm stand ein gefülltes Glas, aber er hatte noch keinen Schluck getrunken und schien auch die Anwesenheit seiner Frau im Zimmer nicht zu bemerken.

Schließlich brach sie das Schweigen. »Mein lieber John«, sagte sie mit zitternder Stimme. »Ich bitte dich, behalte doch nicht alles für dich. Sag mir doch, was dich bedrückt. Ich bin deine Frau, und ich liebe dich. Ich –«

»Da bist du aber die einzige Person in der ganzen Kolonie, Elizabeth!« rief er bitter aus. »Alle verlassen mich – wie Ratten ein sinkendes Schiff! Kein einziger gibt zu, wieviel er mir verdankt, und was diesen Schurken Colonel Foveaux betrifft, er allein ist schuld an meinem Unglück. Wirklich, jetzt bedauere ich sehr, daß ich Ned nach England geschickt habe… wenigstens er hätte mich nicht verlassen.«

»Er wird dir von London aus zu helfen wissen, Liebster«, meinte Elizabeth, »wo du immer noch viele einflußreiche Freunde hast.«

»Aber ich brauche sie hier«, gab ihr Mann ärgerlich zurück. »Mit Ausnahme von Kemp, Lawson und Draffin unterstützt mich kein einziger der Korps-Offiziere mehr. Abbott hat sich gegen mich gewandt, Johnstones einziges Ziel ist es, auf gutem Fuß mit Foveaux und seiner unmöglichen Frau zu stehen. Tom Laycock ist eingeschnappt, weil ich ihn nicht für das Amt des Kommandeurs der Feldgendarmerie vorgeschlagen habe, und selbst Nick Bayly – für den ich mich so sehr eingesetzt habe – ist ins Gegenlager übergewechselt! Und nur, weil er irgendeiner Lüge aufgesessen ist, die Charlie Grimes über mich verbreitet hat.«

»Aber wenigstens hat Mr. Grimes die Kolonie verlassen, John – er wird dir keine Schwierigkeiten mehr bereiten können.« Elizabeth kniete sich neben ihm hin, schürte das Feuer und wechselte das Thema. »Unserer lieben kleinen Eliza scheint es heute morgen schon viel besser zu gehen, John«, sagte sie. Sie wußte, daß ihr Mann seine älteste Tochter sehr liebte, und ihre Erkrankung hatte ihm große Sorgen bereitet. »Sie hat darum gebeten, daß du sie besuchst, mein Lieber.«

»Das werde ich tun«, versprach ihr Mann, aber er blieb sitzen und starrte gedankenverloren in die Flammen. »Die Menschen sind undankbar«, klagte er. »Und zwar jeder – nicht nur die Korps-Offiziere, sondern auch die Zivilisten. Ich bin der festen Überzeugung, Elizabeth, daß die Leute einfach nicht zufriedenzustellen sind, selbst wenn ich ihnen alles zur Verfügung stehende Land der Kolonie zugesprochen hätte! Sie hätten immer noch nach mehr verlangt – und aufgrund welcher Verdienste? Weil sie am Sturz von William Bligh beteiligt waren, den sie doch alle anstrebten?«

Elizabeth wollte das unangenehme Thema wechseln und fragte: »Glaubst du eigentlich, daß Paterson eines Tages seine Zelte in Port Dalrymple abbricht und hierher zurückkommt?«

John MacArthur schaute sie kurz an. »O ja, das glaube ich – es wird ihm nichts anderes übrig bleiben, wenn ihm seine Karriere auch nur einen Penny wert ist. Als dienstältester Offizier der Kolonie kann er sich nicht ewig aus den hier herrschenden bürgerkriegsähnlichen Zuständen heraushalten, nur weil er in Tasmanien eine kleine Siedlung gegründet hat. Aber meiner Meinung nach wird er noch manch eine Entschuldigung finden und seine Rückkehr so lange wie möglich hinauszögern.« John MacArthur fügte zynisch hinzu: »Und zwar, weil er hofft, daß Foveaux und

Johnstone es in der Zwischenzeit zustande bringen, den *Bounty*-Bastard dazu zu bringen, freiwillig die Rückreise nach England anzutreten.«

»Und glaubst du, daß die beiden das schaffen?« fragte Elizabeth zweifelnd, und war gar nicht überrascht, als ihr Mann den Kopf schüttelte.

»Sie versuchen es, weiß Gott. Aber Bligh läßt sich nicht so leicht aus dem Feld schlagen.«

»Ist das nicht ziemlich unbefriedigend für alle Beteiligten?« fragte Elizabeth.

»Ja, aber daran läßt sich im Augenblick kaum etwas ändern.«

»Obwohl dieser Kleinkrieg zu nichts führt?«

»Das siehst du vollkommen richtig. Jeder will, daß Bligh nach England zurückkehrt, aber er stellt sich auf die Hinterfüße und weigert sich.« John MacArthur lächelte verächtlich. »In einem der Briefe, die wir abfangen konnten, schrieb er an Lord Minto, daß er ihm die John-Kompanie schicken solle, damit er die Meuterei selbst beilegen könne! Und in einem anderen Brief flehte er Admiral Pellow – Sir Edward Pellow – an, ihm für denselben Zweck ein paar Kriegsschiffe zu schicken!«

»Und was geschähe, wenn Admiral Pellow das tatsächlich täte? Wäre das nicht eine Katastrophe?«

MacArthur lächelte selbstgefällig. »Nachdem wir die Briefe Blighs gelesen hatten, um seine Pläne in Erfahrung zu bringen, haben wir sie natürlich nach England weitergeleitet. Aber weder der gute Admiral noch Lord Minto haben es für nötig befunden, sie zu beantworten… Obwohl beide Männer sie bestimmt an höhere Regierungsbeamte weitergegeben haben. Aber glücklicherweise für uns sind Seine Majestät und die Regierung vollauf mit dem Krieg gegen Frankreich beschäftigt. Sie haben weder Kriegsschiffe noch Soldaten übrig, um sie in eine Strafkolonie zu schicken, die noch dazu am anderen Ende der Welt liegt, meine liebe Elizabeth.«

»Also bleibt Captain Bligh unter Arrest«, stellte Elizabeth fest und fügte leicht sarkastisch hinzu: »Und deine Verdienste werden nicht anerkannt, obwohl nur du den Mut hattest, das alles durchzusetzen?«

»So kann man es sagen«, gab MacArthur ärgerlich zu. »Das ist die unverblümte Wahrheit. Aber ich versichere dir, daß sich in den kommenden Jahren herausstellen wird, daß ich mehr für den Fortschritt von Neusüdwales getan habe als Bligh oder Foveaux oder Johnstone – und natürlich mehr als Hunter oder King! Auf mein Betreiben hin werden erstklassige Schafherden in dieser Kolonie gezüchtet, und sie kann immer mehr Wolle ausführen. Mit deiner wertvollen Hilfe, meine Liebe, habe ich letzten Endes mehr erreicht als alle von ihnen zusammen ... aber es sind eben Dummköpfe, weil sie das nicht einsehen können!«

Von seinen Worten bewegt, ließ sich Elizabeth neben ihrem Mann nieder. Mit glänzenden Augen sagte sie leise: »Aber ich weiß, was du geleistet hast, John. Und ich bin stolz darauf, wirklich sehr stolz darauf, daß ich dir etwas dabei helfen konnte.«

MacArthur küßte seine Frau zärtlich, und sie gingen Hand in Hand zusammen ins Krankenzimmer, um ihre Tochter zu besuchen.

Am 9. Januar 1809 – fast ein Jahr nachdem Gouverneur Bligh vom Rum-Korps unter Arrest gesetzt worden war – kam Colonel Paterson an Bord der *Porpoise* nach Sydney zurück.

Bligh beobachtete die Empfangszeremonien von dem Fenster aus, von dem aus er sechs Monate vorher die Ankunft Joseph Foveaux' beobachtet hatte. Seine Tochter Mary tat alles, um die düstere Stimmung ihres Vaters aufzuheitern, und sie entdeckte zuerst, daß auch Andrew Hawley angekommen war.

»Ach Papa, schau mal da!« rief sie aus. »Ich möchte

wetten, daß der hochgewachsene blonde Mann da Captain Hawley ist!«

Der Gouverneur schaute in die Richtung, in die sie mit ihrem Finger wies.

»Ja«, meinte er, »das ist Hawley. Nun, ich bin froh, daß er wieder da ist, aber ich sehe nicht, inwiefern er mir helfen könnte.«

»Aber er war doch ein guter und loyaler Offizier«, erinnerte ihn Mary. »Kate Lamerton hat mir gesagt, daß er nach Tasmanien fliehen mußte, da ein Haftbefehl gegen ihn vorlag.«

Ihr Vater nickte geistesabwesend. »Und ich sage dir, daß er nichts eiliger zu tun haben wird, als zum Hawkesbury zu fahren, um wieder mit dieser Frau zusammenzusein, die er unvernünftigerweise geheiratet hat. *Mein* Schicksal interessiert ihn gar nicht. Es liegt in Patersons Händen!« Er griff nach seinem Fernglas und schaute sich den Mann genauer an, um dessen Rückkehr er so oft gebetet hatte. »Verdammt noch mal, der sieht ja todkrank aus! Er ist in den wenigen Jahren so gealtert, daß er kaum wiederzuerkennen ist – schau einmal hin, Mary, er geht an einem Stock! Und dieser Schurke Foveaux spricht unablässig auf ihn ein! Und lügt zweifellos das Blaue vom Himmel über mich...«

Nachdem er die Empfangszeremonie eine Zeitlang schweigend beobachtet hatte, sagte er plötzlich: »Ich werde Colonel Paterson die gleichen Zeilen schreiben, die ich auch schon seinem Vorgänger habe zukommen lassen – daß er der Meuterei in seinem Regiment sofort ein Ende bereiten und mich freilassen und wieder in mein Amt einsetzen soll. Und ich werde auch anordnen, daß die *Porpoise* hier im Hafen bleibt, damit ich auf ihr als ihr rechtmäßiger Kapitän nach meiner Freilassung nach England zurückfahren kann, falls ich mich dazu entschließe. Dieser Brief hat den Vorteil, daß ich an Patersons Antwort sofort erkennen kann, was ich in Zukunft von ihm zu erwarten habe.«

Colonel Patersons Antwort – zwar sehr viel freundlicher als die seines Vorgängers – ließ keinerlei Zweifel aufkommen, in wessen Lager er stand. Der Brief kam postwendend und war an William Bligh adressiert. Nachdem er sein Bedauern über die zur Zeit in der Kolonie herrschenden Zustände ausgedrückt hatte, forderte Paterson als Bedingung für Blighs Freilassung, daß er sich damit einverstanden erklären müsse, die Kolonie freiwillig zu verlassen und nach England zurückzufahren.

Paterson teilte ihm ferner mit, daß der Transporter *Admiral Gambier* über genügend Kabinen verfüge, um Bligh mit seiner Tochter, Mrs. Putland, und seinen Bediensteten aufzunehmen. Mit der *Porpoise* könne er jedoch nicht länger rechnen, weil das Schiff in wenigen Tagen nach Norfolk absegeln würde, um die letzten noch dort lebenden Engländer abzuholen und nach Tasmanien zu bringen.

»Lieber Papa«, flehte Mary, als sie vom Inhalt des Briefes erfuhr, »die *Admiral Gambier* ist ein neues Schiff, und ich bin sicher, daß wir dort bequem untergebracht sind. Können wir nicht endlich nach England zurückfahren? Du hast hier jetzt fast ein Jahr lang ausgehalten. Du hast Beleidigungen und Erniedrigungen hingenommen, und die Regierung in unserer Heimat hat dir keine Hilfe zukommen lassen. Ist es nicht allmählich an der Zeit, die Zelte hier abzubrechen?«

Zu ihrem Kummer schüttelte ihr Vater nur den Kopf. »Nein, Tochter«, antwortete er unbeirrt. »Ich fahre, wenn überhaupt, nur als Kommandant eines Königlichen Schiffes nach England zurück. Die *Porpoise* ist mir immer noch von unserer Regierung anvertraut, und ich werde darauf dringen, daß das Schiff hier im Hafen bleibt, was immer dieser Emporkömmling Paterson auch für Pläne damit hat.«

Seine kategorische Weigerung, sich den Anordnungen der Rebellenregierung zu fügen, wurde noch durch einen Befehl an Lieutenant Kent unterstrichen – der der stellvertretende

Kommandant der *Porpoise* war – Colonel Paterson gefangenzunehmen. Er erwartete zwar nicht, daß seinem Befehl Folge geleistet würde, aber allein die Tatsache, daß er den Befehl angeordnet hatte, zeitigte Wirkungen, die ihn zutiefst erschütterten.

Major Johnstone und Captain Abbott erschienen im Regierungsgebäude, um Bligh, nötigenfalls auch gegen seinen Willen, in der Kaserne unterzubringen, falls er sich weiterhin weigerte, die *Porpoise* nach Norfolk segeln zu lassen. und sich mit seiner Tochter an Bord der *Admiral Gambier* zu begeben.

Mary konnte ihr Zittern nicht unterdrücken, als Edmund Griffin sie von dieser Neuigkeit informierte, und auch er war außer sich. Mary fragte: »Edmund, glauben Sie, daß sie meinen Vater wirklich gegen seinen Willen in die Kaserne bringen werden? Das werden sie doch nicht wagen!«

»Ich fürchte, das haben sie vor«, meinte Griffin. »Und ich fürchte auch, daß sie es tatsächlich tun werden. Es sieht ganz so aus, als ob sie alles daransetzten, Seine Exzellenz dazu zu zwingen, die Kolonie zu verlassen.« Er zögerte. »Ich habe gehört, daß Major Johnstone und Mr. MacArthur auch nach England fahren wollen.«

»*Die* auch?« fragte Mary völlig überrascht. »Um Gottes willen – aber, warum denn nur?«

»Ich kann nur vermuten, weil sie sich gegen die Anklagen verteidigen wollen, die Seine Exzellenz in London gegen sie vorbringen wird. Und auch deshalb«, fuhr Griffin bedauernd fort, »weil Mr. MacArthur den guten Namen Seiner Exzellenz in den Schmutz ziehen und seinen Ruf schädigen will, bevor es zu einem Prozeß kommt.«

»Meine Mutter schreibt, daß sie das in ihren Briefen und Berichten bereits getan haben. Sie haben Lügenmärchen über ihn verbreitet, Edmund. Sie –«

Mary unterbrach sich, als sie Stimmen in der Eingangshalle hörte. Sie lief zum Fenster und schaute hinaus. »Um

Gottes willen, Edmund – schauen Sie! Eine geschlossene Kutsche ist vorgefahren, und Major Johnstone versucht mit Gewalt das Haus zu betreten, obwohl sich ihm Jubb in den Weg stellt!«

»Ich muß Seiner Exzellenz zu Hilfe eilen!« rief Edmund Griffin aus. »Aber Sie bleiben hier, Mrs. Putland, versprechen Sie mir das!«

Mary ignorierte seinen wohlgemeinten Rat. Sie hatte ihres Vaters auffahrendes Temperament geerbt und war entsetzt, als sie sehen mußte, daß Hand an ihn gelegt wurde. Als sie die Eingangshalle erreichte, sah sie, wie Major Johnstone ihren Vater in die Kutsche stoßen wollte. Zwei Soldaten hatten ihre Flinten auf die Diener des Gouverneurs gerichtet, damit sie ihm nicht zur Hilfe eilen konnten. Jubb stand schweratmend an die Wand gelehnt da, und Captain Abbott hielt Edmund Griffin fest, der mit all seiner Kraft versuchte, seinem Herrn zu helfen.

Als Abbott Mary bemerkte, besaß er immerhin die Freundlichkeit, sich zu entschuldigen. »Es tut mir leid, Mrs. Putland, aber wir haben den Auftrag, Mr. Bligh in die Kaserne zu bringen. Aber es wird ihm nichts geschehen, und Ihnen auch nicht. Sie bleiben hier, bis –«

Mary unterbrach ihn wütend. »Ich werde meinen Vater begleiten, ganz gleich wo Sie ihn hinbringen lassen, Captain Abbott.«

»Das ist Ihnen aber nicht erlaubt. Sie –«

»Sie sind ein Feigling, Sir! Kennt Ihr Verrat denn keine Grenzen?« schrie Mary ihn an, unfähig, sich noch länger zu beherrschen. Plötzlich schoß ihr ein Gedanke durch den Kopf, und der nahm ihr vor Angst den Atem. Sie flüsterte: »Haben Sie vor – haben Sie vor, meinen Vater umzubringen?«

Abbott wurde blaß. »Aber selbstverständlich nicht!« verteidigte er sich. »Ich bitte Sie, mir Glauben zu schenken und sich zu beruhigen. Bitte, Mrs. Putland, ich –« er ließ

Griffin los und streckte die Hände nach ihr aus. »Ich bringe Sie in Ihr Zimmer, und –«

»Rühren Sie mich nicht an, Sir«, herrschte Mary ihn an. »Ich werde meinen Vater begleiten!«

Sie rannte an ihm vorbei aus dem Haus, schürzte ihre Röcke und eilte hinter der Kutsche her. Es war Mittagszeit, die Sonne brannte vom wolkenlosen Himmel herab, und sie trug keinen schützenden Hut auf dem Kopf. Dennoch lief sie bis zur Kaserne und kam schweratmend kurz nach der Kutsche dort an, wo sie Colonel Foveaux vor dem Tor stehen sah.

»Mein geliebtes Kind!« rief ihr Vater aus. »Was tust du denn hier? Um Gottes willen, geh sofort zurück ins Regierungsgebäude!«

Mary schüttelte den Kopf, weil sie vor Atemlosigkeit nicht sprechen konnte. Sie stützte ihn, als er aus der Kutsche stieg und schritt dann hocherhobenen Hauptes neben ihrem Vater an Major Johnstone vorbei in die Kaserne.

Foveaux sagte kein Wort und zog nicht seinen Hut, aber Mary freute sich über sein überraschtes Gesicht. Sein Sekretär, Lieutenant Finncane, kam auf sie zu und verbeugte sich in aller Form.

»Hier entlang, wenn ich bitten darf, Sir – Madam. Bis zu Ihrer Abfahrt sind Sie Gast in meinem bescheidenen Quartier.«

Es bestand aus zwei kleinen, spärlich eingerichteten Zimmern.

In dem einen stand ein Faltbett, und in dem anderen ein Sofa. William Bligh führte seine Tochter zum Sofa hinüber, aber bevor sie sich setzen konnte, kam Major Johnstone steif herein.

»Sir«, fuhr er Bligh an, »Colonel Foveaux hat mir den Auftrag gegeben, Ihnen mitzuteilen, daß Sie sich bereithalten sollen, an Bord der *Estramina* zu gehen, sobald sie im Hafen einläuft.«

»Und wann wird das sein?« fragte Gouverneur Bligh. »Das kann ich wirklich nicht sagen, Sir«, antwortete Johnstone ernsthaft. »Das Schiff wird in etwa einer Woche erwartet. – Des weiteren möchte ich Sie darauf aufmerksam machen, daß drei bewaffnete Wachposten vor Ihrem Quartier Stellung bezogen haben, damit sichergestellt ist, daß Sie diese Räume ohne Colonel Patersons Erlaubnis nicht verlassen.«

»Wo ist Colonel Paterson?« fragte Bligh und mußte sich aufs äußerste beherrschen. »Haben Sie mich auf seinen Befehl hierher gebracht?«

»Aber selbstverständlich, Sir«, antwortete Johnstone steif. »Er befindet sich zur Zeit in Parramatta, aber er kommt bald zurück, um alles Nötige für Ihre Rückkehr nach England zu organisieren. Ich wünsche Ihnen einen guten Tag, Sir – Mrs. Putland.«

Dann schloß er die Tür hinter sich, und Vater und Tochter schauten sich verzweifelt an. Gegen ihren Willen in der Kaserne untergebracht zu sein, war die schlimmste, bitterste Erniedrigung, die ihnen bisher widerfahren war, und Mary fing lautlos zu weinen an.

Justin überbrachte seiner Mutter und Andrew die Neuigkeit von Gouverneur Blighs Arrestierung in der Kaserne.

Vor Entsetzen verschlug es den beiden die Sprache, und etwas später fragte Jenny ängstlich: »Glaubst du nicht, daß die Rebellenregierung beabsichtigt, den Gouverneur zu töten, Justin?«

»Davon habe ich nichts gehört, Mama«, versicherte Justin. »Obwohl man nicht sagen kann, was Colonel Foveaux tut, da sich Colonel Paterson in Parramatta aufhält.«

Justin und Jenny schauten Andrew an, da er Paterson gut persönlich kannte. Aber er zuckte nur ratlos mit den Schultern und sagte zögernd: »Nach allem, was ich von Foveaux weiß, ist ihm so ziemlich alles zuzutrauen! Aber – du sagst, daß sich Paterson in Parramatta aufhält, Justin, und nicht in Sydney?«

Justin nickte. »Was wir hier in Neusüdwales über ihn erfahren, stimmt genau mit dem überein, was du uns über ihn erzählt hast, Andrew. Er hat sich in das Regierungsgebäude in Parramatta zurückgezogen – trinkt täglich Unmengen von Alkohol, wie man hört – und überläßt die Regierungsgeschäfte Foveaux und Johnstone.«

Andrew runzelte die Stirn. »Dann kann es ja sein, daß er gar nichts davon weiß, daß sich der Gouverneur inzwischen in der Kaserne aufhält. Verdammt noch mal, der Mann ist ja fast senil! Aber ich bin sicher, daß er niemals seine Zustimmung zur Hinrichtung Blighs geben würde. Ich hatte das zweifelhafte Vergnügen, viel länger mit ihm in Port Dalrymple zusammenzusein, als ich wollte, und obwohl er sehr viel trinkt, weiß ich genau, daß er kein Aufrührer ist. Obwohl er nicht viel von Gouverneur Bligh hält, war er doch dagegen, daß er abgesetzt wurde.« Er wandte sich an Jenny und schaute sie fragend an. Sie verstand, was er meinte, seufzte und legte ihre Hand auf die seine.

»Willst du von mir hören, daß es deine Pflicht ist, Colonel Paterson aufzusuchen, Andrew?«

Andrew errötete. »Ja, mein Mädchen, so wird es wohl sein«, gab er zögernd zu. »Aber wir stecken doch mitten in den Erntearbeiten, und ich… verdammt noch mal, Jenny, ich will dich mit der vielen Arbeit hier nicht alleinlassen!«

Sie lächelte. »Willst du das nicht, mein lieber Mann? Nun, mach dir wegen der Ernte keine Sorgen – Tim Dawson gibt mir bestimmt einen seiner Männer, wenn ich ihn darum bitte. Also reite du nur zu Colonel Paterson, und zwar mit einem guten Gewissen! Ich will dich doch nicht von deiner Pflicht abhalten.«

Andrew sah sehr erleichtert aus. Er küßte Jennys Hand und sagte zu Justin: »Deine Mutter ist eine wunderbare Frau!«

»Das weiß ich«, sagte Justin und lächelte die beiden an. »Soll ich dich mit der *Flinders* nach Parramatta bringen, Andrew?«

»Nein, ich reite hin und kann von dort aus gleich nach Sydney weiterreiten, wenn es nötig sein sollte«, meinte Andrew. »Bleib du hier, mein Junge, bis die Ernte eingebracht ist und du den Weizen nach Sydney fahren kannst. Ganz so, wie wir es ursprünglich besprochen hatten.«

»In Ordnung«, versprach Justin. Er stand auf. »Ich helfe dir, das Pferd zu satteln. Ziehst du deine Uniform an?«

Jenny beantwortete die Frage. »Natürlich zieht er seine Uniform an, Justin! Er ist schließlich ein Königlicher Offizier, und kein Rum-Korps-Offizier kann ihm verbieten, seine Uniform zu tragen.« Sie stand auf und sagte: »Laß mir noch ein paar Minuten Zeit, dann bürste ich deine Uniform noch einmal aus!«

Eine halbe Stunde später ritt Andrew los. Es gab jetzt einen gut ausgebauten Weg von Richmond nach Toongabbie und weiter nach Parramatta. Er ritt in scharfem Galopp, und obwohl er dem Pferd auf halbem Weg nur ein paar Minuten Pause gönnte, wurde es schon dunkel, als er in Parramatta ankam und auf der Hauptstraße an der Elizabeth-Farm und an den Kasernen vorbeitrabte.

Eine Kutsche und ein Ochsenkarren standen vor MacArthurs Farmhaus, und zu seiner Überraschung sah Andrew, daß unter Mrs. MacArthurs Aufsicht schwere Gepäckstücke aufgeladen wurden. Er grüßte sie im Vorüberreiten, und vergaß die Szene wieder.

Am Regierungsgebäude in Parramatta – einem schön gelegenen einstöckigen Haus – nahm ihm ein Diener sein Pferd ab, und der Wachposten an der Tür präsentierte das Gewehr, als er seine Uniform sah. Colonel Patersons charmante, weißhaarige Frau begrüßte ihn herzlich, äußerte aber Zweifel, ob ihr Mann in der Lage sei, ihn zu empfangen.

»Er liegt im Bett, Andrew, und ist etwas daneben. Aber da Sie es sind, kann er Sie vielleicht doch kurz empfangen.«

Er hatte Colonel Paterson oft genug in dem Zustand angetroffen, den seine Frau freundlich als »daneben« bezeichnete, dachte Andrew angewidert. In Port Dalrymple hatte es kaum eine Nacht gegeben, in der er sich nicht betrunken hatte. Zugegebenermaßen hatte sich der arme Teufel nie von der schweren Wunde erholt, die MacArthur ihm im Duell beigebracht hatte, und er klagte täglich über Schmerzen ... es war kein Wunder, daß Foveaux und Johnstone in Sydney machten, was sie wollten.

Und wenn Gouverneur Blighs Leben davon abhinge, ob es ihm gelänge, William Paterson zum Eingreifen bewegen zu können, dann hing es wirklich an einem sehr dünnen Faden.

Er unterdrückte einen Seufzer, als er das Schlafzimmer betrat. Paterson lag scheinbar ohnmächtig im Bett ausgestreckt. Aber er versuchte sich aufzurichten, als er Andrews Stimme erkannte.

»Andrew, mein Lieber!« sagte er freundlich. »Ich freue mich, Sie zu sehen. Schenken Sie sich ein Glas ein, wenn Sie möchten.« Er reichte ihm eine Flasche. »Irgendwo muß noch ein Glas herumstehen, glaube ich.«

Andrew hatte Durst und trank ein Glas Wein, schüttelte aber den Kopf, als ihm sein Gastgeber eine Zigarre anbot. William Paterson zündete sich eine an, setzte sich im Bett auf und richtete seine blutunterlaufenen Augen fragend auf seinen Besucher.

»Was gibt mir die Ehre?« fragte er schließlich. »Sie sind doch bestimmt nicht deshalb gekommen, um meine angenehme Gesellschaft zu genießen, oder?«

»Ja, das stimmt, Sir«, gab Andrew zu.

»Dann bringen Sie Neuigkeiten? Schlechte Neuigkeiten, nehme ich an.«

»Das könnte sein, Colonel.« So kurz und präzise wie

möglich berichtete Andrew über die Umstände, unter denen Gouverneur Bligh in die Kaserne gebracht worden war. Aber bevor er noch geendet hatte, unterbrach ihn Paterson unwillig.

»George Johnstone hat nur meine Befehle befolgt, verdammt noch mal!« sagte er irritiert. »Er und Foveaux haben mich davon überzeugt, daß das die einzige Möglichkeit sei, Mr. Bligh zum Verlassen der Kolonie zu bewegen – er wäre bis zum jüngsten Gericht auf seinem Hintern im Regierungsgebäude sitzen geblieben, wenn wir ihn in Ruhe gelassen hätten. Zum Teufel noch mal, Sie haben doch eng mit ihm zusammengearbeitet – da müssen Sie ja wissen, was für ein unangenehmer Bursche er sein kann!«

Das ist richtig, dachte Andrew. Aber, um ganz sicher zu sein, fragte er dennoch: »Also ist Seine Exzellenz nicht in Gefahr, Sir?«

»Großer Gott, natürlich nicht!«

Colonel Paterson setzte sich im Bett auf und griff nach seinem Glas. Als er sah, daß es leer war, bat er: »Bitte, schenken Sie mir nach, ja?«

Nachdem er das Glas durstig ausgetrunken hatte, fuhr der ältere Mann zu reden fort, und seine Worte wirkten – wenn man einmal von seiner leicht angetrunkenen Sprechweise absah – sehr überzeugend.

»Es muß eine Untersuchung stattfinden, verstehen Sie das nicht – vielleicht sogar ein Prozeß. Aber in England, nicht hier. Wir können diesen Prozeß hier nicht führen, selbst wenn wir das wollten. Deshalb muß Bligh nach London zurückkehren, und wenn er nicht freiwillig dazu bereit ist, dann müssen wir ihn eben dazu zwingen. Ich bin gewillt, ihm das Kommando über die *Porpoise* zu übergeben, da er immer wieder betont, daß er nur auf einem Königlichen Schiff zu der Reise bereit sei.«

Der Colonel, der jetzt einigermaßen nüchtern zu sein schien, saß aufrecht im Bett.

»Joseph Foveaux ist ein unerzogener, rücksichtsloser Kerl, und ich halte nicht das geringste von ihm«, sagte er mit Nachdruck. »Und George Johnstone ist nichts als eine Marionette in den Händen von MacArthur. Ich kenne MacArthur besser, als sonst irgend jemand hier in dieser Kolonie, und verdammt noch mal, Hawley, Sie können sich nicht vorstellen, was ich wegen dieses Mannes in den letzten sechs Jahren gelitten habe – die Schußwunde, die ich im Duell mit ihm davongetragen habe, ist nie richtig geheilt. Eine Kugel sitzt immer noch in meiner Lunge und ich könnte jedesmal vor Schmerzen laut aufschreien, wenn ich tief Luft hole.«

»Ich weiß, Sir«, sagte Andrew mitfühlend. »Aber was Gouverneur Blighs Inhaftierung in der Kaserne betrifft, so muß ich –«

»Zum Teufel damit, Captain Hawley!« unterbrach ihn Paterson wütend.

»Er befindet sich dort in völliger Sicherheit – niemand wird ihm ein Haar krümmen. Foveaux hat die Idee gehabt, ihn dort so lange unter Bewachung gefangenzuhalten, bis er sich schriftlich damit einverstanden erklärt, mit seiner Familie und seinen Dienern an Bord der *Porpoise* nach England zurückzufahren. Des weiteren soll er sich dazu verpflichten, niemals nach Neusüdwales zurückzukommen, außer wenn Seine Majestät der König das ausdrücklich befiehlt. Und«, fügte er in geschäftsmäßigem Tonfall hinzu, »ich habe angeordnet, daß Johnstone und MacArthur zur gleichen Zeit wie Bligh ihre Rückreise nach England antreten und daß sie so viele Zeugen, wie sie nur brauchen, mitnehmen können. Sie reisen auf der *Admiral Gambier*, und das Schiff soll zur gleichen Zeit wie die *Porpoise* den Hafen verlassen! Ich warte auf nichts sehnlicher als auf Blighs Unterschrift unter diese Abmachung. Wenn die drei verstrittenen Männer abgefahren sind, werde ich die Regierungsgeschäfte so lange ausüben, bis ein Nachfolger für Bligh aus

England entsandt wird, aber keinen einzigen Tag länger ...
denn ich bin ein kranker Mann, Andrew.«

Wieder hielt er Andrew sein leeres Glas hin. Er nahm das
nachgefüllte Glas mit glasigen Augen in Empfang und brachte den Trinkspruch aus: »Auf das Gedeihen von Neusüdwales!« lallte er.

»Und jetzt zur Hölle mit Ihnen, Captain Hawley! Und
wenn Sie sich wegen Mr. Bligh beruhigen wollen – reiten
Sie doch nach Sydney und sprechen Sie mit ihm. Sagen Sie
Foveaux, daß ich Ihnen meine Erlaubnis gegeben habe, ihn
zu besuchen. Und versuchen Sie, ihn um Gottes willen dazu
zu bringen, die *Porpoise* zu nehmen und nach England zu
segeln. Das ist alles, was ich von Ihnen will.«

Er bekam Schluckauf und lachte merkwürdig schrill auf.
»Ich verspreche Ihnen tausend Morgen Land am Hawkesbury, das sehr fruchtbar ist, mein Lieber, wenn Ihr Gespräch mit Mr. Bligh erfolgreich ist. Aber jetzt lassen Sie
mich in Frieden.«

Er ließ sein Glas fallen, und nachdem Andrew es wieder
aufgehoben hatte, sah er, daß der stellvertretende Gouverneur mit offenem Mund eingeschlafen war. Er schnarchte
sogar ziemlich laut.

Andrew übernachtete in der Herberge von Parramatta, die
von einem freundlichen, älteren ehemaligen Sträfling namens James Larra geführt wurde. Am nächsten Morgen servierte er ihm nicht nur ein reichhaltiges Frühstück, sondern
erzählte ihm auch alle Neuigkeiten und allen Klatsch aus
der Gegend.

Und er war besser gelaunt, als er kurz nach acht aufsaß,
um nach Sydney weiterzureiten.

Seine Hoffnung, den Gouverneur sprechen zu können,
zerschlug sich aber schnell.

»Mr. Bligh darf keine Besucher empfangen«, erfuhr er auf
seine Anfrage hin von Lieutenant Finncane. »Es tut mir leid,

Captain Hawley, aber ich habe strengste Anweisungen, niemanden zu ihm zu lassen.«

»Und von wem stammen die Anweisungen?« fragte Andrew.

»Nun, Sir – von Colonel Foveaux natürlich«, antwortete der junge Offizier.

»Und ich habe die Erlaubnis, Bligh zu sehen, von Colonel Paterson, der zur Zeit stellvertretender Gouverneur ist und außerdem der Kommandant Ihres Korps.«

»Haben Sie eine – äh schriftliche Erlaubnis, Sir?« fragte Finncane höflich.

Andrew schüttelte den Kopf. »Nein. Aber Sie können mir glauben, daß es dennoch stimmt, Mr. Finncane.«

»Ich – äh – werde Colonel Foveaux davon berichten, Sir«, entschied Finncane. »Wenn er hier ist, dann… vielleicht haben Sie die Güte zu warten. Ich lasse Ihr Pferd versorgen. In der Messe können Sie etwas zu trinken bekommen und – äh – ich werde mich beeilen, Sir.«

Eine halbe Stunde später kam er mit Major Johnstone zurück, der es nicht einmal für nötig befand, ihn zu begrüßen.

Er fragte kühl: »Gibt es nicht noch einen Haftbefehl gegen Sie, Captain Hawley?«

Andrew beherrschte sich mühsam.

»Nein, Major Johnstone. Ihr kommandierender Offizier, Colonel Paterson, mit dem ich aus Port Dalrymple zurückgekommen bin, hat den Haftbefehl aufgehoben. Und was meinen Besuch bei Gouverneur Bligh angeht, so möchte ich –«

Aber Johnstone ließ ihn nicht ausreden. »Niemand kann den ehemaligen Gouverneur besuchen. Und zwar bis Mr. Bligh das Dokument unterschreibt, von dessen Inhalt Paterson Sie bestimmt informiert hat. Ohne eine ausdrückliche schriftliche Erlaubnis Patersons kann ich Sie unmöglich zu Bligh vorlassen. Es ist wohl unnötig zu sagen, daß er sofort ins Regierungsgebäude zurückkehren kann, wenn er sich mit unseren Bedingungen hinsichtlich seiner Rückkehr nach England durch seine Unterschrift einverstanden erklärt.«

»Und wann, glauben Sie, daß er das tun wird, Sir?«

»Ich habe nicht die leiseste Ahnung«, knurrte Johnstone. Aber dann nahm er sich zusammen und sagte etwas freundlicher: »Ich möchte Ihnen etwas zu trinken anbieten, wie wäre es mit –«

Andrew unterbrach ihn, richtete sich zu seiner vollen Größe auf und sagte:

»Bitte entschuldigen Sie mich, Sir. Da ich meine Mission nicht erfüllen konnte, wird es das beste sein, gleich wieder zu gehen.«

»Wie Sie wünschen, Sir.«

Johnstone verbeugte sich steif und verließ den Raum.

Als er außer Hörweite war, sagte Finncane leise: »Mrs. Putland unterliegt nicht den strengen Bedingungen wie ihr Vater. Möchten Sie, daß ich ihr sage, daß Sie hier sind?«

Andrew nickte erfreut.

Finncane begleitete ihn in ein unbenutztes Büro, und fünf Minuten später betrat Mary Putland den Raum. Ihre Freude, ihn zu sehen, entschädigte ihn für die bislang erfolglose Reise.

»Meinem Vater geht es den Umständen entsprechend gut«, berichtete sie auf seine Frage. »Er ist ungeduldig und sehr verbittert, wie Sie sich vorstellen können, aber wir sind in keiner Weise schlecht behandelt worden. Zuerst glaubte der Ärmste, daß hinter der Verschleppung in die Kaserne etwas anderes stünde – er dachte, daß ihn die Rebellen in aller Heimlichkeit umbringen wollten. Er verweigerte jegliche Nahrungsaufnahme, da er befürchtete, daß sie ihn vergiften wollten. Als ich darum bat, das Essen aus dem Regierungsgebäude zu erhalten, wurde es uns sofort erlaubt.

Der gute Jubb bringt uns jeden Bissen, den wir zu uns nehmen, und Kate Lamerton steht mir zu meiner Unterstützung zur Verfügung. Also …« sie lächelte zaghaft, aber Andrew bemerkte, daß Mary Putland ihren alten Mut nicht verloren hatte. »Erzählen Sie mir, was außerhalb unseres Gefängnisses vor sich geht!«

Nachdem er sie in kurzen Worten über die Neuigkeiten informiert hatte, dankte sie ihm und sagte: »Mein armer Vater hält das nicht viel länger aus. Wenn er die *Porpoise* bekommt, und wenn sie den armen Mr. Gore und andere Zeugen freisprechen, um mit ihm nach England zu fahren, dann glaube ich, daß er das von den Rebellen vorbereitete Papier unterschreiben wird. Ich versuche ihn jedenfalls dazu zu überreden, ich –«

»Sie?« fragte Andrew erstaunt. »Dann haben die Rebellen Sie in gewissem Sinn auf ihrer Seite?«

Mary Putland streckte beide Hände in seine Richtung aus und lächelte.

»Ganz und gar nicht! Und mein Vater ist auch nicht besiegt! Diese Verräter haben alles in ihrer Macht Stehende getan, um ihn zu erniedrigen und um seinem guten Namen in England zu schaden, aber eines steht fest, Andrew, er wird sich zu wehren wissen.«

»Daran zweifle ich nicht einen Augenblick«, versicherte ihr Andrew aus vollster Überzeugung.

Finncane kam herein und informierte die beiden, daß die Gesprächszeit zu Ende sei. Andrew sagte noch schnell: »Ich bin hergekommen, um Ihnen und Seiner Exzellenz, Ihrem Vater, so gut wie möglich zu helfen. Was kann ich für Sie tun?«

»Es wäre uns eine große Hilfe, wenn Sie ein paar Tage im Regierungsgebäude wohnen würden«, antwortete Mary ohne zu zögern. »Und zwar bis zu unserer Rückkehr. Jubb freut sich bestimmt über Ihre Hilfe.« Flüsternd fügte sie hinzu: »Er packt schon, obwohl Colonel Foveaux das nicht weiß.« Dann sagte sie laut: »Ich werde meinem Vater von Ihrem Besuch berichten. Vielen Dank, daß Sie gekommen sind, Andrew. Es hat mir gutgetan, Sie zu sehen und mit Ihnen sprechen zu können... und der neuerliche Beweis Ihrer Loyalität meinem Vater gegenüber wird ihn aufmuntern.« Nachdem er ihr die Hand geküßt hatte, wandte sie sich an Lieutenant Finncane und sagte mit großer Würde: »Nun, Sie können mich zurück ins Gefängnis Seiner Exzellenz bringen.«

Nachdem sich Gouverneur Bligh drei Tage später mit den Bedingungen der Rebellen, das Land zu verlassen, einverstanden erklärt hatte, kehrte er mit seiner Tochter in das Regierungsgebäude zurück, und die beiden gingen sofort daran, ihre Abreise aus Sydney vorzubereiten.

26

Drei Wochen später ging der Gouverneur an Bord des Königlichen Schiffes *Porpoise*. Dann wurde der Anker gelichtet.

Eine kleine Menschenmenge hatte sich am Landungssteg versammelt, um ihn zu verabschieden.

Aber die Anwesenheit von Mitgliedern des Neusüdwales-Korps verhinderte, daß die Leute ihre wahren Gefühle zu zeigen wagten und die Abfahrt des Gouverneurs bedauerten.

Gleich nach Verlassen des Regierungsgebäudes hatte sich ihr Vater in Schweigen gehüllt. Darüber machte sich Mary Sorgen, denn normalerweise besprach er alles mit großer Offenheit mit ihr, weil er auf ihre Diskretion und ihre Loyalität vertraute.

An Bord der *Porpoise* wurde er von Captain Porteous mit großem Respekt und den üblichen traditionellen Zeremonien empfangen. Mary sah, wie gut das ihrem Vater tat, und er begrüßte den Captain mit echter Herzlichkeit.

Darum wirkten die nächsten Worte des Captains wie eine kalte Dusche auf ihn.

»Ich bedaure es außerordentlich, daß meine Gesundheit es mir nicht erlaubt, mit Ihnen nach England zu segeln. Deshalb habe ich mir ein Stück Land zusprechen lassen und gedenke es zu bebauen, bis meine Gesundheit wiederhergestellt ist. Lieutenant Kent ist ein sehr erfahrener Offizier, und ich habe ihm das Kommando über dieses Schiff bereits offiziell übergeben. Deshalb...«

Als er sah, daß der ehemalige Gouverneur rot vor Ärger wurde, fügte er eilig hinzu: »Wenn Sie erlauben, Sir, das Ruderboot wartet schon, um mich an Land zu bringen. Ich wünsche Ihnen eine gute Reise!«

»Also schlagen Sie sich auf die Seite der Verräter!« hörte Mary ihren Vater sagen. »Wieviel Land haben Sie denn zugesprochen bekommen, Mr. Porteous, um das Lager zu wechseln?«

John Porteous antwortete nicht.

»Ich werde das nicht vergessen!« sagte Bligh mit gepreßter Stimme. »Und Sie können sicher sein, daß Ihr Verhalten Folgen haben wird!« In ruhigerem Ton fügte er hinzu: »Aber gehen Sie nur – ich gedenke nicht, Sie zurückzuhalten!«

Porteous salutierte und stieg in sein Boot. Nach einem kurzen Zögern trat Lieutenant Kent auf Bligh zu und fragte: »Ihre Befehle, Sir?«

Bligh hatte sich wieder unter Kontrolle und antwortete höflich:

»Da der Captain aus Gesundheitsgründen nicht mit uns nach England fahren kann, übernehme ich an seiner Stelle das Kommando. Sie werden weiterhin der Erste Offizier sein. Sind alle meine Zeugen an Bord?«

Kent schüttelte den Kopf.

»Kommissar Palmer kann uns nicht begleiten, Sir. Mr. Johnstone hat ihm die Reiseerlaubnis verweigert, da ihm gewisse – äh – Unregelmäßigkeiten in der Ausübung seines Amtes vorgeworfen werden, wenn ich das richtig verstanden habe, Sir.«

Mary befürchtete den Ausbruch, der jetzt eigentlich erfolgen mußte, und deshalb hakte sie ihren Vater unter und bat ihn beschwörend: »Können wir nicht unsere Kajüte beziehen, liebster Papa? Ich – ich bin müde, und die Hitze an Deck ist unerträglich.«

Zuerst schien es, als habe er sie nicht gehört, aber dann sagte er ungeduldig:

»Aber bitte, geh doch in deine Kabine, Mary. Mr. Kent,

seien Sie so freundlich und bitten einen Ihrer Offiziere, meine Tochter zu begleiten.«

Es war Mary klar, daß sie einen Fehler begangen hatte, aber jetzt hatte sie keine Wahl mehr und mußte mit dem hochgewachsenen blonden Fähnrich das Deck verlassen. Er stellte sich ihr sehr freundlich als Richard Tempest vor und zeigte ihr in der kleinen, aber bequemen Kabine genau, wo ihr Handgepäck und ihre größeren Koffer verstaut worden waren.

»Soll ich Ihr Mädchen rufen?« bot er dienstfertig an. »Oder wünschen Sie etwas zu trinken, um sich zu erfrischen?«

Mary wollte ihn nicht enttäuschen und nahm beide Vorschläge an. Aber als sie Lärm hörte, machte sie sich solche Sorgen wegen ihres Vaters, daß sie wieder zurück an Deck ging. Die Ankerkette wurde gerade eingeholt, und die Ankerwinde quietschte. Ihr Versuch, nicht gesehen zu werden, war nur teilweise erfolgreich. Ihr Vater, der auf dem Achterdeck hin und her ging und Lieutenant Kent Befehle zurief, bemerkte sie zwar nicht, aber Fähnrich Tempest kam gleich heran.

»Mrs. Putland«, meinte er höflich, »was kann ich für Sie tun? Vielleicht möchten Sie –« Sie legte ihren Zeigefinger auf die Lippen und bedeutete ihm so, still zu sein. Dann fragte sie ihn nervös, ob er sie auf die andere Seite des Schiffes begleiten könne, weil sie einen letzten Blick auf Sydney werfen wolle.

»Ich – das heißt, Mr. Tempest, Seine Exzellenz wünschen, daß ich nicht an Deck bin, weil er fürchtet, daß meine Anwesenheit hier die Matrosen bei der Arbeit stören würde.«

Er verstand, was sie meinte, lächelte und führte sie zu einer großen Ladeluke, hinter der sie sich gut verstecken konnte.

»Ich habe zu tun, Mrs. Putland«, entschuldigte er sich,

»deshalb muß ich Sie jetzt allein lassen. Aber, wenn Sie etwas brauchen, sagen Sie es mir nur.«

Als sie allein war, ließ die Angst nicht nach, die Mary verspürte, obwohl das Schiff sich drehte und die Segel sich langsam mit Wind füllten. Ein lauter Ruf vom Achterdeck herüber ließ ihr das Blut in den Adern erstarren. Sie erkannte die Stimme ihres Vaters: »Fahren Sie die Kanonen aus, Mr. Kent! Lassen Sie sie laden und warten Sie weitere Befehle ab!«

»Laden, Sir?« wiederholte Kent entgeistert.

Jetzt verlor ihr Vater den Rest seiner Beherrschung, und er brüllte:

»Zum Teufel mit Ihnen, Mr. Kent, tun Sie, was ich Ihnen befehle! Lassen Sie die Kanonen ausfahren, laden Sie sie und eröffnen Sie das Feuer auf die Kaserne!«

»Aber, Sir – Captain Bligh, bei allem Respekt, Sir –«, stotterte Kent entsetzt und wurde totenbleich.

»Sie sind königlicher Offizier, Mr. Kent – Sie kennen doch Ihre Pflicht, oder?«

»Sir, ich kenne meine Pflicht, das versichere ich Ihnen.« Kent hatte sich von seinem ersten Schock erholt und stand stramm.

»Ich fahre die Kanonen aus, aber ich bin nicht bereit, das Feuer zu eröffnen. Ich halte es nicht für meine Pflicht, etwas zu tun, was unschuldige Menschen das Leben kosten wird. Und Sie, Sir, möchten das doch sicher auch nicht, oder? Wenn auch nur ein paar Kugeln daneben gingen, müßten unschuldige Menschen sterben.«

»Zum Teufel mit Ihnen, Mr. Kent«, hörte Mary ihren Vater murren.

Aber zu ihrer großen Erleichterung klang seine Stimme nicht mehr so wütend. »Ich gebe keine Ruhe, bis diese Verräter sich der mir von der Regierung verliehenen Autorität unterwerfen. Aber Sie brauchen die Kanonen nicht zu laden. Wie Sie gesagt haben, wäre es mir nicht recht, wenn unschuldige Menschen sterben müßten, ganz egal, wie sehr ich im Recht bin.«

»Sir!« sagte Kent ungeheuer erleichtert. »Aye, aye, Sir.« Er entfernte sich, aber William Bligh rief ihn zurück.

»Informieren Sie die Mannschaft dieses Schiffes davon, daß es nicht meine Absicht ist, nach England zurückzusegeln.«

»Wir segeln nicht nach England, Sir?« wiederholte Kent entgeistert.

»Genau das sagte ich«, antwortete der Gouverneur gelassen.

»Wir segeln nach Tasmanien. Und wenn Sie diesen meinen Befehl weitergegeben haben, Mr. Kent, dann sind Sie ab sofort von Ihren Pflichten entbunden und stehen unter Arrest. Ich werde Sie wegen Befehlsverweigerung vor das Kriegsgericht stellen lassen. Verstanden?«

William Kent erstarrte, nickte aber wortlos.

»Also tun Sie, was ich Sie geheißen habe, Mr. Kent.«

Mary schaute entsetzt zu, wie ihr Vater kehrtmachte und auf die Ladeluke zuging. Sie unterdrückte ein Schluchzen und ging hinter ihm her.

Die entsetzten Gesichter der Offiziere und Matrosen schienen sie dafür verantwortlich zu machen, daß sie diese unangenehme Szene nicht zu vermeiden gewußt hatte.

Als sie in der Kabine ankam, sagte ihr Vater ruhig: »Wir fahren nicht nach England, meine Liebe, bis mir unsere Regierung dazu den Befehl erteilt. Wie du sehr gut weißt, ist es meine Pflicht, in der Kolonie auszuharren – unabhängig aller Versprechen, die mir gegen meinen Willen aufgezwungen worden sind. Ich werde Colonel Collins um Hilfe bitten, die Rebellion zu beenden, Mary. Er ist ein guter Offizier. Er wird sich seiner Pflicht nicht entziehen.«

Die Gouverneurstreuen vom Gebiet am Hawkesbury hatten ein Abschiedspapier aufgesetzt. Andrew und Tim Dawson sollten es dem scheidenden Gouverneur überreichen, und die beiden Männer fuhren auf Justins *Flinders* nach Sydney. Da die Ernte eingebracht war, überredete Andrew Jenny, ihn zu begleiten.

Zuerst war sie dagegen gewesen und hatte jede nur denkbare Entschuldigung vorgebracht, aber als sie jetzt neben ihrem Mann am Landungssteg stand und zuschaute, wie die *Porpoise* langsam den Hafen verließ, war sie froh, daß sie doch mitgekommen war. Es war eine bewegende Szene, ein historischer Augenblick, der in den Annalen der Kolonie verzeichnet werden würde.

Der Gouverneur hatte sich über den Abschiedsgruß gefreut, unter dem eine lange Reihe von Unterschriften standen.

Jenny war lange nicht mehr in Sydney gewesen und schaute sich um. Plötzlich rief Andrew: »Großer Gott! Die *Porpoise* fährt ihre Kanonen aus! Was, zum Teufel, soll das bedeuten?«

Justin nahm das Fernrohr, das Robert Campbell ihm vor kurzem geschenkt hatte und stellte es ein. »Der Gouverneur ist an Deck«, sagte er. »Und Lieutenant Kent ebenfalls. Ein hitziger Wortwechsel scheint im Gange zu sein, und ich sehe auch Mrs. Putland, die hilflos die Hände ringt, als ob – hier Andrew, schau einmal und sag mir, was du davon hältst.«

Jenny fragte unsicher: »Glaubst du, daß sie schießen?«

»Bei Gott, ich hoffe, daß uns das erspart bleibt!« antwortete Andrew.

Sie warteten angespannt ab, schließlich meinte Andrew: »Vielleicht wollte der Gouverneur nur überprüfen, wie schnell die Kanoniere nach so einer langen Pause noch sind.« Er lächelte Justin zu und legte den Arm um Jennys Schulter. »Ja, es sieht ganz so aus. Ich bete darum, daß die Regierung bald Schritte unternehmen wird und uns ein fähiges Regiment schickt, das das korrupte Rum-Korps ersetzt. Aber bis dahin müssen wir irgendwie mit Colonel

Paterson und Foveaux zurechtkommen. Wir –« Jenny zog ihn am Arm, und er unterbrach sich und fragte freundlich: »Warum diese Eile, meine Liebe? Wir haben doch Zeit, oder?«

»Da drüben steht Frances Spence«, sagte sie und deutete auf eine kleine Gruppe von Menschen. »Und Abigail und Lucy auch! Bitte, Andrew, komm mit – ich habe sie alle seit Monaten nicht mehr gesehen!«

Es war ein fröhliches Wiedersehen. Frances umarmte Jenny mit großer Zärtlichkeit, und Abigail errötete vor Stolz und Glück, als sie den alten Freunden ihren Sohn zeigte. »Er heißt Richard, wie mein Bruder«, sagte sie. »Aber wir nennen ihn Dickon. Und dies hier ist Kate Lamerton, Mrs. Hawley, die mit uns auf der *Mysore* hergekommen ist. Kate hätte mit Mrs. Putland nach England zurückfahren können, aber sie hat sich entschieden, hierzubleiben. Und wenn ich auf unsere Farm zurückgehe, dann kommt sie mit.«

»Und haben Sie vor, dorthin zurückzugehen?« fragte Jenny zugleich erfreut und überrascht über diese Entscheidung.

Sie wußte, daß Justin das auch niemals erwartet hätte, aber... Das Mädchen hatte sich in der kurzen Zeit sehr verändert und wußte jetzt offenbar genau, was es wollte. Abigail Tempest – Abigail O'Shea – war jetzt eine schöne, erwachsene junge Frau.

»Ja, sie hat sich dazu entschieden, zurückzugehen«, bestätigte Frances. »Lucy bleibt mit Julia und Dorothea bei mir, und die drei Mädchen können zusammen die Schule besuchen. William und Rachel können gern auch bei uns wohnen, wenn sie das wollen. Ich werde nicht mehr soviel reisen wie bisher – Jasper sagt, daß er sich jetzt ganz hier niederlassen will und seine Handelsgeschäfte auch von hier aus erledigen kann.«

Nachdem sie noch eine Weile Neuigkeiten ausgetauscht hatten, wandte sich Abigail an Justin und fragte: »Können

Sie mich auf der *Flinders* zu unserer Farm bringen, Justin? Mrs. Boskenna lebt nicht mehr dort – sie fährt auf der *Admiral Gambier* nach England –, so daß meiner Rückkehr jetzt nichts mehr im Wege steht.«

Justin stimmte sofort freudig zu. Als Jenny ihren Sohn anschaute, sah sie plötzlich, daß auch er ein erwachsener Mann geworden war.

Erwachsen und, wenn sie nicht alles täuschte, sehr verliebt.

Abigail fuhr unschuldig fort: »Einer der Offiziersfreunde meines Bruders, David Fortescue, hat um meine Hand angehalten, und wir werden bald heiraten.«

Justin schluckte und senkte die Augen. Jenny hakte sich bei ihrem Sohn unter und sagte leise: »Komm, wir fahren nach Hause zurück, Justin.«

Epilog

Die Nachricht über die Rebellion in Neusüdwales und die Entmachtung des amtierenden Gouverneurs kam durch einen Brief Major Johnstones nach England.

Er wurde im September 1808 von dem jungen Edward MacArthur abgeliefert, der die lange Reise von Sydney an Bord der *Dart* gemacht hatte. Der Sohn John MacArthurs war so bemüht, die Post so schnell wie möglich abzuliefern, daß er in Devon ein Schifferboot anheuerte, das ihn an Land brachte. Dann fuhr er sofort mit der Kutsche nach London weiter.

Der Empfang aber, der ihm bereitet wurde, enttäuschte ihn sehr.

Denn Lord Castlereagh, der inzwischen auch zum Kriegsminister ernannt worden war, hatte keine Zeit, sich um die Zustände einer kleinen Strafkolonie am anderen Ende der Welt zu kümmern. Die Berichte von dem ersten großen Siege Sir Arthur Wellesleighs über die Franzosen hatten das ganze Land in helle Aufregung versetzt. Die Menschen auf den Straßen sprachen über nichts anderes, die Zeitschriften berichteten vom beispielhaften Mut der Soldaten und den heroischen Taten ihrer Kommandeure.

Die Tatsache hingegen, daß ein Regiment in Neusüdwales gemeutert hatte, erregte nur wenig Interesse.

Erst im folgenden Jahr fand Castlereagh Zeit, sich der Belange der Kolonie anzunehmen. Er bot General Nightingall den Posten des Gouverneurs an, und nachdem er akzeptiert hatte, sollte er sich mit seinem Infanterieregiment einschiffen, das das Neusüdwales-Korps ablösen sollte.

Nachdem Elizabeth Bligh, die von der Ernennung Nightingalls gehört hatte, einen empörten Brief direkt an Sir Joseph Banks geschrieben hatte, antwortete ihr Banks noch im Dezember bedauernd, daß »*wir uns keine zu großen Hoffnungen machen dürfen, werte Mrs. Bligh, daß mein Freund, Ihr Ehemann, eine Chance hat, wieder als Gouverneur in der Kolonie eingesetzt zu werden.*« Fünf Monate später schrieb er an Bligh in Tasmanien, daß sich General Nightingall in der Zwischenzeit aus gesundheitlichen Gründen aufs Land zurückgezogen habe und daß an seiner Stelle Colonel Lachlan Macquarie zum Gouverneur ernannt worden sei.

Der Brief endete mit Sir Josephs Versicherung, daß die Kolonialbehörde alles in ihrer Macht Stehende tun werde, um der Gerechtigkeit Genüge zu tun, und daß seine persönliche Ehre in der Kolonie bestimmt wiederhergestellt würde.

Schließlich wurde der neue Gouverneur beauftragt, das Neusüdwales-Korps sofort nach England zurückzuschicken und es in das hundertzweite Infanterieregiment umzubenennen. Alle Offiziere, einschließlich Colonel Paterson und Colonel Foveaux, sollten die Kolonie verlassen, das den Offizieren überlassene Land sollte auf höchsten Befehl wieder in den Besitz der Krone übergehen.

Wie jeder seiner Vorgänger nahm sich Lachlan Maquarie vor, alle Befehle auf das genaueste auszuführen. Er war ein guter Offizier, der in Amerika, in Indien und in Ägypten gedient hatte.

Am 10. Mai 1809 schiffte er sich mit seiner Frau Elizabeth Henrietta und dem neuernannten Militärstaatsanwalt, Ellis Bent, und dessen Frau auf dem Königlichen Schiff *Hindostan* ein. Am gleichen Tag segelte der Truppentransporter *Dromedary* mit seinem Regiment los. Eine frische Brise wehte, und der neuernannte Gouverneur freute sich auf die Aufgaben in der Kolonie, die er regieren sollte.

Genehmigte Lizenzausgabe 2006 für
Verlagsgruppe Weltbild GmbH, Steinerne Furt 67, 86167 Augsburg
Copyright © der Originalausgabe 1981 by Book Creations,
Inc., Canaan, NY 12029, USA
Published by Arrangement with BOOK CREATIONS INC.,
Spencertown, NY, USA
Alle Rechte an der deutschen Übersetzung von Katrine von Hutten
liegen beim Wilhelm Goldmann Verlag, München, einem
Unternehmen der Verlagsgruppe Random House GmbH.
Dieses Werk wurde vermittelt durch die Literarische Agentur
Thomas Schlück GmbH, 30827 Garbsen.
8. Auflage 2006
Alle Rechte vorbehalten

Projektleitung: Dr. Ulrike Strerath-Bolz
Übersetzung: Katrine von Hutten
Umschlaggestaltung: Hauptmann und Kompanie
Werbeagentur GmbH, München
Umschlagabbildung: bürosüd°, München
Satz: Uhl + Massopust GmbH, Aalen
Druck und Bindung: CPI Moravia Books s.r.o.,
Brnenská 1024, CZ-69123 Pohorelice

Gedruckt auf chlorfrei gebleichtem Papier

ISBN 978-3-89897-276-5